HEYNE <

Das Buch

Nachdem ein Tsunami die Ostküste der USA verwüstet hat, finden sich Dean und sein kleiner Bruder Alex in einer Welt wieder, in der nichts mehr ist, wie es einmal war. Gemeinsam mit anderen Jugendlichen gelingt es ihnen, sich in ein Flüchtlingslager in Kanada zu retten. Doch Zeit zum Atemholen bleibt ihnen nicht: Noch immer ist Josies Schicksal ungewiss, die sich mit ihnen aus dem Herzen des Sturms retten konnte und dann spurlos verschwand. Und auch Astrid, Deans Freundin, schwebt in Gefahr: Da sie während des Chemieunfalls, der sich kurz nach der Naturkatastrophe ereignete, schwanger war, zeigt die Regierung nun ein beunruhigendes Interesse an ihr. Astrid fürchtet um ihr Kind und flieht aus dem Flüchtlingslager, begleitet von Dean. Doch sie ahnen nicht, was sie draußen erwartet …

Spannung pur: das packende Finale der internationalen Erfolgs-Trilogie

Die Autorin

Emmy Laybourne arbeitete als Schauspielerin, ehe sie zum Schreiben kann. Über den großen Erfolg von MONUMENT 14, ihrem Debütroman, ist sie noch immer selbst erstaunt. Mit ihrem Mann, zwei Kindern und der australischen Echse Goldie lebt sie im Bundesstaat New York.

Lieferbare Titel

Monument 14 (1)
Monument 14: Die Flucht (2)

EMMY LAYBOURNE

MONUMENT 14

DIE RETTUNG

Aus dem Amerikanischen von Ulrich Thiele

WILHELM HEYNE VERLAG
MÜNCHEN

Die Originalausgabe erscheint unter dem Titel *Monument 14: Savage Drift* bei Feiwel & Friends, New York

Penguin Random House Verlagsgruppe FSC® N001967

3. Auflage

Redaktion: Christine Schlitt
Umschlaggestaltung: Nele Schütz Design, München
Satz: Christine Roithner Verlagsservice, Breitenaich
Druck und Bindung: GGP Media GmbH, Pößneck
Printed in Germany

ISBN: 978-3-453-53471-1

www.heyne.de

Für meine Schwestern Herran und Renee

LESERBRIEFE

DIE MONUMENT 14

Wie meine Freunde und ich aus dem Epizentrum der Four-Corners-Katastrophe entkommen sind

Hallo,
in Ihrer Zeitung standen schon viele unglaubliche Geschichten über Überlebende des Megatsunamis. Bei uns im Quilchena-Flüchtlingslager in Vancouver, Kanada, werden die Briefe ab und zu nach dem Mittagessen vorgelesen. Manchmal jubeln und klatschen die Leute dann. Aber mir ist aufgefallen, dass Sie fast nur Briefe von der Ostküste abdrucken.

Vielleicht liegt es daran, dass Ihre Leser sich vor allem für die Menschen aus ihrer eigenen Gegend interessieren. Oder daran, dass die Post im Eimer ist und Briefe aus unserer Gegend gar nicht ankommen.

Ich schreibe Ihnen trotzdem einen Brief mit unserer Geschichte. Wenn Sie ihn abdrucken, können unsere Eltern uns vielleicht finden.

Am Morgen des 18. September 2024 saß ich im Schulbus, als ein gigantischer Hagelschauer über uns hereinbrach. Mrs. Wooly, unsere Busfahrerin, rammte den Bus durch den Eingang eines Greenway-Superstores, um uns in Sicherheit zu bringen. Insgesamt waren wir vierzehn Schüler.

Mrs. Wooly ging Hilfe holen, wir sollten im Greenway warten. Da wurden die Sicherheitstore ausgelöst und sperrten uns ein. Von dem Megatsunami erfuhren wir erst, als wir in der Elektronikabteilung einen altmodischen Fernseher fanden. Und am nächsten Morgen, als das Erdbeben kam und draußen das Giftgas die Luft verseuchte, dichteten wir den Eingang ab und verbarrikadierten uns im Laden.

Wir waren zwei Wochen im Greenway. Normalerweise wären wir noch länger geblieben und am Ende im Bombardement umgekommen, aber einer von uns, Brayden, wurde angeschossen.

Wir hatten den Schulbus inzwischen wieder repariert, und deshalb wollten einige von uns versuchen, sich damit zum Denver International Airport durchzuschlagen.

Ein paar von uns blieben im Greenway: mein Bruder Dean Grieder, ein schwangeres Mädchen namens Astrid Heyman und drei von den kleinen Kids, Chloe Frasier und die Zwillinge Caroline und Henry McKinley. Dean und Astrid haben beide Blutgruppe null. Sie hatten Angst, sie könnten in Kontakt mit der Außenluft kommen und uns angreifen. Das war schon mal passiert.

Als wir losfuhren, war es stockdunkel. Es war beängstigend. Am Steuer saß Niko Mills, unser Anführer. Wir waren zu acht und zwischen acht und 17 Jahren alt (vollständige Liste siehe unten). Unterwegs sahen wir Leichen in den Straßen und viele andere schreckliche Sachen.

Wir hatten schon über die Hälfte der Strecke geschafft, als wir in einen Hinterhalt gerieten. Offiziersanwärter von der Air Force schmissen uns aus unserem Bus und klauten uns alle unsere Vorräte. Nur Niko konnte seinen Rucksack herausschmuggeln.

Etwas später verloren wir ein Mitglied unserer Gruppe. Als wir von einem geistesgestörten Soldaten attackiert wurden, nahm Josie Miller sich absichtlich die Gasmaske ab, um sich in ein Nuller-Monster zu verwandeln. Sie hat ihr Leben geopfert, um uns zu beschützen.

Später bekamen wir Hilfe von einem Mann namens Mario Scietto. Wir waren in eine Grube gestürzt, in eine Falle, die ein Vater und sein Sohn den Flüchtlingen gestellt hatten. Sie wollten unsere Gasmasken und unser Wasser. Mario rettete uns und ließ uns in seinem Bunker übernachten.

Danach gingen wir weiter, bis wir schließlich einen DIA-Sammelplatz erreichten. Am Flughafen begegneten wir Mrs. Wooly, die in der National Guard dient und einberufen worden war. Niko und ich erzählten ihr von meinem Bruder und den anderen Kids, die noch im Greenway waren.

Dann hörten wir zufällig von der Operation Phoenix (dem Luftangriff, der das MORS-Gas und die RAVEN-Blackout-Wolke zerstörte und dabei das Four-Corners-Gebiet dem Erdboden gleichmachte). Mrs. Wooly wollte eine Rettungsmission starten. Wir halfen ihr, einen Helikopterpiloten zu suchen, und als wir gerade einen Piloten anbettelten, uns nach Monument zu fliegen, kam plötzlich ein anderer angelaufen und meinte, er würde uns hinfliegen. Es war der Vater der Zwillinge, die bei Dean und Astrid im Greenway geblieben waren.

Wir rasten also in Captain McKinleys Wildcat-Helikopter zurück nach Monument. Als wir auf dem Dach landeten, fielen über NORAD schon die ersten Bomben.

Im Laden gerieten wir dann zuerst in Panik, denn Dean und die anderen waren nicht mehr da! Sie waren kurz zuvor aufgebrochen, um sich irgendwie zum DIA durchzukämpfen. Aber mein Bruder Dean sah noch den Helikopter auf dem Dach des Greenway und rannte zurück, und wir konnten sie alle retten.

Die glühend heißen Druckwellen der Luftangriffe fegten uns beinahe um. Über uns durchlöcherten die Bomben den schwarzen Himmel, und wir waren mittendrin. Aber irgendwie kamen wir noch da raus.

Ursprünglich waren wir vierzehn Schüler. Zwölf haben überlebt, und elf davon sind hier in Quilchena. Aber nur fünf von uns haben ihre Eltern wiedergefunden oder irgendwas von ihrer Familie gehört.

Wir sind:
Alex und Dean Grieder, 13 und 16
Jake Simonsen, 18
Astrid Heyman, 17
Niko Mills, 16
Sahalia Wenner, 13
Chloe Frasier, 10
Batiste Harrison, 9
Max Skolnik, 8
Ulysses Dominguez, 8
Caroline & Henry McKinley, beide 5
und
Josie Miller, 15, vermutlich tot
Brayden Cutlass, 17, verstorben

Wenn Sie irgendetwas über unsere Eltern oder Familien wissen, melden Sie sich bitte, bitte beim Umsiedlungskoordinator des Quilchena-Flüchtlingslagers.

Mit freundlichen Grüßen
Alex Grieder

ERSTES KAPITEL
DEAN

Nikos Augen zuckten von mir zu Alex, zu Jake und wieder zurück.

»Ich hol sie da raus. Wer kommt mit?«

Ich konnte es kaum glauben. Josie war noch am Leben? Sie wurde in einem Lager in Missouri festgehalten!?

Entgeistert starrten wir auf die Zeitung, die Niko hochhielt. Ja, das Mädchen auf dem Foto war Josie.

Niko hatte uns eine Frage gestellt. Aber ich stand nur mit offenem Mund da und glotzte ihn an wie ein Fisch auf dem Trockenen.

»Gib mal her. Bist du dir sicher?«, sagte Jake auf seine typische feinfühlige Art und schnappte Niko die Zeitung weg.

»Ist das echt Josie? Ganz bestimmt?«, fragte Caroline. Sie und die anderen Kinder wuselten um Jake herum.

»Ruhe! Ganz ruhig. Ich leg das Ding einfach auf den Boden, okay?« Jake drapierte die Zeitung auf dem Laken, das Mrs. McKinley als Picknickdecke ausgebreitet hatte. Wir waren draußen auf dem Rasen des Golfplatzes, um den sechsten Geburtstag der Zwillinge zu feiern.

»Ja, sie ist es! Sie ist es!«, krähte Max. »Und ich war mir so sicher, dass sie weggebombt worden ist!«

»Vorsicht, sonst zerreißt ihr noch das Papier!«, rief Niko. Die Kids schubsten einander zur Seite, um einen Blick auf die Zeitung zu erhaschen, während unser flauschig weißes Maskottchen Luna fröhlich kläffend in Chloes Armen saß und alle

Gesichter in Reichweite abschleckte. Sie war fast noch aufgeregter als wir Menschen.

»Jetzt lies doch mal irgendwer vor!«, motzte Chloe.

»Chloe!«, ermahnte Mrs. McKinley sie. »Das geht auch höflicher!«

»Jetzt lies doch mal irgendwer vor, *BITTE*!«, plärrte Chloe.

Viel Glück noch mit der Kleinen, Mrs. McKinley.

Mrs. McKinley las den Artikel vor: Er handelte von einem Internierungslager für Menschen mit Blutgruppe null, in dem katastrophale Zustände herrschten. Gefangene wurden misshandelt, und die medizinische Versorgung war miserabel, weil kaum Hilfe von außen bei den Insassen ankam. Der Autor war der Meinung, dass es nie so weit gekommen wäre, hätte Präsident Booker die Kontrolle über die Lager nicht den einzelnen Bundesstaaten überlassen.

Aber ich konzentrierte mich ganz auf Niko.

Niko wippte auf den Fußballen.

Endlich war wieder was los – und mir wurde klar, dass er genau darauf gewartet hatte.

Niko brauchte zwei Dinge im Leben: einen strukturierten Tagesablauf und eine sinnvolle Aufgabe. Hier im Quilchena Luxus-Golf-Resort, das man auf die Schnelle zum Flüchtlingslager umfunktioniert hatte, waren die Tage hervorragend strukturiert, aber es gab nichts zu tun, außer rund um die Uhr deprimierende Nachrichten aus allen Landesteilen zu schauen und ewig Schlange zu stehen.

Das machte Niko fertig. Trauer und Schuldgefühle fraßen ihn auf – denn auf dem Weg von Monument zum Denver International Airport, wo die Flüchtlinge evakuiert wurden, hatte er Josie verloren. Er sehnte sich danach, endlich wieder in Aktion treten zu können.

Und jetzt wollte er Josie retten.

Was natürlich eine vollkommen absurde Idee war.

Als Mrs. McKinley die letzten Zeilen vorlas, ging Niko schon rastlos auf und ab.

Die Kleinen hatten tausend Fragen: Wo ist Missouri? Warum schlägt der Mann auf dem Foto die arme Josie? Wann können wir Josie wiedersehen? Vielleicht heute noch?

Aber Nikos Stimme übertönte ihr Geplapper. Er wollte auch etwas wissen: »Denken Sie, Captain McKinley kann uns hinfliegen? Wenn er sich die Erlaubnis holt, müsste das doch kein Problem sein, oder?«

»Ich glaube, wir sollten es ganz offiziell versuchen«, antwortete Mrs. McKinley. »Dann können wir Josie sicher hierher verlegen lassen. Ich meine, ihr Kinder könnt doch nicht einfach so da runterfliegen, um sie abzuholen!«

Alex und ich sahen uns an. Da kannte sie Niko aber schlecht. Der hatte in Gedanken doch schon den Rucksack gepackt.

Niko wandte sich an mich. »Du, ich und Alex, wir sollten gemeinsam aufbrechen. Dann haben wir die besten Chancen.«

Astrid betrachtete mich von der Seite. Ich versuchte, ihr mit einem Blick zu antworten: *Keine Sorge.*

»Niko«, sagte ich. »Wir müssen erst mal gründlich über alles nachdenken …«

»Was gibt's da noch nachzudenken? Josie braucht uns! Schau dir doch das Foto an! Schau hin! Der Typ da schlägt sie! Wir müssen zu ihr, und zwar *sofort*! Heute noch!«

Er war nicht ganz klar im Kopf.

»Kommt, Kinder. Wir ein bisschen Fußball spielen.« Mrs. Dominguez, die einen Tick besser Englisch sprach als ihr Sohn, mischte sich vorsichtig ein. Sie marschierte voraus auf den Rasen, und ihre älteren Söhne halfen ihr, die Kleinen samt Luna zum Fußball zu zerren.

Mrs. McKinley folgte ihnen, sodass wir »Großen«, also ich,

Astrid, Niko, Jake, Alex und Sahalia, allein neben der Picknickdecke und den Resten des Festmahls zur Feier des Zwillingsgeburtstags standen. Es hatte eine Packung Schokodonuts und eine Tüte Käseflips gegeben, außerdem ein paar Brötchen und Äpfel aus dem »Clubhaus« – so nannten die Flüchtlinge das Hauptgebäude des Golf-Resorts, in dem der Speisesaal, die Büros und der Gemeinschaftsraum untergebracht waren.

Astrid hatte ihre Portion gegessen, meine Portion und auch noch Jakes Portion. Sie schien von Minute zu Minute schwangerer zu werden. Aber mir machte es großen Spaß, ihr beim Essen zuzusehen. Astrid konnte richtig reinhauen.

Ihr Bauch, der von Tag zu Tag größer wirkte, war schon eine wirklich eindrucksvolle Kugel. Inzwischen wölbte sich sogar schon ihr Bauchnabel nach außen. Das Ding stand ein bisschen vor, und wenn man draufdrückte und wieder losließ, sprang er lustig heraus. Manchmal erlaubte Astrid den Kleinen, abwechselnd mit ihrem Bauchnabel zu spielen. Ich hätte auch ganz gerne damit gespielt, aber bisher hatte ich mich nicht getraut, sie um Erlaubnis zu fragen.

Ich war froh, dass Mrs. Dominguez und Co. die Kinderbande weggelockt hatten. Die Kleinen mussten uns wirklich nicht beim Streiten zuschauen. Mrs. McKinley hatte sich ziemlich reingehängt, um die bescheidene Party auf die Beine zu stellen. Die Zwillinge sollten ihren Spaß haben.

Niko blinzelte hektisch. Seine braun gebrannten Wangen hatten sich rötlich gefärbt – das passierte ihm nur, wenn er wirklich wütend war. Ansonsten war Niko kein sehr farbenfroher Typ: glattes braunes Haar, braune Augen, hellbraune Haut.

»Ich fass es nicht«, sagte er. »Ist Josie euch egal, oder was? Sie ist am Leben! Sie sollte hier bei uns sein und nicht da unten in irgendeinem *Drecksloch* von einem Lager! Wir müssen sie da rausholen!«

»Das ist Tausende Kilometer weit weg, Niko!«, rief ich. »Und auf der anderen Seite der Grenze!«

»Was ist mit deinem Onkel?«, warf Alex ein. »Wenn wir deinen Onkel kontaktiert haben, kann er sie vielleicht selbst abholen. Im Vergleich zu Vancouver ist es von Pennsylvania gar nicht so weit bis nach Missouri.«

»Das klappt doch nicht«, erwiderte Niko. »Wir müssen sie sofort da rausholen. Sie kann da nicht bleiben!«

»Niko«, sagte Astrid. »Ist doch klar, dass du dich jetzt aufregst, aber …«

»Ihr habt doch keine Ahnung, was sie für uns getan hat!«

»Doch, Niko.« Alex legte ihm die Hand auf die Schulter. »Wäre sie nicht zum Monster geworden, wären wir jetzt tot. Das wissen wir alle. Hätte sie die Typen nicht umgebracht, wären wir tot.«

»Ganz genau«, sagte Sahalia. Sie trug einen bis zu den Knien hochgekrempelten Maleroverall mit einem roten Tuch um die Hüfte und sah damit wie immer umwerfend cool aus. »Wir werden alles tun, um sie zu retten. Egal was.«

»Wie ihr wollt.« Niko wedelte mit den Händen, als wollte er uns verscheuchen. »Dann geh ich eben alleine. Ist eh besser so.«

»Mann, wir wollen Josie doch auch alle hierherholen!«, rief Astrid. »Aber wir müssen vernünftig vorgehen!«

»Ich finde, Niko hat recht«, verkündete Jake plötzlich. »Irgendwer muss zu ihr – und wenn es auf diesem verkohlten, komplett gearschten Planeten noch einen Mann gibt, der sie da rausholen kann, dann Niko Mills!«

Ich musterte ihn: der neue Jake Simonsen. Statt Drogen schluckte er nun Antidepressiva. Er machte viel Fitnesstraining. Er wurde schon wieder ein bisschen braun. Er und sein Dad warfen ständig einen Football hin und her.

Astrid war unglaublich froh, dass er sich so gut entwickelte.

Meine Zähne knirschten. Ich hatte solche Lust, ihm eine reinzuhauen.

»Ach komm, Jake«, sagte ich stattdessen. »Was soll das? Wieso machst du Niko falsche Hoffnungen? Kein Mensch kann einfach über die Grenze gehen, nach Missouri wandern und ein Mädchen aus dem Knast holen. Das ist Wahnsinn!«

»Klar, dass du das sagst«, erwiderte Jake. »Du bist doch Mr. Vorsichtig. Mr. Bloß-kein-Risiko-eingehen.«

»Mann, hier geht's nicht um mich und dich!«, rief ich. »Hier geht's um Nikos Sicherheit!«

»Könnt ihr bitte mal damit aufhören?«, kreischte Sahalia.

»Hör lieber auf sie, Dean«, meinte Jake. »Sonst machst du uns hier noch den Nuller.«

Ich trat zwei schnelle Schritte vor, bis ich dicht vor ihm stand. »Sag das nie wieder. Sag nie wieder, dass ich *den Nuller machen werde*.« Jakes Sonnyboy-Grinsen verhärtete sich. Er hatte genauso viel Bock auf einen Fight wie ich.

»Was seid ihr nur für Idioten!« Astrid schubste uns auseinander. »Hier geht's um *Niko* und *Josie* und nicht um euer dämliches Machogehabe!«

»Also eigentlich war das hier die Geburtstagsparty der Zwillinge«, wandte Sahalia ein. »Und die versauen wir gerade ziemlich.«

Da sah ich, dass die Kleinen uns beobachteten. Caroline und Henry hielten sich an den Händen und betrachteten uns mit großen, ängstlichen Augen.

»Wirklich sehr erwachsen von euch«, sagte Sahalia. »Reißt euch mal zusammen, Jungs. Shit, ihr werdet bald Vater!«

Ich stampfte einfach davon.

Vielleicht fand Astrid das jetzt kindisch, aber wäre ich nicht auf der Stelle abgehauen, hätte ich Jake den Kopf abgerissen.

Die Farm von Nikos Onkel war der Tagtraum, der Niko, Alex

und Sahalia die langen Stunden im Lager versüßte. Mir und Astrid auch, aber nicht ganz so sehr.

Nikos Onkel lebte in einem großen, baufälligen Haus auf einer riesigen, seit einiger Zeit brachliegenden Obstplantage irgendwo auf dem Land in Pennsylvania. Niko und Alex planten, das Haus herzurichten und die Obstbäume wiederzubeleben. Irgendwie hatten sie sich in den Kopf gesetzt, dass wir später alle dort leben könnten – mit unseren Familien, *wenn* und nicht *falls* wir sie finden würden.

Aber egal, es war ein schöner Traum. Außer auf der Farm wimmelte es längst von Flüchtlingen.

ZWEITES KAPITEL
JOSIE

Ich halte mich raus.

Die Josie, die sich immer um alle gekümmert hat, gibt es nicht mehr. Dieses Mädchen ist tot.

Sie ist in einem Pappelwäldchen irgendwo in der Nähe des Highways zwischen Monument und Denver umgekommen.

Sie und ein geistesgestörter Soldat.

(Ich habe sie getötet, als ich den Soldaten getötet habe.)

Jetzt bin ich ein Mädchen, das einen schwelenden Zorn in sich trägt. Eine Wut, die jederzeit überkochen kann.

Alle Menschen in diesem Lager haben Blutgruppe null. Alle hatten Kontakt mit den Chemikalien. Und manche von uns sind durch das Gift in den Wahnsinn abgedriftet.

Es kommt ganz darauf an, wie lange man das Teufelszeug eingeatmet hat.

So weit wir es uns noch zusammenreimen können, war ich über zwei Tage da draußen.

Ich behalte mich im Auge. Ich arbeite von früh bis spät an meiner Selbstbeherrschung. Ich muss mich vor meinem eigenen Blut in Acht nehmen.

Andere lassen sich gehen. Sie überlassen der Wut die Kontrolle.

Schlägereien brechen aus. Ein unfreundlicher Blick, ein angehauener Zeh, ein Albtraum, und schon fliegen die Fäuste.

Wer richtig ausrastet, wird von den Wachen in eines der Studierzimmer im Hawthorn-Gebäude gesperrt.

Und wer so richtig, richtig ausrastet, wird fortgeschafft und kehrt teils nie wieder zurück.

Das Blöde ist, dass wir alle ein Stück kräftiger sind als früher. Stärker und zäher. Verletzungen heilen eine Spur schneller. Es fällt einem nicht sofort auf, es sind eher kleine Dinge – alte Damen, die nicht mehr am Stock gehen. Ohrlöcher, die plötzlich zuwachsen.

Mehr Energie in den Zellen. So reden die Häftlinge darüber.

Der Nuller-Vorteil. So nennen sie das.

Ansonsten haben wir nur Nachteile.

Das Nuller-Internierungslager an der Universität von Missouri ist kein Zufluchtsort, sondern ein Gefängnis.

Die Pustler (Blutgruppe A), die paranoiden Psychos (Blutgruppe AB) und die, die keine Kinder mehr kriegen können (Blutgruppe B) leben in Flüchtlingslagern, in denen die Menschen größere Freiheiten genießen. In denen sie mehr zu essen und saubere Klamotten kriegen und fernsehen dürfen.

Aber die Flüchtlinge an der Old Mizzou, wie die Einheimischen die Uni nennen, haben Blutgruppe null und waren den Chemikalien ausgesetzt. Deshalb sind die Behörden zu dem Schluss gekommen, dass jeder Einzelne von uns ein Mörder ist, womit sie wahrscheinlich richtig liegen (was mich angeht auf jeden Fall).

Also haben sie uns hier zusammengepfercht. Auch die kleinen Kinder.

»Ich weiß, Mario«, sage ich, wenn er wieder anfängt, sich über das ganze Unrecht zu beschweren. »Es ist nicht fair. Es verstößt gegen unsere Grundrechte.«

Aber dann juckt es mich wieder in den Fingern, irgendeinem

Idioten den Schädel einzuschlagen, und ich denke mir: Vielleicht ist es doch besser so.

Ich weiß noch, wie Grandma mir erklärt hat, was es mit dem Fieber auf sich hat. Sie saß auf meiner Bettkante und legte mir einen kalten, nassen Waschlappen auf die Stirn.

»Gran!«, plärrte ich. »Mein Kopf tut so weh!«

Ich wollte es nicht direkt sagen, aber in Wirklichkeit wollte ich eine Schmerztablette, und das wusste Grandma.

»Natürlich könnte ich dir eine Tablette geben, meine Kleine«, meinte sie. »Aber dann würde dein Fieber runtergehen, und das Fieber soll dich doch stärker machen.«

Ich weinte. Die Tränen kamen mir siedend heiß vor.

»Das Fieber ist dazu da, den Babyspeck wegzuschmelzen. Es verbrennt alles schlechte Zeug in deinem Gewebe. Es sorgt dafür, dass sich dein Körper weiterentwickelt. Das Fieber ist gut, Liebling. Es macht dich unverwundbar.«

Und später? Fühlte ich mich hinterher stärker? Ja. Ich fühlte mich sauber und rein und abgehärtet.

Grandma gab mir das Gefühl, durch und durch gut zu sein. Als könnte ich niemals unrecht tun.

Ich bin froh, dass Grandma schon lange tot ist. Es wäre furchtbar, wenn sie mich so sehen würde. Der Nuller-Wahn packt einen wie ein Fieber – aber er verbrennt die Seele. Er macht den Körper stärker, während die Blutgier den Geist einschläfert. Davon kann man sich noch erholen. Doch sobald man einen Menschen ermordet, verzerrt sich die Seele für immer. Es ist wie bei einer Pfanne, deren Boden sich verzogen hat. Sie liegt nicht mehr flach auf. Sie kippelt und klappert auf der Herdplatte, weil nichts mehr stimmt.

Hinterher atmet man nicht mehr wie ein normaler Mensch. Jeder Atemzug ist gestohlen. Man hat ihn den Leichen geklaut, die nie begraben wurden. Sie liegen immer noch herum, wo man sie gelassen hat. Wo sie ausgeblutet sind.

Ich bin schuld, dass Mario bei uns in den *»Tugenden«* hockt. Die *Tugenden* sind vier Wohnheime rund um einen gemeinsamen Innenhof. Alle vier tragen erbauliche Namen: *Vortrefflichkeit*, *Verantwortung*, *Erfindergeist* und *Respekt*. Außerdem gibt es eine Mensa und zwei andere Wohnheime, und rundherum erheben sich zur Sicherheit gleich *zwei* Maschendrahtzäune mit rasiermesserscharfem Stacheldraht an der Oberkante.

Willkommen an der University of Missouri, Weltuntergangs-Style.

Damals, als Mario und ich durch die Tore geschleust wurden, fragte ich mich, wovor die Zäune uns schützen sollen. Eine dumme Frage. Sie schützen die Welt vor uns.

Den verpflichtenden Bluttest bei der Untersuchung und Klassifizierung der Neuankömmlinge hatten wir friedlich über uns ergehen lassen und danach unsere Geschichte erzählt. Mario hätte in ein anderes Lager gesollt, weil er Blutgruppe AB hat, aber er wollte mich nicht allein lassen.

Ein hochgewachsener Wachmann mit hellblauen Augen und wenig Haaren auf dem Kopf zeichnete unsere Papiere ab.

Er betrachtete Marios Dokumente. »Du bist hier falsch, alter Herr.«

»Ja, aber wir bleiben lieber zusammen. Ich bin für das Mädchen verantwortlich.«

Der Typ musterte uns auf eine Art, die mir nicht gefiel, und setzte ein wissendes Lächeln auf. »So, so, ihr bleibt lieber zusammen?«, sagte er genüsslich. »Die Kleine hat sich einen Beschützer gesucht? Einen echten Gentleman?«

»Was werden Sie denn gleich unanständig?«, knurrte Mario auf seine typische Art. »Junge, das Mädchen ist erst fünfzehn. Sie ist noch ein Kind.«

Da verging dem Wachmann das Lächeln. »Aber hier drinnen ist sie kein Kind mehr. Hier drinnen ist sie eine Bedrohung. Ich gebe dir noch eine letzte Chance, alter Herr – verschwinde von hier. Du denkst vielleicht, es ist eine großartige Heldentat, kleine Mädchen zu beschützen. Aber unser Lager ist nichts für Greise. Hau einfach ab, okay?«

»Nett von Ihnen, dass Sie sich so viele Gedanken machen, aber ich bleibe lieber.«

Was für eine beschissene Situation: Ein mindestens 1,80 Meter großer Schlägertyp starrte auf den kleinen, runzeligen Mario hinab, als würde er ihn am liebsten plattmachen, und Mario starrte mit offener Verachtung zurück.

Ich wurde unruhig. Ich ballte und lockerte die Fäuste. Kann sein, dass ich vor Anspannung von einem Fuß auf den anderen trat.

Jedenfalls packte mich der Wachmann am Kinn und zwang mich, ihm in die Augen zu sehen. »Wie lange warst du draußen?«

»Sie war nur ganz kurz draußen«, antwortete Mario.

»HABE ICH DICH GEFRAGT, ALTER?«, bellte der Wachmann.

Seine Pranke zerquetschte mir fast den Kiefer. Er rüttelte mir den Kopf durch. »Ich heiße Ezekiel Venger. Ich bin hier einer der Oberaufseher. Also noch mal – *wie lange*?«

»Kann mich nicht erinnern«, ächzte ich.

Da ließ er mich los.

»Du wirst uns noch Ärger machen, Miss Fifteen. Du bist gefährlich, das sehe ich dir an. Das sehe ich den Leuten immer an, deswegen haben sie mich befördert. Pass bloß auf. Bei mir gibt es keine Mätzchen. Bei mir wird gespurt.«

»Ja, Sir«, sagte ich.

Ich weiß, wann man sein Gegenüber »Sir« nennen sollte.

Wenn man es respektiert. Wenn es älter ist als man selbst. Wenn es Macht hat. Wenn es ein Abzeichen auf der Brust und einen Schlagstock am Gürtel hat.

Mario ist mein einziger Freund.

Er hält mich für einen guten Menschen. Da irrt er sich, aber ich widerspreche ihm nicht. Er sagt, er glaubt an mich.

Mario und ich leben mit vier anderen in einem Zimmer für zwei. Mario beschützt nicht nur mich. Er hat sich freiwillig gemeldet, die Patenschaft für vier Kids zu übernehmen. Dafür lassen sie ihn bei uns im Obergeschoss von *Vortrefflichkeit* wohnen. In den anderen Zimmern auf diesem Stockwerk leben bloß Frauen und Kinder.

Im Erdgeschoss wohnen nur Männer. Da weht ein anderer Wind.

Ich teile mir ein Bett mit Lori. Sie ist vierzehn Jahre alt, hat braunes Haar, weiße Haut und riesige braune Augen, mit denen sie mich manchmal so traurig anguckt, dass ich ihr nur noch die Fresse polieren will.

Lori hat mir ihre Geschichte erzählt. Sie kommt aus Denver. Ihre Familie und sie hatten sich in der Wohnung versteckt, bis ihre Lebensmittelvorräte aufgebraucht waren. Als sie dann am Flughafen ankamen, wurden die Menschen schon evakuiert. Sie waren unter den letzten Flüchtlingen am DIA, und bald ging der Krawall los. Die Leute trampelten übereinander hinweg und zerkratzten sich gegenseitig das Gesicht, während der Himmel über Colorado Springs hell aufleuchtete. Loris Mom wurde im Tumult getötet. Ihr Dad stürzte in die Lücke zwischen dem Flugzeugfinger und der Flugzeugtür, als er Lori in den Flieger schob.

Ich wollte ihre Geschichte nicht hören. Ich wollte, dass ihre Worte von meinen Ohren abperlen wie Wassertropfen von Wachspapier, aber sie versickerten in meinem Gehörgang. Wasser, Wasser, Wasser. Lori ist nichts als Wasser.

Nachts schmiegt Lori sich an mich und schluchzt und schluchzt, bis das ganze Kopfkissen nass ist.

Ich weiß, ich weiß. Ich sollte sie trösten. Wäre doch keine große Sache. Ein kleiner Klaps auf den Rücken. Eine Umarmung.

Aber mein Mitgefühl ist ausgetrocknet.

Wie gesagt, die alte Josie ist tot.

Was habe ich Lori noch zu bieten? Die Wärme meines schlafenden Körpers. Mehr kriegt sie nicht von mir. Nur Körperwärme.

Ich sollte euch von den anderen drei Kindern erzählen. Ich sollte ihnen Namen geben. Ich sollte erzählen, wie sie so sind, wie sie aussehen, wie herzzerreißend ängstlich sie lächeln können, und dass Heather mich an Batiste erinnert, mit ihrem ovalen Gesicht, das immer so schrecklich ernst und seriös wirkt. Ein halb asiatisches Kind. Oder dass einer der Jungs dauernd Wörter verdreht: Nimolade statt Limonade. Letterschming statt Schmetterling. Stachelbart statt Stacheldraht. Süße, unschuldige, nervige, traumatisierte Kids. Putzige, anspruchsvolle, verwirrte, hellwache Kids. Ich kann nichts für sie tun. Ich will nichts mit ihnen zu tun haben.

Jeden Tag denke ich mir: Wieso musste Mario sie zu sich nehmen? Wieso?

Die Nuller-Waisen. Früher mussten sie sich allein durchschlagen, und da kamen sie natürlich unter die Räder. Es ist richtig, sich um sie zu kümmern. Das ist mir klar.

Warum haben sie die Kinder überhaupt zu den Erwachsenen ins Lager gesteckt?

Soweit ich weiß, wurden wir von der Regierung der USA hierher verfrachtet, aber der Bundesstaat Missouri leitet das Lager. Die Leute in der Gegend wollen auf keinen Fall, dass wir freikommen, aber sie haben auch keine Lust, für eine ordentliche Versorgung der Gefangenen zu blechen. Und die Regierung der USA beeilt sich auch nicht, uns zu helfen.

Die Folgen? Zu wenig Wachen, zu wenig Lebensmittel, zu wenig Platz, zu wenig Ärzte und Medikamente. Außerdem lassen sie uns nie raus.

Als Mario und ich ankamen, waren Petitionen im Umlauf. Zum Beispiel wollten die Leute, dass die stabilen Nuller von den kriminellen getrennt werden. Aber die Wachen haben den Unterschriftensammlern das Leben schwer gemacht.

Mittlerweile warten die Gefangenen nur noch ab.

Jede Woche wehen neue Gerüchte über unsere bevorstehende Freilassung durchs Lager.

Aber ich will nicht hoffen. Wenn man Hoffnung hat, ist einem nicht mehr alles egal.

Den Männern muss ich aus dem Weg gehen. Manche können ihre Hände nicht bei sich behalten.

Sie könnten mir schlimme Dinge antun, aber das ist nicht meine Hauptsorge. Meine Hauptsorge ist, was für Dinge ich ihnen antun könnte.

Ich will keinen Ärger. Das wäre ungesund.

Vor ein paar Tagen gab es ein Gerangel am Tor. Ein paar Reporter waren auf die Idee gekommen, uns über das Lagerleben auszufragen. Sie brüllten über den Zaun.

Ich flehte Mario an, nicht hinzugehen, aber er ließ sich nicht davon abbringen. Wenn er über die Zustände im Lager redet, wird er immer ganz rot im Gesicht. Er will Gerechtigkeit, er will, dass seine Grundrechte geachtet werden. Ich will bloß hier raus.

Am Schluss bin ich mit ihm hingegangen. Ich dachte mir schon, dass es Stress geben würde, und es gab Stress.

Am inneren Tor standen etwa zwanzig Häftlinge. Vor dem äußeren Tor stand ein gutes Dutzend Reporter und schrie Fragen:

»Finden Sie, dass Ihre Rechte missachtet werden?«

»Gibt es im Lager wirklich gewalttätige Gangs?«

»Sind Sie in Gefahr?«

Ein paar Gefangene schrien Antworten zurück. Andere kreischten: »Holt uns hier raus!« oder »Ruft meinen Onkel Soundso an! Der gibt euch eine Belohnung!« oder »Um Himmels willen, helft uns doch!«

Ein paar Minuten später kamen die Wachen in ihren Army-Geländewagen und trieben die Reporter auseinander. Zwei Typen mit halbautomatischen Betäubungsgewehren stiegen aus.

Einer davon war Venger.

Auf Vengers Gesicht blitzte ein triumphierendes Lächeln auf, als er Mario und mich entdeckte. Die Wachen trampelten durch die Gefangenen, pflückten die Leute vom Zaun und schubsten sie Richtung Wohnheime.

»Wusste ich's doch!«, rief Venger. »Wusste ich's doch, dass ihr mir noch Ärger macht! Kein Mensch bleibt *lieber* im Lager, wenn er nicht muss!«

Venger pflügte durch die Menge und packte Mario an seinem dürren Arm.

Und *WRAAAHHHHH!* – meine Wut drehte auf. Wie ein Auto, das auf den Highway auffährt und maximal beschleunigt.

»Fass ihn nicht an!«, fauchte ich.

Venger verpasste mir einen heftigen Stoß mit dem Schlagstock. Mitten auf den Brustkorb.

Ich hielt den Schlagstock einfach fest.

»Du kleine schwarze Dreckschlampe!«, brüllte er.

Und auf einmal riss er den Schlagstock hoch, um Mario zu verdreschen. Nicht mich, sondern Mario.

Ich reagierte schnell. Ich fing den Schlag mit dem Unterarm ab.

Dann schob ich mich zwischen Mario und Venger. Vengers warmer, großer, kräftiger Körper presste sich gegen mich.

Und ich sah Vengers Augen.

Ich sah die Euphorie in seinen Augen. Es machte ihm Spaß, seinen Körper als Waffe zu gebrauchen. Bloß mit dem Arm zucken zu müssen, um irgendwem den Schädel zu brechen.

Keine Ahnung, ob Venger ein Nuller ist oder nicht. Aber er hat Freude am Töten.

Natürlich war es ein schwerer Fehler, mich gegen ihn zu stellen.

Ich weiß nicht, was Venger am meisten stört. Dass ich jung bin? Dass ich ein Mädchen bin? Dass ich schwarz bin?

Immerhin konnte ich ihn davon abhalten, den Schädel eines Achtzigjährigen zu spalten.

Dafür bin ich jetzt sein neues Lieblingsopfer.

DRITTES KAPITEL
DEAN

Ich stapfte zu den Flüchtlingszelten.

Zu dieser Jahreszeit fielen die letzten Blätter der Bäume am Rand des Golfplatzes. Rot, Gold und viele Brauntöne, von Ocker bis Schokolade.

Es war nicht leicht, meinen Zorn im Angesicht von so viel prächtiger, beinahe angeberischer Naturschönheit aufrechtzuerhalten.

Aber ich bekam es hin.

»Dean!«, rief Alex. »Jetzt warte doch mal!«

Ich drehte mich um und sah zu, wie er den Hang hinaufrannte.

»Das war ziemlich heftig von Jake, was?«, sagte er. »Ich hab das Gefühl, ihr versteht euch immer schlechter.«

»Jake ist ein Idiot!«, rief ich. »Er führt sich auf, als wäre er Astrids Freund. Der hat sie doch nicht mehr alle!«

»Stimmt«, meinte Alex. Er musste fast joggen, um mit meinen großen Schritten mitzuhalten.

»Ich meine, was soll das?«, fuhr ich fort. »Er tut, als hätte er ein Recht auf sie – und ich nicht.«

»Aber sie steht doch auf *dich*, oder?«

Ich nickte.

Mein Bruder redete nie lange drum herum.

»Denke schon«, sagte ich. »Ja, klar, ich bin ihr Freund, nicht er. Das ist mal sicher. Aber trotzdem, sie – sie hält mich auf Abstand. Verstehst du, was ich meine?«

»Ja, aber so ist Astrid halt. Sie lässt ihre Gefühle nicht so raushängen.«

»Sie lässt ihre Gefühle null raushängen«, erwiderte ich, und es klang genauso jämmerlich, wie ich mich fühlte.

»Jake verarscht dich bloß«, sagte Alex. »Das sieht doch jeder. Er merkt, dass du wegen Astrid unsicher bist, und deswegen stichelt er rum.«

Ich zuckte mit den Schultern. »Ich hab mitbekommen, wie Jake ihr erzählt hat, dass er und sein Dad bald zurück nach Texas gehen. Und sie soll mitkommen!«

»Uff«, sagte Alex.

Wir gingen weiter.

»Hör mal«, meinte er irgendwann. »Weißt du noch, was Mom immer gesagt hat? Dass man seine Wünsche nur ganz fest in seinen Gedanken verankern muss, und sie werden wahr?«

Als ich Alex ansah, fiel mir auf, wie stark sich sein Gesicht verändert hatte. Es wirkte magerer. Erwachsener.

»Ja«, antwortete ich.

»Okay. Dann denk mal drüber nach, was du mit deinen ganzen Zweifeln und Streitereien so in deinen Gedanken verankerst.«

»Du meinst – wenn ich mir dauernd Sorgen mache, dass Astrid wieder mit Jake zusammenkommt, passiert es irgendwann wirklich?«

»Ich meine, wenn man sich dauernd vor etwas fürchtet, ist man am Ende selber schuld, wenn es genau so kommt.«

Das musste ich mir erst mal durch den Kopf gehen lassen.

»Oder denkst du, Astrid will mit einem Typen zusammen sein, der die ganze Zeit Angst hat?«

»Hast recht.« Ich seufzte. »Du hast absolut recht.«

»Außerdem habe ich so ein Gefühl, dass ein paar schöne Überraschungen auf dich zukommen könnten.« Ein verstohlenes Lächeln ließ Alex' Mundwinkel zucken. Als hätte er sich einen sehr gelungenen Streich ausgedacht.

»Schöne Überraschungen?«, sagte ich. »Das wäre mal eine Abwechslung.«

Es war sehr angenehm, eine Weile allein auf meinem Bett in Zelt J zu liegen. Das heißt, allein war ich nur in unserer Fünfbettkabine. Durch das riesige Zelt führte ein langer Mittelgang, vorbei an niedrigen Trennwänden, die die einzelnen »Zimmer« bildeten. Rechts und links an den Wänden stand jeweils ein Stockbett, und unter dem Plastikfenster befand sich das einzige Einzelbett.

Das war Astrids Bett. Darauf hatten wir uns gleich geeinigt.

In den anderen Zimmern alberten andere Teeniewaisen herum, aber unsere Kabine hatte ich ganz für mich allein. Viel einsamer wurde es im Flüchtlingslager nie.

Ich schrieb Tagebuch. Das half immer.

Etwa eine halbe Stunde später kam Astrid rein. Jake dackelte hinterher.

Sie schienen sich zu streiten. Gut so.

»Ich will mich einfach nur hinlegen«, sagte Astrid zu ihm und hielt sich den Kugelbauch, das Gesicht zu einer gequälten Grimasse verzogen.

»Was ist los?«, fragte ich und richtete mich so hastig auf, dass mein Kopf von unten gegen Alex' Bett knallte. Jake verdrehte die Augen.

»Schmerzen«, sagte Astrid. »Unten drin. Fühlt sich nach Krämpfen an. Ich muss mich mal hinlegen.«

»Ich hab ihr gesagt, dass sie schnell zur Krankenstation soll«, schaltete Jake sich ein. »Die haben da sicher eine Pille für genau solchen Scheiß.«

»Und ich hab dir gesagt, dass ich da nicht hingehe!«, rief

Astrid. »Die bringen die schwangeren Frauen irgendwo hin. Da bin ich mir sicher.«

»Astrid«, erwiderte Jake. »Ich weiß, das darf man einer sensiblen Schwangeren nicht sagen, aber Mann, Baby, du benimmst dich echt wie eine Wahnsinnige!«

Ich hielt die Hände hoch, um die beiden irgendwie zu besänftigen. »Ich glaube, sie will sich einfach nur kurz hinlegen, Jake.«

Aber Astrid starrte Jake zornig an. »Und wie willst du das mit Lisa erklären?«

Nach unserer Ankunft hatte Astrid ein paar andere Schwangere kennengelernt. Sie hatten sich zusammengetan, um sich über geschwollene Beine, Schwangerschaftsstreifen und was weiß ich noch alles auszutauschen. Aber in den letzten Wochen hatten zwei von ihnen urplötzlich das Lager verlassen. Beide waren zu Hause den Chemikalien ausgesetzt gewesen – und unter den schwangeren Frauen machte das Gerücht die Runde, sie wären von der Regierung entführt worden, um als Versuchskaninchen bei irgendwelchen Tests herzuhalten.

Im Lager war fast alles knapp, aber Verschwörungstheorien gab es mehr als genug.

»Wahrscheinlich hat sie ihre Familie wiedergefunden und ist abgehauen!«, rief Jake. »Hier verlässt doch dauernd irgendwer das Lager!«

»Lisa war eine gute Freundin. Sie hätte sich von mir verabschiedet«, entgegnete Astrid. »Das denkt Dean übrigens auch.«

»Am wichtigsten ist doch, wie du dich fühlst«, meinte ich. Ich wollte dem Thema möglichst aus dem Weg gehen.

»Ganz genau.« Jake nickte. »Und du hast Krämpfe, und deswegen müssen wir zur Krankenstation!«

»Ich geh da nicht hin, Jake. Ich muss mich nur kurz hinlegen.« Astrid ließ sich auf ihr Bett fallen.

»Aber wenn die Army wirklich alle Schwangeren verschleppt, die das Gas abbekommen haben, warum haben sie dich dann nicht schon lange geholt?«, fragte Jake.

»Lass es, Jake …«, murmelte ich.

»Vielleicht weil wir hier mit zweitausend anderen Leuten angekommen sind, und in dem Trubel haben sie meine Akte verschlampt? Oder meine Akte liegt ganz unten im Stapel? Ich will sie nicht auf mich aufmerksam machen.«

»Also gehst du hier nie wieder zum Arzt? Na toll. Und wie stellst du dir das vor? Soll Dean das Baby drüben beim achtzehnten Loch auf die Welt holen?«

Jake hatte recht. Und dafür hasste ich ihn noch mehr.

»Das Kleine kommt doch erst in drei Monaten«, meinte Astrid. »Dann sind wir schon sonst wo.«

An unserem ersten Tag im Lager war Astrid zum Ultraschall gegangen. Dort hatten sie Astrid erklärt, dass das Baby absolut gesund aussehe – und schon sehr groß für seine viereinhalb Monate. Es sei so weit entwickelt, dass die Leute von der Beratungsstelle wahrscheinlich deutlich danebengelegen hatten, als sie das Zeugungsdatum berechnet hatten. Astrid sei eher im *siebten* Monat. Das Baby würde vermutlich schon im Januar kommen. Wir hatten mit März gerechnet.

Jake sah mich an. »Erklär du's ihr, Dean. Erklär ihr, dass sie zum Arzt gehen muss. Ich meine, du glaubst doch auch nicht an diesen ganzen Die-Army-entführt-Menschen-Schwachsinn, oder? Oder?«

Astrid musterte mich, den Mund zu einem dünnen Strich verkniffen.

»Na ja …«, sagte ich. »Ich kannte Lisa. Hat einen netten Eindruck gemacht. Ist schon seltsam, dass sie sich überhaupt nicht verabschiedet hat. Dabei hat sie immer wieder gesagt, dass sie Astrid noch ein paar Umstandskleider schenken will …«

Jake rollte mit den Augen, um mir klarzumachen, dass er mich für einen erbärmlichen Schlappschwanz hielt.

»Außerdem ist es Astrids Körper, nicht meiner«, fügte ich hinzu. »Wenn sie nicht hingehen will, werde ich sie nicht unter Druck setzen.«

»Sag mal, Geraldine, hast du eigentlich auch so was wie eine eigene Meinung?«

»Alles klar. Jetzt bin ich der Warmduscher, nur weil ich Rücksicht auf Astrids Gefühle nehme.«

»Ach, haut doch ab«, knurrte Astrid. »Manchmal denke ich, es wäre besser, wenn ihr beide für immer verschwindet!«

»Ganz wie du willst. Dann bis später.« Jake ging.

Astrid drehte sich auf die Seite und stopfte sich ein Kissen unter den Bauch, um die schwere Kugel abzustützen.

Mir war wohl anzusehen, wie verletzt ich war, denn Astrid entspannte sich gleich wieder. Ein bisschen.

»War nicht so gemeint«, sagte sie. »Ich … ich brauch einfach ein bisschen Ruhe.«

»Okay.« Ich drehte mich zum Eingang.

»Hey«, meinte sie. »Erstens: Bitte sei jetzt nicht böse, okay? Und zweitens: Kannst du mir später ein Sandwich vom Abendessen mitbringen?« Astrid lächelte.

Ich lächelte zurück.

»Erstens: Okay. Und zweitens: Na klar!«, antwortete ich, beugte mich zu ihr und küsste sie auf die Haare.

Vor dem Clubhaus begegnete ich Alex und Niko, die sich gerade eine Strategie ausdachten. Ich machte mit. Wie es aussah, wollte Niko es doch erst mal auf diplomatischem Wege probieren, und dabei sollte man ihn unbedingt unterstützen.

In Quilchena gab es ein ganzes Bürogebäude voller zweisprachiger Hinweisschilder und milde lächelnder kanadischer

Sozialarbeiter, die den lieben langen Tag Anrufe tätigten und entgegennahmen und auch sonst nichts unversucht ließen, um den Flüchtlingen zu helfen, ihre Familien außerhalb des Lagers zu kontaktieren.

Irgendwer hatte mir einen Witz erzählt: Wie kriegt man hundert Kanadier aus einem Swimmingpool? Man stellt sich an den Rand und sagt: Wären Sie so freundlich, den Pool zu verlassen?

Der Witz funktioniert, weil es die reine Wahrheit ist. Ich hatte noch keinen einzigen Kanadier gesehen, der irgendwie die Beherrschung verloren hätte.

Aber Niko stellte die Dame am Schalter auf eine harte Probe. Sie hieß Helene, eine Frau mit käsiger Haut und kurzem Haar, das an den Schläfen schon ergraute.

»Ich dachte, sie ist tot!«, redete Niko auf sie ein. »Sie hat Blutgruppe null, und sie ist im Wald verschwunden, und ich hatte gehofft, dass unser Freund Mario sie irgendwie in seinen Bunker gekriegt hat, aber eigentlich hatte ich die Hoffnung schon aufgegeben.« Er legte die Zeitung auf die Theke und deutete auf das Bild mit Josie. »Aber schauen Sie sich das Foto an! Sie lebt! Sie ist in einem dieser Konzentrationslager!«

»Na, na, na«, erwiderte Helene. »Konzentrationslager? So kann man das nun nicht sagen …«

»Die haben alle kontaminierten Nuller eingesammelt und in Lager abgeschoben. Wie Kriminelle! Hier in Quilchena haben wir auch kontaminierte Nuller, aber die werden nicht isoliert und weggesperrt.«

»Das stimmt natürlich.«

Ja, klar. Andererseits mussten die Kanadier einige Nuller fortschaffen. Nuller, die schon wegen harmlosen Beleidigungen ausgeflippt waren, die ständig in Schlägereien geraten oder nicht mit den vielen Menschen, den langen Schlangen und der ständigen Warterei zurechtgekommen waren.

»Zum Beispiel mein Kumpel Dean!« Niko deutete auf mich. »Der hat auch Blutgruppe null, der hat das Zeug auch eingeatmet, und ihm geht's gut.«

Ich wurde nervös. Musste das sein? Nicht dass ich etwas zu verbergen hatte, aber wozu unnötige Aufmerksamkeit erregen?

Helene lächelte mich unsicher an und nickte leicht. Und dachte kurz nach. »Da hast du natürlich recht. Solche Lager widersprechen unseren Grundprinzipien. Aber ich kann den Fall nur der Prüfungskommission vorlegen. In Ordnung? Ich werde mich persönlich für eine Verlegung deiner Freundin einsetzen.«

»Hey, das ist doch super!«, rief ich und klopfte Niko auf die Schulter.

»Du müsstest nur noch ein paar Formulare ausfüllen. Und ich muss einen Termin für den Antrag vor der Kommission festlegen. Im Moment gibt es da eine kleine Warteliste …«

»Wie lange?«, fragte Niko.

»Eine Woche, vielleicht auch zwei.«

»Und danach?«

»Wie, danach?«

»Wie lange dauert es danach, bis sie hierher verlegt wird?«, fragte Niko leise. Nach außen hin war er plötzlich ganz ruhig.

»Na ja, die Bearbeitung der Verlegung eines Flüchtlings dauert zwischen einer Woche und zehn Tagen.«

»Gut, danke«, sagte Niko mit kalter, roboterhafter Stimme.

»Freut mich«, meinte Helene. »Ich hatte mir schon Sorgen gemacht, das könnte dir nicht schnell genug sein.«

Niko antwortete mit einem halben Nicken. »Wenn es nicht schneller geht …«

»Leider nicht. Außer wir setzen uns ins Auto, fahren da runter und holen sie selber raus!«, rief Helene.

Das sollte ein Scherz sein. Alex und ich sahen uns an.

»Moment, ich gehe schnell die Formulare holen.« Helene eilte davon.

Niko blickte uns an und sagte: »Captain McKinley.«

Wir hatten Glück – der Shuttlebus zur Air-Force-Basis hatte schon Feierabend gemacht.

»Schlaf doch erst mal drüber, Niko«, riet Alex ihm, als wir zum Speisesaal gingen. »Das sagst du mir doch auch immer. Du brauchst einen exakten Plan. Du darfst nichts überstürzen.«

»Aber sie *lebt*, Alex! Ich dachte die ganze Zeit, sie ist tot, und jetzt will ich sie einfach nur wiedersehen und ihr sagen, dass ich …« Nikos Stimme brach weg, und er wechselte schnell das Thema – zurück zu unserem aktuellen Problem. »Außerdem habe ich schon einen Plan. Ich fahre zu Captain McKinley und lasse ihn nicht mehr in Ruhe, bis er mich über die Grenze fliegt. Und wenn ich erst mal in den Staaten bin, geht's per Anhalter weiter.«

Das mit dem Trampen war noch der beste Teil des Plans. Trampen war nicht mehr halb so problematisch wie früher – wegen der Benzinknappheit musste jeder Autofahrer mindestens zwei Passagiere dabeihaben. Das war Gesetz.

Im Alltag brachte uns das natürlich wenig, weil wir das Lager nur im Shuttlebus verlassen durften, aber in der Zeitung standen ziemlich verrückte Storys über Autotouren quer durch die USA.

»Ich brauche eine Gasmaske«, sagte Niko nachdenklich. »Kennt ihr irgendwen, der eine hat? Zum Tauschen?«

»Wieso? Wegen der Gaswehen?« Alex war schockiert. »Glaubst du etwa daran? Ich dachte, das sind nur Gerüchte.«

Die Gaswehen waren *das* Thema im Lager. Über nichts anderes gab es so viel Klatsch und Tratsch.

Aus dem geheimen Hochsicherheitsbunker irgendwo in den Weiten der Vereinigten Staaten, wo die US-Regierung ihre Arbeit fortsetzte, wurde jede Woche eine Radioansprache gesendet. Präsident Booker versicherte uns immer wieder, dass die Gaswehen seines Wissens reine Gerüchte seien. Das Militär habe ihm bestätigt, dass alle Rückstände der Chemikalien beseitigt worden seien. Das Four-Corners-Gebiet sei wieder sicher (zu einer verkohlten Wüste zerbombt und verbrannt, aber sicher). Und sollte sich später doch noch herausstellen, dass irgendwelche Unregelmäßigkeiten vertuscht wurden, werde er sofort handeln.

Aber dann redete Booker wieder über die immensen Anstrengungen, die unternommen wurden, um die sieben Millionen Obdachlosen an der vom Megatsunami zerstörten Ostküste mit Lebensmitteln, Kleidung und einem Dach über dem Kopf zu versorgen, und ich hatte das Gefühl, es wäre ihm am liebsten, das Four-Corners-Gebiet würde sich einfach in Luft auflösen.

»Ich kann es nicht drauf ankommen lassen«, erklärte Niko meinem Bruder. »Ich weiß nicht, welche Route ich nehmen werde. Vielleicht gerate ich in die Nähe der Gefahrenzone.«

»Aber warum?«, erwiderte ich. »Am besten machst du einen großen Bogen um die Four Corners. Du bleibst im Norden, an der Grenze zu Kanada, und fährst dann senkrecht runter nach Missouri. Deswegen haben sie die Lager doch in irgendwelchen Städten im Mittleren Westen eingerichtet – weil die Four Corners weit weg sind. Es gibt keinen Grund, überhaupt in die Nähe ...«

»Aber wenn die Gaswehen doch kein Gerücht sind, könnte ich einer über den Weg laufen, und dann wäre ich ein toter Mann«, sagte Niko. »Ich brauche eine Gasmaske, das gehört zu meinem Plan. Ihr wolltet doch, dass ich einen *exakten Plan* mache.« Niko warf Alex einen bedeutungsschwangeren Blick zu und ging.

»Er hat sich verändert«, sagte Alex. »Früher war er nicht so, so … sarkastisch.«

Ich zuckte mit den Schultern. »Viele von uns haben sich verändert. Eigentlich alle.«

VIERTES KAPITEL

JOSIE

Obwohl die Kleinen immer Hunger haben, werden sie hypernervös, wenn wir zu den Mahlzeiten gehen. Der Weg zur Mensa macht ihnen Angst. Das Mensagebäude heißt übrigens Plaza 900, aber fragt mich nicht, woher es den extravaganten Namen hat. Vielleicht ist es ein Insiderwitz der Einheimischen. Keine Ahnung, ich komme nicht von hier.

»Ruhe! Jetzt seid doch mal ruhig!«, ruft Mario, als wir morgens zum Frühstück aufbrechen. Freddy hat die anderen aufgestachelt. Wer sonst? Freddy ist halt ein bisschen durch den Wind. Er kreischt dauernd rum und kommt nie zur Ruhe. Wie ein Floh. Ständig springt er durch die Gegend, und manchmal beißt er sogar.

»Beruhigt euch endlich«, sagt Mario. »Dann können wir gehen.«

In alten Zeiten muss *Vortrefflichkeit* ein schönes Wohnheim gewesen sein: cremefarbene Wände und meerblaue Türrahmen, bunt gesprenkelte Teppiche und künstlerisch wertvolle Gemälde. Wie in einer gehobenen Hotelkette.

Jetzt sind die Mauern kahl. Alles, was nicht niet- und nagelfest war, wurde geklaut. Stattdessen sind Wände und Böden voller Flecken: Kaffee, Blut, Tabaksabber, Urin und was weiß ich noch alles.

Die Männer sind schon auf den Beinen. Auf dem Weg zum Ausgang des Wohnheims müssen wir durch ihren Flur.

Ein Fehler im System.

Aber da müssen wir durch, sonst kommen wir nie in den Eingangsbereich und raus ins Freie. Der Männerflur im Erdgeschoss ist der reinste Zoo. Die Männer sind Tiere. Wahrscheinlich hätten die meisten selbst nicht gedacht, dass noch so viel Tier in ihnen steckt.

Im Gänsemarsch laufen wir durch den Gang. Wir sechs und siebzig andere Frauen, Kinder und Alte aus dem Obergeschoss.

»Zusammenbleiben«, sagt Mario, aber das wissen die Kinder selbst. Ich glaube, er will vor allem Heather und Aidan beruhigen.

»Zusammmmmmmen«, raunt ein gruseliger Typ mit irrem Blick, der plötzlich aus einem Zimmer stolpert.

Als Heather aufschreit, lacht der Kerl.

Er ist spindeldürr und stinkt. An seinem Kopf kleben nur noch ein paar vereinzelte Haarsträhnen.

»Hau ab!«, knurre ich.

Der Typ streckt mir die Zunge raus. Sein abgestandener Atem schlägt mir entgegen. Widerlich.

»Alles gut, alles gut«, sagt Mario. »Weiter geht's.«

Endlich treten wir in die kalte, klare Morgenluft und durchqueren den Innenhof.

Der Herbst ist da, es wird kalt. Das spüre ich sofort, als wir über das ausgetrocknete Gras und den kahlen Beton des Hofs gehen. Ein Stück totes Land.

Keiner von uns hat Winterklamotten. In einem Anfall von Mitgefühl habe ich Freddy meine Jacke geschenkt. Seitdem trage ich meine beiden Shirts immer übereinander. Dazu meine alte, schmutzige Jeans und Klettverschluss-Pantoffeln, die früher Marios Frau gehört haben. Sie passen fast perfekt.

Mario hat Lori seinen Pullover gegeben. Nicht, damit ihr schön warm ist, sondern eher aus Sicherheitsgründen, glaube ich. Lori hat ziemlich große Brüste, und früher besaß sie nur ein hauchdünnes Thermooberteil, unter dem sich die Brustwarzen abgezeichnet haben.

Ich denke an die ganze Kleidung, die wir früher der Kirche gespendet haben. Wo bleiben die alten Klamotten der freien Bürger der Vereinigten Staaten? Tun wir ihnen denn gar nicht leid?

Wir würden alles anziehen. Es muss nicht passen, es muss nicht mal sauber sein. Für eine frische Unterhose würden viele Leute *töten*, und das ist wörtlich gemeint.

Ihren Lieblingen geben die Wachen bessere Klamotten. Wir sind keine Lieblinge.

Und so spüren Mario und ich die Kälte sehr deutlich, als wir zum Frühstück in der Plaza 900 gehen.

Der Himmel ist schlammgrau mit einem zarten pfirsichfarbenen Streifen am Horizont. Das Schönste, was ich heute sehen werde. Das steht jetzt schon fest.

Ich versuche, die ganze Schönheit einzuatmen, doch sie bleibt mir in der Kehle stecken. Als hätte ich aus Versehen einen Kiesel verschluckt.

Heather beugt sich zu Aidan und Freddy. »Die Gaswehen kommen nachts.« Beim *s* lispelt sie immer. »Hab ich gehört.«

»Quatsch!«, platzt Freddy heraus. »Sie *sehen aus* wie die Nacht! Wie so schwarze Wolken, die aus dem Nichts angerauscht kommen.« Er prescht mit hochgerissenen Armen los – wie ein Vampir, der sich auf seine Beute stürzt. »Und wenn sie auf eine Stadt treffen – *BUMM*, sind alle tot.«

»So funktioniert das nicht«, spottet Lori. »Die Chemikalien funktionieren ganz anders.«

»Woher willst du das wissen?«, schnaubt Freddy. »Ich war auch da draußen!«

»Klappe, ihr zwei!«, schimpft Mario. »Das sind doch nur blöde Schauermärchen. Josie und ich haben gesehen, wie die

Bomben hochgegangen sind. Sie haben das ganze Giftzeug aus der Luft gesprengt. Stimmt doch, Josie?«

Die Kinder blicken mich an.

Ich zucke mit den Schultern.

Mario will mich ständig dazu bringen, mit den Kids zu reden. Mich um sie zu kümmern.

Ich glaube, er glaubt, das würde mir guttun.

Ich stopfe die Hände in die Taschen. »Kann ich schon mal vorausgehen? Mir ist kalt.«

»Nichts da«, erwidert Mario. »Wir bleiben zusammen. Wir bleiben immer zusammen.«

Ja, sicher. Als hätte unsere Kidsbande in diesem Höllengefängnis irgendeinen Sinn. Als wäre unsere kleine Gruppe aus Minderjährigen überhaupt eine richtige Gruppe.

Wir gehen zusammen rein.

»Sucht euch einen Tisch, Kinder. Lori, nimm Heather an die Hand!«, befiehlt Mario. »Josie und ich bringen euch was zu futtern.«

Er muss fast schreien, um das Chaos zu übertönen.

(Da Mario unser offizieller Pate ist, kann er sich die Regeln ein bisschen zurechtbiegen. Streng genommen müssten sich die Kinder mit anstellen, aber es genügt, wenn Mario ihre Ausweise schwenkt, damit die Kleinen sich nicht in die Schlange wagen müssen – ist besser für sie. Die Damen von der Essensausgabe haben sowieso eine Schwäche für Mario, und das ist verständlich, denn er ist der einzige nette Mensch im Lager. Trotz seiner knorrigen Art.)

In der Mensa entstehen immer wieder kleinere Tumulte, schließlich sind wir alle Nuller. Aber auch wenn gerade keine Raufereien in Gang sind, kriege ich von dem Krach jedes Mal Kopfweh. Sechshundertirgendwas Menschen auf einem Haufen, und alle fressen, plappern und klappern mit dem Besteck. Mein Magen verkrampft sich vor Unwohlsein.

Während die Kinder zu einem freien Tisch in der Ecke laufen, stellen Mario und ich uns in die Schlange.

Ich starre auf den Boden. Es ist am klügsten, mit niemandem in Kontakt zu treten. Nicht mal mit Blicken.

Vor der Katastrophe war die Plaza 900 wohl ein richtig cooler Laden – ein großer Saal, in dem verschiedene Essensausgaben verteilt sind. Was für ein Luxus! An den Schildern sieht man noch, dass es hier früher *Omeletts nach Wunsch* gab. Oder hatte man eher Lust auf *Zen Gen Sushi*? Auf *Pizzaparty!* oder auf *Tio's Burritos*?

Heute früh gibt es an sämtlichen Essensausgaben dasselbe: *Haferbrei für alle!* Und mittags *Nichts als Suppe!* Und abends natürlich *Die ewigen Spaghetti!*

Die Gefangenen treten in Schichten zum Frühstück an.

Vortrefflichkeit und *Verantwortung* essen von 6.00 bis 7.00 Uhr.

Erfindergeist und *Respekt* essen von 7.00 bis 8.00 Uhr.

Gillett und *Hudson* essen von 8.00 bis 9.00 Uhr.

In den Schlangen wird geschubst, geschoben und um sich geschlagen. Bei jeder Mahlzeit, selbst wenn es nur Haferbrei gibt. (Wobei die Leute sich nicht um den Haferbrei prügeln, sondern um den Zucker, den wir dazu bekommen. Zwei Tütchen pro Nase, und ständig wirft einer dem anderen vor, er hätte drei oder vier genommen.)

Mario und ich stehen in der Schlange.

Irgendwer stößt mich in den Rücken. Ich tue, als hätte ich es nicht bemerkt.

Irgendwer stößt Mario in den Rücken. Ich reiße den Kopf hoch.

»Guten Morgen, Mr. Scietto«, sagt eine Stimme hinter uns.

Es ist Carlo, der Anführer der Gewerkschafter, einer der drei Vollidiotengangs, die um die Vorherrschaft in den Wohnheimen ringen.

Außerdem wären da noch die Latinogang, die von einem gewissen Lucho angeführt wird, und die Knüppler aus dem *Erfindergeist*-Wohnheim – die haben Knüppel, die sie den Leuten über den Schädel ziehen, daher der kreative Name.

Die Gang aus unserem Wohnheim nennt sich »die Gewerkschaft«, und ihre Mitglieder sind deswegen die Gewerkschafter.

Ich versuche, die Typen nicht ernst zu nehmen. Ich versuche, sie zu behandeln, wie sie es verdient haben: wie Männer, die ein bisschen Gangster spielen wollen. Aber ihre Schläge tun trotzdem weh.

Hin und wieder schlagen sie in aller Öffentlichkeit zu, und die Wachen schauen weg.

Carlos Pranke legt sich auf Marios dünnen Arm.

Sofort erhitzt sich mein Blut. Volle Kampfbereitschaft.

Der Mensalärm scheint zu verstummen. Mein Blickfeld zieht sich zusammen, bis ich nur noch Carlo und die drei Gewerkschafter hinter seinem Rücken sehe. Einer ist dick, ein anderer groß, der Letzte ist noch ein Teenager.

»Es wird Zeit, dass auch du deinen Beitrag leistest, Scietto«, flüstert Carlo. Carlo ist ein Schwarzer mit rasiertem Kopf, wässrigen braunen Augen und einem betont ruhigen, würdevollen »Benehmen«. Ich glaube, das hat er sich von einem alten Bond-Bösewicht abgeschaut. Man könnte fast meinen, er spricht mit britischem Akzent.

Carlo läuft jeden Tag mit einem weitgehend sauberen Hemd herum, das er sich immer ordentlich in seine enge schwarze Jeans steckt. Ein weitgehend sauberes Hemd – das ist im Lager nicht leicht zu bekommen.

»Ihr haltet die ganze Schlange auf«, brummt Mario.

»Mario Scietto …«, murmelt Carlo. »Du bist mir ein Rätsel. Weißt du, wer uns Tribut zu zollen hat? Die Alten und die Schwachen.«

»Solltest mal in den Spiegel schauen, Scietto«, sagt der Teenager. Er hat einen dünnen, ausgefransten Schnurrbart und gelbliche Kettenraucherzähne.

»Du sagst es, Brett!«, ruft Carlo. »Die Beschreibung passt perfekt, Scietto. Du bist alt *und* schwach. Aber deine Kids brauchen dich doch. Wäre schade, wenn dir was zustößt.«

»Lasst uns in Frieden«, zische ich mit zusammengebissenen Zähnen.

»So was«, sagt Carlo. »Die Kleine kann sprechen! Wir dachten immer, du bist stumm, Schwester.«

»Ich hab sie schon mal reden gehört«, meint Brett.

Ich kann mich nicht erinnern, den hässlichen Typen schon mal gesehen zu haben.

»Irgendwer hat versucht, einer ihrer kleinen Mistgören das Handtuch wegzunehmen«, erzählt Brett weiter. »Sie hat dem Typen fast den Kopf abgebissen.«

Stimmt. An den Arsch, der Heather eines unserer beiden Handtücher klauen wollte, erinnere ich mich noch. Aber Brett ist mir nicht im Gedächtnis geblieben.

»Ja«, fährt Brett fort. »Die ist vorlaut.«

Wie ich dieses Wort hasse. Alle Frauen, die eine eigene Meinung haben, sind »vorlaut«.

»Könnt ihr da vorne mal *WEITERGEHEN*!?«, schreit einer der hundert Durchgeknallten hinter uns.

Ich mache einen entschlossenen Schritt nach vorne, lege Mario die Hand auf die Schulter und versuche, ihn sanft mitzuziehen, weg von den Gewerkschaftern. Doch die Typen schieben sich durch das Gedränge und folgen uns.

Wir stellen unsere Tabletts auf die Metallschiene und warten auf unseren Haferbrei.

Die Frau von der Essensausgabe lächelt Mario an. »Du hast vier kleine Schätzchen, nicht wahr, *mi amor*?«

»Morgen, Juanita. Ja, wir sind insgesamt sechs.«

Juanita schöpft Brei in sechs Schüsseln und schiebt sie über die Glastheke zu unseren Tabletts.

»Wir wollen bloß einen Anteil an euren Rationen, Mario«, sagt Carlo und nimmt sich eine Schüssel von Marios Tablett. »Das reicht uns heute schon.«

Die Frage ist nur, was sie morgen wollen.

»Das ist nicht für dich, *pendejo*!«, keift Juanita ihn an.

»Schon gut«, beschwichtigt Mario. »Ich hab heute sowieso keinen Hunger.«

Als wir weitergehen, steckt Juanita mir noch unsere zwölf Zuckertütchen zu. Ich lasse sie in der Tasche verschwinden.

Wir drängeln uns an den Gewerkschaftern vorbei. Ich sehe die Kinder schon hinten in der Ecke sitzen. Sie wirken klein und verängstigt, also wie immer.

»Und den Zucker nehme ich auch gerne.« Carlo streckt die Hand aus.

»Fahr zur Hölle«, sage ich.

Carlo tritt dicht vor mich. Sein stinkender Atem steigt mir in die Nase. »Da sind wir doch schon, meine Zuckerschnitte.«

»Gib ihm das Zeug, Josie«, befiehlt Mario mir. »Na los.«

Wumm, wumm, wumm. Mein Herz schlägt wie wild. O ja, die Blutgier ist zurück. Ich will Carlo wehtun. Ich könnte ihm so schön wehtun. Ihm und Brett. Zwei arrogante Arschlöcher, die denken, sie könnten sich alles rausnehmen. Warum soll ich ihnen denn nicht wehtun?

Aber neben mir steht Mario, und ich könnte schwören, dass in seinen Augen ein helles Licht leuchtet.

Ich nehme die Zuckertütchen aus der Tasche – fast alle – und drücke sie Carlo in die Hand.

»Geht doch«, sagt Brett und lächelt abstoßend. »Anscheinend weißt du doch, was gut für dich ist.«

Seine Hand legt sich auf meine Hüfte. Er zieht mich an seinen Körper.

»Wir haben einen Tisch gekriegt, Onkel Mario!«, zwitschert Heather, die sich durch die Menge zu uns kämpft.

Hinten steht Lori, reckt den Hals und beobachtet uns besorgt.

»Kommt mit!«, drängelt Heather, marschiert voraus und zieht Mario hinterher. Ich folge ihnen.

»Entspann dich, Onkel Mario!«, ruft Carlo. »Ihr steht jetzt unter unserem Schutz!«

Ich sehe, wie das Tablett in Marios Händen zittert.

Als er sich noch einmal umdreht, bemerkt er mein zorniges Gesicht. »Ist doch scheißegal«, meint er. »Dann kriegen wir halt nur fünf Schüsseln Schleim. Gibt Schlimmeres.«

»Aber wir müssen essen«, sage ich.

»Wir müssen am Leben bleiben«, murmelt er. »Wer weiß, vielleicht ist's sogar für was gut.«

Soll er das doch glauben, wenn er will. Aber ich weiß, wie es läuft: Hat man einmal nachgegeben, will so ein Typ jeden Tag mehr.

FÜNFTES KAPITEL
DEAN

Wir gingen am liebsten früh essen, und immer alle zusammen. Es ist schon witzig, wie schnell man im Lager in einen Trott verfällt. Ist wohl so ein Flüchtlingsding. Wenn dein ganzes Leben im Chaos versinkt, klammerst du dich eben an die kleinen Dinge, zum Beispiel an einen festen Platz beim Abendessen. Wegen der Sitzordnung waren schon Schlägereien ausgebrochen. Kein Scherz.

Der Rest der Truppe saß schon an unserem üblichen Tisch, als Alex und ich dazukamen. Die Kleinen waren mit Schreiben und Malen beschäftigt – Mrs. McKinley hatte auf wundersame Weise Tonpapier und dicke Filzstifte organisiert. Die Lagerleitung redete davon, eine Schule für die Kinder einzurichten, aber das war alles längst nicht fertig.

»Wie schreibt man *prominent*?«, fragte Chloe, als Alex und ich uns dazusetzten.

Ich buchstabierte es ihr und beugte mich vor, um einen Blick auf ihr Werk zu werfen: »Luna ist hier voll berühmt. Alle lieben sie. Und weil ich mit ihr Gassi gehe, bin ich sozusagen brummin …«

»Wir schreiben Briefe und malen Bilder für Batiste!«, rief Max. Sein Haarwirbel wackelte wie ein Hahnenkamm.

Batiste lebte in einem Flüchtlingslager in Calgary. Wir hatten ihn in den Listen entdeckt. Die Aufstellungen mit den Namen der Menschen in den verschiedenen Lagern wurden täglich aktualisiert, ganz altmodisch ausgedruckt und in dicken Ordnern abgeheftet, und die Leute standen stundenlang an, um die Listen durchzugehen und vielleicht einen Angehörigen oder einen Freund zu finden. Als wir Batistes Namen entdeckt hatten, schwarz auf weiß – das war ein wundervolles Gefühl. Batiste war bei seinen Eltern. Ich freute mich für ihn. Wir freuten uns alle.

Ulysses malte eine Familie, die auf einer grünen Wiese unter blauem Himmel spielte.

Max malte einen Jungen mit stacheligen gelben Haaren, der in einer Art Auto saß, das von einem größeren Männchen geschoben wurde. Der Junge weinte dicke Tränen – riesige blaue Striche schossen in hohem Bogen aus seinen Augen.

Caroline malte viele Männchen, die in einem großen Kreis um ein Lagerfeuer saßen.

Henry saß bloß bei seiner Mutter auf dem Schoß und wickelte ihre Haare um seinen Zeigefinger.

»Schau«, sagte Caroline. »Das sind wir bei unserem Lagerfeuer im Greenway. Weißt du noch, als Onkel Jake mit uns Marshmallows und Cowboysuppe gemacht hat?«

Henry nickte feierlich. »Das hat Spaß gemacht.«

Als Max sein Bild hochhielt, sah ich, dass er die schwarzen Schuhe des Jungen mit roten Punkten verziert hatte. »Das bin ich im Buggy, und Niko schiebt mich zur Bushaltestelle!«

Kaum zu glauben, was die anderen alles erlebt hatten, während ich mich im Greenway verkrochen hatte.

»Das war ein super Buggy«, sagte Max wehmütig.

Auch Ulysses zeigte mir sein Bild. »Das sind wir jetzt!«, rief er mit seinem bezaubernden Zahnlückenlächeln.

»Da wird Batiste sich aber freuen«, meinte ich.

Alex nahm sich ein Blatt Papier und fing an zu schreiben.

»Schreibst du auch was?«, fragte Caroline strahlend.

»Na klar. Batiste gehört doch auch zu meiner Familie.«

»So wie wir alle?«, erwiderte Caroline.

Alex nickte. »Yep.«

Caroline blickte Chloe an. »Hab ich dir doch gesagt, Chloe! Wir sind jetzt alle eine Familie. Eine richtige Familie. Das ist nicht *nur so gesagt*.«

Chloe zuckte mit den Schultern. »Meinetwegen.«

Als Sahalia mit ihrem Tablett zurückkehrte, sah ich ein Lächeln auf Alex' Gesicht aufleuchten. Ein seliges, vollkommen wehrloses Lächeln.

Auweia, dachte ich, wenn das mal gut geht. Sahalia war jetzt nicht der verlässlichste Mensch der Welt.

Aber sie strahlte genauso glücklich, und das war doch ein gutes Zeichen. Ein sehr gutes Zeichen.

»Dean!« Max schob mir ein Blatt Papier unter die Nase. »Kannst du für mich eine Geschichte abkürzen?«

»Eine Geschichte abkürzen? Wie meinst du das?«

»Na ja …«, fing Max an zu erzählen. »Ich wollte mal, dass meine Mom einen Brief an meinen Onkel Mack schreibt, weil der war gerade im Kittchen wegen Körperverletzung in einem besonders schweren Stall, fünf bis zehn Jahre hatte er dafür gekriegt, und genau, ich wollte ihm erzählen, wie ich vor dem Emerald's im Auto gesessen und auf Dad gewartet hatte, der hatte da drin was Geschäftliches zu erledigen, und ich durfte ja wegen den ganzen Tangas nicht mehr mit rein. Ja, und als ich da so sitze und Hausaufgaben mache, Einmaleins und so, kommt auf einmal so eine Bullenkutsche angeschlichen, aber echt krass leise. Und dann steigt ein Cop aus und geht zu einem Auto ganz am Ende vom Parkplatz, superunauffällig, bis er plötzlich die Tür von dem Auto aufreißt – und dann fällt da so eine Dame raus, eine von den Moms, die ich sogar kannte, fällt da einfach raus auf den Parkplatz! Es war die Mom von meinem früher mal besten Kumpel Channing, und unten rum hatte sie gar nichts an!«

Sahalia lachte schallend und vergrub das Gesicht in Alex' Schulter.

Max fuhr unbeirrt fort. »Ja, und dann hat sich herausgestellt, dass Channings Mom nebenbei Lap-Dance gemacht hat und dass das verboten ist! Also hat der Cop sie verhaftet und in seinen Wagen gepackt und den Typen, auf dem Channings Mom gesessen hatte, gleich mit.«

»Du meine Güte«, sagte Mrs. McKinley.

»Was ist Lap-Dance?«, fragte Henry.

Mrs. McKinley beugte sich zu Max. »Weißt du, Schätzchen, ich bin mir nicht so sicher, ob deine Geschichte was für die Kleinen ist.«

Ich wollte ihr gerade erklären, dass Max' Geschichten noch nie jugendfrei waren, aber Max brachte sie mit einer Handbewegung zum Schweigen und plapperte einfach weiter. »Ja, und das wollte ich alles meinem Onkel Mack erzählen, weil der immer mit Channings Mom rumgehangen hatte, und manchmal hat er ihr Sachen gekauft, Windeln und so, wenn sie welche gebraucht hat. Deshalb hab ich Mom die Geschichte erzählt, weil ich wollte, dass sie es aufschreibt, aber sie hat nur einen Satz hingeschrieben. Und als ich sie gefragt habe, wieso, hat sie gesagt: Ich hab doch die ganze Geschichte hingeschrieben. Ich hab sie bloß abgekürzt.«

»Was hat sie denn geschrieben?«, fragte Henry.

»Natalia Fiore wurde wegen Prostitution verhaftet.« Max zuckte mit den Schultern. »Das war's.«

»Verstehe«, sagte ich. »Und welche Geschichte soll ich jetzt für dich abkürzen?«

»Na, unsere Geschichte! Was wir so alles erlebt haben!«, rief Max. »Damit Batiste uns nicht vergisst.«

Er trommelte auf dem Papier herum, nach dem Motto: Mitschreiben!

Ich sah ihn an. Seine blauen Augen leuchteten. Er wollte sofort loslegen.

»Hmm … ich glaube, es würde ziemlich lange dauern, unsere Geschichte aufzuschreiben.«

»Aber du kannst doch super schreiben. Dann dauert es auch nicht so lange.«

»Woher willst du wissen, dass ich super schreiben kann?«

»Na, ich will's hoffen!«, krähte er. »Wo du doch jeden Tag in dein Tagebuch schreibst!«

»Hey, schreibst du da auch was über mich rein?«, fragte Chloe.

»Na klar«, sagte ich.

Ihr Mund kräuselte sich skeptisch. »Schreibst du gute oder schlechte Sachen über mich?«

»Über dich? Nur gute Sachen!«

»Und kommen wir auch in der Geschichte vor?«, erkundigte sich Caroline.

»Ihr kommt bestimmt alle vor«, sagte Mrs. McKinley und gab Caroline einen Kuss auf die Stirn. »Aber jetzt packt ihr bitte die Stifte und das Papier weg und holt euch was zu essen, ja?«

Zurück in Zelt J holte ich erst mal das geschmuggelte Frikadellenbrötchen unter meinem Sweatshirt hervor und überreichte es Astrid.

Als ich sah, wie sie strahlte, ärgerte ich mich nicht mehr über den Fettfleck an der Innenseite des Stoffs.

»Mmmmhhh«, machte sie und biss herzhaft rein. »Danke.«

Ich gab ihr den Apfel, den ich in der Tasche aus dem Speisesaal transportiert hatte. *»An apple a day …«*

Es war ein lahmer Spruch, aber ich war mir grad nicht sicher, woran ich bei ihr war.

Vielleicht sollte ich mich erst mal entschuldigen? »Das mit

Jake vorhin tut mir leid. Ich weiß, es macht dich wahnsinnig, wenn wir dauernd aufeinander losgehen …«

Astrid winkte mit dem angebissenen Brötchen ab, trank einen Schluck Wasser und blickte zu mir hoch. »Findest du, ich benehme mich lächerlich?«

Wenn sie mich so ansah, wenn sie mich richtig ins Visier nahm, schüchterte sie mich immer noch ein. Astrid war verdammt intelligent, ihr entging rein gar nichts. Als könnte sie direkt in meinen Kopf schauen.

Ich konnte immer noch nicht glauben, dass mich dieses wunderschöne Mädchen wirklich gern hatte. Aber ob sie mich jemals genauso lieben würde wie ich sie? Auf dieselbe halb wahnsinnige Ich-tu-alles-für-dich-Weise?

»Sag schon«, meinte sie.

Ich wich ihrem Blick aus und schwieg.

»Erinnerst du dich an die Frau aus der Schlange?«

Ich nickte.

»Ich habe mich jeden Tag nach ihr umgeschaut. Bei den Listen, im Clubhaus … aber ich habe sie nie wiedergesehen.«

»Du denkst, sie haben sie weggeschafft.«

Astrid nickte. Ihre großen blauen Augen schimmerten ängstlich.

Natürlich erinnerte ich mich an die Frau.

Wir hatten beim Frühstück angestanden.

Es war ein schöner, sonniger Morgen. Im Clubhaus duftete es nach Ahornsirup, und Astrid war gut drauf.

»Wie gefällt dir meine Frisur?«, fragte sie.

Damals im Greenway, als wir allesamt Läuse bekommen hatten, hatte ich ihr den wahrscheinlich miesesten Haarschnitt in der Geschichte des Friseurhandwerks verpasst. Seitdem hatte Sahalia getan, was sie konnte, um Astrids Haare wieder einigermaßen in Form zu bringen, aber die Lage war aussichtslos. Astrid lief mit einem blonden Pseudo-Irokesenschnitt herum, der zuletzt im Jahr 2002 in Mode gewesen war. Ich erinnerte mich noch, dass unser alter Friseur immer versucht hatte, Alex und mir so einen Schnitt aufzuschwatzen, aber keine Chance. An manchen Stellen lockte sich Astrids Haar, an anderen stand es struppig ab.

»Du siehst aus wie ein durchgeknalltes Küken«, meinte ich.

»Wie charmant.« Astrids Finger wanderten durch das blonde Gestrüpp auf ihrem Kopf. »Hat dir keiner gesagt, dass man schwangeren Frauen Komplimente machen muss?«

»Ich meine natürlich: wie ein überwältigend schönes durchgeknalltes Küken. Was dachtest du denn!«

Astrid zwinkerte mir zu und setzte sich die grüne Strickmütze auf, die ich ihr im Greenway geschenkt hatte. »Ist vielleicht besser. Ich will den Leuten ja nicht den Appetit verderben.«

»Ja, gute Idee.«

Wir stellten unsere Tabletts auf die Metallschiene und schoben sie langsam weiter. Plötzlich bekam ich einen Stoß in den Rücken. Irgendwer schubste mich beiseite und packte Astrid an den Schultern.

»Barbie! Barbs?«, rief eine verzweifelte Frauenstimme.

Es war eine dünne, junge blonde Frau, vielleicht Mitte zwanzig, die ein ausgeleiertes Sweatshirt trug.

Als sie Astrid herumwirbelte und ihr Gesicht studierte, stieß sie einen Schrei aus.

»Tut mir leid«, sagte sie dann. »Ich dachte, du bist meine Schwester.«

»Schon gut«, tröstete Astrid sie. »Wir halten doch alle Ausschau nach unserer Familie.«

»Nein, nein!«, wimmerte die junge Frau. »Das ist es nicht. Es ist ganz anders!«

Als sie den Kopf hängen ließ und auf der Stelle schwankte, fasste ich sie schnell an der Schulter. »Alles okay?« Am Ende würde sie gleich in Ohnmacht fallen? »Komm.« Ich zog sie zum nächsten Tisch und setzte sie auf einen Stuhl.

Astrid hockte sich dazu und nahm ihre Hand.

»Ich hab deinen Babybauch gesehen«, sagte die Frau. »Und da dachte ich, du bist meine Schwester Barbie.«

»Wo hast du sie zum letzten Mal gesehen?«, fragte ich. Ich erwartete eine der üblichen Antworten: Castle Rock, Denver, Boulder …

»Auf der Krankenstation«, antwortete sie. »Erst vor zwei Tagen. Sie hatte leichte Schmerzen, deshalb ist sie hingegangen, und sie haben sie mitgenommen!«

»Mitgenommen?«, sagte ich. »Wohin? Ins Krankenhaus?«

»Das weiß ich doch nicht! Irgendwelche Typen von der amerikanischen Regierung haben mit ihr geredet. Sie haben ihr gesagt, dass sie in die Staaten muss, wegen irgendwelchen Tests, aber sie wollte nicht. Sie wollte mich auf keinen Fall allein lassen. Sie wollte hierbleiben.«

Astrid atmete schneller. Ich sah, wie sie sich instinktiv an die Kehle fasste. »Wie sieht deine Schwester aus?«, fragte sie.

»Sie ist schlank, so wie du, und ungefähr im selben Monat, denke ich. Aber sie hat braune Haare.«

»Hat sie ein Augenbrauenpiercing?«

Die junge Frau nickte.

»O Gott. Ich kenne sie! Sie war in meiner Schwangerschaftsgruppe.«

»Als wir heute Morgen aufgewacht sind, war sie nicht mehr im Zelt«, berichtete die Frau. »Ich glaube, sie haben sie mitgenommen. Einfach so. Sie hat mir erzählt, dass sie ihr alle möglichen Fragen über damals gestellt haben, als sie das Gas eingeatmet hat. Dabei waren das nur ein paar Minuten. Ich war nämlich dabei. Wir haben beide Blutgruppe AB, und es waren wirklich nur ein paar Minuten, dann hat uns mein Mann gefunden und wieder ins Haus geholt. Mein Gott, was wollen die denn mit ihr!?«

»Mir … mir geht's nicht so gut«, flüsterte Astrid. Sie keuchte und schnaufte.

»Und kein Mensch redet mit mir!« Die Frau brüllte fast. »Keiner sagt mir, was los ist!«

»Luft«, japste Astrid. »Ich krieg keine Luft mehr.«

Sie hatte eine Panikattacke. Das hatte ich schon öfter miterlebt.

»Tut mir leid«, sagte die Frau. »Das, das wollte ich doch nicht, dass du dich so aufregst …«

Aber wir waren schon auf dem Weg nach draußen. Astrid stützte sich auf mich, während ich die Leute anschnauzte, dass sie gefälligst aus dem Weg gehen sollten. Ja, die Erzählung der Frau konnte einem Angst machen. Andererseits …

Andererseits hatte sie selbst gesagt, dass sie Blutgruppe AB hatte – die Blutgruppe, die Wahnvorstellungen entwickelte, sobald sie in Kontakt mit den Chemikalien kam.

Deswegen war die Frau in meinen Augen nicht zu hundert Prozent glaubwürdig. Sie wirkte ein bisschen verrückt, sie benahm sich ein bisschen verrückt, und ich hielt sie für ein bisschen verrückt.

Astrid glaubte ihr alles.

Es war eine schwierige Situation. Was sollte ich sagen? Am Schluss entschied ich mich für: »Ist doch kein Wunder, dass du Angst hast, aber …«

Falsche Entscheidung – Astrids Augen loderten auf. »Ich habe keine *Angst*, Dean. Ich glaube, dass die Regierung ›kontaminierte‹ schwangere Frauen entführt und für Tests missbraucht. Und ich habe keinen Bock, entführt zu werden.«

»Ja, aber was willst du machen?« Ich probierte es mit vernünftigen Argumenten. »Irgendwann musst du wieder zur Krankenstation. Spätestens zur nächsten Routineuntersuchung.«

Astrid zuckte mit den Schultern und widmete sich wieder ihrem Frikadellenbrötchen.

»Wie geht's dir denn?«, fragte ich. »Haben die Krämpfe nachgelassen?«

»Ja, ja. Das ist der Stress. Die ständige Anspannung. Manchmal komme ich überhaupt nicht mehr runter.«

»Das kenne ich. Deshalb raste ich auch so schnell aus, wenn Jake mich verarscht. Dann kommt diese ... diese Energie in mir hoch, und ich weiß nicht, wohin damit.«

»Ja«, sagte Astrid. »Geht mir genauso.«

Ich war erleichtert – Astrid und ich verstanden uns wieder besser. Eigentlich hätte ich damit zufrieden sein sollen, aber ich konnte es nicht lassen. »Ich meine, was muss Jake mich dauernd volllabern? Was soll das? Der will doch nur, dass ich die Kontrolle verliere.«

Astrids Gesicht verdunkelte sich, als hätte sie hinter ihren Augen die Vorhänge zugezogen.

»Und was redest du dauernd von Jake?«, fauchte sie. »Warum muss ich mir ständig anhören, wie ihr euch gegenseitig schlechtmacht? Das ist echt anstrengend.«

Interessant. Jake machte mich also vor Astrid schlecht? Den Verdacht hatte ich schon länger gehabt, aber jetzt wusste ich es mit Sicherheit.

Ich hätte mich zusammenreißen sollen. Mich ein bisschen entspannen. Aber meine Fäuste ballten sich.

Als ich einen Blick auf Astrid warf, sah ich, dass sie mich genau beobachtete.

Ich zuckte mit den Schultern. »Tut mir leid.«

Sofort schaute sie zur Seite. Ich weiß nicht, was sie in diesem Moment in mir gesehen hatte, aber nun war es ihr selbst peinlich.

»Egal«, sagte Astrid. »Danke, dass du immer für mich da bist. Obwohl du mich paranoid findest.« Sie biss in den Apfel.

»Wollen wir noch einen Spaziergang machen, bevor sie das Licht ausmachen?«

Sie schüttelte den Kopf.

»Hey, ihr!«, rief Sahalia.

Alex und sie trotteten durch den Mittelgang, Sahalia mit einer Gitarre in der Hand.

Die Kanadier hatten ein paar Musikinstrumente unter den Flüchtlingen verteilt. Ab und zu ergaben sich spontane Jamsessions, die sogar noch schöner waren, als man denkt.

Um uns herum kamen immer mehr Teenies und Kinder vom Abendessen zurück. Manche wirkten sehr nett, andere waren total unsympathisch – wie bei jeder größeren Gruppe.

Ich hatte mich mit niemandem angefreundet.

Ich hatte schon genug Leute, um die ich mir Sorgen machen musste. Ich hatte eine große Familie aus Freunden.

»Heute Abend gehört die Gitarre mir!«, verkündete Sahalia fröhlich. »Was wollt ihr hören?«

»Dieses jamaikanische Lied!«, antwortete Alex.

Sahalia verdrehte die Augen. »Dein Musikgeschmack ist so schlecht.«

»Und wieso hast du den Song dann gelernt?« Alex grinste. »Wenn er doch sooooo schrecklich ist?«

Sahalia legte los. Es war ein alter Reggae-Song, *No Woman, No Cry*. Eines der Lieblingslieder unseres Dads.

Wusste Sahalia davon, hatte Alex es ihr erzählt? Hatten die beiden angefangen, sich über die Vergangenheit auszutauschen?

Astrid schlüpfte vollständig bekleidet unter die Decke und hörte Sahalia beim Spielen und Singen zu. Ihr Gesicht entspannte sich.

Auch viele andere Kids lauschten der Musik.

Die Kanadier hatten's echt drauf.

Sahalia spielte noch ein paar Songs, doch als Niko anmarschiert kam und sich auf seine Matratze warf, war erst mal Schluss damit.

»Ich wollte zur Basis, aber die bescheuerten Wachen wollten mir kein Shuttle rufen. Und als ich gesagt habe, dann laufe ich halt, hätten sie mich fast verhaftet!«

»Hey, Niko«, sagte Alex. »Sahalia hat einen neuen Song geschrieben. Den musst du hören.«

»Lass das, Alex«, ächzte Sahalia. Aber es war ein vergnügtes Ächzen.

»Komm schon. Der Song ist so gut. Den müsst ihr hören, Leute.«

»Aber der geht niemanden etwas an …«

»Ach, Sasha. Wir kennen doch eh deine intimsten Geheimnisse«, neckte Astrid sie.

Sahalia blickte in die Runde. »Na gut, wenn ihr unbedingt wollt …«

Sie brannte darauf, uns den Song zu präsentieren. Aber sie wollte sich erst noch überreden lassen.

»Ja«, antwortete ich. »Unbedingt.«

»Unbedingt«, pflichtete Astrid mir bei und lächelte mich an. Ich dankte dem Herrn.

Dann begann Sahalia zu spielen. Es war ein langsamer Song mit einem gemütlichen, gleichmäßigen Gitarrenrhythmus, einer hübschen Melodie und einem Text, der mir das Herz brach.

Er sagt, es gibt einen Ort
Er sagt, es wird ein Licht geben
Klar, Jungs darf man nicht trauen
Aber mit ihm kann ich leben.

Er sagt, sie schaffen uns fort
Sie nehmen die Streuner zu sich
Nein, ich glaube nicht an Gott
Aber wenn er betet, lausche ich.

Führ uns an den Ort, von dem wir träumen
Eine grüne Oase zwischen schattigen Bäumen
Bring uns weit weg von hier
Bring uns alle fort, dann bleiben wir
Zusammen.

Er sagt, wir müssen hoffen
Er sagt, fürchtet euch nicht
Aber hey, mir geht's doch gut
Solange er in der Nähe ist

Schenk uns einen Traum, der wahr wird
Eine alte Ruine zwischen hohen Obstbäumen
Bring uns weit weg von hier
Bring uns alle fort, dann bleiben wir
Zusammen.
Zusammen, zusammen.

In unserer Ecke des Zelts war es still geworden. Alle Kids hatten innegehalten, um Sahalias wundervoller Kratzstimme zu lauschen.

Als sie verstummte, brandete lauter Applaus auf.

»Das ist ein toller Song«, sagte ich. »Und du hast ihn wirklich selber geschrieben?«

Sahalia wurde rot und nickte. Alex war ebenfalls feuerrot angelaufen. Mann, die beiden hatte es wirklich schwer erwischt.

»Der Song gehört ins Radio!«, rief Astrid. »Im Ernst! Ihr solltet ein Musikvideo dazu machen. Irgendwann mal!«

Astrid war ganz aufgeregt. Es war schön, sie so zu sehen.

»Niko«, sagte Alex. »Hast du mitgekriegt, dass es um die Farm von deinem Onkel geht?«

Niko nickte. Er starrte nach oben, auf das Zeltdach.

»Hat dir die Stelle nicht auch besonders gut gefallen?« Alex wollte, dass Niko mitmachte.

»Ich fand die Stelle am besten, wo es heißt, dass wir alle zusammenbleiben sollten«, sagte Niko und drehte uns den Rücken zu.

SECHSTES KAPITEL
JOSIE

»Daddy! Daddy! Daaaaaaaaaady!«, schreit Lori mir ins Ohr.

Ich stoße ihr den Ellenbogen in die Rippen. »Klappe!«

Lori richtet sich auf und reißt mir dabei die Decke weg. Ihr Atem überschlägt sich. Ein hastiges Japsen voller erstickter Schluchzer, wie eine Gewitterwolke kurz vorm Platzen.

Ich rutsche aus dem Bett und stapfe ins Bad.

Unsere beiden Handtücher sind dreckig. Aber ich liege lieber auf dreckigen Handtüchern am Boden als neben der völlig aufgelösten Lori.

Im bläulichen Neonlicht ist meine Haut grau wie das Metall eines Sturmgewehrs.

Früher, vor einer Million Jahren, war ich stolz auf meine Hautfarbe. Ein schimmerndes, undurchdringliches, irgendwie leuchtendes Braun. Und absolut glatt – keine Narben, kein einziger Makel.

Was ist das für ein Mädchen, das mich da aus dem Badezimmerspiegel anschaut?

Eingefallene Wangen. Dunkle, beinahe schwarze Ringe unter den Augen. Falten um den Mund. Und die Narbe an der Stirn, die ich seit dem Busunfall vor Urzeiten mit mir herumtrage.

Das Haar binde ich mir immer noch zu meinen beiden Knoten, aber es ist schmutzig, so schmutzig. Wenn ich nicht bald ein bisschen Shampoo und einen Kamm in die Finger kriege, wird es zu zwei großen Rastaklumpen verfilzen.

Ich sehe aus wie eine Zombieversion von mir selbst. Wie in einem apokalyptischen Videospiel.

Ich muss an Brayden denken. Wie schön er war. Mit seinem Wahnsinnskinn und seinen Bartstoppeln, die mich am Gesicht gekitzelt haben, wenn ich mich an seinen Hals geschmiegt habe. Klar, es war bloß eine Affäre, und hätten wir nicht gemeinsam in einem Supermarkt festgesessen, hätten wir beide nie irgendwas angefangen. Aber es war trotzdem aufregend, mit einem so attraktiven Typen zusammen zu sein. Brayden hatte so was Raues.

Dann denke ich an Niko. Immer so ernst. Er war fast nie fröhlich oder ausgelassen, das hatte er einfach nicht drauf. Aber er hat fest daran geglaubt, dass er mich liebt.

Ich habe ihn auch geliebt. Auch wenn ich manchmal ein bisschen das Gefühl hatte, von seiner Liebe erstickt zu werden. Aber ich habe ihn auch geliebt. Wirklich.

Vielleicht ist das die einzige Liebe, die heute noch überleben kann. Eine verzweifelte, erdrückende Liebe.

Aber das liegt alles in der Vergangenheit.

Hat Niko überlebt? Haben die anderen überlebt?

Darüber darf ich nicht nachdenken.

Wenn ich anfange, darüber nachzudenken, kann ich auch gleich vom Dach springen.

Ich öffne den Badezimmerschrank und sehe zwei alte Wattestäbchen, die in irgendeiner gelben Schmiere am Metall kleben. Und eine Sicherheitsnadel, die einen rostigen Abdruck hinterlassen hat.

Was habe ich erwartet?

Dass sich irgendwer ins Bad geschlichen und heimlich eine Schere in den Schrank gelegt hat?

Hätte ich eine Schere, würde ich mir die Haarknoten abschneiden.

Vielleicht würde ich mir gleich das ganze Gesicht abschneiden.

(Ja, ja, die gute alte Nuller-Wut meldet sich wieder. Sie kratzt an den Gitterstäben.)

Manchmal frage ich Gott, ob ich mich umbringen soll.

Ich bitte ihn, mir ein Zeichen zu geben.

Bitte ich ihn auch jetzt, mir ein Zeichen zu geben? Als ich im Bad stehe und in den leeren Spiegel schaue?

Ich weiß es nicht, aber auf einmal taucht Lori im Spiegel auf. Oder Loris Geist. Sie steht todunglücklich hinter mir und zittert in ihrem bescheuerten Thermooberteil.

»Es tut mir leid«, sagt sie. »Bitte, komm zurück.«

»Kannst ohne mich wohl nicht schlafen?«, frage ich. Ich bin nicht in der besten Stimmung.

Lori zuckt mit den Schultern und reibt sich die nackten Arme. Sie hat Gänsehaut. »Wie du willst. Ich wollte nur nett sein.«

Meine gleichgültige, gefühllose Art tut ihr weh. Das ist mir klar. Aber manchmal macht es Spaß, jemandem wehzutun.

Lori schlurft zurück zu unserem Nachtlager. Eine Matratze, ein Kopfkissen ohne Bezug, eine Decke aus einer Hilfslieferung und das raue, fleckige Laken.

In meiner Kehle steigt eine Entschuldigung auf. Und ein Schwall Tränen, der die Worte nach oben spülen will, aus mir raus.

Es tut mir leid, dass du Albträume hast, Lori.

Es tut mir leid, dass dein Daddy umgekommen ist, als er dich ins Flugzeug gesetzt hat.

Es tut mir leid, dass du hier eingesperrt bist, mit den ganzen anderen Nullern. Das hast du nicht verdient.

Es tut mir leid, dass ich dir und den anderen nicht helfen kann.

Es tut mir leid, dass so viele tot sind.
Es tut mir leid, dass ich tot bin.

Ich schlucke die Entschuldigung herunter und lege mich wieder ins Bett.

Meine Füße sind kalt wie Eiszapfen.

Ich passe auf, dass ich Lori nicht damit berühre.

SIEBTES KAPITEL
DEAN

Beim Morgengrauen wurde ich von einem Geräusch geweckt. Es war kein Geräusch, von dem man sich gerne wecken lässt – meine Freundin ächzte gequält ins Kopfkissen.

Ich glitt aus dem Bett. Der Bretterboden knarrte unter meinen Füßen. »Krämpfe?«, flüsterte ich.

»Ja«, antwortete Astrid. »Aber nicht so schlimm wie gestern.«

Ich hatte gleich den Verdacht, dass sie nicht die Wahrheit sagte. Sie war kreideweiß im Gesicht.

»Ich weiß, du willst da nicht hin«, meinte ich. »Aber wir müssen jetzt wirklich zur Krankenstation.«

»Ich weiß«, sagte Astrid.

Ich beugte mich über ihr Bett und küsste sie. In ihren Augenwinkeln sammelten sich kleine Tränen.

»Bist du dir sicher, dass es nicht zu gefährlich ist?«, fragte Astrid und richtete sich auf. Ihre wirren Lockenreste standen in alle Richtungen ab.

»Ich hab drüber nachgedacht – wir könnten dich unter falschem Namen anmelden. Wir sagen einfach, du bist gerade erst angekommen und noch nicht im System. Was meinst du?«

»Ja, vielleicht … aber was, wenn sie mich wiedererkennen? Wenn es derselbe Typ ist wie letztes Mal?«

»Kannst du nicht sagen, dass dir eine Frau lieber wäre? Weil du so schüchtern bist?«

»Stimmt, gute Idee.« Astrid lächelte – und ächzte erneut. »Aua …«

»Dann gehen wir lieber mal.«

»Dean?«, sagte sie. »Ich wollte mich bei dir bedanken. Ich weiß, ich bin nicht immer so mädchenhaft und superverliebt und freundinnenmäßig drauf, wie du dir das vielleicht vorstellst. Aber wie du dich um mich kümmerst … das bedeutet mir sehr viel. Ich will, dass du das weißt.«

Ich war überglücklich. Es war kein stürmisches Geständnis ihrer ewigen Liebe, aber darum ging es ihr ja gerade. Astrid war eben ein wenig anders.

Ich berührte Niko am Arm.

Er war sofort hellwach.

»Hey«, sagte ich. »Ich wollte dir nur kurz Bescheid sagen – Astrid und ich gehen zur Krankenstation. Ihr geht's nicht so gut.«

»Okay.«

»Aber wenn wir zurück sind, besprechen wir, was wir wegen Josie machen.«

»Okay.«

»Nur damit du nicht denkst, ich hätte es vergessen.«

Er nickte.

Die härtesten Frühaufsteher waren schon unterwegs zum Clubhaus. Astrid und ich sahen, wie sie einzeln oder in kleinen Gruppen über die Grüns stapften. Wer vor Sonnenaufgang auf den Beinen war, hatte gute Chancen, beim Frühstück nicht anstehen zu müssen.

Die Krankenstation war in einer Reihe von Zelten hinter dem Clubhaus untergebracht.

Alex hatte herausgefunden, dass die Zelte von der kanadischen Firma Weatherhaven hergestellt wurden, in einer Fabrik gleich nebenan in Vancouver. Deswegen waren sie so neu und sauber.

Im ersten Zelt mussten wir uns anmelden.

Eine freundlich lächelnde Frau saß hinter einem Schreibtisch, der fast vollständig von einem altmodischen Desktop-Computer eingenommen wurde, mit Kabeln an der Rückseite, die sich zum Boden schlängelten und dort in einem Plastikschacht verschwanden. Eine echte Kabel-Netzwerkverbindung. Wie putzig.

Die Frau überreichte uns ein Klemmbrett mit mehreren Formularen. An einer Schnur baumelte ein Kugelschreiber.

Keine Ahnung, warum, aber hier oben in Vancouver war das Network praktisch nirgends zu erreichen. Man erzählte sich, dass in anderen Gebieten neue WLAN-Netze eingerichtet wurden, aber in Quilchena brauchte man einen verkabelten Computer, wenn man sich nicht mit Stift und Papier herumschlagen wollte.

Wir hockten uns zu den anderen, die schon zu dieser Uhrzeit im Wartebereich saßen. Eine Frau hielt sich das Kinn und wimmerte vor sich hin. Ein älterer Mann mit Gipsarm beäugte uns kritisch.

Vielleicht traute er uns nicht über den Weg, weil Astrids Hand zitterte, als sie die Formulare ausfüllte. Und ihre Hand zitterte, weil sie nicht die Wahrheit hinschrieb. Zum großen Teil jedenfalls.

Name: Carrie Blackthorn (Astrids erstes Haustier, ein Kaninchen, hatte Carrie geheißen. Blackthorn war der Mädchenname ihrer Mutter.)

Sozialversicherungs- oder Steueridentifikationsnummer: 970-89-4541 (die ersten neun Ziffern der alten Telefonnummer ihrer Eltern)

Geburtsdatum: 04.07.2007 (Das Geburtsjahr war korrekt, als Datum gab sie den Nationalfeiertag an.)

Unter *Frühere Adresse* kritzelte sie die Adresse ihrer besten Freundin.

Unter *Aufnahme* (damit war der Tag gemeint, an dem wir im Quilchena-System registriert worden waren) notierte sie das Datum von gestern.

Dann kam die *Medizinische Vorgeschichte* – Operationen, Impfungen und tausend andere Sachen. Hier schrieb Astrid immer die Wahrheit.

Und bei *Beschwerden* (also, wieso wir überhaupt hier waren): Krämpfe. Schwangerschaft, ca. 28. Woche.

»Wenn sie fragen, sagen wir einfach, ich bin dein Verlobter«, meinte ich, als Astrid mit den Formularen fertig war.

»Was?« Astrid zog ihre Augenbrauen meilenweit hoch.

»Nur wenn sie mich sonst nicht reinlassen, weil ich bloß dein Freund bin.«

»Na gut«, sagte sie in einem leicht gelangweilten Mir-doch-egal-Tonfall.

»Vergiss es«, murmelte ich.

Warum konnte ich nicht einfach den Mund halten? Warum konnte ich nie locker bleiben?

Die Frau nahm die Formulare entgegen und gab die Infos in ihren Computer ein.

»Ach du je«, sagte sie. »Deine Nummer ist leider nicht im System …«

»Mist. Das Problem hatten wir gestern auch schon«, erwiderte ich. »Bei der Registrierung, als wir angekommen sind. Aber die Dame an der Anmeldung wollte sich darum kümmern, wir sollen später noch mal vorbeikommen …«

»Können Sie mich vielleicht trotzdem kurz drannehmen?«, fragte Astrid. »Ich habe Angst um das Baby.«

Die Frau musterte sie einfühlsam. »Ich sag dir, wie wir's

machen. Eine der Schwestern soll gleich einen Blick auf dich werfen, und heute Nachmittag oder morgen früh, wenn ihr den Papierkram in Ordnung gebracht habt, kommt ihr noch mal vorbei und lasst euch einen richtigen Termin geben. Okay? Dann checken wir alles durch, das Blut und so weiter.« Sie schnappte sich das Telefon. »Sylvia, ich schick dir gleich ein junges Pärchen rüber. Könntest du Kiyoko bitten, sich die Dame schnell anzuschauen?« Die Frau legte auf und wandte sich wieder an uns. »Kiyoko ist eine meiner Lieblingskolleginnen. Hat früher auf einer Entbindungsstation gearbeitet. Da seid ihr goldrichtig.«

Wir mussten zu Zelt 18. Die Frau hatte uns den Weg erklärt, aber die Zelte waren sowieso in einem äußerst übersichtlichen Gitternetz angeordnet, und bald waren wir am Ziel. Am Rand reihten sich Liegen auf, dazwischen standen Schränke mit medizinischen Geräten und Ausrüstung, die zugleich als Zwischenwände dienten. Vor jeder Untersuchungskabine konnte man zusätzlich einen weißen Vorhang zuziehen, um wirklich ungestört zu sein.

Eine Frau in Sanitäteruniform entdeckte uns. »Ihr wollt zu Kiyoko?«

Wir nickten.

»Dann kommt mit. Wir haben euch eine Kabine mit Ultraschall reserviert.«

Kurz darauf standen wir zu zweit in der Kabine und blickten uns nervös um.

Jetzt wusste ich, warum Astrid so ungern hierherkam. Die Krankenstation war sehr effizient organisiert – aber auch sehr militärisch. In meiner Jeans und meinem verdreckten Sweatshirt fühlte ich mich absolut fehl am Platz. Als würde ich nur alles schmutzig machen.

Als der Vorhang beiseite gerissen wurde, zuckten wir beide zusammen.

»Hallo. Du bist Carrie?«, fragte eine japanischstämmige Frau mit starkem Akzent. Sie war groß, trug einen weißen Kittel und eine Drahtgestellbrille und hatte einen Pferdeschwanz. »Was haben wir für ein Problem?«

Astrid erzählte ihr von den Krämpfen.

Kiyoko überflog das Anmeldeformular. »Erst die 28. Woche?«

»Ja, müsste hinkommen«, meinte Astrid.

»Dann schauen wir doch mal!« Kiyoko half Astrid, sich auf die Liege zu legen, und Astrid schob ihr Sweatshirt nach oben.

Astrids Bauch spannte sich zu einer unfassbar runden Kugel – wie eine mittelgroße Wassermelone. Unten an der Hüfte entdeckte ich rosafarbene Dehnungsstreifen, die mir bisher nie aufgefallen waren. Sie zogen sich in krakeligen, parallelen Linien über die Haut, wie alte Klauenspuren.

»Mmmpf«, machte Kiyoko und deutete auf die Schwangerschaftsstreifen. »Wächst schnell, das Baby. Haut kann sich nicht schnell genug dehnen.«

Sie schnappte sich eine Tube und ließ ein bisschen durchsichtiges Gel auf Astrids Bauch tropfen.

»Und du bist Daddy?«, fragte Kiyoko mich.

Ich wusste nicht, was ich sagen sollte.

Am Ende entschied ich mich für: »Ja.«

Astrid nahm meine Hand. Das war nett von ihr.

Als Kiyoko die Sonde an Astrids Bauch legte, erwachte der Monitor des Ultraschallgeräts zum Leben.

Undeutliche Formen in verschiedenen Grüntönen waberten über den Bildschirm. Ich hatte keine Ahnung, was das sein sollte. Ich sah bloß irgendwelche undeutlichen Umrisse.

Aber Kiyoko deutete auf einen bestimmten Punkt. »Das ist

Herz von Baby.« Sie griff zur Computermaus und klickte ein paarmal, um den pulsierenden Fleck zu vermessen.

Ich konnte sogar den Herzschlag hören.

»Das ist das Coolste, was ich je gesehen habe«, platzte ich heraus.

Astrid drückte meine Hand und lächelte stolz. Stolz und erleichtert.

»Baby geht's gut«, verkündete Kiyoko. »Wollt ihr Geschlecht wissen? Ob Junge oder Mädchen?«

»Nein«, sagten Astrid und ich wie aus einem Mund.

»Mmmpf«, machte Kiyoko. Dieses seltsame kleine *Mmmpf* war wohl ein offizieller Teil ihres Wortschatzes und bedeutete so viel wie »Verstehe« oder »Na gut …«.

Im Einklang mit den Bewegungen der Sonde, die Kiyoko langsam über Astrids Bauch wandern ließ, veränderte sich das Bild auf dem Monitor. Ich sah genau hin. War das da ein Arm? Und das andere ein Bein? Sicher war ich mir nicht.

»Hier ist Gesicht«, erklärte Kiyoko. »Schau, Mama! Gesicht von deinem Baby!«

Da war wirklich ein Gesicht. Man konnte die Umrisse erkennen.

»Das ist ein richtiges Baby«, sagte ich wie ein Volltrottel. »Da ist ein richtiges Baby drin.«

»Ich weiß«, flüsterte Astrid. »Ist es nicht wunderschön?«

Ich nickte. Das leuchtende Wesen, das vor mir über den Bildschirm schwamm, hypnotisierte mich.

»Ist großes Baby«, sagte Kiyoko. »Hast du Giftgas eingeatmet?«

»Nein«, stieß Astrid hervor. »Nie.«

»Mmmpf«, machte sie. »Vielleicht doch? Gebärmutter ist so klein und Baby so groß. Wächst sehr schnell.«

»Nein, nein«, sagte Astrid.

»Kein Wunder, dass du Krämpfe hast. Körper ist überrascht von Baby. Wächst zu schnell.«

»Wir kommen aus Telluride«, improvisierte ich. »Da ist das Gas nie hingekommen, aber wir mussten trotzdem weg. Wir mussten alles zurücklassen.« Ich erzählte ihr einfach die Geschichte eines Teenagers, den ich in unserem Zelt kennengelernt hatte.

»Meine Mom hat mal gesagt, dass ich ein sehr großes Baby war«, meinte Astrid.

Ich hörte ihre Angst. Sie wollte nicht, dass das Baby zu groß war.

»Mmmpf«, machte Kiyoko. Sie blickte uns nicht mehr in die Augen, sondern schrieb irgendetwas in »Carries« Akte. »US-Regierung macht Studie mit schwangeren Frauen. Wird gut bezahlt.«

»Nein«, erwiderte Astrid mit kalter Stimme. »Da mache ich nicht mit. Ich bin kein Versuchskaninchen.«

»Das sagen viele Frauen. Aber wenn sie mehr wissen, überlegen sie sich anders. Gibt gutes Geld. Kaum Risiko.«

»Die nehmen die Frauen doch mit, ob sie wollen oder nicht.«

Ich versuchte, Astrid mit einem Blick zu sagen, dass sie es lieber gut sein lassen sollte.

»Du musst dich jetzt ausruhen, Mama. Okay? Schön ausruhen und Vitamine nehmen.«

Schwester Kiyoko schrieb uns ein Rezept. Ich hatte immer gedacht, das dürften nur Ärzte, aber in Kanada lief vieles ein bisschen anders.

»Vitamin D. Tut dir gut.«

Fast im selben Moment drang eine schrille Stimme ins Zelt – draußen schrie irgendein Kind herum.

»Jetzt schaue ich mir noch Gebärmutterhals an, mmmpf«, sagte Kiyoko, doch sie war kaum noch zu verstehen.

»Astrid?«, kreischte die Kinderstimme.

Shit. Es war Chloe.

»Astrid? Dean? Wo seid ihr?«

Chloe stand direkt vorm Zelt.

»Chloe?«, rief ich. »Was ist los?«

Was war passiert? Was? Das Herz schlug mir bis zum Hals.

»Wo bist du?«, brüllte ich.

»Wo bist *du*!?«, keifte Chloe draußen.

Ich schob mich durch den Vorhang in den Mittelgang des Zelts und sah noch, wie Chloe draußen am offenen Eingang vorbeilief. Sie hatte irgendetwas in der Hand. »Chloe!«

Da kam sie herein und marschierte schnurstracks an Schwester Sylvia vorbei auf mich zu.

»Stell dir vor, Dean!«, rief sie begeistert. »Wir sind berühmt! Richtig berühmt! Weltberühmt!«

Chloe hielt eine Zeitung hoch.

»Alex hat einen Brief an die Zeitung geschrieben, und sie haben ihn abgedruckt, und da steht unsere ganze Geschichte drin, dass wir voll nah an NORAD dran waren und alles!« Sie warf einen kurzen Blick auf Kiyoko. »Hi.«

Ich las die kleine Schlagzeile: MONUMENT 14.

»Das ist ja cool«, sagte ich schnell, damit Chloe bloß den Mund hielt. »Das lesen wir dann alle zusammen im Zelt, ja? Wir haben hier grad noch zu tun …«

Aber Chloe hörte kein Wort davon. Sie quasselte einfach weiter. »Schau, da steht alles genau drin, wie wir es von Monument bis nach Denver geschafft haben und mit Mrs. Wooly und überhaupt. Hier, Astrid, du kommst auch vor!« Sie deutete auf einen Absatz.

»Wir haben jetzt keine Zeit, Chloe!«, sagte Astrid und zerrte ihr Sweatshirt herunter, mitten über das schmierige Gel, während ich ihr aufhalf.

Kiyoko nahm Chloe die Zeitung ab.

»Aber das ist schließlich unsere Geschichte!«, rief Chloe. »Über das Giftgas und die schwarze Wolke und dass die anderen im Bus nach Denver sind und dann noch mal zurückgekommen sind, um uns zu retten! Und jetzt weiß jeder, wo wir sind! Jetzt können sie uns finden! Unsere Eltern können uns finden!«

»Wir lesen es draußen«, sagte ich und schnappte Kiyoko die Zeitung wieder weg. »Danke für alles, Schwester.«

Kiyoko wirkte ziemlich angepisst.

»Ihr habt Krankenschwester angelogen. Das macht man nicht«, sagte sie streng. »Kontaminierte Schwangere brauchen besondere Betreuung!«

Ich fasste Astrid am Arm und zog sie weg.

»Ich brauche keine *besondere Betreuung*«, erwiderte Astrid. »Mir geht's gut.«

Wir hatten den Ausgang des Zelts erreicht.

»Hey, ihr!« Chloe trottete hinterher. »Ihr solltet euch doch freuen! Ich dachte, ihr freut euch total!«

»Wartet!«, rief Kiyoko, drehte sich um und winkte ihre Kollegin herüber. »Ihr müsst Wahrheit sagen! Wir müssen Tests machen!«

Wir ließen die Lazarettzelte hinter uns, so schnell wir konnten.

»Ich kapier das nicht«, nölte Chloe weiter. »Warum freut ihr euch denn nicht?«

Astrid fuhr herum und packte sie an den Unterarmen. »Die dürfen nicht wissen, wer ich bin!«

»Was? Wieso?«, fragte Chloe. »Das macht doch gar keinen Sinn. Und woher hätte ich das wissen sollen?«

Wir ließen sie einfach stehen.

»Also Alex und Sahalia freuen sich voll, dass der Brief in der

Zeitung ist!«, rief sie. »Sie haben ihn ganz heimlich abgeschickt und keinem was gesagt!«

Wir liefen weiter. Obwohl wir nicht mal wussten, wohin wir wollten. Hauptsache weg von Chloe.

»Wie kann man nur so undankbar sein!«, brüllte sie uns noch hinterher.

ACHTES KAPITEL
JOSIE

Ab und zu gibt es kleine Atempausen: Es ist ein sonniger Spätsommertag mit tiefblauem Himmel, wir verbringen den Nachmittag auf dem Hof, und irgendwer borgt Freddy eine Frisbeescheibe.

Wir spielen alle mit. Sogar ich.

»Her mit dem Frifffbeeeee!«, ruft Heather.

Aidan, der erst acht Jahre alt ist (unser Jüngster), hat erstaunlich viel Talent. Irgendwie kriegt er es hin, dass das Frisbee immer genau dorthin fliegt, wo er will.

Freddy tobt mal wieder hyperaktiv herum, aber draußen in der Sonne an einem ungewöhnlich schönen Tag macht es nichts.

Im Moment ist alles irgendwie okay.

Immer mehr Gefangene sehen uns zu. Ein paar starren Lori und mich an – auf eine ziemlich unangenehme Art. Aber ich kann nichts daran ändern.

Venger betritt den Hof. Ich spüre seine Blicke.

Automatisch spiele ich nur noch lustlos mit. Es soll nicht aussehen, als hätte ich Spaß.

Aber dann sagt mir mein Instinkt, dass ich lieber ganz aufhören sollte. Venger beobachtet mich zu genau. Schade.

»Mir reicht's«, sage ich den anderen. »Ich schaue euch zu.«

Ich setze mich zu Mario auf die Betonbank.

Ich atme schwer, Adrenalin strömt durch meine Adern, und plötzlich kommt mir ein Gedanke: Könnte ich mich jeden

Tag so richtig auspowern, könnte ich die Wut vielleicht loswerden.

Die Hoffnung sticht mir ins Herz: *Vielleicht könnte ich die Wut wirklich loswerden. Zumindest einen Teil davon.*

»Hast eine gute Figur gemacht«, sagt Mario.

Ich verdrehe die Augen und lächele. Irgendwie schafft Mario es immer wieder, mich zum Lächeln zu bringen.

Da bemerke ich, dass Aidan sich zwischen seinen Würfen ständig zwischen die Beine fasst und das hibbelige Tänzchen aufführt, das kleine Jungs immer hinlegen, wenn sie dringend pinkeln müssen.

Ich stupse Mario an und nicke in Aidans Richtung. »Aidan muss mal.«

»Aidan!«, ruft Mario. »Komm, geh aufs Klo!«

»Gleich!«, antwortet Aidan.

Ich verstehe ihn. Dieser Nachmittag ist das Schönste, was uns seit Langem passiert ist. Kein Wunder, dass Aidan keine Lust hat, auf die bestialisch stinkende Toilette zu gehen und irgendwie zu versuchen, sich die Perverslinge vom Hals zu halten, die in den Kabinen herumlungern.

»Mit Lori alles klar?«, fragt Mario mich.

»Keine Ahnung«, sage ich.

»Du magst sie wohl nicht so?«

»Nee, nee, das ist es nicht.«

»Aber irgendwas muss es sein. Die Kleine würde doch magische Kräfte entwickeln, wenn sie dich dadurch rumkriegen könnte. Sie würde dich mit einem Beste-Freundinnen-Zauber belegen.«

Ich seufze.

Die warme Sonne scheint mir ins Gesicht. Ich will jetzt nicht reden.

Aber Mario will. »Hmm?«, brummt er.

»Ich will einfach für niemanden verantwortlich sein. Ich bin ...«

»Was bist du?«

»Ich bin gefährlich.« Ich ärgere mich über meine zittrige Stimme.

»Ich sag dir jetzt was, Josie Miller. Du hast das alles getan, um deine Freunde zu beschützen. Du hast die anderen gerettet, indem du den Soldaten angegriffen hast.«

»Getötet.«

»Was?«

»Ich habe ihn nicht bloß angegriffen«, sage ich. »Ich habe ihn getötet.«

»Meinetwegen. Du hast ihn getötet.«

»Und den anderen auch. Den Vater von dem Jungen.«

»Ted Mandry? Das war ein böser Mensch, der hatte es nicht anders verdient. Der Kerl hat einen Haufen Kids in eine Falle gelockt! Ich glaube, wenn du erst mal auf Nikos Farm bist, kannst du den ganzen Mist hinter dir lassen und einfach mit deinem Leben weitermachen. Wir müssen dich bloß hier rauskriegen.«

Nikos Nachricht steckt in meiner Hosentasche. Er hatte sie Mario gegeben – für den Fall, dass Mario mich irgendwie findet. Es ist ein kleiner Fetzen Millimeterpapier. Am Rand und an den Knicken löst sich der dünne, speckige Zettel schon auf. Manchmal berühre ich ihn mit den Fingerspitzen, um mich zu vergewissern, dass er noch da ist.

Auf dem Zettel steht in Nikos eckigen Druckbuchstaben:

An Josie – diesem Mann kannst du trauen. Wir treffen uns auf der Farm meines Onkels in New Holland, Red Hill Road. Ich werde dich immer lieben. Egal, was passiert.

Niko

Egal, was passiert?

Egal, was du tust. Das hat er gemeint.

Oder: Egal, wen du umbringst.

Ich blicke auf meine Klettverschluss-Pantoffeln. Ich will jetzt keine Gefühle zeigen. Nicht hier draußen auf dem Hof, während Venger am Zaun steht und uns beobachtet.

»Du hast deine Freunde gerettet«, sagt Mario. »Darauf kommt es an und auf nichts anderes. Alles andere musst du hinter dir lassen.«

Ich starre weiter auf meine Füße. Dann muss ich das Mitgefühl in Marios Augen nicht sehen.

Manchmal macht mich Marios Mitgefühl so aggressiv, dass ich nur noch um mich schlagen will.

Irgendwann schlendert Venger weiter und verschwindet um die Ecke des Wohnheims, und ich kann wieder mitspielen.

Unser Hofgang ist fast vorbei, die Sonne versinkt langsam. Plötzlich fleht Aidan Freddy an, mit ihm aufs Klo zu gehen, aber Freddy will natürlich nicht, und so sprintet Aidan verzweifelt Richtung Haus und macht sich dabei in die Hose.

Er bleibt entsetzt stehen. Seine Khakihose färbt sich dunkelbraun.

Auf den Pflastersteinen zu seinen Füßen bildet sich eine Pfütze.

»Scietto!«, dröhnt Vengers Stimme über den Hof. »Jetzt schau dir an, was dein Junge angerichtet hat!«

Mario ist schon auf den Beinen. Er humpelt zu Aidan, so schnell er kann – also nicht gerade schnell. Mario ist alt.

Ich bin schneller. »Alles ist gut«, flüstere ich Aidan ins Ohr.

Dann baut Venger sich vor uns auf.

»Wie alt bist du, Junge?«, spottet er.

»Acht«, schnieft Aidan zwischen seinen Schluchzern.

»Und in dem Alter pinkelst du dich noch ein wie ein Kleinkind? Schämst du dich denn nicht?«

Ich spüre das Pulsieren meiner Halsschlagader.

»Alles kein Problem«, keucht Mario, der schnaufend und japsend eintrudelt. »Bloß ein kleiner Unfall. Das haben wir gleich.« Er legt mir die Hand auf die Schulter, um sich abzustützen. »Darf der Kleine schnell reingehen und sich saubermachen?«

»Hofgang ist eh gleich aus«, blafft Venger. »Der Junge kann ruhig hier warten wie alle anderen. Wird ihm eine Lehre sein.«

Ein leises Wimmern bleibt in Aidans Kehle stecken. Purer Kummer verzerrt sein Gesicht.

Venger ist ein sadistisches Arschloch und ich wünschte, ich wünschte so sehr, ich könnte *ihm* eine Lehre erteilen.

»Aber so eine Schweinerei kann ich auf meinem Hof natürlich nicht gebrauchen«, sagt Venger. »Das muss weg.«

»Ich wische es rasch auf«, antwortet Mario.

»Worauf du Gift nehmen kannst«, knurrt Venger. »Bist doch der Pate von dem Balg.«

»Gar kein Problem. Kann ich das Mädchen reinschicken, einen Lumpen holen?«

»Ja, aber ein bisschen plötzlich! Wenn es zum Abendessen läutet, muss die Pfütze verschwunden sein. Sonst kommt ihr alle in den Arrest.«

Arrest bedeutet kein Abendessen, und die Kids brauchen jeden Bissen. Wir sind jetzt schon spindeldürr.

In etwa zehn Minuten läutet es. Ich sprinte los.

In meinen Hausschuhen rutsche ich nur so über das Linoleum. Zum x-ten Mal verfluche ich die verdammten Pantoffeln.

Auf dem Weg donnere ich fast gegen einen fetten Kerl in einem besudelten Overall, der apathisch aus einem Milchglasfenster starrt.

»Pass doch auf!«, brüllt er.

Ich schlittere weiter. Keine Zeit für Höflichkeiten.

Etwa drei Minuten vor dem Abendessen stürze ich mit einem unserer beiden Handtücher auf den Hof.

Mario und die Kids stehen zusammen herum. Aidan zittert und weint. Heather weint mittlerweile auch.

Ich lasse mich auf die Knie fallen und fange an, die Pfütze aufzuwischen.

Uff. Eine Stiefelspitze stößt mich um.

»Was hab ich gesagt?«, brüllt Venger. »SCIETTO soll das aufwischen!«

»Das tut ihr leid«, stammelt Mario. »Das tut ihr leid.«

»Tut mir leid«, sage ich Mario zuliebe.

Es läutet zum Abendessen.

»Sollte es auch«, zischt Venger mich an. »Aber wenn du so scharf aufs Putzen bist, kannst du auch gerne selber hierbleiben und weitermachen, bis es schön sauber ist.«

Venger schubst Aidan und Heather Richtung Plaza 900.

»Übrigens, Mr. Venger«, stottert Mario. »Ich wollte mich noch bei Ihnen entschuldigen wegen dieser blöden Sache neulich am Tor …«

»Verzieh dich, Scietto«, sagt Venger. »Schaff deine Gören zum Essen.«

»Aber Josie wollte sich doch auch noch entschuldigen. Oder, Josie?«

Mario will, dass ich mich vor Venger in den Staub werfe.

Er weiß, dass Venger seit Tagen auf eine Gelegenheit wartet, mir meinen Ungehorsam am Tor heimzuzahlen.

Aber ich werde nicht betteln.

Ich gehe auf alle viere und wische weiter.

»Nein«, murmelt Venger. »Die entschuldigt sich nicht. Die ist zu stolz. Aber keine Sorge, Scietto, ich kümmere mich schon um dein Mädchen. Geh nur. Geh was essen.«

Mario sagt nichts mehr. Zum Glück.

Er bringt lieber die Kids zum Abendessen, bevor Venger es sich wieder anders überlegt.

NEUNTES KAPITEL
DEAN

»O Gott.« Astrid hing in einer Endlosschleife fest. »O Gott. O Gott.«

Ich war ebenfalls auf Repeat: »Schon gut, schon gut …«

Irgendwann wollte Astrid es nicht mehr hören. »Nichts ist gut! Die wird mich finden! In dem Brief stehen mein richtiger Name und meine ganze Geschichte. Die wird mich melden!«

Astrids Gesicht war dunkelrot, ihre Atmung ging flach und schnell. Wenn sie so weitermachte, würde sie sich noch übergeben, und deshalb rief ich: »Beruhig dich! Hör auf damit! Du hast doch gehört, was die Schwester gesagt hat.« Ich hielt sie an den Armen fest, bis sie mir endlich ins Gesicht sah. »Sie hat gesagt, dass fast niemand bei den Tests mitmachen will, aber wenn die Frauen dann von der Bezahlung hören, überlegen sie sich's anders.«

Astrids Panik verwandelte sich in Misstrauen.

»Sie hat gesagt, dass schwangere Frauen, die das Gas eingeatmet haben, besondere Betreuung brauchen. Ich finde, wir sollten ihr die Wahrheit sagen und uns anhören, was sie zu sagen hat. Wir müssen an das Baby denken.«

»Was denkst du denn, was ich die ganze Zeit mache?« Astrid war fuchsteufelswild. »Ich liege jede Nacht wach und spüre, wie es sich in meinem Bauch bewegt! Ich frage mich andauernd, ob es gesund ist und was die Chemikalien mit mir angestellt haben. Ich will es einfach irgendwo in Sicherheit bringen!«

»Aber du bist hier in Sicherheit.«

Astrid wich meinem Blick aus.

»Ich …«, fuhr ich fort. »Ich kann mir einfach nicht vorstellen, dass die US Army irgendwelche schwangeren Frauen verschleppt. Das wäre gegen das Gesetz. Und es wäre unmoralisch. Es wäre falsch.«

Ich konnte mir schon denken, was Astrid erwidern würde: Und es ist nicht *gegen das Gesetz*, die Nuller irgendwo in Missouri einzusperren? Oder: Und es war nicht *unmoralisch*, das Giftzeug überhaupt herzustellen?

Doch sie sah mir bloß in die Augen und sagte: »Ich will zu Jake.«

Ich war so wütend.

Wir suchten das Lager nach Jake ab, und ich war die ganze Zeit wahnsinnig wütend.

Als würde ich nicht immer alles für sie tun! Ich wollte sie doch nur beruhigen. Ich wollte doch nur, dass sie mal vernünftig nachdachte. Aber bei der kleinsten Meinungsverschiedenheit musste sie sich gleich bei Jake ausheulen!

Vielleicht hatte Jake ja recht. Vielleicht war ich ein Weichei, das viel zu schnell nachgab. Warum ließ ich mich denn immer so leicht kleinkriegen?

Aber Jake, der große Retter in der Not, war natürlich nirgends zu finden.

Er war nicht im Speisesaal (wo es zum Glück noch Frühstück gab. Ich schlang zwei Eier-Speck-Sandwiches herunter, entnervt beobachtet von Astrid, die fast schon vor Ungeduld mit dem Fuß auf den Boden trommelte. Sie aß nur eine Banane. Der Eiergeruch brachte sie angeblich beinahe zum Kotzen).

Er war nicht draußen unterwegs (soweit wir das überblicken konnten).

Er war nicht in der Sporthalle.

Und Alex und Sahalia waren übrigens auch wie vom Erdboden verschluckt.

Ganz weit hinten am elften Loch begegneten wir schließlich Mrs. McKinley, Mrs. Dominguez und der ganzen Kinderbande, die sich in einem dichten Wäldchen zwischen dem Rand des Golfplatzes und der Straße ein kleines Haus baute.

»Astrid! Dean!«, johlten alle Kids außer Chloe. »Habt ihr den Brief gesehen!? Ist das nicht toll?«

»Ja«, sagte ich. »Ganz toll.«

»Alex hat gesagt, dass ihr dadurch eure Eltern wiederfindet«, zwitscherte Caroline. »Dann lernen wir sie bald kennen, oder? Ich freu mich so!«

»Schaut euch mal unser Fort an!«, rief Max.

»Wir bauen Mauer!«, verkündete Ulysses und zeigte auf eine windschiefe Konstruktion aus Zweigen und Ästen, die am dicken Stamm eines Ahornbaums lehnte.

»Supercool«, sagte ich.

»Was ist denn, kleine Mommy?«, fragte Henry besorgt.

Seine Schwester und er hatten sich angewöhnt, Astrid »kleine Mommy« zu nennen – entweder weil sie inzwischen ihre »große Mommy« wiederhatten oder weil Astrid schwanger war, keine Ahnung.

Meistens brachten sie Astrid damit zum Lächeln, aber heute nicht. »Habt ihr Jake gesehen?«, fragte Astrid die beiden Moms.

»Ja«, antwortete Mrs. McKinley. »Beim Frühstück. Er hat gesagt, er fährt mit Niko zur Air-Force-Basis.«

Astrid warf die Arme hoch.

»Ist alles okay?«, fragte Mrs. McKinley.

Astrid blickte zur Seite. Den Gesichtsausdruck kannte ich. Wenn sie jetzt noch ein Wort sagte, würde sie in Tränen ausbrechen.

Nun tat sie mir wieder leid. Aber ich war immer noch ziemlich sauer.

»Ich muss einfach dringend mit ihm reden«, meinte Astrid.

»Und deshalb helfe ich Astrid suchen«, sagte ich. Ich konnte es mal wieder nicht lassen. »Weil ich mich um Astrid kümmere. Weil ich ihr immer helfe, egal, was gerade anliegt. Ich mache immer, was sie will. Das ist mein Job.«

Ein Stirnrunzeln huschte über Mrs. McKinleys Gesicht. So viel Sarkasmus war sie von mir nicht gewöhnt.

»Ignoriert ihn einfach. Dean spielt gerade den eifersüchtigen Vollidioten«, meinte Astrid, drehte sich auf dem Absatz um und ging zurück zum Clubhaus.

Der Shuttlebus zur Air-Force-Basis fuhr einmal die Stunde.

Ich folgte ihr.

»Du musst nicht mitkommen«, sagte Astrid.

»Ich weiß«, erwiderte ich.

»Und warum kommst du dann mit?«

»Weil ich sowieso noch mit Niko reden muss.«

Das war nicht mal gelogen.

Aber der Hauptgrund war, dass ich … dass ich ein eifersüchtiger Vollidiot war, der sich fragte, was Jake sagen oder machen würde, wenn ich nicht dabei war.

Alex hatte sich ein bisschen umgehört: Das Flüchtlingslager war hauptsächlich in Quilchena eingerichtet worden, weil der Golfplatz die größte freie Fläche in der Nähe des Vancouver International Airport South war, der provisorischen Air-Force-Basis der USA.

Und Captain McKinley hatte uns in erster Linie in Quilchena einquartiert, weil er wusste, dass er seine Familie so am häufigsten zu Gesicht bekommen würde. Die Notfallbasis war die Zentrale der großen Hilfsmaschinerie der US-Streitkräfte, die

Hunderttausende amerikanische Flüchtlinge an der gesamten Westküste Kanadas versorgen musste.

Auf der Basis wurden jeden Tag Hilfslieferungen von A nach B geleitet und Flüchtlinge registriert und weitertransportiert. Außerdem gab es Army-Büros, in denen man Anträge auf Flüchtlingstransfers und so weiter stellen konnte.

Um mit dem Shuttlebus zur Basis zu fahren, musste man bloß seine Sozialversicherungsnummer angeben. Die Behörden wollten immer wissen, wo man sich gerade aufhielt.

Auf der Basis herrschten strenge Sicherheitsvorkehrungen, und an den Grenzen des Lagers patrouillierten Wachen. Über entlaufene Flüchtlinge musste sich die Army keine Sorgen machen.

Als der Shuttlebus auf uns zurollte, fragte ich mich, was Astrid tun würde: Würde sie dem Typen ihre echte Nummer geben? Oder die Fantasienummer, die sie auf der Krankenstation in das Formular eingetragen hatte?

Ich war zu angefressen, um sie zu fragen.

Der Fahrer hielt uns die Anmeldeliste hin. Astrid schrieb ihre echte Nummer in die Spalte.

Im Bus sah sie mich an und zuckte mit den Schultern. »Die wissen doch sowieso alles.«

Das war ein Gesprächsangebot.

Aber ich war einfach zu wütend. Was erwartete sie denn von Jake? Der würde doch exakt dasselbe sagen wie ich. Dachte sie echt, er würde irgendwie netter oder verständnisvoller sein? Also was wollte sie jetzt schon wieder von ihm? Was wollte sie überhaupt noch von ihm?

Nach fünf Minuten auf der Air-Force-Basis hatten wir Niko und Captain McKinley gefunden, aber von Jake fehlte jede Spur.

Und der Captain machte einen ziemlich entnervten Eindruck. Niko klebte an ihm wie ein lästiges Kind, während Mr. McKinley versuchte, irgendeinen Routinecheck an einem großen Transporthelikopter durchzuführen.

»Ist doch egal, ob Sie meinen Plan blöd finden«, sagte Niko, als wir näher kamen. »Sie können mir trotzdem helfen.«

McKinley schüttelte den Kopf. »Ich soll meinen Job aufs Spiel setzen, um einem Siebzehnjährigen zu helfen, sich in eine aussichtslose Mission zu stürzen? Ohne mich.«

Niko war erst sechzehn, aber das musste man dem Mann ja nicht auf die Nase binden.

»Hey«, sagte ich, als wir bei den beiden angekommen waren.

»Ist Jake hier irgendwo?«, fragte Astrid sofort.

»Der besucht irgendwen«, meinte Niko. »Beim Fuhrpark hinter dem Hangar hier.«

Astrid ächzte lautstark und rieb sich den Nacken. Sie sah gar nicht gut aus.

»Hey«, sagte ich. »Warum setzt du dich nicht kurz hin? Ich geh Jake holen.«

»Nein, ich geh schon. Ich will alleine mit ihm reden.«

Na, wenn das so ist.

Ich atmete hörbar aus und versuchte, cool zu bleiben, während Astrid aus dem Hangar verschwand.

»Was ist los?«, fragte Niko. »Streitet ihr euch mal wieder?«

McKinley schlich wieder zum Helikopter. Ich glaube, er war ganz froh, Niko vorübergehend vom Hals zu haben.

»Sieht so aus«, antwortete ich. »Sag mal, hast du das mit dem Brief mitbekommen?«

»Welchem Brief?«

Ich erzählte Niko und dem Captain von der Zeitung.

»Warte mal«, sagte Niko, plötzlich ganz aufgeregt. »Dadurch könnte ich Josie doch viel leichter rausholen …«

»Vielleicht«, meinte ich.

»Doch, doch. Wenn ich damit in Missouri zur Presse gehe und den Reportern klarmache, dass das ›vermutlich tote‹ Mitglied der Monument 14 im Lager festsitzt – dann können die die Lagerleitung unter Druck setzen. Oder? Was denken Sie, Captain McKinley?«

»Ich denke, durch die öffentliche Aufmerksamkeit könnte man Josie wahrscheinlich schneller hierher verlegen lassen. Was viel sicherer und legaler wäre.«

Niko stöhnte.

Da gab Captain McKinley den Helikoptercheck endgültig auf und kam rüber. »Wie geht's Astrid denn? Kara hat erzählt, dass sie Schmerzen hat?«

»Ja, Krämpfe. Deshalb habe ich sie vorhin zur Krankenstation geschleift.«

»Wie? Sie wollte nicht hin?« Captain McKinley lehnte sich gegen die Schnauze des Helikopters.

»Na ja …« Ich konnte ihm schlecht von Astrids paranoiden Fantasien über die Army erzählen. Das hätte ihn nur beleidigt, oder? »Sie hat gehört, dass manche Frauen gezwungen werden, irgendwelche Tests zu machen.«

Viel schwammiger konnte man es nicht ausdrücken.

»Hmm«, machte Captain McKinley. »Aber jetzt geht's ihr wieder besser?«

»Sie hatte eben ein paar Krämpfe. Die Krankenschwester hat gesagt, sie soll sich ausruhen und Vitamine nehmen. Und sie hat einen Ultraschall gemacht. Da hab ich zum ersten Mal das Baby gesehen.«

»Das ist unglaublich, was?«, fragte Mr. McKinley.

»Ja, hat mich völlig umgehauen!«

»Ich weiß noch, wie die Zwillinge da drin lagen. Wie in einem Nest, die Ärmchen und Beinchen ganz durcheinander. Und einmal haben sie Daumen gelutscht! Beide gleichzeitig!«

Die Erinnerung ließ seine Augen leuchten.

Dann kehrte Astrid zurück – mit Jake im Schlepptau.

Sie wirkte tendenziell unglücklich.

»Dean!«, rief Jake ausgelassen. »Ich hab gehört, wir sind auf einmal berühmt?«

Der war besoffen. Das sah man auf den ersten Blick. »Mann, Jake«, sagte ich. »Es ist noch nicht mal Mittag.«

»Na und? Für eine Runde Karten unter Freunden ist es nie zu früh«, nuschelte er. »Außerdem hab ich gewonnen. Hier!« Er hielt eine Handvoll Scheine hoch.

Danach versuchte er, den Arm um Astrids Schultern zu legen.

»Rühr mich nicht an!« Sie brüllte fast.

»Hey, hey!«, rief Jake. »Entspann dich mal!«

Ich wandte mich an Astrid. »Ich glaube, wir sollten langsam zurückfahren.«

»Und wohin?« Ihr Frust schäumte über. »Es ist doch nirgends mehr sicher! Wahrscheinlich lauert mir diese Krankenschwester schon am Zelt auf!«

»Komm schon«, sagte ich. »Lass uns zurückfahren.«

Ich wollte vermeiden, dass sie vor Captain McKinley anfing, ihre Kidnappingtheorien auszubreiten.

»Niko.« Astrid sah ihm flehend in die Augen. »Nimmst du mich mit? Nimmst du mich mit zu Josie? Ich kann sofort los, heute Abend noch! Ich komme mit, okay?«

Niko wusste offensichtlich nicht, wie er reagieren sollte.

Da trat Captain McKinley um die Ecke des Helikopters. »Astrid? Stimmt irgendwas nicht?«

»Diese eine Krankenschwester weiß, wer ich bin und dass ich die Chemikalien eingeatmet habe, und jetzt will sie, dass ich bei irgendwelchen Experimenten mitmache, die die Army an schwangeren Frauen und ihren Babys durchführt, und …«

»Bist du dir sich…«

»… und keiner will mir helfen! Alle denken, ich bin paranoid!«

Captain McKinley rieb sich das Gesicht. Und ließ die Hände sinken.

»Ich flieg dich hier raus«, sagte er. »Ich flieg euch beide hier raus. Heute Abend noch.«

»Was?«, rief ich.

»Eigentlich soll ich schon nachmittags los, aber ich kann den Einsatz ein paar Stunden nach hinten schieben.« Captain McKinley sprach leise und ruhig. Todernst. »Fahrt zurück nach Quilchena. Packt eure Sachen, und verabschiedet euch von allen.«

»Moment«, sagte Jake. »Was geht denn hier ab?«

»Die Army fliegt Frauen aus. Mitten in der Nacht«, erklärte Captain McKinley. »Ich habe sie ein paarmal dabei beobachtet. Und als ich gefragt habe, was das soll, meinten sie, es geht mich nichts an, aber die Frauen hätten sich freiwillig für bestimmte Tests gemeldet und so weiter …«

Astrid wankte. Schnell streckte ich den Arm aus und stützte sie.

»Aber?«, flüsterte Astrid.

»Aber ich habe mich gefragt – wenn sie sich freiwillig gemeldet haben, warum sind die Frauen dann mit Betäubungsmitteln vollgepumpt?«

Wir einigten uns darauf, dass Captain McKinley um zehn Uhr abends am elften Loch vorbeifahren würde – am selbst gebauten Fort der Kleinen.

Nur in einem waren wir uns nicht einig: wie viele von uns mitkommen sollten.

ZEHNTES KAPITEL
JOSIE

»Du wolltest doch sauber machen«, sagt Venger. »Dann mach sauber.«

Um ein vollgepinkeltes Stück Hof zu säubern, um es *richtig* zu säubern, bräuchte man natürlich einen Eimer und einen Wischmopp. Oder wenigstens einen Schwamm und heißes Wasser. Und ein paar Tropfen Putzmittel oder zumindest ein bisschen Bleiche.

Und wenn man wirklich sorgfältig arbeiten will, würde man zuerst den Dreck auf dem Boden auffegen, damit er einem nicht den ganzen Eimer verschlammt.

Aber was habe ich?

Ein schmutziges Handtuch.

An unserem ersten Tag hat Mario mir eine kurze, knackige Grundregel für das Lagerleben eingebläut: »Stell dich stumm. Stell dich dumm.« Damit würde man in den *Tugenden* am besten fahren.

Stumm sein. Dumm sein.

Ich schrubbe mit dem Handtuch auf den Pflastersteinen herum.

Das meiste Pipi ist längst in die Ritzen gelaufen. Das kriegt man nicht mehr raus.

Man kann es nur noch trocknen lassen. Morgen ist sowieso nichts mehr davon übrig.

Aber Venger will mich schrubben sehen, und ich darf ihn nicht enttäuschen.

Wenigstens schabe ich mir nicht gleich die Haut von den Knöcheln. Das fängt erst nach einer halben Stunde an.

Ich muss aufpassen – mein Gehirn ist irgendwie nicht mehr richtig verdrahtet. Es ist gefährlich, wenn man kaum noch Schmerz empfindet.

Woran merkt man, dass man sich gerade die Haut von den Fingerknochen raspelt? Die Finger tun einem ein bisschen weh, und wenn man hinschaut, sieht man das Blut am Handtuch.

Aber meine Knie spüre ich. Die tun ordentlich weh. Die Kälte der Pflastersteine frisst sich in meine Knochen.

Ich höre, wie unsere Gruppe von der Mensa zurückkehrt.

»Sie ist immer noch da!«, ruft Heather.

Ich höre, wie Mario »Pssst« macht.

Venger zieht eine Schachtel Zigaretten aus der Tasche.

»Sind nicht leicht zu bekommen. Zigaretten, meine ich. Rat mal, woher ich die habe.« Er plaudert mit mir, als wäre ich die Barkeeperin seiner Stammkneipe. »Jede Woche werden fünfzehn Gefangene weiterverschifft, oder auch mal zwanzig. Alles Nuller natürlich. Leute, die dem Gas länger als ein paar Stunden ausgesetzt waren. Und dafür gibt's dann Kohle. Bring uns deine schlimmsten Fälle, sagen sie immer.«

Er zündet sich eine Zigarette an. Das rieche ich.

Meine Knie sind abgestorben. Sie fühlen sich an wie kaltes Metall. Aber jetzt schreit mein Rücken vor Schmerz.

»Und dann nehmen sie die Leute mit, keine Ahnung, wohin, und experimentieren an ihnen herum.«

Es wird langsam kalt. Aber das ist nicht der einzige Grund, warum ich am ganzen Leib zittere.

»Ich dachte mir, das solltest du wissen. Nur für das nächste Mal, wenn du denkst, du kannst dich hier respektlos verhalten, um vor Scietto und seiner Rotzbande anzugeben. Wenn du denkst, du kannst hier aufmucken.«

Venger steht direkt hinter mir. Der Zigarettenrauch und sein fauliger Atem schlingen sich ineinander und fahren mir in die Nase.

»Immer dran denken, Kleine: Ich kann dich an einen Ort schaffen lassen, dagegen ist das hier das Paradies.«

Ich muss lachen. Es platzt einfach aus mir heraus. »Ernsthaft?«, japse ich.

Das Lager als Paradies ... ein absurder Gedanke.

Venger macht ein Geräusch, das nach einem Lachen klingt.

Als ich einen schnellen Blick über die Schulter werfe, sehe ich, dass er tatsächlich lacht.

Und aus irgendeinem Grund denke ich, dass ich dann wohl aufstehen darf. Dass ich die Tortur überstanden habe.

Ich wippe nach hinten, auf die Fersen, und wische mir über die Stirn.

»Was soll das werden?«, fragt Venger und kichert weiter vor sich hin.

»Ich dachte ... ich dachte, wir sind fertig.«

»Nein«, sagt er. »Noch nicht ganz. Wir zwei bleiben hier draußen, bis die letzte Gruppe im Bett ist. Wir warten, bis alle eingeschlossen sind. Ist sicherer für dich.«

»Ich denke, ich ... kann ich bitte gehen?«

Er beugt sich zu mir und nickt wohlwollend. Als würde ihm gefallen, was er sieht – dass er mich endlich gebrochen hat.

Dann reißt er das Maul auf und erwidert: »Wenn. Ich. Es. Sage.«

Ich höre, wie die nächste Gruppe zur Plaza 900 marschiert.

Später höre ich, wie sie zurückkehrt.

Meine Knie bluten.

Irgendwo zirpen Grillen. Denen ist es anscheinend noch nicht zu kalt.

Bald werden sie sterben.

Meine linke Hand verkrampft sich ständig.

Die letzte Gruppe geht zum Abendessen.

Jede Schicht dauert fünfundvierzig Minuten.

Dann noch mal dreißig Minuten, bis alle in ihre Zimmer gesperrt sind.

Meine Oberschenkelknochen knirschen in den Gelenken.

Tränen fallen aus meinen Augen. Aber das macht nichts, die Feuchtigkeit hilft beim Putzen. Schrubb, schrubb, tropf, tropf, tropf. Die kleinen, dunklen Tränenflecken verschwinden unter meinen bogenförmigen Handtuchwischern.

Es überrascht mich, dass ich noch weinen kann. Zuerst dachte ich, die Tränen wären Regen.

Ich hätte mich raushalten sollen.

»Ich kann auf mich selbst aufpassen, verdammte Scheiße«, hat Mario mich angeblafft, nachdem ich Venger davon abgehalten hatte, ihm am Tor den Kopf zu zertrümmern. Wenn es nach Mario gegangen wäre, hätte ich ruhig zusehen sollen, wie die Wachen seinen Schädel spalten wie eine reife Melone.

Ich sollte mich unauffällig verhalten, bis ich freigelassen werde. So war es abgemacht.

»Ich bin ein alter Mann«, hat Mario zu mir gesagt. »Ich fürchte mich nicht mehr vorm Tod – aber du, du bist mein Projekt. Du bist mein letztes gutes Werk auf dieser Erde, und ich will, dass du hier lebendig rauskommst.«

Sehr clever, Mario. Aber ich durchschaue deinen Trick.

Ich soll dir zuliebe auf mich aufpassen.

Der Urinfleck ist längst verschwunden. Das Handtuch habe

ich zu langen, groben Fasern geschreddert, die ich nur noch mit den gewölbten Händen zusammenhalte.

Ich frage Gott, ob jetzt nicht ein guter Zeitpunkt wäre, es hinter mich zu bringen.

Ich müsste nur aufstehen und einen müden Faustschlag auf Venger abfeuern. Dann würde er mich von meinem Leid erlösen.

Venger trägt eine Pistole. Er trägt das Lederhalfter so, dass es jeder sieht.

Die anderen Wachen tragen Waffen, um Unruhen und Aufstände niederzuschlagen – große, halbautomatische Gewehre, die Betäubungspfeile verschießen.

Venger trägt eine Pistole, die Patronen verschießt.

Bitte, Gott. Gib mir einfach ein Zeichen. Dann bringe ich es hinter mich.

Gott gibt mir kein Zeichen.

»Dann gib mir ein Zeichen, dass ich es *nicht* hinter mich bringen soll.«

Das murmele ich offenbar laut vor mich hin, denn Venger sagt: »Wie war das?«

»Ich habe gesagt: Bitte, Gott, gib mir ein Zeichen, dass ich es nicht zu Ende bringen soll.«

Ich setze mich wieder auf die Fersen und vergrabe mein nasses Gesicht in den Händen.

Venger beugt sich vor, packt mich an einem meiner Haarknoten und zieht mich hoch, bis ich auf den Knien hocke. Mein Nacken versteift sich.

»Jetzt tust du dir schrecklich leid, was?«, fragt er. »Jetzt denkst du dir: Ach du Scheiße, das Venger-Arschloch meint das alles ernst. Der meint es, wie er's sagt. Vielleicht sollte ich ihm nicht ständig *auf die Nerven gehen*.«

Ich fange an zu zittern. Und der arme Idiot denkt sicher, ich zittere vor Angst.

Aber ich zittere, weil sich mein Blut schlagartig erhitzt. Weil ich meinen müden Körper kaum noch davon abhalten kann, Venger zu töten oder es zumindest zu versuchen.

Ich bin grün und blau und blutig und vollkommen ausgelaugt, und trotzdem würde ich ihm so gern die Hände um den Hals legen und *ZUDRÜCKEN*.

»Entschuldigung? Mr. Venger?«

Ich höre eine Stimme und das Klackern von High Heels auf Pflastersteinen.

»Muss das denn wirklich sein?«, fragt die Stimme.

Venger lässt mein Haar los. Ich kippe nach vorne und fange mich mit meinen blutigen Fingerknöcheln ab.

»Vor zwei Stunden bin ich zu meinem Rundgang aufgebrochen. Und so lange zwingen Sie das Mädchen schon, denselben Fleck Boden zu schrubben?«

»Ich weiß, Dr. Neman, auf den ersten Blick wirkt sie ganz harmlos. Aber die Kleine ist ein Tier.«

»Das ist schwer vorstellbar.«

Am liebsten würde ich ihr sagen: Sie machen es nur noch schlimmer, Lady. Lassen Sie uns einfach. Es ist fast überstanden.

»Aber Josie war sowieso gerade fertig«, sagt Venger. »Oder, Josie?«

Ich nicke.

Stell dich stumm.

Die Ärztin beugt sich über mich. Ich ziehe den Kopf ein, um ihrem fragenden Blick zu entgehen.

»Komm morgen zur Krankenstation«, sagt sie. »Dann verbinden wir deine Knöchel.«

Danach klackert sie davon. Ich seufze.

Ich kann Venger nicht mehr dazu bringen, mich zu töten.

Denn die Ärztin war ein Zeichen Gottes, und ein Zeichen Gottes darf man nicht ignorieren.

ELFTES KAPITEL
DEAN

»Du willst mitkommen, und ich soll hierbleiben?«, zischte Jake mir im Shuttlebus ins Ohr. »Ich bin der Vater. Ich, nicht du. Du bist bloß Astrids Freund. Dich gibt's nur vorübergehend.«

»Könnt ihr zwei mal aufhören?«, fauchte Astrid. »Captain McKinley hat gesagt, dass er uns alle vier mitnimmt. Also was sollen die Diskussionen noch?«

Ein älteres Paar in einer der vorderen Sitzreihen drehte sich um.

»Mann, der Typ ist schon vormittags stockbesoffen!« Ich bemühte mich, ruhig und leise zu sprechen. »Der macht uns doch nur Ärger.«

»LASST ES!« Astrids Augen blitzten. Auf ihren Wangen bildeten sich zornige rote Flecken. »Wenn ihr nicht miteinander klarkommt, bleibt ihr beide hier. Kapiert ihr das? Wenn ihr euch nicht zusammenreißt, kann Niko sich genauso gut alleine um mich kümmern. Gar kein Problem.«

Das brachte uns zum Schweigen.

Niko hatte während der ganzen Diskussion stumm aus dem Fenster geblickt. Er schien uns nicht zu hören.

Aber er lächelte. Soweit ich mich erinnern konnte, lächelte er zum ersten Mal seit der Flucht aus dem Greenway – seit ich ihn das letzte Mal mit Josie gesehen hatte.

Wir wollten zurück zum Zelt, damit Astrid sich den restlichen Nachmittag hinlegen konnte. Während sie schlief, sollten Jake,

Niko und ich packen. Außerdem wollten wir alle zusammentrommeln, um den Kids von unserem Plan zu erzählen. Und ich musste mit Alex spazieren gehen.

Schon jetzt, als ich mir nur theoretisch ausmalte, wie ich ihm erklären würde, dass ich ihn noch mal allein lassen musste, fühlte ich mich, als hätte ich einen Klumpen Blei verschluckt.

Doch als wir uns Zelt J näherten, forderte Niko uns plötzlich mit einem Wink auf, ihm zu folgen, und huschte zurück zur Rasenfläche.

Ich sah, warum. Im Inneren des Zelts hatten sich zwei Wachen postiert.

»Glaubst du, sie suchen nach Astrid?«, fragte ich.

»Ich weiß es nicht«, sagte Niko mit einem Blick über die Schulter. »Aber warum sollten wir es riskieren?«

Also legte Astrid sich nicht auf ihr Feldbett, sondern auf eine eigenartige Matte aus Zweigen, die wir nach Nikos Anweisungen geflochten hatten. Eine kleine Pfadfinderliege.

Die Kids hatten ihr Fort an einem strategisch günstigen Punkt errichtet: Die Bäume standen dicht an dicht, und zwischen dem Wäldchen und dem Golfplatz erhob sich ein geschwungener Hügel, sodass wir vom Clubhaus aus nicht zu sehen waren.

Eine der positiven Seiten des Weltuntergangs war, dass die Fantasie der Kleinen stärker wiedererwacht war als je zuvor.

Ich wusste noch, wie es im Greenway gelaufen war – nach dem Konsumrausch der ersten Tage hatte sie das ganze Spielzeug nur noch gelangweilt.

Jetzt, wo sie kaum noch etwas besaßen – gar keine Spielsachen bis auf einen einsamen Fußball und eine schäbige Puppe, die Chloe irgendeinem jüngeren Kind abgeschwatzt hatte –, waren sie gezwungen, draußen zu spielen. Sie vergnügten sich mit Laub und Ästen, Rindensplittern und Moosfetzen.

Wir hatten beschlossen, dass Jake, Astrid und ich bis Sonnenuntergang beim Fort bleiben sollten. Niko sollte allein zum Zelt gehen und packen.

Um vier Uhr nachmittags sollten sich die Kids versammeln. Beim Abendessen sollten Niko und die anderen dann möglichst viele Lebensmittel hinausschmuggeln.

Niko wollte den Kids verbieten, vor vier Uhr zum Fort zu kommen. Er wollte kein ständiges Hin und Her zwischen dem Zelt und dem Wäldchen, während der Rest des Lagers wie immer bei den Listen anstand oder den Nachmittagsfilm guckte.

Ich bat Niko allerdings, Alex zu mir zu schicken. Ich musste unter vier Augen mit ihm reden.

Alex trabte über die Wiese und schwenkte die Zeitung. »Dean! Ist das nicht genial?«

Dann sah er Astrid auf dem Stöckchenbett liegen und Jake daneben auf dem Boden sitzen und einen Brief an seinen Dad schreiben, in dem er ihm erklärte, warum er auf einmal verschwunden war.

»Hä? Was macht ihr hier alle?«, fragte Alex.

Ich nahm ihn am Arm. »Komm, wir gehen eine Runde.«

»Hey, Alex!«, rief Jake. »Alles senkrecht bei dir?«

»Hast du den Brief gesehen?« Alex hielt ihm die Zeitung hin. »Bisher hat niemand angerufen, aber die nette Dame im Büro hat mir versprochen, dass sie sofort Bescheid sagt, wenn irgendwer ...«

Jake nahm die Zeitung. »Ist ja cool, Mann.«

»Komm, Alex«, drängelte ich. Astrid schlief gerade, und ich wollte nicht, dass sie plötzlich aufwachte und Alex die Meinung sagte. Jedenfalls nicht bevor ich ihm erklärt hatte, wie viel Pech sein Brief ihr gebracht hatte.

Alex' erste Reaktion hatte ich in etwa erwartet: »Was!?«

Ich erklärte ihm alles noch mal: dass der Brief Astrid als schwangere und mehrfach kontaminierte Nuller-Frau enttarnt hatte, dass sie deshalb Angst hatte, zu irgendeinem Versuchslabor verschleppt zu werden, und dass Captain McKinley das im Großen und Ganzen genauso sah.

Währenddessen musste ich zusehen, wie sich sein Blick veränderte – wie bei einem Kind, das seiner Mom zum Muttertag ein tolles Frühstück machen wollte und hinterher erfährt, dass es dabei das Haus angezündet hat. Es war grausam.

»Und was hat Captain McKinley genau gesagt?«, fragte Alex danach.

»Dass Astrid noch heute Abend abhauen muss.«

»Zu diesen Experimenten, meine ich. Wohin werden die Frauen überhaupt gebracht?«

»Ich glaube, das weiß er selbst nicht. Aber er hat uns erzählt, dass die Army schwangere Frauen unter Drogen setzt und irgendwohin fliegt. Und mehr musste Astrid dann nicht hören.«

»Wow«, flüsterte Alex. »Das … das ist Wahnsinn. Und wo will Astrid jetzt hin?«

Tja. Nun kam der unangenehme Teil des Gesprächs.

Eine Zeit lang war nur das Knirschen des Laubs unter unseren Füßen zu hören, während ich überlegte, wie ich es ihm sagen sollte.

Aber mein Zögern brachte es schon in etwa rüber.

»Nein«, sagte Alex.

Er packte mich am Arm.

»Du kannst nicht mit ihr mitgehen, Dean. Wir haben uns

geschworen, immer zusammenzubleiben. Und bald ... bald werden Mom und Dad uns finden. Wegen des Briefs ...«

»Aber ich muss«, erwiderte ich. »Ich kann sie nicht allein lassen.«

»Wieso allein? Niko wird doch bei ihr sein.«

»Niko hat nur seine eigene Rettungsmission im Kopf.«

»Dann soll eben Jake mitgehen. Jake ist doch der Vater von dem Baby.«

»Weißt du was? Vorhin haben wir nach Jake gesucht – und wo haben wir ihn gefunden? Beim Pokern! Und stockbesoffen, um zehn Uhr vormittags! Jake ist ein Totalversager. Der kann nicht auf Astrid aufpassen.«

»Aber, aber ...« Alex' Stimme überschlug sich. »Aber sie müssen Astrid doch nur irgendwo in Sicherheit bringen. Niko kann sie und Jake in irgendeinem Motel einquartieren und ...«

»Hör dir doch erst mal unseren Plan an, Alex. Heute Nacht fahren Astrid, Jake, Niko und ich zusammen los und ...«

»Aber das ist doch bescheuert!«

»Wir helfen Niko, sich zur Mizzou durchzuschlagen, weil das ist sowieso auf dem Weg ...«

»Das ist ein beschissener Plan!«

»... auf dem Weg nach Pennsylvania, und da treffen wir uns alle auf der Farm von Nikos Onkel! Und wenn die Anrufe wegen des Briefs kommen, sagst du unseren Eltern, dass wir dort auf sie warten!« Ich dachte, der Teil des Plans könnte Alex gefallen.

»Du willst einfach so abhauen? Nur weil Captain McKinley irgendwelche wilden Theorien über Experimente an schwangeren Frauen hat?«

»Wir hauen nicht ab. Wir verlassen bloß das Lager. Wie tausend andere Leute auch.«

»Ja, aber die anderen Leute haben die richtigen Papiere. Die anderen Leute dürfen nach Hause gehen.«

»Dann gehen wir halt ein bisschen früher.« Alex verdrehte die Augen. »Hör mal. Die Army hat erst neulich eine Schwangere entführt. Mitten in der Nacht, aus ihrem eigenen Bett. Das hat uns ihre Schwester erzählt. Und wieso kriegt Captain McKinley sofort Panik, als wir ihm sagen, dass sie an Astrid dran sind? Da stimmt doch was nicht. Wir können nicht zulassen, dass Astrid da reingezogen wird.«

Alex blieb stehen, als wollte er keinen Schritt mehr weitergehen. »Wie oft hast du Niko in den letzten Tagen erklärt, dass es eine hirnrissige Idee ist, zu Josie zu fahren? Zum Beispiel wegen der Gaswehen? Was, wenn das doch kein Gerücht ist? Und jetzt willst du *mit ihm mit*?«

»Aber Captain McKinley hilft uns doch. Er fliegt uns, so weit er kann. Das ist alles nicht so gefährlich, wie du denkst. Ich will Astrid bloß sicher zur Farm bringen. Wir werden kein Risiko eingehen. Versprochen.«

Ein orangefarbenes Ahornblatt verfing sich in Alex' Haaren. Es sah aus wie eine kleine Flamme.

»Ich finde es doch auch scheiße, dich allein zu lassen«, sagte ich. »Das weißt du doch, oder?«

Alex blickte zu Boden.

Ich zupfte ihm das Blatt aus den Haaren. »Aber ich liebe sie nun mal. Ich muss auf sie aufpassen.«

»Aber sie liebt dich nicht, wie du sie liebst!«

Das tat weh. Sehr sogar. Aber ich wusste, dass Alex bloß wütend war.

»Verstehst du nicht, Alex? Jake ist ein Säufer, Niko interessiert sich nur für Josie und Astrid hat ständig Krämpfe. Sie ist unglaublich stur, und sie ruht sich nie genug aus. Irgendwer muss auf sie aufpassen, und wer, wenn nicht ich? Das ist meine Aufgabe.«

Alex' Gesicht verzerrte sich. »Aber ich will, dass du bei mir bleibst. Ich will dich nicht noch mal verlieren.«

Ich drückte ihn an mich. Er weinte in mein Shirt. »Es tut mir leid«, flüsterte ich. »Aber wart's ab – wir sehen uns ganz bald wieder. In Pennsylvania. Wart's nur ab. Bald sind wir alle zusammen auf der Farm.«

Noch einen Tag zuvor hätte ich am liebsten ein paar Löcher in seinen Pennsylvania-Traum gestochen, um ein bisschen Realismus reinzulassen.

Jetzt benutzte ich seinen Traum, um ihn zu überreden, mich gehen zu lassen.

Als wir zum Fort zurückkehrten, war Niko schon mit den Kleinen eingetrudelt.

Die Kids waren überglücklich, dass wir uns seit Neuestem für ihr Bauwerk interessierten.

Henry saß neben Astrid auf der Stöckchenmatte und betastete ihren Bauch.

Auf der anderen Seite neben Astrid hockte Chloe. Sie legte die Hände trichterförmig an Astrids Bauch und rief hinein: »Hallo? Hörst du mich, Baby? Wenn du mich hörst, *gib mir einen Tritt!*«

»Ganz ruhig, Chloe«, ächzte Astrid. »Mach mal eine Pause, ja?«

»Genau«, sagte Max. »Sonst kriegt das Baby einen Schock, und wenn es rauskommt, ist es ein Nalbino!«

Max hatte sich Jakes Taschenmesser geschnappt und schnitzte sich einen Speer.

»Ein Nalbino? Was ist das?«, fragte Chloe.

»Ein Baby ohne Haare und mit pinken Augen!«

»Wir hatten auch keine Haare, als wir Babys waren«, meinte Caroline. »Sind wir dann auch Nalbinos?«

»Leute«, seufzte Astrid. »Das heißt *Al*-bino.«

»Albinismus kommt von einer genetischen Mutation«, mischte Alex sich ein. »Und nicht davon, dass das Kind vor der Geburt erschreckt wurde.«

Trotz seiner Riesenwut auf mich konnte mein Bruder nicht zulassen, dass die Kleinen mit irgendwelchen unwissenschaftlichen Vorstellungen herumliefen.

Auf einmal hatte ich einen Kloß im Hals. Ich hatte gerade erst realisiert, dass wir uns wirklich von den anderen verabschieden mussten.

»Ganz genau«, sagte Astrid. »Danke, Alex.«

Sie versuchte, ihm in die Augen zu blicken, doch Alex wollte nicht. »Ich schätze, ich muss mich bei dir entschuldigen«, meinte er hölzern. »Wegen der Zeitung.«

»Nein, nein«, schnitt Astrid ihm das Wort ab. »Ich muss mich bei dir entschuldigen. Du bist sicher scheißwütend auf mich ...«

»Was redet ihr da für einen Schmarrn?«, fragte Chloe. »Geht's um den Brief, oder was?«

»Sind wir jetzt wirklich berühmt?«, fragte Caroline. Ihre kleinen Finger klammerten sich an meine Hand. »Ich glaube, ich bin lieber normal.«

Endlich traf auch Sahalia ein, auf dem Rücken einen Rucksack mit Astrids Sachen, den sie wohl in Nikos Auftrag gepackt hatte. Sahalia ließ ihn von der Schulter rutschen und warf ihn zu den anderen drei Rucksäcken, die Niko für mich, Jake und sich selbst zusammengestellt hatte.

»Was soll das eigentlich werden?«, fragte Sahalia.

»Ja, übernachten wir draußen?«, fügte Caroline hinzu. »Oder gehen wir zelten?« Sie deutete auf die Rucksäcke.

»Leider nein«, sagte ich. »Wir haben rausgekriegt, dass irgendwelche Wissenschaftler Astrid von hier wegbringen und Experimente mit ihr machen wollen.«

Alle starrten Astrid an. Caroline schlang die Arme um ihren Hals und presste den Kopf in ihren Nacken.

Ein Chor aus Kinderstimmen legte los: »Nein! Das dürfen die nicht! Astrid muss hierbleiben!«

»Ruhe!«, rief Niko. »Das ist wichtig! Wir haben beschlossen, dass Jake, Dean und ich Astrid an einen sicheren Ort bringen. Und Josie holen wir auch zu uns.«

Ich sah, wie sich der Kummer auf Sahalias Gesicht legte. Ihre besorgten Augen zuckten zu Alex.

Wieder brach ein lautes Gejammer und Geplärre aus, aber Niko machte dem Lärm ein Ende.

»Wir hätten auch einfach gehen können, ohne euch was zu sagen. Aber wir wollten, dass ihr es wisst, weil wir alle eine Familie sind. Versteht ihr das? Wir behandeln euch jetzt wie große Kinder. Aber dann müsst ihr euch auch so benehmen.«

»Wann geht ihr?«, fragte Ulysses.

»Heute Abend.«

Henry marschierte auf mich zu und holte ein kleines Knäuel aus der Tasche seiner Cordhose.

»Hier.« Er überreichte mir einen Fünf-Dollar-Schein.

»Aber den hat dir dein Dad zum Geburtstag geschenkt!«, sagte Chloe. »Das ist *Geburtstagsgeld*.«

Wie so oft antwortete Caroline für ihren Bruder. »Aber vielleicht braucht der kleine Daddy das Geld. Vielleicht braucht er es ganz dringend, Chloe.«

Da kamen mir fast die Tränen. Astrid war die kleine Mommy – und ich der kleine Daddy? Das war mir neu.

»Vielen Dank, Henry«, sagte ich. »Das können wir bestimmt gut gebrauchen, wenn wir unterwegs sind.«

»Aber wie wollt ihr überhaupt hier wegkommen?«, fragte Chloe. »Wollt ihr laufen?«

Niko hob die Hand. »Wir können euch nichts Genaues sagen. Es könnte sein, dass euch später irgendwelche Leute viele Fragen stellen. Wenn euch heute Abend jemand nach uns fragt, sagt ihr einfach, dass ihr uns nicht gesehen habt. Aber wenn sie morgen fragen, könnt ihr ruhig die Wahrheit sagen. Dass wir das Lager verlassen haben, weil wir uns Sorgen um Astrid gemacht haben.«

»Aber wir sehen uns wieder«, sagte ich. »Das verspreche ich euch.«

»Sagt Josie schöne Grüße, okay?«, meinte Max. »Also wenn ihr dann bei ihr seid.«

»Klar«, antwortete Niko.

Chloe nickte uns zu. »Und von mir könnt ihr Josie ausrichten: Quak, quak. Das wird sie schon verstehen.«

»Sagt ihr, sie fehlt mir«, fügte Ulysses hinzu und zeigte seine Zahnlücke.

Alex konnte mich nicht ansehen. Seine Augen waren stark gerötet. Sahalia streichelte seine Hand, aber auch ihr blickte er nicht in die Augen.

Caroline umarmte mich. Dann lehnte sie sich nach hinten, ohne mich loszulassen, und schaute zu mir hoch. In ihrem Sommersprossengesicht spiegelten sich große Sorgen. »Aber du musst dich gut um die kleine Mommy kümmern. Mommys brauchen immer viel Hilfe.«

Alex kehrte allein vom Speisesaal zurück und brachte uns eine Plastiktüte mit den Lebensmitteln, die die anderen von ihrem Abendessen herausschmuggeln konnten.

Außerdem gab er mir ein Bündel Scheine.

»Was ist das?«, fragte ich.

»Meine Ersparnisse plus einhundertfünf Dollar von Mrs. Dominguez. Sie sagt, sie betet für euch.«

Alex starrte über das Grün in den tiefblauen Himmel.

Ich blätterte die Scheine durch. Mindestens dreihundert Dollar.

»Aber das geht nicht«, meinte ich. »Das ist doch dein Geld.« Alex hatte es sich hart erarbeitet. Er hatte für die anderen Lagerbewohner Elektrogeräte repariert.

»Nimm's einfach«, fauchte er.

»Aber es gehört mir nicht …«

»Dean«, sagte er. »Ich würde dir jeden Cent geben, den ich in meinem restlichen Leben verdiene, wenn dir dann nichts passiert. Davon könnt ihr Essen und Wasser und Benzin kaufen. Und was weiß ich, was ihr noch alles braucht.«

»Es tut mir leid«, sagte ich zum tausendsten Mal.

»Pass einfach auf dich auf. Ich sag's dir, wenn du da draußen draufgehst – das verzeihe ich dir nie. Wenn du nicht auf der Farm auftauchst, werde ich mein Leben lang rumerzählen, dass mein Bruder ein verdammtes Arschloch war.«

Alex spielte den harten Kerl, um seine Angst nicht zu zeigen. Ich fing an, mich richtig zu hassen.

Dann stampfte er davon, über die Wiese zu unserem Zuhause in der Zeltstadt.

Danach konnten wir nur noch warten. Es war eine Qual.

Ich fragte mich immer wieder, ob ich die richtige Entscheidung getroffen hatte.

War es nicht dumm, das Lager zu verlassen? Was würden meine Eltern dazu sagen? Ich versuchte, mich in meinen Dad hineinzuversetzen. Dads Gehirn funktionierte absolut logisch – was würde er von meinem Entschluss halten? Als ich an meine Mom dachte, schnürte es mir die Luft ab. Aber sie fände es doch richtig, dass ich auf Astrid aufpassen wollte? Oder?

Ich lehnte mich an eine Kiefer. Um uns herum sang der Wind in den Ästen. Nachts war der Golfplatz wunderschön.

Bald würde Captain McKinley kommen, um uns abzuholen.

Astrid lief zu mir und schmiegte sich an mich. Jake lag auf

ihrer Matte, Niko saß in der Nähe der Straße und hielt Ausschau nach dem Captain.

»Ich muss mich bei dir entschuldigen«, flüsterte Astrid.

Ich betrachtete sie von der Seite. Astrid trug meine alte grüne Mütze und einen dicken weißen Wollpulli, der nicht ganz über ihren runden Bauch reichte.

Als sie den Mund zum Sprechen öffnete, sah man ihren Atem.

»Ich wollte vorhin zu Jake, weil …«, fing sie an.

Sie nahm meine Hand.

»… weil ich ihn bitten wollte, mit mir nach Texas zu gehen.«

Ich hörte, was sie sagte. Es war wie ein Schlag in die Magengrube. Ich schloss die Augen und verbarg das Gesicht hinter der rechten Hand.

»Ich hatte solche Angst, und du hast das alles nicht ernst genommen, und ich war so verzweifelt.« Jetzt sprudelte es nur so aus ihr heraus.

Astrid klang traurig und besorgt. Es tat ihr weh, mir wehzutun.

»Aber als ich ihn dann gesehen habe … da war mir gleich klar, dass ich den Plan vergessen kann.« Sie wollte mich irgendwie auf ihre Seite ziehen. »Es tut mir leid.«

»Er kommt«, sagte Niko. »Wir müssen los.«

Es fühlte sich an, als hätte sich eine Eisenfaust um mein Herz geschlossen.

»Bitte nicht wütend sein«, bettelte Astrid. »Ich liebe dich. Ich liebe dich wirklich. Du musst mitkommen. Ohne dich habe ich zu viel Angst.«

Da packte ich sie – etwas ruppiger als beabsichtigt – und küsste sie auf den Mund.

»Ich liebe dich auch«, sagte ich. »Und ohne mich gehst du nirgendwohin.«

ZWÖLFTES KAPITEL
JOSIE

»Glückwunsch«, sagt Venger. »Hast du den Dreck also doch noch weggekriegt. Dachte schon, du wirst nie fertig.«

Als könnte er den Boden in der Dunkelheit überhaupt noch erkennen. Als wäre der Urin nicht vor zwei Stunden getrocknet.

Die letzte Schicht ist vom Abendessen zurückgekehrt. Vorhin hat es geläutet – neun Uhr.

»Los«, schnauzt Venger. »Ab auf dein Zimmer. In ein paar Minuten gehen die Lichter aus.«

Am Anfang kann ich nicht aufstehen. Meine Gelenke schmerzen zu stark. Wie festgefroren.

Venger zerrt mich hoch. Aber ich kann die Knie nicht durchdrücken, sie wollen mein Gewicht nicht tragen.

Als er mich loslässt, stolpere ich zur Seite und versuche, nicht hinzufallen.

In Vengers kaltem, hasszerfressenem Herzen scheint ein Anflug von schlechtem Gewissen aufzublitzen. Sein Blick streift meine Augen, dann sieht er wieder weg.

»Vielleicht fandest du das jetzt übertrieben«, sagt er. »Aber jeder, der dich schrubben gesehen hat, hat kapiert, dass ich keinen Ungehorsam dulde. Weder von Männern noch von Frauen noch von Kindern.«

Was sagt man zu einem Typen, der so dumm ist, dass er ernsthaft glaubt, er könnte sich durch das öffentliche Foltern einer Fünfzehnjährigen Respekt verschaffen?

Mir geht sowieso Wichtigeres durch den Kopf.

Nach neun Uhr abends herrscht offiziell Ausgangssperre. Alle sollen in ihre Zellen eingeschlossen sein, und die meisten sind es auch. Aber seit den Unruhen schließen manche Türen nicht mehr richtig.

Gut möglich, dass ich auf dem Weg durch den Männerflur ein paar entlaufenen Zootieren begegne.

Venger entriegelt die Haustür und hält sie auf.

Ich zögere wohl zu offensichtlich.

»Geh nur rein«, sagt er. »Die sind alle schon weggesperrt.«

»Aber ein paar Schlösser funktionieren nicht mehr.«

»Okay, dir zuliebe …«, motzt Venger, packt mich am Arm und schiebt mich durch die Tür.

Im Vorraum, wo früher Jungs und Mädchen Mails gecheckt und zusammen Live-Spiele auf dem Bigtab geschaut haben, hocken zwei versiffte Typen an der Wand und teilen sich eine Zigarette.

»Ihr lasst die Kleine schön in Ruhe«, sagt Venger und schubst mich weiter. »Die muss hier nur kurz durch.«

Die beiden Typen blicken auf. Der eine lächelt.

»Ja, Sir«, sagt der andere. Ich sehe, dass ihm die beiden oberen Schneidezähne fehlen.

Während ich Richtung Flur schleiche, macht Venger kehrt.

Na, wenn das die einzigen beiden sind. Die sind langsamer als ich.

Sie warten, bis Venger verschwunden ist.

Dann öffnet die dürre Vogelscheuche den Mund. Gleich wird er irgendeine abstoßende Beleidigung absondern.

Aber er schreit: »*HASE!* Hase auf dem Flur!«

Mein hämmerndes Herz pumpt das Adrenalin durch meine Adern. Meine Gelenke entkrampfen sich, meine Muskeln gehen in Alarmbereitschaft. Das Nuller-Blut eilt zur Rettung.

Was wäre ich ohne den hochprozentigen Energydrink, der von nun an und für alle Zeiten durch meine DNA schwappt? Vielen Dank auch, Giftgas.

Ich sprinte in den Flur.

Die beiden Typen aus dem Vorraum trotten hinterher wie geifernde Zombies.

»Hase auf dem Flur!«, schreit der eine noch mal.

Die meisten Türen sind abgesperrt. Ich höre, wie die Männer im Inneren an den Klinken rütteln und versuchen, durch das Holz zu brechen.

Aber ein paar Türen sind offen, und weiter vorne stolpern mehrere Männer auf den Gang.

Einer, ein schwitzender Glatzkopf, fuhrwerkt mit seinen riesigen Händen herum, als hätte er mich schon gepackt. »Ganz ruhig, Kleine«, säuselt er.

»Lasst sie in Ruhe«, erwidert ein Mann, der vorne aus einem anderen Zimmer tritt. »Das ist doch noch ein Kind.«

»Fresse, Patko!«, motzt einer der Typen in meinem Rücken.

Der Mann, der anscheinend »Patko« heißt, greift sich den Kleineren der beiden Kerle vor mir. Das ist meine Chance, die Blockade zu durchbrechen.

Zwei Typen hinter mir, einer vor mir. Nein, jetzt kommt noch einer den Flur hinunter. Und jeder will als Erster bei mir sein.

Zuerst der Glatzkopf. Einen Ellenbogen in die Eingeweide, einen kräftigen Stampfer auf das Schienbein.

Dann der überdrehte Stielaugen-Loser aus dem Vorraum. Dem schlage ich die Nase ein, dass das Blut nur so spritzt.

Ein dünner Schwächling mit freiem Oberkörper greift nach mir und erwischt mich am Hosensaum.

Er zerrt mich an sich und presst seinen Unterleib gegen meinen Hintern. Vom Ende des Flurs strömen weitere Männer dazu und schleifen mich zurück.

Ich reiße die Hüfte zur Seite, verkralle mich in den Weichteilen des Schwächlings und ziehe mit aller Kraft.

Er geht brüllend zu Boden. Als ich mich umdrehen will, hält mich eine Hand fest. Weg damit. Vor mir liegt der glatzköpfige Riese. Ich krabbele über ihn hinweg.

Fast geschafft. Ich werfe mich nach vorne, Richtung Treppenhaus. Fast geschafft.

Einige Meter weiter tritt Brett aus einer Tür – der Teenie-Gewerkschafter. Brett versperrt mir den Weg. O Gott, er versperrt mir den Weg. Ich muss ihn zur Seite rammen. Gleich ist es so w…

Da lächelt Brett und geht beiseite.

»Lauf, Josie, lauf«, sagt er, als ich an ihm vorbeifliege – und gegen die Tür zum Treppenhaus pralle.

Die Tür ist abgeschlossen. Die Tür ist abgeschlossen. Natürlich ist sie abgeschlossen, was denn sonst?

Jetzt werde ich sterben. Hoffentlich geht es schnell.

Da öffnet sich die Tür.

Vor mir stehen Mario und Lori, reißen mich durch die Tür und schlagen sie hinter mir zu. Irgendeine Hand klemmt im Spalt, irgendein Fuß, aber Mario und Lori donnern die Tür gegen den Rahmen, wieder und wieder, bis sich die verschiedenen Körperteile zurückziehen und das Schloss endlich einrastet.

Lori zieht mich in ihre Arme und schluchzt, und gemeinsam sinken wir auf den Boden.

Mario und Lori helfen mir die Treppe hinauf.

Mein Adrenalin ist aufgebraucht. Ich bin schlaff wie eine Marionette mit gekappten Fäden.

»O Gott, o Gott, o Gott«, wimmert Lori, als wüsste sie keine anderen Wörter mehr.

»Dieser Hurensohn!«, wütet Mario. »Dieses Monster! Hat dir eine Falle gestellt!«

»Ich weiß nicht …«, murmele ich. Ich stelle fest, dass ich einen Schlag gegen das Kinn bekommen habe. Tut ziemlich weh.

Wir erreichen unser Zimmer. Die Kinder warten alle in der Tür.

»Arme Josie!«, ruft Aidan und fällt mir um den Hals, und Heather und Freddy stimmen ein: »Arme Josie!«

»Aufhören«, knurre ich. »Aufhören! Lasst es. Ich will kein Mitleid. Lasst mich in *RUHE*!«

Das ist mir alles zu viel. Die Patschhändchen der Kleinen, ihr Gewimmer. Die Angst greift nach mir – die Kids ersticken mich noch – ich werde ihnen wehtun …

Ich schubse sie weg.

»Ich gehöre nicht zu euch! Kapiert ihr das nicht? Ihr seid mir egal. Ich will nichts mit euch zu tun haben. Mit keinem von euch!«

Ich weigere mich, in ihre dummen Gesichter zu blicken. Ich kann mir ungefähr vorstellen, wie sie mich ansehen.

Warum kapieren sie nicht, dass ich tot bin? Dass es nur noch eine Frage der Zeit ist? Ich bin ein Köder. Ich bin ein Hase, den man den Wölfen zum Fraß vorwirft, um sie eine Nacht lang zu besänftigen.

Ich will keine HILFE. Und wie soll mir ein Haufen KINDER bitte weiterhelfen?

Ich lasse sie alle stehen, auch meinen guten, treuen Freund Mario, und schließe mich im Badezimmer ein.

Ich gehe zur Badewanne und drehe den Wasserhahn auf.

Ab und zu gibt es heißes Wasser. Meistens wird es wenigstens warm.

Diesmal gibt es heißes Wasser. Dampfwolken steigen auf. Halleluja.

Ich schnappe mir unser schmales Seifenstück. Heute werde ich ein bisschen was davon benutzen, auch wenn ich damit meinen Anteil aufbrauche. Heute gönne ich mir etwas Sauberkeit.

Mir fällt auf, dass ich zittere. Ich setze mich auf die Toilette, damit ich nicht zusammenklappe.

»Hey!«

Mario klopft an die Tür.

»Hau ab«, sage ich.

Ich schmecke Galle. Langsam atmen, Josie. Langsam.

»Ja, ja«, erwidert Mario. »Du bist ein ganz hartes Mädchen. Du brauchst keine Hilfe. Keiner von uns darf mit dir reden oder versuchen, dir zu helfen. Keiner darf dich *mögen*. Aber ich wollte dir bloß was zeigen.«

Ich öffne die Tür ein paar Zentimeter weit.

»Was?«

Mario schiebt eine vierfach gefaltete Zeitungsseite durch den Spalt.

Ich lese die Schlagzeile eines Leserbriefs.

DIE MONUMENT 14.

Sie haben es geschafft.

Ein Glück, dass das plätschernde Badewannenwasser mein Heulen übertönt.

Ich freue mich für die anderen, und ich vermisse sie, und ich tue mir selbst leid, so furchtbar leid, und ich bin wütend auf mich selbst, weil ich mir so furchtbar leidtue.

Ich bin vermutlich tot. Meine Name steht nicht bei den anderen, sondern weiter unten. Separat. Aber was habe ich erwartet?

Ich denke an die Zeit im Greenway. An die vielen lustigen Aktionen der Kleinen. Wie Chloe immer alle angemault hat und wie klein und zart die Zwillinge waren. Max' Geschichten und Ulysses' Zahnlückengrinsen. Und ich weine, weil ich mich danach sehne, in einem Superstore eingesperrt zu sein.

Ich wusste nicht, wie gut ich es hatte, bevor wir im Greenway festsaßen. Ich wusste nicht mal, wie gut ich es hatte, als wir im Greenway festsaßen.

Jetzt kommt mir alles, was ich erlebt habe, bevor die Tore der *Tugenden* hinter mir ins Schloss gekracht sind, wie ein einziges Märchen vor.

Ich weine, weil ich in Gedanken Alex' Stimme höre – er präsentiert seine Geschichte wie ein kleiner Verkäufer, der den Zeitungsredakteur irgendwie dazu bringen muss, anzubeißen.

Alex weiß natürlich, dass ein Leserbrief ihre beste Chance ist, ihre Eltern zu finden.

An der Mizzou, wo es weder Fernsehen noch Radio gibt, sind Zeitungen die neue Währung. Zeitungen werden weitergereicht, eifersüchtig bewacht, verliehen, geborgt. Wahrscheinlich ist es in allen Lagern ähnlich.

Haben die anderen ihre Eltern schon gefunden? Auch dieser Gedanke bringt mich zum Weinen.

Haben sie alle ein großes Wiedersehen mit ihren Eltern gefeiert, während ich hier an der Mizzou hocke?

Tot. Alex vermutet, dass ich tot bin.

Ich strecke den Arm aus der Wanne, greife mir meine dreckige Jeans vom Boden und fische Nikos Nachricht aus der Hosentasche.

Ich lese sie noch einmal durch.

Danach zerreiße ich sie zu Konfetti.

Ich halte die geschlossenen Hände unter Wasser – und öffne sie. Langsam steigen die Konfettifetzen an die Oberfläche.

Ich bin verloren, Niko. Ich tauche den Kopf unter. Du hast mich verloren. Ich komme nicht wieder.

Über mir schweben Papierfetzen. Konfettischlick.

Und während meine Knie in das graue Leitungswasser bluten, weine ich, wie es sich für ein dummes Waisenmädchen gehört.

DREIZEHNTES KAPITEL
DEAN

Captain McKinley fuhr einen großen Militär-Lkw zum Transport von Truppen. Über der Ladefläche, wo es an beiden Seiten Sitzbänke gab, spannte sich eine Baumwollplane über Eisenbögen – ein bisschen wie ein Planwagen.

Wir kletterten eilig hinten rein.

»Hey«, rief McKinley durch das offene Rückfenster der Fahrerkabine. »Soweit alles nach Plan gelaufen?«

»Ja«, antwortete Niko.

Der Captain fuhr Richtung Basis.

Ich war auf alles gefasst – dass jeden Moment Wachen das Feuer eröffneten oder ein Streifenwagen aus der Dunkelheit preschte, irgend so was in der Art.

Aber draußen war nur das ruhige Mondlicht. Ein leichter Wind verwirbelte das Laub. Es war still.

An der letzten Ecke vor der Air-Force-Basis hielt McKinley an und tippte eine Nachricht in sein Minitab.

Die Antwort kam sofort.

»Ich habe einen Kumpel am Tor«, erklärte er uns.

Dann fuhr er das letzte Stück zum Tor der Basis und winkte dem diensthabenden Soldaten zu.

Als McKinley bremste, klopfte der Typ auf die Motorhaube. »Ich hab dich nicht gesehen, Mann«, sagte er. »Ich hab gar nichts gesehen. Weiterfahren.«

»Danke, Ty«, erwiderte McKinley, und eine Sekunde später waren wir auf der Basis.

McKinley steuerte den Lkw direkt aufs Rollfeld zu einem riesigen Helikopter.

Es war ein anderes Modell als der Heli, mit dem der Captain uns aus dem Greenway gerettet hatte. Damals hatte er eine schnittige, hypermoderne Maschine geflogen, während das Ding hier eher nach Army-Standardausführung aussah. Ziemlich unspektakulär.

Mit quietschenden Bremsen brachte McKinley den Lkw zum Stillstand.

»Okay, hört mir zu«, sagte er. »Ich gehe jetzt rüber und öffne die Seitentür – und ihr rennt schön geduckt hinterher und steigt ein. Ich habe hier zwei gute Freunde. Der eine war am Tor, der andere arbeitet im Tower. Aber der Rest wird uns aufhalten, wenn sie euch sehen. Hier laufen haufenweise Wachen und ein paar Offiziere rum. Also sputet euch, klar?«

Der Captain stieg aus, schlenderte zum Heli und öffnete die Tür.

Wir rutschten ans hinterste Ende der Sitzbänke und machten uns bereit für den Sprint.

»Jetzt!«, zischte McKinley.

Wir sprangen auf die dämmrige Rollbahn, zogen die Köpfe ein und huschten zum Heli.

Niko stieg zuerst ein. Seine Stiefel dröhnten auf den Leitersprossen wie Gongschläge.

Ich blickte mich um. Das musste doch irgendwer gehört haben?

Aber niemand interessierte sich für uns.

Einer nach dem anderen kletterten wir in den Heli und quetschten uns irgendwie in den kleinen Innenraum, bis einfach niemand mehr reinpasste.

»Mann, mach mal Platz«, flüsterte Jake hinter mir und schob mich weiter.

Zwischen Decke und Boden waren dicke Netze aus stabilem schwarzem Nylon aufgespannt, und dahinter stapelten sich Transportboxen, die fast in den winzigen Passagierraum überquollen. Nur vor zwei Notsitzen, einem rechts und einem links, waren keine Kisten aufgeschichtet.

McKinley schloss die Tür.

»Gut. Sehr gut. Bisher läuft's perfekt«, sagte er, während er ins Cockpit kletterte. Dann verrenkte er sich fast den Hals, um einen Blick über die Schulter zu werfen. »Aber da hinten ist's ein bisschen eng, was? Komm du nach vorne, Jake. Dann wird's schon gehen.«

Vorsichtig schob Jake sich an uns vorbei und stieg über die Schalthebel und sonstigen Instrumente ins Cockpit. Ich fragte mich, warum ausgerechnet er Kopilot spielen durfte.

»Astrid kriegt einen Sitz, einer von euch beiden den anderen, und der Dritte muss auf dem Boden hocken!«, rief McKinley nach hinten.

»Nimm du den Sitz«, sagte Niko. »Ich hab kürzere Beine.«

»Wir können uns ja abwechseln«, meinte ich und schnallte mich an.

Astrid streckte ihre Beine auf die eine Seite, ich meine auf die andere, und Niko brachte dazwischen irgendwie seinen Hintern unter. Aus Jux legte er mir den Kopf auf die Knie.

»Gemütlich da unten?«, fragte ich.

»Geht so«, sagte er.

Vorne im Cockpit funkte McKinley schon den Tower an.

»Delta-nine-bravo-seven, bitte um Starterlaubnis …«

Er verstummte und lauschte. Seine Anspannung war nicht zu übersehen.

Aber es blieb still.

»Wiederhole: Delta-nine-bravo-seven, bitte um Starterlaubnis …«

Dann ertönte ein Klopfgeräusch – eine Hand griff nach einem Mikrofon.

»Scheiße, McKinley, was machst du da? Hier steht, dass du um sechzehnhundert *gestartet* bist.«

Eine Stimme aus dem Hintergrund: »Locker bleiben, Pete. Ich kann das erklären.«

McKinley stieß einen lauten Fluch aus und drosch die Faust auf die Instrumententafel. »Tut mir echt leid, Pete. Ich hab's vorhin nicht geschafft, und Valdez hat's mir durchgehen lassen.«

»Was hast du geladen?«

Der Captain schüttelte den Kopf, als würde er über verschiedene Antworten nachdenken. Aber keine davon gefiel ihm. »Das sollte alles auf der Liste stehen, Pete …«

»Was zur Hölle hast du geladen, McKinley?«

McKinley presste die Lippen aufeinander. »Komm doch her und schau nach.«

»Das mach ich auch, Arschloch«, sagte Pete.

»O Gott«, flüsterte Astrid. »Was passiert denn jetzt?«

»Frag mich was Leichteres«, antwortete McKinley. »Ein paar Piloten haben Schwarzmarktware auf die Basis geschmuggelt, von daher …«

Er riss sich das Headset vom Kopf und rutschte aus dem Cockpit auf die Landebahn.

Astrid fasste nach meinen Händen.

»Wird schon schiefgehen«, sagte ich.

Hoffentlich nicht.

Zwei Gestalten näherten sich dem Heli. Ihre Stimmen wehten herüber – sie stritten sich.

»Das geht mir dermaßen auf den Sack«, sagte der eine. »Ihr Piloten dreht doch alle irgendein Ding.«

»Ich nicht, Pete«, erwiderte McKinley. »Das weißt du doch.«

»Ja«, sagte eine andere Stimme. »So ’ne Scheiße macht McKinley nicht. Das ist was anderes.«

»Also, was hast du geladen, McKinley?«

Plötzlich schwang die Tür auf, und drei Gesichter starrten uns an.

Ich erriet sofort, welcher Pete war – ein junger Kerl mit kleinen, eng stehenden Augen und vorgewölbten Brauen.

Etwas weiter hinten stemmte ein dicker, gemütlicher Typ die Hände in die Hüften.

»Siehst du das Mädchen da?«, sagte McKinley. »Die Kleine ist siebzehn Jahre alt und im sechsten Monat schwanger, und das USAMRIID will an ihr rumexperimentieren.«

»Jetzt … jetzt hast du ein Problem, McKinley.« Pete war so schockiert, dass er sich fast verschluckte. »Ein großes Problem.«

»Ihr Abtransport ist für zwei Uhr nachts geplant. Ich habe den Befehl mit eigenen Augen gesehen«, fuhr McKinley fort. »Sie benutzen einen unserer Army-Blackhawks. Sie wollen die Kleine kidnappen.«

»Die werden schon ihre Gründe haben«, stieß Pete hervor. »Dafür kommst du vors Militärgericht. Du hast keine Chance, McKinley, keine Chance!«

»Du hast doch das von McMahon und Tolliver gehört«, meinte der dicke Kerl. »Dass sie *im Kampf gefallen* sind? Zwei Tage, nachdem das USAMRIID die beiden eingesammelt hatte?« Er legte Pete die Hand auf den Rücken. »Wir müssen bloß Däumchen drehen. McKinley ist um vier Uhr nachmittags vollgestopft mit Fracht gestartet. Alles in Butter.«

»Bitte«, flüsterte Astrid ängstlich. »Captain McKinley hilft uns bloß, über die Grenze zu kommen.«

Pete sah sie an. Er sah sie sehr lange an.

Dann knallte er die Tür des Helis zu.

»Ich bin dir was schuldig, Pete«, sagte McKinley draußen.

»Vergiss es. Ich hab dich nie gesehen«, erwiderte Pete, der schon wieder auf dem Weg zum Tower war.

Der Flug dauerte über drei Stunden.

Hinter den Fenstern war tiefste Dunkelheit. Es war kalt. Das Atmen fiel ungewohnt schwer.

Aber wir gelangten über die Grenze.

Und ich dachte die ganze Zeit über Captain McKinleys Worte nach. Hatte er wirklich einen Befehl gesehen, der Astrids »Abtransport« anordnete?

Waren sie schon auf dem Weg zu ihr gewesen?

Waren wir im allerletzten Moment entkommen?

Knapp vier Stunden später landeten wir auf der Lewis-McChord Air-Force-Basis im Bundesstaat Washington.

»Bekommen Sie jetzt Probleme?«, fragte Astrid den Captain, als das Getriebe abgeschaltet war. Bei dem Höllenlärm hatte man kein Wort wechseln können.

»Ich weiß es nicht«, antwortete er.

Ich beugte mich vor. »Stimmt das? Was Sie vorhin gesagt haben, dass sie Astrid heute Nacht holen wollten?«

»Kinder«, sagte McKinley. »Wir haben jetzt keine Zeit zum Plaudern. Ihr müsst schleunigst hier weg. Roufa, ein Kumpel von mir, holt euch ab. Hoffe ich jedenfalls.« Er zückte seinen Geldbeutel. »Wenn ja, gebt ihm das hier. Für seine Crew.« Er hielt uns fünf oder sechs Zwanziger hin.

Niko schüttelte den Kopf. »Wir regeln das selber. Wir haben Geld.«

»Sicher?«, fragte der Captain.

»Ja«, antworteten wir alle zusammen.

»Sie haben schon so viel für uns getan«, fügte ich hinzu.

»Na gut, wie ihr meint … gut, gut. Dann bleibt noch kurz

sitzen. Wartet einfach.« McKinley legte das Headset ab und kletterte aus dem Cockpit.

»Geiler Flug, was?« Jake drehte sich grinsend um. »Leute, wir haben's geschafft! Wir sind zurück in der Heimat!«

»Ich glaube, mein Allerwertester ist am Boden festgefroren«, ächzte Niko.

Allerwertester? Kein Mensch sagt Allerwertester … außer natürlich Niko. Ich musste kichern.

Schnell legte ich mir die Hand auf den Mund.

»Dean!«, ermahnte Astrid mich.

Aber ich konnte nicht anders. Es hatte einfach zu ulkig geklungen.

»Sorry, aber …«, japste ich. »*Mein Allerwertester.* Dieses Wort ist so … so …«

Jetzt gluckste Astrid ebenfalls. Dann wieherte Jake los, und im nächsten Moment lachten wir alle drei.

»Könnt ihr mal ruhig sein?«, zischte Niko. Aber er lächelte auch.

Da flog die Tür auf.

Vor uns stand ein Pilot in voller Montur – ein unfassbar hochgewachsener Pilot mit einem akkuraten, scharfkantigen Bürstenschnitt. Sah wirklich nach einer Bürste aus.

»Ihr seid die vier Vierzehntel der Monument 14?«, fragte er mit starkem Südstaatlerakzent. Ich schätzte, er kam aus New Orleans oder so.

Zuerst betrachteten wir ihn nur verwirrt. Dann sagte ich: »Ja, Sir.«

»Hier!« Er warf eine Sporttasche in den Passagierraum. Niko fing sie auf. »Zieht die Dinger über. Den Kopfputz könnt ihr weglassen. Und klopft an die Tür, wenn ihr schön verpackt seid.«

Damit schlug er die Tür wieder zu – und um ein Haar hätte ich schon wieder losgelacht. Ich schnaufte hilflos.

»Reiß dich mal zusammen, Dean«, sagte Niko.

Nachdem ich ein paarmal tief durchgeatmet und eine letzte Kicherattacke runtergeschluckt hatte, war ich wieder halbwegs klar im Kopf.

Niko öffnete den Reißverschluss der Sporttasche und holte vier verschweißte Päckchen heraus.

Wir rissen das Plastik auf – was sollte das sein? So eine Art ultraleichter Schutzanzug? Die Dinger bestanden aus vier Teilen: einem Overall, einer Kopfbedeckung, einem Paar Handschuhe und einem Gürtel, in dem runde Kartuschen steckten.

Niko zog eine der Kartuschen hervor. »Das ist ein Luftfilter!«

Die Overalls waren mit einem dunkelbraun-grauen Tarnmuster bedruckt und aus extrem dünnem Stoff hergestellt. Fast wie Seide.

Am schrägsten war die Kopfbedeckung – sie hatte eine gewisse Ähnlichkeit mit einem Imkerhut: ein großes, durchsichtiges Visier für das Gesicht, während der restliche Kopf in denselben superleichten Stoff gehüllt wurde. An der Innenseite des Visiers befand sich außerdem ein Mundstück, das man logischerweise in den Mund nehmen sollte, und an der Außenseite, genau über dem Mundstück, war ein runder Schacht für den Luftfilter.

Die Kopfbedeckung ließ sich zu einer dünnen Röhre zusammenrollen und in ein exakt passendes, elastisches Halfter am Oberschenkel des Schutzanzugs schieben.

Aus jedem Schutzanzug flatterte ein kleines Blatt Papier mit einer Zeichnung: ein Soldat, der sich zuerst den Overall anzog, der auch die Füße umschloss, und erst danach die Stiefel. Daneben standen endlose Anweisungen in japanischen Schriftzeichen und genau zwei Wörter auf Englisch: *Stiefel außen*.

Auf der anderen Seite des Zettels war zu sehen, wie ein Soldat eine frische Kartusche in sein Visier einlegte.

Während ich noch über die Genialität der japanischen Designer staunte, sagte Astrid: »Und warum sollen wir die Teile anziehen? Wegen der Gaswehen? Gibt's da draußen wirklich Gaswehen?«

Jake hatte eine andere Theorie: »Vielleicht ist das mehr so zur Tarnung.«

»Ja, er hat gesagt, wir können die Kopfbedeckung weglassen«, meinte ich. »Also hat Jake wahrscheinlich recht.«

»Wow«, hauchte Jake entzückt. »Dean hat mir recht gegeben!«

Es war eine echte Herausforderung, sich zu viert in einem engen Helikopter Ganzkörperoveralls überzuziehen.

Als es geschafft war (und wir alle genauso albern aussahen, wie man es sich vorstellt), klopfte Niko von innen gegen die Tür.

Der lange Pilot riss die Tür auf. »Ihr seid nicht grad die Schnellsten, was? Raus mit euch.« Niko wirkte wohl ein bisschen verunsichert, denn der Typ sagte noch: »Aufrecht gehen! Brust raus! Zeig mal ein bisschen Stolz! Ihr habt jedes Recht, hier zu sein.« Er half erst Niko aus dem Heli, dann mir. »So soll es jedenfalls aussehen, meine ich. Ich bin übrigens Edward François Roufa der Dritte, aber ihr könnt mich ruhig Roufa nennen. Machen hier eh alle.«

Vorne sprang Jake aus dem Cockpit.

Als Roufa Astrids Hand nahm, lächelte er ein bisschen. »Es ist mir eine Ehre, Miss. Hab viel von euch gehört. Hank hat mir alles erzählt.« Er musterte Astrids Overall. »Der totale Schlabberlook. So hatte ich mir das vorgestellt!«

Die Schutzanzüge saßen sehr locker, und der ultraleichte Stoff plusterte sich automatisch enorm auf. Der Gürtel war nicht nur nötig, um die Kartuschen irgendwo unterzubringen, sondern auch, um den Overall festzuzurren. Sonst wäre man in einer hauchzarten Wolke herumgelaufen.

Der Overall verschleierte Astrids Figur hervorragend.

Obwohl es mitten in der Nacht war, herrschte auf dem Rollfeld noch viel Betrieb.

»Entschuldigung, Sir«, sagte Astrid. »Eine Frage ... wegen der Schutzanzüge ...«

»Das sind die Vorschriften, Schätzchen. Schutzanzüge sind bei uns Pflicht. Aber wenn du mich fragst, ist das reine Geldverschwendung.«

Links und rechts von uns wartete die Nachtschicht Helikopter.

Alle trugen die gleichen Schutzanzüge wie wir – aber viele hatten sie im Gegensatz zu uns nicht vollständig angezogen, sondern an der Hüfte zusammengeknotet.

»Mir nach«, sagte Roufa und ging voraus zu einem Wellblechhangar. Kaum waren wir weg, fuhr ein Pick-up hinter unserem Helikopter vor. Zwei Männer sprangen heraus, öffneten die Tür des Helis und fingen an, die Transportboxen im Inneren auf einer Liste abzuhaken.

»Optimales Timing«, scherzte Roufa.

»Können Sie uns sagen, wie es jetzt weitergeht?«, fragte Niko. »Wohin bringen Sie uns?«

»Zur Lackland Air-Force-Basis. Ob ihr's glaubt oder nicht, aber ich habe mich extra für euch zu dieser unchristlichen Uhrzeit einteilen lassen. Ich muss eine Tonne Medizinkram und ein paar von diesen todschicken Kimonos runter nach Lackland fliegen.«

Soldaten und Arbeiter liefen an uns vorbei. Einer oder zwei blickten kurz in unsere Richtung, aber die meisten wirkten beschäftigt.

Wie viele Air-Force- und Army-Leute hatten jetzt schon ihren Kopf riskiert, um uns zu helfen? Mit Roufa waren es vier. Oder fünf, wenn man Pete mitzählte.

Hoffentlich wussten sie, wie man Spuren verwischt.

»Nach Lackland in San Antonio?«, fragte Jake.

»Welches Lackland hättest du dir denn sonst vorgestellt?«, erwiderte Roufa.

Jake war begeistert. »Von San Antone sind es nur drei Stunden bis nach La Porte, wo meine Mom wohnt!«

»Gut zu wissen, Junge. Dann würde ich vorschlagen, ihr geht zu deiner Mom, treibt irgendwo einen anständigen Arzt auf und taucht erst mal mit eurem Mädchen unter.« Er machte eine Pause. »Ich muss schon sagen, eure Geschichte hat hier richtig die Herzen geöffnet. McKinley hat mir erzählt, was ihr für seine Kids getan habt, und euren Brief an die Zeitung hab ich auch gelesen. Wenn ich euch helfen kann, irgendwo unterzukommen, wo ihr's schön habt – immer gerne.«

»Wir wollen nach Pennsylvania«, sagte Astrid trocken.

Sie lächelte mich an, und ich wollte sie auf der Stelle küssen.

Jake verdrehte die Augen. Der war angepisst.

Doch Roufa hob die Hände. »Ich will gar nicht wissen, was ihr vorhabt. Was ich nicht weiß, macht mich nicht heiß.«

Wir umrundeten einen gigantischen Hangar, ein wahres Monstrum, und gelangten zu einer Reihe geparkter Fahrzeuge.

Roufa setzte sich in einen Jeep und winkte uns unauffällig herein.

»Hey!«, rief eine Stimme. »Wartet!«

Es war Captain McKinley, der im Laufschritt zu uns eilte.

»Roufa-Man!«, sagte er, grinste unseren Begleiter an und fiel ihm um den Hals. »Ich weiß gar nicht, wie ich dir danken soll.«

»Hey«, erwiderte Roufa außergewöhnlich ernst. »Du hättest doch dasselbe für mich getan.« Er packte McKinley an den Schultern und schüttelte ihn durch. Die beiden waren offensichtlich gute Freunde.

»Die Jungs da drinnen haben noch ein paar Fragen«, meinte

McKinley dann. »Ich muss wieder rein. Ed bringt euch wohlbehalten nach Texas. Dann müsst ihr allein klarkommen.«

Wir bedankten uns überschwänglich und wünschten dem Captain einen guten Rückflug.

Aber er war mir noch eine Antwort schuldig.

Als er schon winkend zum Hangar ging, rief ich: »Captain McKinley? Eine Sache noch. Bevor Sie gefahren sind – haben Sie wirklich einen Befehl für Astrids Abtransport gesehen? Wollten sie sie wirklich heute Nacht holen?«

Der Captain machte kehrt. Nach und nach verschwand das Lächeln aus seinem Gesicht. »Ja, Dean«, sagte er. »Heute Nacht hätten sie sie geholt. Wärt ihr noch im Lager gewesen, wäre Astrid jetzt auf Drogen und unterwegs zum USAMRIID.«

»Oh.« Astrid musste schlucken. »Oh.«

»Genau. Und ich … ich konnte doch nicht zulassen, dass die Typen die kleine Mommy entführen.«

Der Captain kämpfte mit den Tränen.

Dann klopfte er auf die Motorhaube des Jeeps.

»Macht's gut, Kinder. Und viel Glück!«

Mit Alex' gesammelten Ersparnissen, Mrs. Dominguez' großzügigem Geschenk, Jakes Pokergewinn und den fünf Dollar von Henry besaßen wir sage und schreibe 418 Dollar.

»Wie viel denkt ihr?«, fragte Niko, während er die Scheine abzählte.

»Zweihundert?«, schlug ich vor.

»Eins fünfzig«, mischte Jake sich ein. »Eins fünfzig reichen locker.«

Wir fuhren auf eine Rollbahn abseits der größten Militärmaschinen.

Vor einem ausladenden, beigefarbenen Frachtflugzeug hielt Roufa an.

»Das ist für die Crew«, sagte Niko und drückte ihm das kleine Scheinebündel in die Hand.

»Was? Oh. Nett von euch. Da werden sich die anderen aber freuen.«

Als wir ausstiegen, sahen wir gleich ein paar von den anderen. Es war ganz schön was los.

Zwei Arbeiter ließen die Triebwerke testweise laufen. Das Heck des Fliegers war hochgeklappt, darunter führte eine Rampe in den Frachtraum.

Ein anderer Typ fuhr gerade einen Jeep in den Bauch der Maschine. Auf der Ladefläche des Jeeps war eine große, seltsame Apparatur installiert: zwei riesige Tanks, die mit einer Art Kompressor verbunden waren. Schläuche und Kabel, die eingerollt an den Seiten hingen, führten zu einem gigantischen Trichter an der Oberseite des Geräts.

Was in aller Welt war das?

»Ihr geht nach vorne«, sagte Roufa. »Da geht's über eine Treppe rein. Meine Kopilotin nimmt euch in Empfang. Yep, das ist eine Lady. Leslie Fox. Die ist nett.«

Als Roufa mit unserem Geld zur Crew marschierte, kletterten wir aus dem Jeep und liefen nach vorne.

Captain Fox, eine schlanke, hübsche blonde Frau, die vielleicht Ende dreißig war, brachte uns im Frachtraum unter. Sie war sicher ganz okay. Wobei sie keinen Ton sagte, während sie uns von der offenen Cockpittür in den Frachtraum führte.

Auf der Ladefläche der Maschine standen bereits vier der eigenartigen Spezialjeeps. Der Flieger war noch größer, als er von außen gewirkt hatte.

An beiden Wänden befanden sich Notsitze, die meisten davon hochgeklappt. Fox klappte uns welche herunter.

Astrid war die Einzige, zu der sie etwas sagte: »Du brauchst einen anderen Gurt.«

Sie tauschte einen Teil des Sicherheitsgurts an Astrids Sitz gegen eine Konstruktion aus, die nicht in ihren Bauch einschneiden sollte.

»Versuch, ein bisschen zu schlafen«, riet sie Astrid und gab uns allen geräuschunterdrückende Ohrhörer.

Irgendwie konnten wir tatsächlich schlafen. Also zumindest ich.

»Wir sind da!«, brüllte Roufa durch das Dröhnen der Triebwerke und stupste uns mit der Stiefelspitze an. »Bereit zur Landung, ihr Schnarchnasen!«

Ich hatte mir auf die Schulter gesabbert – ein großer, schmieriger Tropfen, den ich schnell wegwischte.

Natürlich erwischte Jake mich dabei.

»Lecker«, flüsterte er lautlos.

Ihr könnt euch in etwa denken, was ich zurückflüsterte.

Es war eine holprige Landung, deutlich rauer als in einem Urlaubsflieger.

Die Jeeps schaukelten auf ihren Stoßdämpfern und schüttelten die merkwürdigen Tanks und Trichter ordentlich durch.

»Okay!«, schrie Roufa. »Sobald wir stehen, steigt ihr aus und schlagt euch in die Büsche! Ihr seht dann schon, was ich meine. Immer geradeaus, dann kommt ihr auf eine Straße in der Nähe von großen Wohnblocks. Da könnt ihr die Schutzanzüge ausziehen. Dann immer die Straße lang, und irgendwann seid ihr in der Stadt.«

Roufa wandte sich wieder zum Cockpit.

»Mr. … Captain Roufa!«, rief ich.

Er blieb stehen und blickte über die Schulter.

»Danke! Danke, dass Sie uns mitgenommen haben.«

Meine Freunde stimmten in meinen Dank ein.

Roufa nickte. »Aber behaltet die Anzüge ruhig«, sagte er mit ironischem Unterton. »Ihr habt sicher von diesen ominösen Gaswehen gehört …«

Fox öffnete die Flugzeugtür und fuhr eine Klappleiter aus. Hier gab es keine bequeme Passagiertreppe.

Über den hellgrauen Himmel trieben dünne, pfirsichfarbene Wolkenfetzen.

Das Flugzeug stand weit draußen auf dem Rollfeld, die Maschinen liefen noch. Jetzt kapierte ich Roufas Plan: Er wollte erst zur Basis weiterfahren, wenn wir ausgestiegen und im Gestrüpp verschwunden waren.

Ich nahm Astrid an der Hand.

Niko stieg zuerst aus, danach Jake und am Schluss wir beide.

Wir kletterten die Leiter hinunter und rannten über den Asphalt zu dem hohen Unkraut am Rand des Rollfelds.

Fox fuhr die Klappleiter wieder ein. Die Stufen verschwanden in der Wand des Fliegers. Kurz bevor sich die Tür schloss, winkte Fox uns noch einmal.

Gemächlich rollte die Maschine Richtung Lackland AFB.

Unter unseren Schuhen knisterten Gras und Zweige. Äste verhakten sich in unseren Schutzanzügen. Das Gestrüpp war goldbraun – vertrocknet. Selbst größere Sträucher waren völlig verdorrt.

Als sich die Sonne über den Horizont schob und allmählich den ganzen Himmel ausfüllte, leuchteten um uns herum die zerfaserten Spitzen der Halme auf. Und mir wurde klar, was für ein Gefühl sich seit Kurzem in meinem Inneren breitmachte: Freude. Freude über unsere Rückkehr in die schöne, wilde, freie Welt.

Etwa eineinhalb Kilometer weit liefen wir durch Gestrüpp.

»Ich kann das immer noch nicht glauben«, sagte Astrid und drückte meine Hand. »Wir haben's wirklich geschafft.«

Ich hatte mir Sorgen gemacht, ob Astrid den Marsch durchhalten würde, aber ihr schien es gut zu gehen.

Sie lächelte sogar. So fröhlich hatte ich sie lange nicht mehr gesehen.

»Captain Roufa war schon ein irrer Typ, was?«, meinte Jake.

»Roufa-Man!«, rief Niko – Captain McKinleys Spitzname für seinen Kumpel.

Niko grinste vor sich hin.

Von Natur aus war Niko keine große Spaßgranate, aber selbst im Greenway hatte es Momente gegeben, in denen er locker gelassen und einfach mit uns rumgehangen hatte.

Ich erinnerte mich, wie er uns einmal von einer frei erfundenen Freundin erzählt hatte. Von einem Mädchen, das schon aufs College ging!

Die Story hatte er dann sofort wieder vergessen – soweit ich wusste, hatte er diese »Freundin« nie wieder erwähnt. Aber Josie würde er nicht so leicht vergessen, das war mir klar. Ich bezweifelte keine Sekunde, dass er sie wirklich liebte. Für Josie würde er alles tun. Er war gerade dabei, sein Leben zu riskieren, um sie zu retten.

»Habt ihr auch solchen Hunger?«, fragte Astrid. »Ich bin am Verhungern.«

»Die kleine Mommy braucht was zwischen die Kiemen!«, johlte Jake. »Mann, Leute, glaubt ihr, die Fast-Food-Läden haben ganz normal geöffnet? Ein Berg Pfannkuchen mit extrakrossem Bacon, das wär's jetzt!«

Astrid lachte. »Mmmmmmmhhhh …«

»Für mich bitte belgische Waffeln mit Erdbeeren!«, rief Niko. »Mit frischen Erdbeeren und echtem Ahornsirup!«

»Und für mich ein spanisches Omelette«, sagte ich. »Was sonst!«

»Ein spanisches Omelette«, spottete Jake. »Du kannst dir

alles aussuchen, was du willst, und du nimmst ein spanisches Omelette!?«

»Du bist offensichtlich noch nie in den Genuss eines echten spanischen Omeletts gekommen.«

»Aufhören«, ächzte Astrid. »Wenn ihr noch einmal ›spanisches Omelette‹ sagt, muss ich kotzen. Gott, wenn ich nur an Eier denke!«

Wir sahen schon die Autos, die vorne auf der Straße entlangsausten.

»Können wir jetzt endlich mal die Anzüge ausziehen?«, fragte Jake.

»Ja«, antwortete Niko. »Macht nur. Aber ich behalte meinen lieber an. Nur für alle Fälle.«

Aha. Also schloss Niko nicht zu hundert Prozent aus, dass es irgendwo da draußen Gaswehen gab. Deshalb ärgerte er sich lieber mit dem nervigen Plusteranzug herum – nur für alle Fälle. Aber das wunderte mich nicht. Wäre er den Chemikalien ein paar Sekunden lang ausgesetzt, bekäme er blutigen Ausschlag, und wäre es mehr als eine Minute, wäre er ein toter Mann.

Wir zogen uns schnell um. Dabei war es sogar ganz praktisch, dass die Anzüge zehn Nummern zu groß waren – man musste sie nur von den Schultern zerren und still dastehen, und schon bliesen sich die Dinger auf wie Luftballons und sanken langsam zu Boden.

Im Rucksack nahmen die Anzüge außerdem kaum Platz weg. Ich steckte meinen und Astrids in mein Gepäck und legte die Kopfbedeckungen, die noch am klobigsten waren, oben drauf, damit sie immer griffbereit waren. Nur für alle Fälle.

Wir kamen zur Straße – und einige Meter weiter entdeckten wir tatsächlich ein Schnellrestaurant. Einen Denny's!

»Denny's!«, jubelte Jake und stieß einen lauten Freudenschrei aus. »Wir sind wieder im richtigen Leben!«

Wir schlurften auf das knallige gelb-rote Schild und das hell erleuchtete, geduckte Gebäude zu.

»Wahnsinn«, sagte ich. »Ich kann mir das gar nicht vorstellen.«

»Wie meinst du das?«, fragte Astrid und nahm wieder meine Hand.

Ich zuckte mit den Schultern. »Ein Denny's nach dem Weltuntergang?«

VIERZEHNTES KAPITEL
JOSIE

Am nächsten Morgen nervt Mario sofort wegen des Briefs.

»Was glaubst du, was hier los ist, wenn die Reporter rauskriegen, dass du hier drin bist!« Zum ersten Mal seit unserer Ankunft im Lager ist das alte Funkeln in seine Augen zurückgekehrt.

Seine Begeisterung erinnert mich an unsere langen Tage in Marios Bunker, als er ununterbrochen geredet und Pläne geschmiedet und sich die Hände gerieben hat. Er hat sich tausendmal ausgemalt, wie Niko ihn ansehen würde, wenn er mich bei ihm abliefern würde. Oder wie ich strahlen würde, wenn wir meine Eltern finden würden.

Manchmal habe ich das Gefühl, dass Mario Scietto nur noch weitermacht, weil er meine Zukunft regeln will.

Und jetzt platzt er wieder vor Energie. Er will unbedingt die Reporter ins Boot holen.

»Wir machen die Typen irgendwie auf uns aufmerksam, und du fängst gleich an zu reden: ›Ich bin Josie Miller von den Monument 14! Aus dem Artikel hier!‹ Aber so laut du kannst. Glaub mir, dann holen sie dich hier raus. Das ist eine Story, die ans Herz geht. Die Macht der freien Presse! Das wiederauferstandene Mädchen! Auf so was sind die doch ganz wild!«

Die Kinder hören alle zu. Freddy springt auf dem Bett herum, das er sich mit Aidan teilt. Lori flicht Heather Zöpfe.

Ich fühle mich, als hätte mich ein Lkw überrollt. Jedes einzelne Körperteil schmerzt. Meine aufgeschrammten Knie kleben an meinen Jeans. Meine Knöchel sind blutige Beulen, die an den Rändern eitern.

»Und kümmer dich bloß nicht um mich«, fährt Mario fort. »Ich halte dir Venger vom Leib, bis du irgendeinem Reporter klargemacht hast, wer du bist.«

»Das kannst du nicht machen.«

»Wart's ab, Josie. Vielleicht können wir sogar alle zusammen ein Ablenkungsmanöver starten, die Kids und ich!«

»Ja, ja!«, rufen die Kinder.

Aidan hat schon eine Idee: »Ich kann hinfallen und irgendwem ein Bein stellen und dann so: Aua! Aua! Ich hab mir wehgetan!«

»Nein, nein, ich weiß was Besseres!«, schreit Freddy. »Kann hier irgendwer auf Kommando kotzen?«

»Ruhe!«, rufe ich. »Ihr macht gar nichts, klar?«

Mario hebt die Hand, um irgendein Gegenargument einzuleiten. Er weiß, wie stur ich sein kann.

Ich lasse ihn nicht zu Wort kommen. »Nicht weil ich keine Hilfe will oder weil ich hier das harte Mädchen spielen muss. Venger hat mir gedroht. Gestern Abend.«

Als ich seinen Namen ausspreche, zieht sich mein leerer Magen zu einem schmerzhaften Knoten zusammen.

»Wenn ich noch mal Ärger mache, schickt er mich irgendwohin, wo sie medizinische Experimente an Nullern durchführen. Keine Ahnung, warum er's ausgerechnet auf mich abgesehen hat, aber so ist es nun mal.«

Mario sieht mich an. Sein Mund ist zu einem harten Strich erstarrt.

»Und wenn ihr mir helft, macht er am Ende dasselbe mit euch. Dann schickt er euch weg. Nein.« Ich schüttele den Kopf. »Wir verhalten uns unauffällig. Genau wie du immer sagst, Mario: ›Stell dich stumm. Stell dich dumm.‹ Ich gehe ab jetzt auf Nummer sicher. Ich werde Venger nicht mehr provozieren. Wir stehen das gemeinsam durch, das ist unsere einzige Chance. Ich meine, okay, sollte ich irgendwann eine Gelegenheit haben, ohne größeres Risiko mit jemandem zu reden – dann mache ich's. Können wir uns darauf einigen?«

Ich blicke Mario in die Augen.

Er mustert mich, als würde er versuchen, meine wahren Gedanken zu erraten.

Die Wahrheit ist: Ich habe nur so getan, als würde ich mich plötzlich für die Gruppe interessieren. Als wollte ich die Kids beschützen. Alles nur Show. Alles nur, weil ich nicht zulassen kann, dass Mario sich totprügeln lässt, während er versucht, den Reportern von mir zu erzählen.

»Weißt du was?« Mario kratzt sich am Kopf. »Vielleicht wäre es eh schlauer, mit den Damen von der Mensa zu reden. Die mögen mich.«

»Ja!«, ruft Lori. »Vielleicht können die einen Brief rausschmuggeln.«

»Ja!«, schreit Freddy.

Meinetwegen. Soll Mario doch versuchen, die Essensausteilerinnen zu bezirzen.

Hey, das könnte sogar funktionieren.

Als wir auf dem Weg zum Frühstück durch den Männerflur gehen, bekomme ich beinahe Panik.

Die Männer sind schon weg, aber ich kriege mein Herz trotzdem nicht unter Kontrolle. Ich muss hier raus.

Lori greift nach meiner Hand.

Ihre Hand liegt in meinen Fingern wie ein toter Fisch. Aber ich halte sie fest.

Auf dem Hof steht Venger und redet mit ein paar Kollegen.

Ich starre auf den Boden. Keinen Blickkontakt riskieren.

Soll er doch denken, er hätte mich geschafft. Das soll mir nur recht sein.

Lori drückt meine Hand.

Ich versuche, mir nicht anmerken zu lassen, dass mein Körper bei jedem Schritt auseinanderzufallen droht.

Als wir die Plaza 900 betreten, kommt Brett angeschlichen.

Jungs wie Brett hat meine Grandma immer als Bohnenstangen auf Beinen bezeichnet. Groß, dürr und tollpatschig.

Und der ausgefranste Schnurrbart macht es nur noch schlimmer.

»Hey«, sagt Brett.

»Hey.« Ich muss mich zwingen, ruhig zu bleiben.

»Können wir kurz reden?«

Mario schaut rüber, ein Fragezeichen in den Augen.

Ich zucke mit den Schultern. »Ich komm nach, Mario!«

Was will der Typ? Welche Forderungen stellt Carlo heute? Ich bin auf alles gefasst.

Brett winkt mich zur Seite, zum Toilettengang, wo man ungestört reden kann.

»Du hast's echt drauf«, sagt er. Sein Adamsapfel hüpft, als er schlucken muss. Fast als wäre er … nervös? »Gestern Abend hätte ich keinen Cent mehr auf dich gewettet …«

Ich zucke mit den Schultern. »Was willst du?« Mein Mund ist staubtrocken.

»Ich weiß, das klingt jetzt komisch, das einfach so zu sagen – aber wir sollten zusammen sein. So als Paar.«

Anscheinend sieht man mir an, wie entsetzt ich bin.

Brett wird rot. »Ich kann euch beschützen. Ich und die anderen Gewerkschafter. So abwegig ist die Idee jetzt auch wieder nicht.«

»Nein, nein …«, stottere ich. Ich muss ihn hinhalten, bis sich mein Verstand in der bizarren Situation zurechtgefunden hat. »Das meine ich nicht …«

Das Absurde ist, dass der Typ absolut ehrlich wirkt. Er steht vor mir und streicht sich seinen albernen Schnurrbart.

»Ich meine nur … hast du mich mal angeschaut?«, sage ich. »Ich sehe aus wie ein Zombie.«

Brett lächelt. »Ich finde, du siehst gut aus.«

Er legt mir die Hand auf die Schulter und zieht mich an seinen Körper.

Ich kann nicht anders – ich schubse ihn weg. Einen Ellenbogen in die Rippen, einen Stoß gegen den Brustkorb. Mein Herz hämmert.

»Jetzt sei doch nicht so«, sagt er.

»Sorry«, murmele ich. »Ich bin … ich will einfach nicht …«

Da höre ich, wie die übrigen Gewerkschafter in die Mensa kommen.

»Vorsicht, Brett!« Carlo lacht. »Die Kleine ist bissig.«

»Die verschlingt dich zum Frühstück«, scherzt ein anderer.

Bretts Gesicht färbt sich dunkelrot.

Die Welt schaltet auf Zeitlupe. Ich versuche, Brett mit einem Blick zu vermitteln, dass es mir leidtut.

Moment. Natürlich können wir kein »Paar« sein. Aber vielleicht …

Vielleicht könnten wir uns verbünden? Freunde sein? Wäre *das* so abwegig?

Doch in diesem Moment erlischt der Glanz in Bretts Augen. Sie verhärten sich zu stumpfen Kugeln.

»Selber schuld, Hase«, sagt er.

Ich lasse mich gegen die Wand sinken, während Brett zu seiner Gang geht.

FÜNFZEHNTES KAPITEL
DEAN

Im Eingangsbereich des Denny's hing eine schwarze Wandtafel, auf die jemand mit bunten Neonmarkern große, verschnörkelte Buchstaben gemalt hatte:

Willkommen bei Denny's!
Leider haben wir kein frisches Gemüse oder Obst,
sondern nur Dosen!
Keinen koffeinfreien Kaffee! Keine Cola usw.!
Aber wir haben Milch!
Und wir werden unser Bestes geben,
damit Ihr einen tollen Tag habt!

»Dass denen nicht irgendwann die Ausrufezeichen ausgehen«, sagte Astrid. Ihre Stimme zitterte leicht – sie war nervös.

»Alles cool«, meinte ich. »Wir sind vier ganz normale Teenager, die ganz normal im Denny's frühstücken gehen.«

»Aber sind wir nicht ein bisschen früh dran?«, erwiderte Astrid.

Jake warf den Arm um ihre Schultern. »Wir haben halt die ganze Nacht Party gemacht!«

»So kann man das auch nennen.« Sie lachte.

Ich zog eine Grimasse und stieß die zweite Tür auf.

Der Laden war gut besucht. Man hätte fast vergessen können, dass wir mitten in einer landesweiten Katastrophe steckten. Zwischen den besetzten Tischen trugen uniformierte Kellnerinnen gläserne Kaffeekannen (leider, leider kein koffeinfreier) hin und her.

Aber eben nur fast. Es gab ein paar auffällige Unterschiede.

An einem Stück Wand neben den Toiletten hingen massenweise Zettel, mit Tesafilm an die Mauer geklebt oder mit Reißzwecken festgeklemmt. Darüber war ein Schild aus drei aneinandergehefteten DIN-A4-Seiten angebracht:

MITFAHRGELEGENHEITEN

Ein weiterer Unterschied war das Schild über der Kasse:

ACHTUNG: Preise richten sich nach den gedruckten Speisekarten. Abweichungen bitte bei der Wucher-Hotline melden.

Darunter stand eine kostenfreie Telefonnummer.

»Hallo ihr!«, begrüßte uns eine Kellnerin mit wasserstoffblondem Haar, das am Scheitel zehn Zentimeter weit ausgewachsen war. »Wer darf heute Morgen zahlen?«

Wir guckten wohl ziemlich dumm aus der Wäsche.

Die Kellnerin lachte. »Nichts für ungut, Jungs und Mädels, aber hier geht's nur mit Vorkasse.«

»Ach so. Kein Problem.« Jake fummelte ein paar Scheine aus der Tasche.

»Wie wär's mit Kaffee?«, fragte sie lächelnd.

Astrid antwortete deprimiert, dass sie nur Milch wollte, doch Niko und Jake orderten einen Kaffee, und ich machte es ihnen nach.

An sich hätte ich lieber einen heißen Kakao getrunken, aber ich hatte keine Lust auf Jakes blöde Sprüche.

Die Kellnerin brachte uns den Kaffee und informierte uns über das aktuelle Menü: Es gab Eier, French Toast, normalen Toast, Pfannkuchen und Haferbrei.

So viel zu meinem spanischen Omelette und Nikos belgischen Waffeln.

Niko und ich bestellten Eier mit Toast, Jake und Astrid French Toast.

Der Kaffee war wässrig und bitter, aber nachdem ich eine Menge Milch und Zucker reingekippt hatte, konnte man ihn einigermaßen trinken.

Jake musste natürlich einen tiefen Blick in meine Tasse werfen und dabei »ts, ts, ts« machen. »Mein Granddaddy hat seinen Kaffee schwarz getrunken, mein Daddy trinkt ihn schwarz und ich trinke ihn auch schwarz!«

Und jetzt stellt euch vor, ich hätte mir einen Kakao bestellt.

Ich wandte mich an Niko und Astrid. »Täusche ich mich, oder redet Jake wieder wie ein texanischer Ureinwohner, seid wir zurück in den Staaten sind?«

»Geht das schon wieder los?«, fragte Astrid. »Lasst es einfach.«

»Sorry«, sagte ich und legte ihr die Hand auf den Nacken.

Sie schüttelte mich ab und fasste sich an den Bauch. »Das Baby schlägt da drinnen Purzelbäume.«

»Sie steht eben auf Denny's! Ganz der Daddy!«

Hatte ich schon erwähnt, dass Jake fest davon ausging, dass das Baby ein Mädchen war? Während ich absolut überzeugt war, dass es ein Junge war. O Wunder.

Ich biss die Zähne zusammen und blickte zur Seite. *Nicht provozieren lassen.*

»Ich schau mir mal die Mitfahrgelegenheiten an«, sagte Niko und schob sich aus der Sitznische.

Astrid lehnte sich zurück und schloss die Augen.

Jake und ich saßen da, schwiegen uns an und versuchten, uns gegenseitig nicht wahrzunehmen.

Ich erinnerte mich an die Zeit vor der Katastrophe – wie ich mich gefühlt hatte, wenn ich Kids aus meiner Highschool in irgendeinem Laden sitzen sah, an einem ganz ähnlichen Tisch, wo sie lachten und rumalberten und sich gegenseitig mit geschmacklosen Sprüchen aufzogen. Ich war so neidisch gewesen. Sie schienen sich alle unglaublich gut zu kennen.

Jetzt hockte ich an einem Tisch mit genau den Kids, die ich früher sehnsüchtig angestarrt hatte, und ich kannte sie besser, als ich sie jemals kennenlernen wollte. Aber jetzt war alles anders.

Eine Minute lang, nur eine kurze Minute lang versank ich im Selbstmitleid. Warum saßen wir nicht im Denny's, weil wir *wirklich* die Nacht durchgefeiert hatten? Warum ließ ich mich nicht von Jake wegen des Kaffees verarschen, um mit einer cleveren Antwort zu kontern, und dann würden wir alle lachen, und Astrid würde den Kopf auf meine Schulter legen und …

Aber die Welt, in der sich solche Szenen abspielen konnten, war ausgelöscht. Sie war verkohlt und verseucht und in der Vergangenheit versunken.

Kurz nachdem die Kellnerin unsere Bestellung gebracht hatte, kehrte Niko zur Sitznische zurück.

»Ein Trucker fährt nach Kansas City«, berichtete er aufgeregt. »Das ist ganz nah an der Mizzou.«

Er fing an, sich die ungewürzten Eier in den Mund zu schaufeln. Es schien ihm auch nichts auszumachen, dass es keine Butter zum Toast gab. Und auch keine Marmelade.

Zu ihrem French Toast hatten Astrid und Jake je ein winziges Töpfchen Ahornsirup bekommen.

Trotzdem freuten wir uns über das Essen. Es schmeckte uns.

»Cash oder Tausch, steht auf dem Zettel«, fuhr Niko fort. »Wenn wir erst mal in Kansas City sind, ist es nur noch ein Katzensprung.«

»Und dann?«, fragte Jake. »Hast du eigentlich einen Plan, wie du Josie da rausholen willst?«

»Erst mal gehe ich zur Lagerleitung und zeige ihnen Alex' Leserbrief. Das wäre der einfachste Weg.« Niko machte eine Pause. »Aber für den Fall, dass das nicht klappt, werde ich mich bei der Gelegenheit gleich gründlich umschauen – nach einem Weg ins Lager.«

Jake hatte sich zurückgelehnt. Er sah nicht aus, als wäre er ein großer Fan von Nikos Plan, aber das bekam Niko nicht mit.

»Ich meine, es muss doch Lieferungen ins Lager geben. Irgendwie müssen sie Lebensmittel und anderen Nachschub reinbringen, wie bei uns in Quilchena. Und denkt doch mal nach: Es ist sicher nicht leicht, auszubrechen … aber *einzubrechen*? Damit rechnen die nicht.«

»Und wenn du dann da drin festsitzt? Mit Josie?«, sagte Astrid. »Wenn du nicht wieder rauskommst?«

Niko trank einen Schluck Kaffee. »Dann bin ich wenigstens bei ihr. Dann kann ich auf sie aufpassen, bis sie freigelassen wird.« Er wischte sich mit der Serviette über den Mund. »Esst ihr in Ruhe zu Ende. Ich geh den Trucker suchen.«

»Warte«, meinte Jake. »Einen Moment noch. Wir sollten noch kurz über deinen Plan reden.«

Niko wirkte überrascht. »Ich weiß, ein paar Punkte sind ein bisschen heikel – aber ihr wisst doch, dass ihr nicht mitkommen müsst. Keiner von euch muss mit zur Mizzou. Deswegen taucht ihr in dem Plan auch nicht auf, weder in Plan A noch in Plan B.«

»Bist du dir da sicher?«, fragte ich. »Klar, Astrid kann natürlich nicht mitmachen, aber ich helfe dir gerne …«

Doch Jake fiel mir ins Wort. »Meiner Meinung nach sollte keiner von uns mit zur Mizzou.«

Niko betrachtete ihn überrascht.

Alle betrachteten ihn überrascht.

»Wie meinst du das?«, fragte Niko.

»Ist doch ganz einfach. Meine Mom wohnt nur ein paar Stunden von hier. Ihr Haus ist jetzt keine Villa, aber es ist ganz nett.« Jake sah Astrid an. »Es ist *sicher*. Und Mom würde sich wahnsinnig freuen, ihre kleine Enkelin zu sehen, das schwör ich dir. Sie würde dir ein schönes Zimmer einrichten. Uns allen. Und ihr neuer Mann ist auch sehr in Ordnung. Die beiden könnten dir bestimmt einen tollen Arzt besorgen, Astrid. Und es wäre doch am besten, wenn sich deine eigene Familie um dich kümmert.«

Typisch Jake Simonsen. Immer ein Ass im Ärmel. Immer mit irgendwelchen Hintergedanken unterwegs.

»Und deine Mom wäre sicher hellauf begeistert, *mich* kennenzulernen«, meinte ich. »Hey, Mom! Ich bin's, dein verlorener Sohn! Und das ist die Mommy meines Kindes! Und das ist ihr Freund!«

»Du kannst auch mit Niko mitgehen und später nachkommen, wenn wieder alles sicher ist«, meinte Jake.

»Du checkst das einfach nicht, oder? Das mit Astrid und mir ist eine ernste Sache.«

»Nee, *du* kapierst es nicht«, erwiderte Jake. »Ich kann keine Kinder mehr kriegen. Das Giftzeug hat mich steril gemacht. Für immer. Das ist *mein* Baby.« Seine harten blauen Augen durchbohrten mich. Er presste die Lippen aufeinander.

»Äh … wenn ich mich richtig erinnere, ist es genauso mein Baby«, mischte Astrid sich ein.

»Ja, klar.« Jake schüttelte den Kopf. »Aber ich will doch nur, dass ihr beide in Sicherheit seid, du und das Kleine. Und Dean will euch zu irgendeiner hirnverbrannten Rettungsmission schleppen.«

Die Kellnerin füllte unsere Kaffeetassen auf.

»Es tut mir doch leid, dass du Blutgruppe B hast und deshalb keine Kinder mehr kriegen kannst«, sagte ich. »Wirklich, Jake. Aber deswegen bist du noch lange kein guter Dad. Vater sein ist kein Witz, und nur weil es deine einzige Chance ist, kriegst du es noch lange nicht hin.«

»Was bist du nur für ein Arschloch, Grieder.«

»Jungs!«, rief Astrid. »Bitte!«

»Lasst uns draußen weiterreden«, meinte Niko. »Die Leute schauen schon rüber.«

Das Blut pochte mir in den Ohren. Vielleicht musste es irgendwann so weit kommen. Vielleicht sollten wir es ein für alle Mal austragen.

Ich blickte Jake in die Augen. »Wenn du sie wirklich liebst, warum gehst du dann nicht heim zu deiner Mom und lässt Astrid und mich zur Farm fahren? *Da* wäre es sicher!«

»Ich soll Astrid allein lassen? Nur über meine Leiche.«

»Geht mir genauso«, zischte ich.

»Jungs!«, fauchte Astrid. »Ihr könnt eh nicht über mich bestimmen. Ihr habt kein Recht, mir vorzuschreiben, was ich mache und wohin ich gehe. Ja, ja, ich bin schwanger, aber ihr redet hier, als wäre ich euer Eigentum!«

Eine stark gebräunte Frau mit übertriebenem Make-up prostete Astrid mit ihrer Kaffeetasse zu. »Recht so, Herzchen!«

»Ich gehe mit Niko mit«, sagte Astrid. »Macht ihr doch, was ihr wollt.«

Ich ging auf die Herrentoilette und spritzte mir kaltes Wasser ins Gesicht.

Dann betrachtete ich mich im Spiegel.

Ich wirkte älter als früher. Größer. Der Hagelsturm, mit dem alles angefangen hatte, war noch keine zwei Monate her, doch an meinem Gesicht und meinem Körper hatte er deutliche Spuren hinterlassen.

»Fühlst du dich auch manchmal ... anders?«, hatte ich Astrid einmal draußen auf dem Rasen des Golfplatzes gefragt.

»Wie meinst du das?«

»Irgendwie stärker?«

»Weiß nicht«, hatte sie geantwortet. »Mein ganzer Körper fühlt sich so seltsam an. Keine Ahnung, was da woher kommt.«

Ich fand keinen Weg, die Veränderungen anzusprechen, die ich an mir selbst bemerkt hatte. Während der Zeit im Greenway war meine Muskulatur spürbar gewachsen, als hätte ich jeden Morgen eine Portion Dünger gefrühstückt. Mein Hals, meine Arme, mein Brustkorb – früher war das alles wahnwitzig dürr. Jetzt wölbten sich überall Muskeln.

Waren das Nachwirkungen der Chemikalien? Oder der Steroide, die Jake mir verschrieben hatte, nachdem er mir fast das Gesicht zertrümmert hatte? Aber die hatte ich nur ein paar Tage lang genommen.

Und dann war da noch etwas anderes: meine Sehstärke.

Meine Augen funktionierten eins a. Bei meiner Ankunft im Greenway war ich ein kurzsichtiger Typ mit Brille auf der Nase gewesen. Es war so schlimm, dass meine Eltern gespart hatten, damit ich mir zum achtzehnten Geburtstag die Augen lasern lassen konnte. Seit ich zum Nuller mutiert war, sah ich perfekt. Besser ging's nicht.

Das musste eine positive Nebenwirkung der Chemikalien sein.

Womöglich wurden diese Effekte in den Army-Labors erforscht?

Und was war mit Astrids Baby? Schon bei der ersten Untersuchung in Quilchena hatte der Arzt gesagt, für viereinhalb Monate sei das Kind zu weit entwickelt, und zwei Wochen später war Kiyoko genau derselben Meinung gewesen. War das Baby größer und kräftiger, weil Astrid das Giftgas eingeatmet hatte?

Ich beugte mich zum Spiegel und studierte die Beule auf meiner Nase – ein Andenken an damals, als Jake sie mir gebrochen hatte. Aber mit angeknackster Nase wirkte ich irgendwie männlicher. Ich fand mich fast gut aussehend. Wann immer ich in einen Spiegel blickte, erwartete ich das zugleich unterernährte und aufgedunsene Gesicht, das mir sechzehn Jahre lang frustriert entgegengestarrt hatte – aber mein neues Spiegelbild strahlte echte Kraft aus.

Trotzdem konnte ich dem Typen im Spiegel nie lange in die Augen sehen.

Der Typ wirkte zwielichtig. Er traute sich selbst nicht über den Weg.

Vielleicht war das die Strafe, wenn man einen Menschen getötet hatte. Vielleicht würde ich mir nie wieder in die Augen schauen können.

Da kam Jake herein.

»Niko hat unsere Mitfahrgelegenheit klargemacht. Also schmink dich fertig und komm raus, okay?«

Der Trucker war kein Typ, den man auf Anhieb ins Herz schloss. Er stellte sich als Rocco Caputo vor. Ja, das war sein richtiger Name. Rocco war ein wahrhaftiger Kotzbrocken. Ein mittelgroßer, aber ziemlich dünner und schlaksiger Mann, der ständig den harten Kerl raushängen ließ – was ziemlich dumm war, weil er ungefähr so bedrohlich rüberkam wie Batiste. Er trug einen buschigen Schnurrbart und redete mit einem New-Jersey-Gangster-Akzent, der fast klang wie von einer Zeichentrickfigur abgekupfert.

»Ihr vier wollt nach Kansas City? Hundert Dollar pro Kopf im Voraus. Gegessen wird, wenn ich's sage. Angehalten wird, wenn ich's sage. Und wenn einer von euch irgendeine Scheiße abziehen will, zeigt euch mein kleiner Assistent, wo der Hammer hängt.«

Er schlug den Anorak zurück und präsentierte uns eine riesige Pistole im Schulterhalfter.

Eine sehr große Knarre für einen ziemlich kleinen Mann.

»Wir machen schon keine Probleme«, beschwichtigte Niko.

»Aber wir haben auch keine vierhundert Dollar«, meinte Jake.

»Ach nee? Pech für euch ...«

»Wir können dir eins...«

Jake sprach den Satz für Niko zu Ende: »Fünfundzwanzig. Wir können dir eins fünfundzwanzig geben. Mehr nicht.«

Jake war anscheinend der Meinung, dass das Feilschen nicht Nikos größte Stärke war, und damit hatte er vermutlich recht. Im Vergleich zu Rocco war Niko viel zu ehrlich.

»Eins fünfundzwanzig für vier Kids?«, jammerte Rocco. »Verarschen kann ich mich selber!«

»Wie du willst«, sagte Jake. »Irgendwer wird uns schon mitnehmen. Kansas City ist sowieso nicht ideal für uns.«

Jake drehte sich um und ging Richtung Restaurant, und wir folgten dem Leitwolf wie ein Rudel unterwürfiger Hunde.

»Ach, Kacke!«, rief Rocco Caputo. »Habt ihr wenigstens Benzin-Credits?«

»Denke schon«, bluffte Jake. »Ich hab diese Woche noch keine verbraucht. Und ihr, Leute?«

Wir schüttelten brav den Kopf.

»Okay«, sagte Rocco. »Eins fünfundzwanzig und alle eure Credits. Fahren wir.«

»Passen wir da auch alle rein?«, fragte ich. Ich hatte ja keine Ahnung, aber im Film sah es immer aus, als könnten sich neben den Fahrersitz höchstens noch zwei Leute quetschen. Und ich hatte keine Lust, vier Stunden lang neben irgendeiner Fracht auf der Ladefläche zu hocken.

»Ob ihr da alle reinpasst?« Rocco lachte. »Du bist wohl noch nie in einem Freightliner Century Class mitgefahren! Ich hab 'ne Kajüte hinten drin. Und ob ihr da alle reinpasst!«

Rocco hatte nicht zu viel versprochen. Im Führerhäuschen des Trucks gab es nicht nur einen Fahrer- und Beifahrersitz, sondern dahinter auch noch einen Wohnbereich mit einem Bett und einer weiteren Schlafkoje zum Ausklappen.

»Nicht übel, was?«, sagte der stolze Besitzer. »Hier kommen meine Klamotten rein und hier im Regal sind die Tüten für den Mülleimer. Ich habe eine Kühlbox für meine Vorräte, einen Wecker und sogar eine kleine Kommode hier drüben. Aber nicht in die Schubladen schauen, klar? Vor allem du nicht, junge Lady.«

»Keine Sorge, ich interessiere mich nicht für schmutzige Wäsche«, sagte Astrid und flüsterte mir zu: »Oder für dreckige Geheimnisse.«

Um ein Haar hätte ich laut gelacht.

Aber eins musste man Rocco Caputo lassen – seine Kajüte war sauber und aufgeräumt. Alles war hervorragend organisiert.

»Und bringt bitte nichts durcheinander«, schnauzte er. »Für eins fünfundzwanzig hinterlasst ihr gefälligst alles so, wie's war.«

Er setzte sich hinters Steuer und traf Vorbereitungen für die Abfahrt.

»Klappen wir doch das zweite Bett aus«, schlug Niko vor. »Dann kannst du dich ein bisschen hinlegen, Astrid.«

Das war eine gute Idee – Astrid sah richtig fertig aus. Ihre blauen Augenringe schimmerten noch dunkler als sonst.

»Okay«, sagte sie.

Rocco drehte sich um. »Einer von euch Jungs setzt sich vorne zu mir, die anderen zwei hocken sich auf das untere Bett.«

Ich ging freiwillig nach vorne. Immer noch besser, als mit Jake im Bett zu sitzen.

Der Truck bretterte den Highway entlang.

Ich hatte es mir auf dem Beifahrersitz gemütlich gemacht. Das Teil war ziemlich bequem, dick gepolstert und mit hellbraunem Stoff bezogen. Ich musste aufpassen, dass ich nicht wegdöste.

»Bis nach KC sind's etwa elf Stunden«, meinte Rocco. »Dann kurz auftanken und weiter nach Chicago.«

»Was hast du geladen?«, fragte ich, um das Gespräch am Laufen zu halten.

»Konservenfutter. Gemüsekram und so. Seit der großen Welle wandern alle Nahrungsmittel rüber zur Ostküste. Und keine einzige Dose rüber nach Westen, das kannst du mir glauben. Ich fahre Vorräte, Briefe, Menschen. Was halt so anfällt.«

»Wie ist es an der Ostküste?«

Eine Zeit lang schwieg er. Und als ich schon dachte, unsere Unterhaltung wäre beendet, räusperte Rocco sich. »Der Osten ist im Arsch. Aber komplett im Arsch, Sam.«

Wir hatten uns Decknamen zugelegt. War Nikos Idee. Ich hieß Sam, Astrid hieß Anne, und Niko hatte sich einen besonders unpassenden Namen verliehen: Phillip. Dafür passte Jakes Deckname wie die Faust aufs Auge: Buddy.

Aber vielleicht *wollte* Niko insgeheim ein Phillip sein? Träumte der todernste, immer sachliche Niko davon, sich in einen lustigen Kerl zu verwandeln, der Karohosen trug, im Badmintonteam spielte und am besten noch Veganer war?

Ich kannte Niko nun schon eine Weile, und in der ganzen

Zeit hatte er höchstens vier Witze gerissen. Vier unwitzige Witze. Niko war kein Phillip.

»Meine Ma hat's erwischt«, meinte Rocco plötzlich. »Oben in Flushing, New York. Aber sie war auch schon achtzig oder so, also keine Ahnung …«

Es fiel ihm schwer, darüber zu reden. Zum ersten Mal war Rocco mir beinahe sympathisch.

»Das tut mir leid«, sagte ich.

Möglicherweise hatte ich Rocco unrecht getan. Könnte sein, dass er doch kein so schlechter Kerl war.

Er ließ sich gegen die Rückenlehne sinken und warf einen Blick in die Seitenspiegel.

Wir fuhren locker 120.

»Meistens karre ich Leute durch die Gegend. Fast alle wollen weg von der Ostküste und rüber in den Westen. Egal wohin. Hauptsache, es gibt Strom und fließendes Wasser. Die Menschen suchen nicht mehr nach ihren Leuten, sie haben's aufgegeben. Sie lassen ihre Häuser zurück. Die Hälfte aller Häuser ist zugeschimmelt, oder der Keller ist voller Abwasser. Die Leute wollen nur noch weg. Überall wimmelt es von Flüchtlingen, und alle wollen sie irgendwo hin.«

Ich hatte nie darüber nachgedacht, wie es drüben in Pennsylvania aussah. Vielleicht würde Nikos Onkel doch nicht so begeistert sein, wenn wir bei ihm auftauchten. Vielleicht war die alte Farm schon lange von Flüchtlingen eingenommen worden.

Rocco riss mich aus meinen düsteren Gedanken. »Und weißt du, wie sie mich manchmal bezahlen?«

»Nein.«

»In Pussys.«

Es dauerte ein paar Sekunden, bis ich kapiert hatte, was er meinte.

»Jupp. Mädchen und Frauen in allen Größen und Formen. Die Leute wollen halt weg.«

Nein. Ich hatte Rocco nicht unrecht getan.

Nach einer Stunde Fahrt tauschten Jake und ich die Plätze.

Niko lehnte an der Rückwand der Kabine und war schon halb eingeschlafen. Astrid pennte oben in der Koje, das Gesicht zur Wand.

»Sollen wir uns hinlegen? Ich die Füße nach links, du nach rechts?«, fragte ich Niko. »Dann können wir vielleicht ein bisschen schlafen.«

Es war schon etwas seltsam, mit Niko in einem engen Bett zu liegen. Und es war direkt unangenehm, sich in das Bett zu legen, in das Rocco die armen Flüchtlingsfrauen gezerrt hatte. Aber ich war müde.

Vorne verstanden sich Jake und Rocco wunderbar, aber das überraschte mich nicht sonderlich.

Bevor ich einschlief, hörte ich noch, wie Jake nach den Gaswehen fragte.

»Das kann ich dir erklären. Das Gerede kommt von den Reinigungsaktionen. Die Leute vom Katastrophenschutz und was weiß ich wer noch räumen rund um NORAD auf, und dabei wirbelt es halt dicke Staubwolken hoch. Deswegen ticken die Leute aus. Aber ich bin da schon stundenlang rumgekurvt, da ist nichts. Wenn du mich fragst, geht es nur ums Geld. Mit den Flüchtlingslagern kann man Kohle machen. Fette Kohle. Die Typen, die die Lager leiten, wollen doch gar nicht, dass die Leute heimgehen. Denk mal drüber nach, Kumpel.«

»Aber warum tragen die von der Army dann alle diese Schutzanzüge? Wir haben extra einen getauscht, für ...« Jake kam kurz ins Stocken, als er über Nikos Decknamen nachdachte. »... Phillip. Hast du gesehen, oder?«

»Die haben euch übers Ohr gehauen, Kumpel.« Der Trucker lachte. »Die Fetzen sind bloß PR-Gags. Ich meine, schau dir die Dinger mal an. Hauchdünner Stoff! Das ist nur Verarsche.«

»Im Ernst?«

Ich glaubte nicht daran. Wieso sollte die Army so viel Geld in einen PR-Gag investieren?

»Shit«, murmelte Jake. »Dann haben die uns abgezogen.«

»Kann jedem passieren«, erwiderte Rocco.

»Hey«, sagte Jake. »Was ich mich schon immer gefragt habe – warum heißt die Stadt Kansas City, wo sie doch nicht in Kansas, sondern in Missouri liegt?«

»Das ist mal 'ne gute Frage«, antwortete Rocco. »Aber das ist eben der Mittlere Westen. Die sind da ein bisschen zurückgeblieben.«

Ja, Jake und Rocco waren ein Herz und eine Seele.

SECHZEHNTES KAPITEL
JOSIE

Wir sind auf unserem Zimmer. Die Kids spielen Steinchenwerfen, eine Erfindung von Freddy. Dazu braucht man nur ein paar Steine und Kiesel vom Hof.

Steinchenwerfen geht so: Man baut Steinchenhindernisse auf dem Boden auf und schmeißt sie mit Steinchen um. Eine armselige Do-it-yourself-Variante von Angry Birds, was ich gespielt habe, als ich so alt war wie die Kids.

Mario spielt mit. Sie haben gefragt, ob ich auch mitmachen will, aber ich habe keine Lust.

Jetzt will Mario, dass ich zur Krankenstation gehe.

Wegen meiner blöden Fingerknöchel. Sie sehen irgendwie komisch aus. Geschwollen, zu stark gerötet, und unter der Haut, in der Nähe der Risse, wächst irgendwas Weißliches.

»Aber du bleibst hier!«, sage ich. »Versprochen?«

»Ich bin doch als Nächster dran«, knurrt Mario. »Klar bleibe ich hier. Wo soll ich denn hin? Soll ich zum Mars fliegen?«

Das bringt die Kids zum Lachen.

Ich verdrehe die Augen. »Du weißt doch, was ich meine.«

Ich will nicht, dass er zum Zaun geht und versucht, den Reportern zu erklären, dass Josie Miller hier im Lager ist. Er hat schon einer seiner schwergewichtigen Verehrerinnen in der Plaza 900 gesteckt, dass ich das Mädchen aus dem Leserbrief bin. Jetzt können wir nur noch abwarten, ob etwas passiert.

Mario scheucht mich aus dem Zimmer. Dann muss ich wohl gehen.

Die Krankenstation ist in Rollins untergebracht, am nördlichen Rand des Nuller-Internierungslagers.

In der Krankenstation muss man immer ewig und drei Tage Schlange stehen.

Diesmal komme ich zwar auf persönliche Einladung einer Ärztin, aber vordrängeln ist trotzdem nicht.

Die Station besteht aus vier Räumen, würde ich sagen. Ursprünglich war sie dazu gedacht, die jungen Bewohner der *Tugenden* aufzupäppeln, wenn sie unter Erkältungen, Grippe oder alkoholbedingten Gehirnerschütterungen litten.

Jetzt wird sie von einem Heer unterernährter, halb wahnsinniger Katastrophenopfer mit allen erdenklichen Verletzungen und Krankheiten belagert.

Soweit ich es mitbekommen habe, helfen ein paar Häftlinge mit medizinischer Ausbildung mit – Nuller, die sich nützlich machen können. Sie wechseln sich in Schichten ab, angeleitet von ein paar Ärzten der Guten Samariter und von Krankenschwestern, die vom Staat dafür bezahlt werden, sich um uns zu kümmern.

Ich stelle mich in die Schlange, hinter eine Frau mit faltigem Gesicht und strähnigem blondem Haar. Hellblondes Haar mit grellen Strähnchen, eine richtige Girly-Frisur. Für so was musste man stundenlang im Beauty-Salon sitzen.

Aber am Ansatz ist die Farbe rausgewachsen – fünf Zentimeter Dunkelbraun – und die Frisur ist zu einem fettigen Gewirr verkommen, das die Frau sich mit einem Faden zurückgebunden hat. Mit einem Wischmopp-Faden, glaube ich.

Sie blickt über die Schulter und sieht mich an.

Ich konzentriere mich auf meine nässenden Fingerknöchel und achte darauf, ihr nicht in die Augen zu schauen.

»Du warst draußen«, sagt sie. »Seh ich dir an.«

Ihr Mundgeruch stinkt nach Wahnsinn.

Meiner wahrscheinlich auch.

»Ich war auch draußen.« Sie versucht zu lächeln. »Wir haben in Castle Rock gewohnt, und als das Gas gekommen ist, ist mein Mann zu einer Blutpfütze zerschmolzen. Wir waren selbstständig, wir haben Versicherungen verkauft. Alles Mögliche – Krankenversicherung, Autoversicherung, Hausratsversicherung, Lebensversicherung. Alles, was das Herz begehrt.«

Ich blicke zur Decke.

»Ich denke oft an unsere Kunden. Wahrscheinlich versuchen sie Tag und Nacht, Dave und mich zu erreichen. Aber was soll ich machen? Dave ist geschmolzen. Lauter Knochen und Fleisch und Blut, sonst war da nichts mehr, und ich bin einfach durchgedreht. Wirklich durchgedreht.«

Warum erzählt sie mir das? Warum?

Aber die Frau blickt in die Ferne, als würde sie sowieso eher mit sich selbst reden.

Ich schnuppere an meinen Knöcheln. Riechen irgendwie säuerlich.

»Dave hatte natürlich auch eine Lebensversicherung. 500.000 Dollar. Aber ich weiß nicht, ob sie mir das Geld noch auszahlen. Ich müsste nachweisen, dass er tot ist. Und wie soll ich das machen? Dave war ja nur noch eine Pfütze aus Blut. Er war nur noch Blut und Knochen. Und sein Blut hat gezischt wie ein Kaminfeuer.«

Bitte hör auf. Bitte, bitte, sei einfach still. Ich stecke mir die Finger in die Ohren, aber es bringt nichts.

»Und ich bin immer noch nicht ganz richtig. Im Kopf, verstehst du?« Als müsste sie mir erklären, warum sie hier in der Schlange steht. »Und dir geht's genauso, oder? So geht es doch allen hier. Aber ich weiß nicht, ob es irgendwann wieder besser wird. Ich weiß es einfach nicht.«

Sie blickt mir in die Augen. Sie wird mich nicht in Ruhe lassen, bis ich ihr eine Antwort gebe. Ich lasse die Arme sinken. Sonst grapscht sie mich noch an.

»Ja«, flüstere ich. »Wir sind kaputt.«

»Ja.« Die Frau nickt. »Ich weiß.«

Die Schlange schiebt sich einen halben Schritt weiter.

Mein Magen knurrt.

Da kommt Aidan angerannt. Er heult.

Ich begreife sofort, dass Mario zum Tor gegangen ist.

Ich sprinte los. Aidan rennt mir hinterher.

»Er wollte mit den Leuten draußen reden!«, schnauft Aidan. »Wegen dieses Zeitungsartikels!«

Es ist genau wie neulich: Ein Haufen Gefangene presst sich an den Zaun und schreit den vier oder fünf Reportern auf der anderen Seite des äußeren Tors irgendetwas zu, während die Reporter Fragen brüllen und Mikros hochhalten.

Venger und ein paar seiner Kollegen sind schon eingetroffen, die Betäubungsgewehre im Anschlag.

»Wo sind die anderen?«, schreie ich Aidan an. »Hol die anderen!«

Zuerst sehe ich Mario nicht.

Dann entdecke ich ihn – er ist gestürzt. Die anderen Gefangenen trampeln ihn zu Boden. »Mario!«, brülle ich und werfe mich in das Chaos aus schreienden Menschen.

Einige kippen bereits um, getroffen von Betäubungspfeilen, andere drängeln und schubsen und schreien weiter über den Zaun.

»Die bringen uns hier drinnen um!«, kreischt ein Mann.

»Die lassen uns verhungern!«

Ich bekomme Mario zu fassen. Er hat das Bewusstsein verloren. Ich versuche, mich vor ihn zu schieben, über ihn, um ihn vom Gewühl abzuschirmen. Ein Häftling nach dem anderen wird getroffen, sackt zusammen und fällt um wie tot.

Mein Zorn regt sich. Mein Adrenalin. Wie ein Elektrozaun, der unter Strom gesetzt wird – jede Berührung ist tödlich. Ich will die Leute hier weghaben. Ich will ihnen wehtun. Sie sollen dafür büßen, dass sie meinem Freund wehgetan haben.

Aber in Gedanken brülle ich mich an: DU MUSST IHN BESCHÜTZEN. Bleib, wo du bist. Pass auf ihn auf.

Nur ein paar Gefangene sind noch bei Bewusstsein. Auf der anderen Seite des Zauns rücken Soldaten an und treiben die Reporter auseinander.

Ich beuge mich über Marios Gesicht.

»Mario? Hörst du mich, Mario?«

Als ich seinen Oberkörper anhebe, kippt sein Kopf schlaff zur Seite. Seine Beine klemmen unter dem reglosen Körper einer fetten Frau. In seinem Gesicht klebt Blut, aber vielleicht ist es nicht sein eigenes?

Ich bin mir nicht sicher, ob er schwer verletzt ist oder bloß betäubt.

Als ich mich auf den Boden kauere, flammen meine Knie schmerzhaft auf. Ich versuche, Mario aus dem Menschenwirrwarr zu ziehen. Ich kralle mich unter seine Arme und zerre ihn über die anderen Gefangenen hinweg.

»Mario!« Ich muss schreien, um das Chaos zu übertönen. »Ich bin's, Mario!«

Ich merke, dass sein Arm irgendwie schräg herunterhängt. Seine Hand steht eigenartig ab. In einem Winkel, in dem keine Hand abstehen kann, wenn die Knochen noch heil sind.

So vorsichtig, wie ich kann, schleife ich ihn weiter, doch ich stolpere immer wieder über Körper, trete auf Beine und Arme und Haare. Und wenn schon. Dann haben die Leute eben einen blauen Fleck mehr, wenn sie aufwachen.

Abseits der betäubten Gefangenen lege ich Mario behutsam ab. Mit seinem Arm stimmt etwas nicht. Das ist offensichtlich.

Die Wachen haben langsam genug. Sie zerren Menschen von dem Haufen der Bewusstlosen und reihen sie an der Seite auf.

Lori und die anderen Kids schmeißen sich auf Mario, küssen ihn und heulen.

»Aufwachen!«, schreit Heather. »Du musst aufwachen!«

»Weg da! Rührt ihn nicht an!«, rufe ich. »Sein Arm ist gebrochen.«

»Aber was sollen wir denn jetzt machen?«, schluchzt Lori. »Mario! O Gott, Mario!«

Da sehe ich, wie schwerfällig Mario atmet. Er japst nach Luft.

Ich beuge mich hinunter zu seinem Mund und lausche. »Seid mal still!«

Ich höre genau hin. War das ein Kratzen? Ein Keuchen?

Könnte sein, dass seine Lunge verletzt ist.

»Er muss zur Krankenstation. Jetzt sofort.« Ich blicke die Kids an. »Du hilfst mir, Lori. Ich trage ihn, du bleibst hier an der Seite und hältst seinen Arm. Pass auf, dass er nicht hin und her schlackert oder verkehrt herum über den Boden schleift.«

»Verkehrt herum? Wie wäre denn richtig rum?«

»Er soll überhaupt nicht über den Boden schleifen! Okay, auf drei …«

Ich hieve Mario in die Höhe.

Bewusstlose Menschen sind schwer. Aber immer noch leichter als tote.

SIEBZEHNTES KAPITEL
DEAN

Das Quietschen der Bremsen und Roccos laute Stimme weckten mich. »Boxenstopp Nummer zwei! Vinita, Oklahoma! Aufwachen da hinten! In fünfzehn Minuten geht's weiter.«

Den ersten Boxenstopp hatten wir drei Stunden zuvor in Durant, Oklahoma, eingelegt.

Dort hatten wir vier Schinkensandwiches und eine kleine Flasche warmen Orangensaft für insgesamt 25 Dollar gekauft. Unser Geld ging schneller weg als erhofft.

Nachdem wir Rocco Caputo bezahlt hätten, würden wir noch 92 Dollar besitzen.

»Ich geh pissen. Wir sehen uns drinnen«, sagte Jake.

Während Jake und Rocco ausstiegen, wachten wir anderen erst mal auf.

Oben im Ausklappbett gähnte Astrid schläfrig. »Sind wir schon da?« Das konnte nur ein Scherz sein.

Ich streckte mich zwischen den beiden Sitzen aus. Da war noch am meisten Platz.

Die Lkw-Zapfsäulen befanden sich in einigen Metern Entfernung vom restlichen Tankstellen/Minimarkt-Aufbau.

Ich beobachtete Jake und Rocco, wie sie sich auf dem Weg zum Minimarkt unterhielten. Natürlich wusste ich, dass Jake nicht dieselbe kranke Weltsicht hatte wie unser Fahrer. Er freundete sich bloß mit ihm an, um Roccos Vertrauen zu gewinnen und uns das Leben ein bisschen zu erleichtern. Jake konnte sich mit jedem anfreunden. Damit hatte er uns schon den Arsch gerettet, als die Offiziersanwärter in den Greenway eingefallen waren. Ich sollte es ihm nicht übel nehmen.

Aber ich nahm es ihm übel. Wenn es nach mir ging, sollte Jake alles falsch machen und keine einzige gute Idee haben. Ich wollte, dass er immer und immer wieder Scheiße baute, bis Astrid endlich kapierte, dass er hier der Versager war. Dass er ein verantwortungsloser und charakterloser Macho-Großkotz war.

Was war denn so falsch daran?

(So einiges. Das war mir bewusst.)

»Soll ich dir runterhelfen?«, fragte ich Astrid. Sie hockte auf der Bettkante, ließ die Beine über den Rand baumeln und rieb sich das Gesicht.

»Ich bin so müde, ich könnte ein ganzes Jahr lang durchschlafen«, sagte sie und gähnte erneut.

»Hattest du noch Krämpfe?«

Astrid schüttelte den Kopf. »Der Bauch spannt. Ziemlich sogar. Aber keine Krämpfe mehr.«

»Wenn du willst, hole ich dir was zu essen. Dann kannst du weiterschlafen.«

»Lass mal. Ich muss sowieso pinkeln.«

Niko kam zu mir nach vorne, wühlte in seinem Rucksack und holte etwas Geld heraus.

»Am besten kaufen wir eine große Flasche Wasser für alle zusammen. Das ist am billigsten.«

Ich ging nach hinten und half Astrid, die Stahlsprossen hinunterzuklettern.

»Wisst ihr was?«, sagte sie. »Ich hab schon wieder Hunger. Ich bin dauernd am Verhungern.«

»Wir können Astrid doch was zu essen kaufen, oder?«, meinte ich.

Und im selben Moment sagte Niko: »Leute?«

Gleichzeitig setzte ein hohes, dünnes Pfeifen ein. Es kam … aus dem Inneren des Führerhäuschens?

»LEUTE!«, schrie Niko.

Astrid und ich gingen nach vorne und blickten aus der Windschutzscheibe.

Draußen herrschte ein eigenartiges Licht – als würde jeden Augenblick ein Gewitter losbrechen.

Da sah ich es.

Eine schwarze Masse strich über den Boden. Dann erhob sie sich in die Luft, wallte hin und her, drehte sich um sich selbst. Sie bewegte sich wie ein Schwarm Stare: hoch und runter, eine Kurve in die Tiefe, hielt kurz inne, dehnte sich aus und zog sich wieder zusammen …

Eine lebendige schwarze Wolke von der Größe eines Footballfelds.

Niko zerrte seinen Schutzanzug hoch. Gott sei Dank hatte er ihn anbehalten und in der Mitte um die Hüfte gebunden.

»Eure Anzüge!«, stammelte er. »Eure Anzüge!«

»Sind die Fenster alle zu?«, fragte Astrid.

Wo war mein Rucksack?

Stimmt, ich hatte ihn als Kopfkissen benutzt.

»Was weiß ich!«, rief Niko.

»Zuerst die Masken«, sagte ich.

Die Kopfbedeckungen mit dem eingebauten Luftfilter-Mundstück lagen ganz oben im Rucksack.

Ich gab Astrid eine und setzte mir die andere auf. Das Gummi des Mundstücks schmeckte seltsam. Egal. Ich atmete tief ein.

Bei Astrid und mir war es am wichtigsten, die Luft zu filtern – aber Niko musste sofort den Schutzanzug hochziehen und komplett abdichten. Sonst würde er einen Ausschlag bekommen und verbluten.

Als Astrid und ich unsere Overalls auseinanderschüttelten und hineinstiegen, begriff ich, woher das Pfeifen kam – von den Anzügen! In den Kragen war jeweils ein kleiner Plastikring eingelassen, etwa so groß wie ein Zehn-Cent-Stück, und nun piepte der Ring schrill und ein rotes LED-Licht blinkte.

Die Gaswehe strich durch das Viertel hinter der Tankstelle. Sie stieg auf, tauchte ab und kam immer näher.

Niko schloss den Reißverschluss seines Kopfteils. Er war in Sicherheit.

Ich sah, wie das rote Licht an seinem Anzug auf Grün schaltete. Seine Pfeife verstummte.

Auch Astrid hatte ihren Anzug angezogen. Während sie die Füße in ihre Sneaker schob, schloss ich den Reißverschluss zwischen ihrem Kragen und ihrem Kopfteil.

»Halt mal still!«, rief ich. Ihr Licht färbte sich grün.

Jetzt ich.

»Wir müssen zu Jake!«, schrie Astrid. Sie hatte das Mundstück noch nicht in den Mund genommen.

»Auf keinen Fall!«, erwiderte Niko. »Jake geht's gut, der ist im Laden!«

Die Gaswehe hüllte bereits den Minimarkt ein. In ein paar Sekunden würde sie uns erreichen.

Ich zerrte meinen Anzug hoch, Astrid schloss den Reißverschluss für mich.

Grünes Licht.

Wir blickten aus dem Seitenfenster – Jake und Rocco sprinteten auf uns zu, verfolgt von der wirbelnden schwarzen Asche.

Hinter ihnen trat ein Mann aus dem Minimarkt.

Der Typ hatte eine Waffe in der Hand.

BUMM! Er zielte auf Jake und Rocco. Wahrscheinlich hatte er Blutgruppe AB, und die Chemikalien hatten ihn zu einem paranoiden Psycho mutieren lassen.

Als sich die Gaswehe auf die Windschutzscheibe legte, zischte es laut. Als würde sie über das Glas kratzen.

Draußen stolperte Rocco. War er getroffen?

Ich musste den Filter aus dem Mund nehmen, um etwas zu sagen. »Ich gehe raus, den anderen helfen. Ihr bleibt hier drinnen.«

Niko wollte mich aufhalten, doch ich hatte schon die Tür aufgestoßen und rannte zu Jake und Rocco.

Rocco war nicht wegen einer Kugel im Rücken gestürzt.

Er hatte blutigen Ausschlag.

Aber wenn wir ihn schnell ins Führerhäuschen schafften ...

Da machte Jake kehrt und lief zurück zu Rocco.

Und *BUMM!*

Der Schuss verfehlte uns um mehrere Meter. Mit einem hellen Funken prallte die Patrone von dem Schild mit dem aktuellen Dieselpreis ab.

Jake kauerte neben Rocco, der in seinem Blut auf dem Boden lag. Sehr viel Blut. Wir mussten ihn schleunigst in Sicherheit bringen.

»Ich helf dir!«, rief ich, doch das Mundstück zwischen meinen Lippen verzerrte meine Worte.

Und Jake wollte Rocco gar nicht aufhelfen. Er zog Roccos Pistole aus dem Schulterhalfter.

Jake hob die Waffe und feuerte auf den Typen aus dem Minimarkt. Auf so kurze Entfernung war das *BUMMMMM* erschreckend laut.

»Hilf mir! Wir müssen ihn reinbringen!«, brüllte ich.

»Es ist zu spät!«, antwortete Jake.

Er hatte recht.

Rocco war nicht mehr zu retten. Der Asphalt brannte sich schon in sein Gesicht, in seine Arme. Seine Haut warf dicke Blasen.

Mir kam die Galle hoch. Aber plötzlich waren Astrid und Niko hinter mir.

»Ihr solltet doch drinnen bleiben!«

BUMM! Wieder hatte der Typ aus dem Minimarkt auf uns geschossen. Jake erwiderte das Feuer.

»Kommt!«, schrie Jake.

BUMM! Als drüben der nächste Schuss knallte, erstrahlte die Umgebung plötzlich in gleißendem Licht. Aus der Zapfsäule direkt neben dem Truck stieg ein ballonförmiger Feuerball auf – und mit einem ohrenbetäubenden *WUUUSCHHH-WUMMMM* explodierten die unterirdischen Benzintanks.

Wir rappelten uns auf, so schnell wir konnten, und rannten um unser Leben.

ACHTZEHNTES KAPITEL
JOSIE

Die Krankenschwester sagt, wir sollen uns anstellen.

»Aber er ist ein alter Mann.« Meine Arme zittern unter Marios Gewicht. »Er hat einen gebrochenen Arm, und er atmet irgendwie nicht mehr richtig. Vielleicht ist seine Lunge verletzt.«

Die Schwester tastet nach Marios Puls. »Hör mal. Er ist sehr alt …«

Ja und? Soll das heißen, es lohnt sich nicht mehr, ihn zu behandeln? Dass er zu alt ist, um ihn noch zu retten?

»Ich kenne Dr. Neman«, stottere ich. »Die Ärztin. Wir sind befreundet.«

»Dr. Neman hat heute keinen Dienst«, entgegnet die Schwester. »Ihr müsst leider warten.«

»Hören Sie mir zu. Ich war am Ende. Ich bin herumgeirrt, ich habe aus seiner Mülltonne gegessen. Ich hatte Menschen umgebracht. Mein altes Leben war weit, weit weg. Aber Mario hat nach mir gerufen. Er hat mir einen Becher heiße Schokolade gebracht und mir die Hand hingehalten. Ich hätte ihn töten können, aber er hat an mich geglaubt. Verstehen Sie, was ich damit sagen will?«

»Das mag ja sein, aber …« Die Schwester greift zum Telefon – sie denkt darüber nach, die Wachen zu rufen.

»›Setz dir die Maske auf, dann kriegst du den Kakao.‹ Das hat er zu mir gesagt und mir eine Gasmaske zugeworfen. Da wusste ich, dass er mir einen Weg zeigen wollte, wieder zu einem

Menschen zu werden. Und irgendwo tief unten in meinem Mörderhirn war mir klar, dass das eine Chance ist. Es war meine letzte Chance.«

Inzwischen weine ich, und Lori, die hinter mir steht, weint mit. Wahrscheinlich heulen auch alle anderen Kids.

Die Krankenschwester fordert mich auf, den Eingang der Station freizumachen, aber ich bewege mich nicht vom Fleck. Marios schnaufender Atem gibt den Takt meiner Worte vor, während ich ihr den Rest der Geschichte erzähle.

»Ich habe die Maske aufgesetzt. Und als ich mich beruhigt hatte und langsam wieder klar denken konnte, hat er mir den Zettel gezeigt. Eine Nachricht von den anderen. Sie hatten mich zurückgelassen, sie konnten nicht anders, mein … mein Freund musste die anderen in Sicherheit bringen. Fünf Kids. Deshalb hat er mich zurückgelassen. Aber er hat mir eine Nachricht hinterlassen, bei Mario, und Mario hat sie mir gegeben, und …«

»Es tut mir ja leid!«, ruft die Krankenschwester. »Aber die Medikamente sind zu knapp, um solche Fälle …«

»Er hat mich aufgenommen.« Ich wimmere nur noch, und meine Arme zittern, zittern, zittern. »Er hat mir zu essen gegeben und ein Bett, damit ich mich ausruhen kann, und neue Kleidung und ein sicheres Dach über dem Kopf. Und als oben die Bomben fielen, dachten wir, das wäre unser Tod. Wir haben die ganze Nacht gebetet. Wir haben Gott angefleht, uns noch eine Chance zu geben.«

»Ich darf euch nicht durchlassen«, sagt die Krankenschwester. »Ich darf …«

»Er hat Gott angebettelt, mir eine Chance zu geben, meine Freunde wiederzufinden!«, schluchze ich. »Begreifen Sie das nicht? Er ist ein guter Mann. Er ist meine ganze Familie.«

»Aaahh!« Die Krankenschwester stößt einen frustrierten Schrei aus. »Na schön! Na schön, dann komm eben mit!«

Ich trete einen Schritt vor. Meine Arme schlottern.

»Aber sag deinen kleinen Freunden, sie sollen hier verschwinden«, keift die Schwester.

Während Lori mit den anderen abzieht, verschlucke ich mich an einem erleichterten Seufzen.

»Leg ihn da hin.« Die Schwester deutet auf ein blutgesprenkeltes Feldbett zwischen zwei anderen Betten, in denen bereits Patienten liegen – ein dicklicher Mann mit einem Verband um die Hüfte und eine schlafende Frau mit bandagiertem Kopf. In der Nähe ihrer Augen hat sich der Mull gelblich verfärbt.

»Was fehlt ihm?« Ein Latino in Jeans und T-Shirt kommt herein. Um seinen Hals hängt ein Stethoskop.

»Es tut mir leid, Dr. Quarropas, aber das Mädchen hat sich einfach nicht abwimmeln lassen und ...«

»Gut so«, schneidet der Arzt ihr das Wort ab. »Der Mann ist über achtzig.«

»Ich weiß, aber die Frage ist doch, wie sinnvoll die Behandlung ...«

»Ruhe! Ich bin *Arzt*, und ich will diesen Schwachsinn über sinnvolle und sinnlose Behandlungen nicht mehr hören. Nie wieder.«

»Aber das ist doch nicht auf meinem Mist gewachsen ...« Die Schwester versucht noch, sich zu rechtfertigen, doch der Arzt beachtet sie nicht mehr. Er beugt sich über Mario und lauscht seinen Atemzügen, bevor er ihm vorsichtig den Mund aufklappt und einen Blick in seinen Rachen wirft.

»Klingt nicht gut«, sagt er. »Wie ist das passiert?«

Er öffnet Marios Augen und untersucht sie mit einer Stifttaschenlampe.

»Bei einem Gerangel am Tor«, antworte ich. »Sie sind über ihn drüber getrampelt. Vielleicht hat er einen Betäubungspfeil abbekommen, aber ich bin mir nicht sicher.«

»Ja, er wirkt sediert. Wie heißt er?«

»Mario Scietto.«

»Mario! Mario!«, ruft Dr. Quarropas. »Hören Sie mich, Mr. Scietto!?«

Mario liegt auf der Matratze wie ein Vogel mit gebrochenen Flügeln. Zwischen den beiden anderen Patienten wirkt er winzig klein.

Der Arzt holt ein Minitab aus der Tasche und spricht ins Mikro: »Neue Patientenakte.«

Interessant. Die Minitabs funktionieren also wieder. Zumindest die der Leute, die den Laden schmeißen.

»Mario Scietto«, sagt Dr. Quarropas. »Ende siebzig, Anfang achtzig, Fragezeichen. Betäubt durch Etorphin-Dart. Bei Ausschreitungen zu Boden getrampelt.«

Er hört Marios Herz mit dem Stethoskop ab und schüttelt den Kopf.

»Komplizierter Bruch oder Querfraktur von Elle und Speiche, linker Arm. Rippenbrüche Fragezeichen.«

Als ein Keuchen aus meinen Lippen dringt, blickt Dr. Quarropas auf, als hätte er vorübergehend vergessen, dass ich neben ihm stehe. »Du musst jetzt gehen.«

»Wird er wieder?«, frage ich.

Und plötzlich sehe ich Sterne. Vor meinen Augen kippt der Raum zur Seite.

Der Arzt legt mir eine Hand auf den Arm – auf eine Stelle, die seit meinem Nachtspaziergang durch den Männerflur blau angelaufen ist. Ich zucke zusammen, doch wenigstens rückt der Schmerz den schiefen Raum wieder gerade.

»Alles in Ordnung mit dir?«, sagt er.

»Ja, ja.«

Idiotischerweise versuche ich, die Hände hinter dem Rücken zu verstecken. Ich will nicht, dass Dr. Quarropas sich um meine blöden Fingerknöchel kümmert, während Mario in Lebensgefahr schwebt.

»Die geben dir zu wenig zu essen. Du siehst aus, als würde es dich gleich wegwehen. Und was ist eigentlich mit deinen Händen?«

»Nichts.«

Dr. Quarropas betrachtet mich auffordernd.

Schließlich zeige ich ihm meine Hände doch. Der grünliche Eiter am Rand der Wunden ist deutlich zu sehen.

»Wie ist das passiert?«, fragt er.

»Ich musste was putzen. Ist bloß aufgescheuert.«

»Rhonda! Wo ist die Mullrolle?«

»Mullrollen sind alle!«, ruft die Schwester von drüben.

»Dann eben ein paar Kompressen! Ich kleb's einfach drauf!«

»Klebeband ist auch alle!«

»Mann!«

»Wird Mario wieder?«, frage ich noch einmal.

»Ich denke schon.«

Der Arzt marschiert zu einem kleinen Waschbecken am anderen Ende des Raums und winkt mir zu. Er dreht das warme Wasser auf und bedeutet mir mit einem Nicken, mir die Hände mit antibakterieller Seife zu waschen, während er laut über Marios Behandlung spricht.

»Er wird jetzt eine ganze Weile schlafen. So lange richte ich ihm den Arm und schaue mir seinen Brustkorb an. Wir tun hier, was wir können.«

Nachdem er meine Knöchel mit einem Papierhandtuch trocken getupft hat, hält Dr. Quarropas mir ein Spray über die Hand.

»Husten«, flüstert er.

»Was?«

Als er lautstark hustet, mache ich einfach mit – und er fängt an, meine Knöchel vollzusprühen. Er bedeckt sie mit einer Art Schaum, der sich fast im selben Moment zu einer biegsamen, gummiartigen Haut verhärtet.

In der Tür taucht Rhonda auf.

»Ich fass es nicht!«, ruft sie. »Du benutzt das Dermaseal für das Mädchen? Das kann doch nicht wahr sein. Du weißt doch, dass das unsere letzte Flasche ist!«

Dr. Quarropas zwinkert mir zu. »Musste sein. Sie war auf dem besten Weg, sich eine üble Infektion einzufangen.«

Ich fürchte, ich starre ihn an wie ein glupschäugiger Fisch oder ein fassungsloser Zombie. Ich bin es gewöhnt, behandelt zu werden, als wäre ich vollkommen bedeutungslos. Aber Dr. Quarropas behandelt mich wie einen Menschen mit echten Menschenrechten. Und er scherzt mit mir, als könnte man in dieser Welt noch Witze reißen und Spaß haben und einander veralbern. Etwa indem man hustet, um das Zischen eines Sprays zu übertönen.

Dr. Quarropas ist ein netter, verspielter Typ. Ich starre ihn an, als wäre er vom Mars.

»Ich denke, dein Freund wird wieder gesund.« Als er das sagt, wird er langsam wieder ernst. »Komm doch morgen vorbei und besuch ihn.«

»Du hast den Doktor gehört«, herrscht mich die Krankenschwester an.

Und vom Anfang der Warteschlange ruft ein Mann herein: »Hey! Komme ich auch mal dran?«

»Ich brauche gleich noch deine Hilfe, um den Bruch zu richten«, sagt Dr. Quarropas zur Schwester. »Aber bring erst mal ein paar Patienten rein, damit die da draußen nicht ausrasten.«

Rhonda legt mir eine Hand ins Kreuz und schiebt mich aus dem Zimmer. »Du hast deinen Willen bekommen. Und jetzt geh!«

NEUNZEHNTES KAPITEL
DEAN

Unsere Rucksäcke waren weg. Die hatten alle im Lkw gelegen.

Jake hatte keinen Schutzanzug mehr, aber das war halb so schlimm, denn er hatte Blutgruppe B.

Wir anderen hatten unsere Schutzanzüge an.

Es war anstrengend, durch den Luftfilter zu atmen, aber es funktionierte selbst im Rennen, und weil man das Visier die ganze Zeit mit dem Mundstück vor dem Gesicht fixierte, wackelte die Kopfbedeckung nicht allzu sehr herum. Sie saß sogar im Vollsprint erstaunlich gut. Die japanischen Ingenieure waren halt echte Experten.

Jake rannte vorneweg, über eine Wiese mit braunem Stoppelgras in ein Wohnviertel.

Ich lief hinter Astrid – und das hatte seinen Grund: Sollte der Typ auf sie feuern, könnte ich das Projektil mit dem Körper abfangen. Also theoretisch. War vielleicht eine dumme Idee, aber das konnte mich nicht davon abhalten.

Zu beiden Seiten der Straße standen kleine, hübsche Einfamilienhäuser.

Jake duckte sich hinter einen Minivan und wartete, bis wir ihn eingeholt hatten.

»Seid ihr alle okay?«, fragte er.

Wir schnappten nach Luft und nickten stumm.

Mit dem Mundstück zwischen den Lippen war das mit dem Reden nämlich so eine Sache.

»Alles klar bei dir, Astrid?«, fragte Jake.

Sie nickte und fasste sich an den Bauch.

Als sie sich vorbeugte, dachte ich schon, sie müsste sich übergeben – bis ich sah, dass bloß ihre Schnürsenkel offen waren. Sie hatte die Füße im Schutzanzug in die Sneaker geschoben, ohne sie zuzubinden.

Was für ein Glück, dass sie nicht gestolpert war.

»Folgt mir«, sagte Jake. »Wir ... wir suchen uns am besten ein Auto.«

Er tastete sich weiter durch die Straße.

Schreie aus einem Haus. Ein grausames, nervenzerfetzendes Geräusch.

Ich sah Niko an – sollten wir helfen?

Niko schüttelte den Kopf und lief Jake hinterher.

Kurz darauf entdeckten wir die Frau.

Sie kam aus einem kleinen weißen Haus, das zwischen zwei größere Ziegelhäuser gezwängt war.

Die Frau murmelte vor sich hin, während sie einen Berg Zeug, ein Sammelsurium aus verschiedenstem Kram, zu einem Mazda-Kombi schleppte, der mit laufendem Motor am Straßenrand stand. Sie trug Trainingsklamotten, das braune Haar zu einem zerfledderten Pferdeschwanz gebunden. Einzelne Strähnen klebten an ihrem Mund.

Hinter ihr lag eine Spur aus anderen Sachen: ein Bilderrahmen, ein Glas Mayonnaise, ein Strohhut, ein Sofakissen.

Sie warf den ganzen Schrott auf die Rückbank des Wagens, hetzte hin und her, um das verstreute Zeug einzusammeln, und packte es auch noch ins Auto. Dann entdeckte sie uns.

»Zurück!«, kreischte sie.

Ich sah das Messer in ihrer Hand.

Ein großes Kochmesser.

Sie hatte es auch schon in der Hand gehalten, als sie noch

den ganzen Kram geschleppt hatte. Deshalb waren ihr so viele Sachen heruntergefallen.

Aber das Entscheidende war, dass sie eindeutig Blutgruppe AB hatte und nun vollständig und unkontrollierbar paranoid war.

Zwischen ihr und uns lagen knapp fünfzig Meter.

»Nein! Nein! Nein!« Sie wich vor uns zurück – *sie* vor *uns*.

Doch hinter ihr tauchte ein Mann auf. Er näherte sich rasch.

Sofort spuckte ich das Mundstück aus. »HINTER IHNEN!«, brüllte ich und rannte los, um … um sie zu retten oder so.

Aber der Mann war sowieso schneller.

Es war ein breitschultriger Typ mit Glatze und Bierbauch. Außerdem war er ein Nuller.

Der Mann stampfte von hinten auf die junge Frau zu. Blutspritzer zogen sich über seine Arme und sein weißes Hemd, und in seinen Augen, die starr geradeaus sahen, loderte reinste Mordgier.

O ja, das war ein Nuller. Diese Gier kannte ich sehr gut.

»Schieß doch!«, schrie Astrid Jake an. »Erschieß ihn!«

Doch die Hände des Nullers griffen schon nach der Kehle der Frau und drückten sie zusammen. Sie quetschten das Leben aus ihr heraus.

Ihre Augäpfel quollen hervor. Ein schrecklicher, schrecklicher Anblick.

Ich brüllte vor Zorn. Ich wollte den Typen fertigmachen – doch Niko hielt mich im Zaum.

Währenddessen riss der Mann das Messer an sich und stieß es der Frau in die Brust.

Niko zerrte mich nach hinten, Jake kam ihm zu Hilfe, und gemeinsam schleiften sie mich zum Mazda der Ermordeten.

Der Mann blickte mir in die Augen, schenkte mir ein wahnsinniges Lächeln und leckte sich die Bluttropfen vom Kinn.

Astrid ließ den Motor aufheulen. Jake schubste mich auf die Rückbank, Niko warf sich auf den Beifahrersitz.

Schnell legte Astrid den Gang ein und stieg aufs Gas.

Jake zog noch irgendwie die Tür zu.

Er und ich saßen auf dem Kram der Frau, eingezwängt zwischen der Autodecke und Bergen aus sinnlosem Zeug.

Als ich einen Blick aus dem Rückfenster warf, sah ich, wie der Mann wieder anfing, mit dem Kochmesser auf die Frau einzustechen.

Ich brüllte meine Verzweiflung heraus.

ZWANZIGSTES KAPITEL
JOSIE

Ich stolpere zurück auf den Flur, wo die Kranken und Verletzten warten.

Eine Schnittwunde quer über ein Gesicht. Eine Frau, die sich den verstauchten Arm hält.

Menschliche Wesen, die dringend Hilfe brauchen. Verdreckte, ängstliche, geprügelte Menschen.

Gefangene ihrer Blutgruppe.

Mario wird angeblich wieder gesund. Das ist gut. Keine Ahnung, was ich machen würde, wenn er nicht durchkommt.

Wie stehen seine Chancen? Alex könnte es mir sagen. Alex könnte es mir ausrechnen, aber Alex ist nicht da.

Ich durchquere den Hof. Mir bleibt nichts anderes übrig, als zurück aufs Zimmer zu gehen.

Neben dem Tor, ordentlich aufgereiht, liegen ungefähr dreißig Häftlinge und schlafen ihren Betäubungsmittelrausch aus. Daneben lehnt ein Wachmann an der Wand und passt auf, dass die Bewusstlosen nicht geplündert werden.

In drei oder vier Stunden werden sie mit ausgetrockneten, blutunterlaufenen Augen und dröhnenden Kopfschmerzen aufwachen.

Sie werden viel Wasser trinken und sich den Rest des Tages wie erschlagen fühlen.

Heute Abend werden sie ins Bett gehen und wilde, plastische Träume durchleben. Das ganze Lager wird sie im Schlaf schreien hören.

Als ich einen Pfeil abbekommen habe, an dem Tag, als ich Vengers Schlag vor Marios Schädel abgefangen habe, haben mich Mario und die Kids ins Haus geschleift und im Gemeinschaftsraum umsorgt wie ein Baby, bis ich aufgewacht bin.

In der Nacht habe ich davon geträumt, in einem Bahnhof auf meine Eltern zu warten.

Es war ein Saal mit Marmorsäulen und hoher Gewölbedecke – ein prachtvoller Bahnhof aus alten Zeiten. Ich lungerte am Rand herum, um mich vor den Ladenbesitzern zu verstecken, die unter den Arkaden ihre Stände eröffneten. Sie stellten Plastikwannen voller Eis auf, in denen kleine Wasserflaschen lagen, und schoben Snacks in Glasvitrinen: Gebäck, Rührei, Joghurt.

In meinem Traum stahl ich ein Sandwich mit Bacon, Ei und Käse, duckte mich hinter einen Abfalleimer und schlang es in mich hinein. Auf einmal ertönte das laute Pfeifen eines Zugs, und plötzlich war der Bahnhof voller Menschen, die hektisch hin und her liefen.

Und ich sah meine Eltern. Sie waren gekleidet wie Reisende in einem alten Schwarz-Weiß-Film. Meine Mom trug einen langen Mantel mit Samtknöpfen, mein Dad einen Anzug und einen Hut wie Humphrey Bogart.

Ich wollte nach ihnen rufen.

Aber ich war so verdreckt, und ich hatte gerade etwas zu essen geklaut. Ich schämte mich.

Außerdem war Grandma bei ihnen. Sie schlurfte ihnen hinterher, so schnell sie konnte. Ihr Humpeln erinnerte mich an Mario. Mom und Dad warteten auf sie, geduldig wie immer, aber ich sah ihnen an, wie eilig sie es hatten.

Ich konnte nicht zu ihnen. Ich wusste, dass sie mich nicht mehr bei sich haben wollten.

Ich schiebe mich in den Eingangsbereich des Wohnheims. Die Kids warten bestimmt schon auf mich. Sie wollen wissen, was mit Mario ist. Hastig laufe ich durch den Männerflur.

Hoffentlich begegne ich keinem der Typen, die mich gestern Nacht belästigt haben. Bitte nicht. Nicht jetzt.

Niemand zu sehen. Glück gehabt.

Ich erreiche das Ende des Gangs und stoße die Tür zum Treppenhaus auf. Tagsüber wird sie nicht verriegelt.

Auf der Schwelle höre ich etwas.

Raschelnde Klamotten. Atemgeräusche.

Ab und an machen irgendwelche Leute in dunklen Ecken miteinander rum. Das ist nicht ungewöhnlich.

Aber diesmal bleibe ich stehen.

Und als ich auf die Treppe in den Keller blicke, durch den Spalt zwischen zwei Stufen, sehe ich einen Körper, der mir bekannt vorkommt. Einen Pulli, der mir bekannt vorkommt.

Marios Pulli. Lori. Lori ist da unten.

Ich erstarre.

»Gut so«, sagt eine Stimme. Bretts Stimme. »Du bist sehr hübsch. Du musst keine Angst haben.«

Lori hält die Hände vor den Körper. Brett drückt ihre Arme nach unten und küsst sie auf den Mund. Er stopft ihr das Maul, indem er sie küsst.

»Hey!«, rufe ich.

Eine halbe Sekunde später bin ich die paar Stufen hinuntergerannt und stehe vor ihnen.

»Schon gut, Josie«, sagt Lori. »Mir geht's gut.«

Ich sehe ihre verheulten Wangen. So, so. Ihr geht's gut.

Ihr Shirt ist verrutscht, ihr Haar zerwühlt, und aus ihren Augen fließen Tränen.

Erst dann bemerke ich, dass Brett nicht allein ist. Hinter ihm steht ein zweiter junger »Gewerkschafter«.

Und das macht mich so wütend, dass ich kaum noch Luft bekomme, und *WRRAAARGGGHHH!*, kocht mein Blut hoch.

»Du hattest deine Chance, Josie«, sagt Brett. »Lori ist ein kluges Mädchen. Die sagt nicht Nein, wenn man ihr ein gutes Angebot macht.«

Das Blut rauscht mir in den Ohren und übertönt alles andere. Auch meinen Verstand.

»Sie werden uns beschützen«, sagt Lori. »Uns alle. Es ist schon gut, Josie.«

»NICHTS IST GUT!«, brülle ich.

Der fette, mopsgesichtige Teenager hinter Brett stößt mich gegen die Brust. »Schrei nicht so rum, Hase. Das ist eine Privatparty hier.«

O Gott. Ich kann mich nicht mehr zurückhalten. Ich kann nicht.

Ich ramme ihm den Handballen gegen die Nase.

Das Blut spritzt. Der Typ quiekt.

»Was zur …«, kreischt Brett.

Ich packe Brett an den Haaren und schleudere ihn gegen die Betonmauer.

Er liegt am Boden. Ich trete auf ihn ein.

»Hör auf!«, schreit Lori. »Hör auf, Josie!«

Ich bin eine Nullerin. Eine hundertprozentige Nullerin und nichts anderes, und deshalb werde ich die beiden töten. Sie sind über ein Mädchen hergefallen. Sie haben sich an einer Vierzehnjährigen vergriffen. An der kleinen Lori. Dafür müssen sie sterben.

»Aufhören!« Lori verpasst mir eine Ohrfeige.

Ich wirble herum und versuche, sie zu packen.

»Ruhig atmen, Josie«, sagt Lori.

Sie schlingt die Arme um meinen Oberkörper.

»Schhhhhh, Josie.«

Mopsgesicht schluchzt.

In ihren Armen schiebt Lori mich die Treppe hinauf, eine Stufe nach der anderen. Die Gewerkschafter bleiben unten liegen.

Brett schreit mir noch einen Fluch hinterher.

»Wir kriegen dich, Josie Miller! Du bist so gut wie tot.«

EINUNDZWANZIGSTES KAPITEL
DEAN

Der Wind hatte umgeschlagen. Er fegte die Gaswehe über unsere Windschutzscheibe.

Astrid schaltete die Scheibenwischer ein.

Der schwarze Dreck setzte sich auf dem Glas ab wie eine Staubschicht und wurde im nächsten Moment wieder weggewischt. Dreck, weg, Dreck, weg.

Ich studierte die Spuren, die am Seitenfenster kleben blieben. Sie bestanden aus winzigen Teilchen, klein wie Staubkörner, viel kleiner als Sandkörner – und jedes war absolut quadratisch. Nicht würfelförmig, sondern flach. Schwarzer Tod in flachen, mikroskopischen Teilchen.

Hinter den Fenstern zogen die Straßen Vinitas vorüber. Wir sahen brennende Häuser und Menschen, die schreiend aus ihren Türen rannten.

An jeder Ecke starben Leute in den schwarzen Schwaden des Sandsturms oder versuchten noch, ihre Angehörigen zu retten.

»Du musst wenden«, sagte Jake. »Wir müssen zurück auf den Highway.«

Astrid riss das Steuer nach rechts, fuhr auf den Gehsteig und hielt an.

»Ich krieg keine Luft mehr.« Ihre Worte drangen dumpf aus dem Luftfilter. »Muss gleich kotzen.«

Hinter dem Visier spuckte sie das Mundstück aus.

»Das ist jetzt keine gute Idee«, erwiderte Niko mit besorgter, aber scharfer Stimme.

»Scheiße.« Sie zerrte am Reißverschluss ihres Overalls. »Ich kotz gleich. Ich …«

Ich beugte mich nach vorne, bis ich halb auf dem Fahrersitz hing, und hielt ihre Hand fest. »Astrid! Schau mich an, Astrid.«

Noch hüllte der Schutzanzug ihren Körper und ihr Gesicht vollständig ein.

Sie blickte auf. Durch die transparenten Visiere unserer Kopfbedeckungen begegneten sich unsere Augen.

»Du musst jetzt ruhig atmen«, sagte ich. »Alles ist gut. In deinem Anzug ist genug Luft. Ruhig atmen.«

»Pass bloß auf, dass sie das Ding anbehält!«, rief Jake hinter mir.

»Keine Angst, Jake«, erwiderte ich möglichst gelassen, ohne den Blick von Astrids Gesicht abzuwenden. »Sie macht das schon. Du musst nur atmen, Astrid.«

Es klingt vielleicht kitschig, aber dieses stille Verständnis, diese Verbindung zwischen Astrid und mir war die Grundlage unserer Beziehung. Sie wusste, dass sie sich auf mich verlassen konnte. Ja, ich war früher ein absoluter Nerd gewesen, der hoffnungslos in sie verknallt war, und niemand hätte gedacht, dass wir jemals zusammenkommen würden. Aber ich war für sie da, und das bedeutete etwas.

Was sagten wir uns durch das Plastik der Visiere?

Sie: Ich hab Angst.

Ich: Ich weiß.

Ich: Ich liebe dich.

Sie: Ich weiß.

Und dann: Alles wird gut.

Astrid nahm das Mundstück wieder zwischen die Lippen und sank gegen die Rückenlehne. Sie versuchte, sich die Tränen wegzuwischen, was wegen des Visiers aber nicht besonders gut klappte.

»Du zerquetschst mir das Bein, Mann«, nölte Jake mich an.

Ich rutschte ein Stück zur Seite.

»Vielleicht fährt lieber jemand anders«, meinte Astrid.

Niko und sie kletterten übereinander, um die Plätze zu tauschen.

Die Türen wollten wir nicht öffnen. Wenn der Wind auffrischte, kratzte das Gas immer noch über die Scheiben.

Niko brachte uns sicher auf den Highway. Wir fuhren Richtung Norden.

Als draußen langsam die Luft aufklarte, nahmen wir die Kopfbedeckungen ab. Jetzt konnte eigentlich nichts mehr passieren.

Astrids Kopf sackte in ihre Hände. Ich sah, wie ihre Schultern bebten. Aber ich wusste sowieso, dass sie weinte.

Sie saß vor mir. Deshalb konnte ich nur über die Lehne greifen und ihre Schultern massieren.

»Das war furchtbar«, sagte ich.

»Die arme Frau.« Astrid verschluckte sich.

»Warum warnt die Regierung die Leute nicht?« Jake wurde laut. »Alle denken, die Gaswehen sind bloß Gerüchte. Das ist doch Scheiße!«

»Ich glaube eher, das Militär hält die Sache unter der Decke«, meinte ich. »Aber warum?«

»Damit die Leute nicht in Panik geraten.« Niko blickte geradeaus auf die Straße. »Damit sie nicht fliehen.«

»Und warum sollen sie nicht fliehen?«, fragte Jake.

»Keine Ahnung.« Niko zuckte mit den Schultern. »Vielleicht weil es nirgendwo besser ist?«

Jake und ich mussten ziemlich viel Kram hin und her räumen und irgendwo aufstapeln, bis wir einigermaßen bequem sitzen konnten.

»Die arme Irre war so durch«, sagte Jake.

Da hatte er mal recht. Die junge Frau hatte eine sehr bizarre Mischung alltäglicher Gegenstände auf die Rückbank gepackt. Da lagen unter anderem:

Ein Ventilator

Eine Monsterfamilienpackung Goldfischli-Cracker, die Jake sofort aufriss.

Vier riesige Fotoalben, auf denen die Jahreszahlen 2019 bis 2023 standen.

Ein Set Starthilfekabel und Schneeketten für die Reifen – die Frau hatte weit vorausgedacht!

Ein großer Make-up-Koffer (schätzte ich jedenfalls)

Ein Sixpack Protein-Shakes und verschiedene Snacks.

Zwei ungeöffnete Rollen mit Tennisbällen.

Eine Topfpflanze.

Eine Kiste mit Geschirr, das zu Bruch gegangen war, als die Frau sie ins Auto gefeuert hatte.

»Und was haben wir denn da!«, krähte Jake. »Mommy hat an alles gedacht!«

Er schwenkte eine halb volle Flasche schottischen Whisky, zog den Korken heraus und trank einen Schluck.

»Echt jetzt, Jake«, sagte ich.

»Hältst du das wirklich für eine gute Idee?«, fragte Niko.

»Was denn? Wir haben gerade zugeschaut, wie Rocco Caputo verreckt ist! Wir wurden quasi gleichzeitig abgeknallt und mit einem Lkw in die Luft gejagt! Wir haben zugeguckt, wie irgendeine arme Geisteskranke abgekratzt ist – wie irgendein

Typ ihren Körper mit einem Küchenmesser zerhackt hat! Ich finde, ein bisschen Alk ist jetzt eine Superidee. Meine beste Idee seit Langem!«

Er kippte sich noch einen Schluck in die Kehle. Purer Scotch direkt aus der Pulle. Bäh.

»Es reicht«, sagte ich. »Gib die Flasche her.«

»Willst du auch was?«

»Nein. Ich will das Ding wegpacken.«

»Und seit wann bist du meine Nanny, Geraldine?«

»Seid mal ruhig!«, rief Astrid vorne.

»Hör auf sie.« Ich griff nach der Flasche.

»Ihr sollt beide ruhig sein!«, kreischte Astrid. »Ich glaube, ich hab was gehört!«

Alle schwiegen. Aber ich hörte nur das Brummen des Motors und das Pochen meines Herzschlags.

»War doch nichts«, meinte Astrid und sank wieder in ihren Sitz.

Jake trank noch einen Schluck und knabberte dazu eine Handvoll Goldfischli.

»Du findest es also okay, dass Jake sich volllaufen lässt?«, fragte ich Astrid. »Das juckt dich nicht?«

»Ich wünschte, ich könnte mich auch volllaufen lassen«, erwiderte sie traurig.

»Ich frage mich, ob der Sprit bis Missouri reicht«, sagte Niko. »Der Tank ist noch drei Viertel voll.«

Ich lehnte mich zurück und blickte aus dem Fenster.

Ausgetrocknete Felder wischten vorbei. Weites, totes Farmland.

»Wir konnten die Frau nicht retten, oder?«, fragte Astrid irgendwann. »Oder?«

»Nein«, antwortete ich.

Astrid beugte sich vor und knipste das Radio an. Die UKW-

und Satelliten-Frequenzen waren tot, aber wir entdeckten einen dieser schrägen, verrauschten Mittelwellensender. Von den Gaswehen erzählten sie dort allerdings nichts.

»Hey, Astrid«, sagte Niko. »Es bringt wahrscheinlich nichts, aber schalt doch mal das Navi ein.«

Ich drehte meine Beine auf die andere Seite, um bequemer zu sitzen.

Auf dem Schoß hielt ich ein Ding, das nach einem leeren Goldfischglas aussah. Und darunter klebte offenbar eine nasse Gummimatte – irgendetwas Feuchtes haftete an meinem Bein. Wenigstens suppte das Wasser nicht durch den Schutzanzug.

Vielleicht war es auch ein toter Fisch.

Ich starrte aus dem Fenster. Nach ein paar Minuten stellte ich fest, dass meine Hände immer noch zitterten.

»Findest du nicht, wir sollten die Leute irgendwie warnen?«, flüsterte Astrid vorne. Sie sprach mit Niko.

Jake setzte die Whiskyflasche an den Mund.

Ich war mir fast sicher, dass seine Augen gerötet waren. Dass er heimlich weinte, während er aus dem Fenster schaute.

»Wir können sie nicht alle retten«, meinte Niko. »Aber wenn wir Glück haben, können wir Josie noch rechtzeitig aus der Mizzou holen.«

Jetzt wäre eine gute Gelegenheit gewesen, ein bisschen zu schlafen. Aber ich konnte nicht.

Wir fuhren stundenlang, und mit jedem Kilometer wuchs der Abstand zwischen uns und Vinita, Oklahoma. Zum Glück waren die Straßen frei. Kaum Verkehr.

Wir zerrten die Arme aus den Schutzanzügen und knoteten die Ärmel um die Hüfte, wie wir es bei den Soldaten gesehen hatten. Zufällig erwischten wir Präsident Bookers wöchentliche Radioansprache:

Meine Damen und Herren, meine lieben amerikanischen Mitbürger! Die Geschichtsschreibung wird uns eines Tages daran messen, wie wir mit dieser verheerenden Abfolge von Katastrophen umgegangen sind. Alle, die helfen können, sollten sich fragen: Ist mein Beitrag groß genug? Oder könnte ich noch einem Flüchtling die Hand reichen? Kann ich nicht mit weniger auskommen, damit ein paar Menschen, die nichts mehr haben, überleben können? Und allen, die ihr Zuhause, ihre Liebsten, ihre Familie und ihre Freunde verloren haben, rufe ich zu: Die Regierung hat Sie nicht vergessen! Medizinische Versorgung. Lebensmittel. Wasser. Sichere Unterkünfte. Wir arbeiten daran, Sie mit allem zu versorgen, was Sie brauchen. Und sobald die Ordnung wiederhergestellt ist, werden wir mit dem Wiederaufbau beginnen. Neue Wohngebiete. Neue Industriegebiete. Ein neuer Sinn im Leben. Gemeinsam können wir die Krise hinter uns lassen. Wir müssen zusammenarbeiten, jeder Einzelne muss große Opfer bringen. Eines dürfen wir nie vergessen: Solange wir alle zusammenstehen, ist Amerika stärker denn je. Und nichts und niemand wird unser Land auseinanderreißen!

Dann wurde die Nationalhymne gespielt. *Oh say can you see …*

Kein Wort über die Gaswehen.

Wusste der Präsident nichts davon? War das überhaupt vorstellbar?

Wäre das Network in Betrieb gewesen, hätte das ganze Land davon gewusst. Die ganze Online-Welt. Überall würden Bilder und Filmaufnahmen laufen und Alarmglocken schrillen.

Doch im Moment hatte nur die Regierung Zugang zum Network.

Und das machte mir Angst. Was hielten sie noch alles geheim?

»Die werden Booker absetzen«, schnaubte Jake. »Die Gaswehen, die Sache bei NORAD und wie er dann damit umgegangen ist … das gibt ein saftiges Amtsenthebungsverfahren.«

»Schwachsinn«, sagte ich. »Woher hast du das denn?«

»Von Rocco.«

»War ja klar. Rocco war ein rechtsradikaler Idiot.«

»Hey!« Jake stieß mir den Zeigefinger in die Brust. »Über die Toten soll man nicht schlecht reden.«

Einen Moment lang hielt er meinem Blick stand. Doch als er versuchte, mir direkt in die Augen zu schauen, schwankte sein Kopf zur Seite.

Er warf die Hände hoch und lachte, als wäre das Ganze bloß ein Scherz gewesen. »Junge, nimm doch nicht alles so ernst. Manchmal bist du so ein Mädchen, Dean. Ein echter Stimmungskiller. Aber …«

»Gott, Jake!«, rief Astrid vorne. »Kannst du bitte mal ruhig sein?«

»Gleich, gleich. Bin gleich fertig«, brabbelte er. »Aber dann, Dean, dann denke ich mir wieder: So ein richtiger Vollpfosten ist er jetzt auch wieder nicht. Siehst du? Ich sehe da schon beide Seiten.«

Ich verschluckte mich an meinem Lachen. Na, wenn das kein rührendes Kompliment war.

Aber ich sagte nichts mehr. Vielleicht würde Jake ja einschlafen – genug getrunken hatte er. Mit ein bisschen Glück würde er sich in seinem Rausch aus dem Auto rollen.

»Will irgendwer Goldfischli?«, fragte ich. »Außerdem sind hier noch eine Schachtel Frühstücksflocken und ein paar Kiddy-Safttüten …«

Ich warf den beiden ein bisschen Saft nach vorne.

Wir aßen, tranken und fuhren. Niko meinte, bis zur Mizzou seien es noch mindestens vier Stunden, und irgendwo davor müssten wir auf jeden Fall auftanken.

Aber wir hatten ja noch unsere Benzin-Credits, was auch immer das genau sein sollte. Und unser Geld hatten wir auch noch, wie mir plötzlich auffiel. Wir hatten Rocco ja nie bezahlt.

Niko fragte, ob wir nicht mal ein bisschen schlafen wollten.

Irgendwann muss ich eingedöst sein, denn Astrids Stimme weckte mich auf: »Da! Diesmal hab ich's todsicher gehört. Ihr habt's doch auch gehört?«

»Ich nicht«, sagte Niko, aber er schaltete das Radio aus.

»Fahr mal rechts ran«, meinte Astrid.

Ich rieb mir die Augen. »Was ist denn?«

»Fahr einfach rechts ran, Niko. Bitte.«

Niko lenkte an den Straßenrand und würgte den Motor ab.

Wir saßen da und hörten Jake beim Schnarchen zu. Doch als ich gerade fragen wollte, was für ein mysteriöses Geräusch das gewesen sein sollte, hob Astrid die Hand und neigte den Kopf zur Seite.

Da hörte ich es auch.

Ein leises, gedämpftes Klopfen irgendwo hinter mir.

Und dann ein Schrei: »Mommy!«

ZWEIUNDZWANZIGSTES KAPITEL
JOSIE

Bis zum Abendessen gehen wir nicht mehr aus dem Zimmer.

Lori lässt niemanden weg.

»Okay«, sagt sie jetzt. »Wir laufen direkt zur Plaza 900. Wir essen schnell. Und wir gehen gleich wieder zurück.«

»Aber warum?« Aidan will wissen, was los ist. »Warum seid ihr so komisch?«

»Und wann kommt Mario zurück?«, fragt Heather. »Warum ist er nicht schon wieder da? Warum ist er nicht bei uns?«

»Du hast doch gehört, was Josie gesagt hat«, erwidert Lori. »Die Ärzte geben ihr Bestes, und morgen können wir ihn alle besuchen.«

Ich liege im Bett und blicke auf den Drahtgitterrost und die fleckige Unterseite der Matratze über mir.

Ich habe einen schweren Fehler begangen.

Das sehe ich inzwischen ein.

Der Teil meines Gehirns, der noch rund läuft und vernünftig denken kann, murmelt höhnisch vor sich hin: Bist du lebensmüde? Hast du die beiden Typen deswegen zusammengeschlagen?

Ich bin erledigt.

Oder bin ich nur noch ein dummes Tier, das sich von seinen Instinkten lenken lässt? Habe ich Lori verteidigt, weil sie zu meiner Sippe gehört?

Aber durch meinen Fehler ist auch Lori erledigt.

Ich wollte sie retten, und was habe ich getan? Ich habe sie zum Tode verurteilt.

Doch die düsterste, heimlichste Stimme in meinem Kopf flüstert, dass wir sowieso alle sterben werden und dass es nicht meine Schuld ist.

Und das baut mich wieder etwas auf, auch wenn es ein schmutziger, schlechter Gedanke ist. Denn es ist die Wahrheit.

Der Lautsprecher auf dem Gang gongt zum Abendessen. Ein einziges Läuten – die erste Gruppe soll zur Plaza 900 aufbrechen.

Dazu gehören auch wir.

Die Kleinen sagen kein Wort. Sie flüstern nicht mal untereinander.

Dabei haben sie bloß Angst, weil wir ohne Mario zur Mensa gehen müssen. Sie haben keine Ahnung, in was für eine Gefahr ich uns alle gebracht habe.

Wir nehmen uns an den Händen. In der Rechten halte ich Aidans Hand, in der linken Heathers. Zwei eiskalte Kinderhände.

Als wir eintreten, scheint sich ein dumpfes Schweigen auf die Mensa zu legen.

Carlo und die anderen Gewerkschafter sind nicht zu sehen.

Wir gehen zur Essensausgabe.

Lori will, dass wir alle zusammenbleiben. Immer.

Sie glaubt wohl, die Gewerkschafter greifen nicht an, solange die Kleinen bei uns sind.

Also stellen wir uns gemeinsam in die Schlange und nehmen uns Tabletts.

Sobald wir uns nähern, verstummen die Leute.

Ein unheimliches Gefühl.

Ein Mann sieht mich an und salutiert verstohlen. Die Frau

neben ihm zerrt seine Hand herunter und schiebt ihn schnell weiter.

Wir lassen uns unser Abendessen geben.

»Wo ist der ältere Gentleman?«, fragt die Essensausteilerin.

»Auf der Krankenstation«, sage ich.

»Och, der Arme.« Sie beugt sich vor und flüstert: »Hör mal. Er hat mich doch um etwas gebeten. Ich … ich weiß nicht. Sag ihm, dass ich noch darüber nachdenke, okay?«

»Gerne, Ma'am«, antworte ich und blicke weg.

Sie drückt mir ein zusätzliches Brötchen in die Hand.

»Sag ihm, das ist von Cheryl.«

»Ja, danke.«

Cheryl gibt allen Kids eine extragroße Portion Spaghetti und sogar ein Extrafleischklößchen. Sehr großzügig.

Ein kleiner Junge rennt zu Aidan. Ich glaube, er heißt Jonas.

»Ihr habt Ärger, was?«, sagt er fröhlich. »Mein Daddy hat gesagt, die Gewerkschafter haben's auf euch alle abgesehen!«

»So ein Quatsch!«, ruft Aidan. »Wir haben ihnen gestern erst unseren Brei und unseren GANZEN Zucker gegeben. Die sind jetzt unsere Verbündeten!«

Schön wär's.

Dicht beieinander gehen wir zum Tisch. Die anderen Leute fangen wieder an zu essen und zu reden, doch viele schauen sich immer noch ständig nach uns um.

Meiner Meinung nach schmeckt die Pasta nach Holzspänen in Tomatenbrei, aber die kleinen Jungs schaufeln ihre Riesenportionen eifrig in sich hinein.

Also hat sich schon herumgesprochen, dass wir auf der Abschussliste der Gewerkschaft stehen. Damit wäre auch geklärt, wieso in der Mensa diese Totengräberstimmung eingekehrt ist, als wir reingekommen sind.

»Ich gehe nicht mit zurück«, flüstere ich Lori zu. »Du bringst die Kids allein aufs Zimmer und sperrst die Tür ab.«

Lori blickt auf. Gerötete Augen in einem blassen Gesicht, das von dünnen, schlaffen braunen Strähnen eingerahmt wird. »Und was hast du vor? Willst du dich irgendwo verstecken?«

Ihre Stimme trieft vor Sarkasmus – und zum ersten Mal kapiere ich, was für ein Mädchen ich hier vor mir habe.

Lori ist nicht so schlapp, wie ich dachte. Sie hat Temperament.

Vielleicht wird sie überleben.

»Nein. Ich werde gegen sie kämpfen«, sage ich.

Lori schüttelt den Kopf. Ihre Lippen verhärten sich zu einem schmalen, verbissenen Strich.

Ich schiebe meine Hand zwischen ihre Finger. Ich will, dass sie mich richtig ansieht.

»Weißt du, Lori …«, flüstere ich. »Ich bin schon lange bereit zu sterben.« Meine Kehle zieht sich zusammen. Kann sein, dass meine Augen ein wenig feucht werden. Blöd.

Aber es ist wahr. Ich bin bereit.

»Nein«, sagt Lori. »Wir schaffen es zurück aufs Zimmer. Irgendwie überstehen wir die Nacht schon.«

»Und morgen?«

Sie drückt meine Hand, so fest sie kann. »Du musst die Nacht überstehen, Josie Miller. Du musst morgen doch zu Mario. Und dann redest du mit den Reportern und bringst sie dazu, dich hier rauszuholen. Okay?«

Einen Herzschlag lang sehe ich sie schweigend an.

Ja, vielleicht wird sie wirklich überleben.

Die Kleinen haben fertig gegessen. Sie fangen an herumzuzappeln.

»Mein Bauch tut so weh«, jammert Heather.

Das kommt sicher von dem Extrafleischbällchen.

»Gehen wir«, sagt Lori.

Wir stehen auf. Am Tisch gegenüber erhebt sich eine dürre Frau aus unserem Flur und stupst ihr Kind mit dem Ellenbogen an – eine Teenagerin, die öfter auf dem Gang herumlungert. Dann erheben sich auch noch drei Leute am Tisch dahinter.

»Geht ihr zurück zum Wohnheim?«, fragt die Mutter mit dünner, brüchiger Stimme.

Das waren die ersten Worte, die sie jemals zu uns gesagt hat. Dabei ist sie unsere Zimmernachbarin.

»Wir wollten nämlich auch gerade zurück«, meint sie.

Und als wir zur Tür laufen, stopfen sich alle möglichen Leute eine letzte Plastikgabel Nudeln in den Mund und kippen ihren letzten Rest Milch herunter.

Fünfzig oder sechzig Menschen folgen uns zum Wohnheim. Unsere persönliche Eskorte. Einen der Männer erkenne ich wieder – es ist der Typ, der sich für mich geprügelt hat, als ich auf dem Männerflur in die Falle gegangen bin. Patko.

Um uns herum flüstern und murmeln die Leute.

»Wir helfen euch. Wir tun alles, was wir können.«

Und: »Habt keine Angst, Kinder. Ihr schafft das schon.«

Die abgemagerte Mutter drückt meine Hand. »Wir beten für euch.«

DREIUNDZWANZIGSTES KAPITEL
DEAN

»Da ist ein Kind im Kofferraum!«, schrie Astrid, fummelte ihren Gurt auf und öffnete hastig die Tür.

Ich fiel halb aus dem Auto.

Niko tastete hektisch am Armaturenbrett herum, auf der Suche nach dem Knopf oder Hebel oder was auch immer, der den Kofferraum öffnete.

Dann hatte er das Ding gefunden. Als er daran zog, klappte der Kofferraum mit einem *Plonk* auf, und ich schlitterte um die Stoßstange herum und sah ein kleines Mädchen. Ein Kleinkind mit schwarzem, schweißverklebtem Haar, karamellfarbener Haut und großen braunen Augen. Sie trug ein Strickkleid und winzige weiße Schuhe.

Das Mädchen warf einen Blick auf mich und Astrid, wie wir da zu zweit vor dem offenen Kofferraum standen, und brach in lautes Schluchzen aus.

Astrid trat einen Schritt vor und nahm die Kleine auf die Arme.

Dann sah Astrid mich an. »Safttüte. Sofort.«

Als ich eine Safttüte hervorkramte, kam Niko nach hinten.

»Wow«, sagte er.

»Ich weiß«, meinte ich, bohrte den Strohhalm in das kleine Tetrapack und reichte es Astrid.

Die durchgeknallte (und inzwischen tote) Mutter hatte ihrer Tochter ein Nest im Kofferraum gebaut.

Ein Berg Bettdecken, auf dem zwei oder drei Schnabeltassen herumlagen.

Am Rand klemmte eine große Packung Windeln.

»Was geht?«, sagte Jake und stolperte zu uns. »Machen wir 'ne Parkplatzparty?« Da sah er das Kind. »Hey, wo kommt das denn her?«

Er klopfte der Kleinen auf den Rücken. Sie zuckte zurück und plärrte noch lauter.

Ich nickte Jake zu und deutete unauffällig auf das Deckennest im Kofferraum. »Mommy.«

»Krass. Das ist ja … das ist ja …«

»Traurig? Tragisch? Schrecklich?«, meinte Astrid, während sie das Mädchen auf dem Arm schaukelte.

»Aber ein Glück, dass wir sie rechtzeitig gefunden haben, was?«, rief Jake.

»Okay«, sagte Niko. »Okay. Wir müssen nachdenken. Wir müssen runter von der Straße und in Ruhe nachdenken.«

Astrid nickte. »Aber vorher wird sie gewickelt.«

Ein unangenehmer Dunsthauch schlug mir entgegen. Ja, die frische Windel hatte oberste Priorität.

Astrid nahm das Mädchen auf den Schoß, während wir die fünfundzwanzig Kilometer zum nächsten Rastplatz fuhren.

»Wie heißt du, Süße?« Das hatte Astrid die Kleine schon oft gefragt, aber die sagte kein Wort. Vielleicht konnte sie noch gar nicht sprechen? Ihr Alter war schwer einzuschätzen. Zwei? Oder noch jünger?

Ich zerrte eines der Fotoalben nach vorne, die wir hinter die Kopfstützen geworfen hatten.

Auf den ersten Seiten war die Mutter aus Vinita, Oklahoma, zu sehen – aber mit gewaltigem Babybauch und in den Armen ihres Mannes. Eine Serie kitschiger Schwangerschafts-Nacktfotos, auf denen der Vater seine Hände ehrfürchtig auf den Riesenbauch seiner Frau legte, als wäre es die Erdkugel.

Darauf folgten Aufnahmen aus dem Wartezimmer im Krankenhaus. Aufnahmen von Eltern, die irgendwie die Zeit totschlugen. Von zwei Familien, einer schwarzen und einer weißen, die mit gespannten, nervösen Gesichtern herumsaßen. Ein paar ältere Kids vergnügten sich mit Kaugummizigarren.

Dann der selig grinsende Dad, der der Verwandtschaft die frohe Botschaft verkündete.

Dann die Mutter mit einem winzigen, zerknautschten, plärrenden Etwas in den Armen.

Danach eine Menge Aufnahmen des Neugeborenen auf dem Schoß eines größeren Jungen. Ein Cousin? Ein Bruder?

Ein paar leicht peinliche Fotos vom Stillen.

Und zwischen den vielen, vielen Fotos des winzigen Babys in diversen süßen Outfits – darunter Stirnbänder, ein Balletttröckchen und Tierohren – klebte die Geburtsanzeige:

Unser kleines Mädchen ist da!
Rinée Lea Manning
Geboren am 14. Mai 2022 um 23.56 Uhr
3430 g * 50,8 cm

»Ich hab die Geburtsanzeige gefunden«, sagte ich. »Sie heißt … Rin- … Rinée?«

»Rinée? Wie schreibt man das?«, fragte Astrid.

Ich buchstabierte es ihr inklusive Akzent.

»Das spricht man sicher Renée aus«, meinte Astrid. Sie sah das Mädchen an. »Na, Kleine? Heißt du Renée?«

Das Mädchen nickte – und sagte mit leiser, zarter Stimme: »Winée.« Das erste Wort, das sie in unserer Gegenwart gesprochen hatte.

Nach einer Weile bog Niko auf den Parkplatz des Rastplatzes ein. Es war eine weitläufige Anlage mit einer Reihe Fast-Food-Restaurants im Hauptgebäude.

In der Nähe der Zapfsäulen standen mehrere Gruppen parkender Autos. Ich fragte mich, wie viel Essen da drinnen noch zu holen war.

Niko fuhr an den äußersten Rand der Fläche, möglichst weit weg von den anderen Wagen. Erst dort, wo der Asphalt endete und ein kleines Waldstück begann, blieb er stehen.

Wir stiegen alle aus.

Es war schön, mal wieder an der frischen Luft zu sein. Der Nachmittagshimmel färbte sich langsam golden – bald war es Zeit zum Abendessen, falls wir es uns leisten konnten.

Astrid lehnte sich mit Rinée an den Wagen, doch die Kleine krümmte sich in ihren Armen. Sie wollte runter.

»Okay, schon gut«, sagte Astrid und setzte sie ab.

Rinée ging schnurstracks zu einer Pfütze drei Meter neben dem Auto.

»Ich pass schon auf sie auf«, meinte ich. Astrid sah aus, als bräuchte sie dringend eine Pause.

Misstrauisch blickte Rinée zu mir hoch. Ich streckte die Hand aus. Statt meine Hand zu nehmen, wandte sie sich ab und marschierte in die Pfütze.

»Und jetzt?«, fragte Astrid Niko. »Was sollen wir machen?«

Rinée sprang in der Pfütze herum, dass das schlammige Wasser nur so auf ihre Beine spritzte.

»Das ist ja eklig.« Ich musste lächeln. »Igitt.«

»Iditt!«, rief Rinée begeistert.

»Wir können sie nicht mitnehmen«, meinte Niko. »Sie muss zurück nach Hause.«

»Aber wir können nicht zurück nach Vinita«, widersprach Jake. »Was ist mit der Gaswehe?«

»Vielleicht ist sie weitergezogen?«, sagte Astrid mit tonloser Stimme.

»Iditt!«, schrie Rinée und hopste auf und ab.

Dann ging sie in die Knie, um mit den Händen auf das Wasser zu patschen.

Das war mir dann doch zu widerlich.

Ich bückte mich und schnappte mir die Kleine.

Zuerst zerknitterte ihr Gesicht, als würde sie jeden Moment losplärren. Aber ich drehte mich um die eigene Achse und wirbelte sie durch die Luft.

Da kicherte sie. »Mäh!«

»Mäh?«

»Mäh hiegen!«

Mehr fliegen? Das ließ sich machen. Ich war erleichtert, dass Rinée in der Lage war, ihre Wünsche mit Worten auszudrücken.

Als ich sie erneut durch die Luft sausen ließ, fing sie an zu lachen – ein Lachen wie eine helle Glocke. Mann, war das ein herrliches Geräusch.

Ich lachte mit.

»Aber wir müssen sie nach Hause bringen, Jake. Sie hat einen Dad. Der ist sicher schon ganz krank vor Sorge.«

»Der ist sicher tot!«, rief Jake. »Mach dir doch nichts vor!«

Sein Gesicht lief dunkelrot an. Er schluchzte laut.

»Genau wie ihre Mom! Die ist auch tot! Aber wäre ich ein bisschen … ein bisschen schlauer und schneller und, was weiß ich, *besser* gewesen, dann hätte ich den Typen erschießen können, und sie wäre noch am Leben!«

Astrid war zu Jake gegangen. Jetzt nahm sie ihn in den Arm.

Er wimmerte in ihren Nacken.

Locker bleiben, dachte ich. Die beiden sind halt befreundet. Sie tröstet ihn nur. Damit komme ich klar.

Jake nahm ihren Kopf zwischen die Hände – ihr schönes blondes, kurzes, struppiges Haar – und küsste sie.

»Hunta!«, rief Rinée. Ich ließ sie auf den Boden gleiten. Sie fing wieder an, in der Pfütze herumzutanzen.

Astrid schob Jake weg. Zuerst nur leicht, dann kräftiger, bis er nach hinten stolperte.

»Jake!«, sagte sie. »Was soll das?«

Aber hatte sie nicht einen Moment zu lange gezögert?

Sie hatte zugelassen, dass er sie küsste.

Ich lief in den Wald. Meine Hände ballten sich zu Fäusten.

»Dean?«, rief Astrid. »Dean!«

Scheiß auf Astrid. Scheiß auf die beiden.

Und dann fand ich nicht mal einen schönen Baum, an den ich mich lehnen konnte, um in Ruhe nachzudenken. Überall nur spindeldürre Stämme, und in vielen Wurzeln hatte sich auch noch irgendein Müll verfangen.

Trotzdem stolperte ich weiter, bis der Parkplatz und meine sogenannten Freunde außer Sichtweite waren.

Irgendwann entdeckte ich doch noch einen Baum, der mein Gewicht aushalten würde.

Ich dachte an Alex. Ich hatte meinen Bruder zurückgelassen, der mir unglaublich wichtig war, um Astrid in Sicherheit zu bringen. Ich war ein wahnwitziges Risiko eingegangen – und wofür? Was, wenn Astrid und Jake wieder zusammenkamen? Es wäre Astrids gutes Recht. Wir waren nicht verheiratet.

Ich hatte Alex für nichts und wieder nichts verlassen.

Ich verfluchte mich für meine Dummheit. Laut und deutlich.

Einige Zeit später spürte Niko mich auf. Er hatte die Pistole dabei, die Jake dem Trucker abgenommen hatte.

»Hey«, sagte Niko.

Ich blickte auf die Waffe. »Willst du jagen gehen?«

»Nein. Ich … ich denke, ich fahre allein weiter. Vielleicht nimmt mich ja wer mit. Ich geh gleich rein und frage ein bisschen rum.«

»Okay.«

»Wenn mich keiner mitnimmt, klaue ich mir wahrscheinlich ein Auto.« Niko redete mehr mit sich selbst als mit mir. »Und wenn es sein muss, laufe ich eben.«

»Vielleicht sollte ich mitkommen?«, fragte ich.

Niko betrachtete mich überrascht – mit diesem Angebot hatte er nicht gerechnet. Er strich sich das glatte, braune Haar aus den Augen.

»Ich meine, wenn Astrid wieder mit Jake zusammen sein will, will ich ihr nicht im Weg stehen«, sagte ich. »Sollen die beiden doch zusammen glücklich werden. Und du kannst bestimmt Hilfe gebrauchen.«

»Ach, Dean. Das war das Dümmste, was du jemals gesagt hast. Ganz im Ernst.«

Hinter den Bäumen lachte Rinée quiekend. Jetzt wurde sie wahrscheinlich von Jake durch die Luft gewirbelt.

»Du liebst Astrid«, meinte Niko. »Das weiß ich. Also warum willst du sie jetzt bei Jake lassen?«

»Weil … weil sie mich auch liebt. Aber nur ein bisschen. Sie liebt mich ein bisschen. Nicht so, wie ich sie liebe. Ich liebe alles an ihr. Ich weiß, ich muss ihr Zeit lassen, sie hat so viel durchgemacht – aber wenn sie mich nie so sehr lieben wird? Was dann?« Ich wischte mir mit dem Handrücken über die Augen. »Es ist so lächerlich. Ich habe Alex zurückgelassen, weil ich dachte, ich muss auf sie aufpassen. Aber am Ende will sie das gar nicht. Am Ende will sie *mich* nicht. Sie zeigt es mir nie. Meistens merkt man ihr überhaupt nicht an, dass sie meine Freundin ist.«

»Dean«, sagte Niko. »Weißt du, was Liebe ist?«

Ich starrte ihn an.

Was war das denn für eine Frage? Für solche Fragen gibt es unter Männern gerne mal eins auf die Fresse. Andererseits kannte ich Niko. Er stellte sich eben manchmal recht ungeschickt an.

»Bei der Liebe geht es nicht darum, was für ein Gefühl dir ein Mädchen gibt oder was sie alles für dich tut. Sondern darum, was du für sie empfindest.«

Das sagte er einfach so, während er vor mir stand und die Abendsonne fleckige Schatten auf seine Schultern warf.

Ich war erst mal sprachlos.

»Bei der Liebe geht es um deine Gefühle für einen anderen Menschen. Alles andere ist nebensächlich.«

Mein Kopf sank gegen den kränklichen Baumstamm.

»Und du liebst sie, oder?«, fragte er.

Ich nickte.

»Dann hör auf, über Jake nachzudenken. Oder darüber, ob du sie jemals dazu bringen wirst, dich genauso zu lieben wie du sie. Tu einfach, was du tun musst.«

»Und ich muss … sie einfach lieben?«

»Ja. Und auf sie aufpassen.«

»Ich hab mich ziemlich idiotisch aufgeführt, was?«

»Kann man so sagen.«

Ich richtete mich auf.

Niko gab mir die Pistole. »Nimm du sie. Der Nuller könnte immer noch auf der Straße rumlungern. Und du musst doch auf Astrid aufpassen.«

»Aber brauchst du das Ding nicht?«

Er schüttelte den Kopf. »Ich denke, ohne Waffe komme ich harmloser rüber.« Niko drehte sich zur Seite, als würde er über etwas nachdenken.

Der alte Niko Mills. Wie oft hatte er mich jetzt schon aus der Scheiße gezogen?

»Viel Glück«, sagte ich und streckte die Hand aus.

»Euch auch«, meinte er. »Wir sehen uns an der Red Hill Road in New Holland, Pennsylvania.«

Ich nickte. »Red Hill Road, New Holland, PA.«

Zu zweit liefen wir zurück zum Wagen.

Astrid sortierte gerade den Kram von der Rückbank. Der Ventilator, die Geschirrkiste, die Topfpflanze und anderes Zeug, das sie offensichtlich für überflüssig hielt, standen schon auf dem Parkplatz.

Rinée hatte sich einen Löffel genommen und grub damit emsig in der Erde der Pflanze. Nach und nach schaufelte sie den ganzen Dreck heraus und klopfte ihn auf dem Asphalt fest.

»Dean!« Jake sprang auf. »Ich war ein Arschloch. Ein totaler Hirni. Bitte nicht böse sein!«

»Schon gut. Ich kann mir ungefähr vorstellen, wie's gelaufen ist. Vergessen wir es einfach.«

Ich ging zu Astrid.

»Ist wieder alles okay?«, fragte sie leise. »Ganz sicher? Ich bin immer noch so wütend auf ihn.«

»Weißt du was? Ich hab mich wie ein eifersüchtiger Vollidiot aufgeführt. Das tut mir leid. Aber jetzt geht's wieder.«

Astrid wirkte erleichtert und vielleicht sogar ein bisschen beeindruckt.

Ich klatschte in die Hände. »Dann bringen wir die Kleine mal zurück zu Daddy, was?«

Rinée blickte auf und patschte ihre Winzhände gegeneinander, als wäre sie voll dafür.

Bei der großen Verabschiedung hielt Astrid Niko lange in den Armen.

Jake schüttelte ihm die Hand.

Ich drückte ihn mit aller Kraft an mich.

Wir schworen uns gegenseitig, dass wir uns schon bald wiedersehen würden. Ich hoffte sehr, dass wir unser Versprechen einhalten könnten.

Ich fuhr, Jake saß auf dem Beifahrersitz.

Astrid und die Kleine schliefen hinten. Seit Astrid fast alles rausgeschmissen hatte, war auf der Rückbank richtig Platz.

Zum Abendessen gab es Protein-Shakes.

Die 217 Dollar, die wir alle zusammen noch besessen hatten, hatten wir exakt geteilt – die Hälfte für Niko, die Hälfte für uns. Wir hätten es gerechter gefunden, wenn Niko mehr bekommen hätte, denn wir behielten ja den Wagen. Aber Niko hatte darauf bestanden: fifty-fifty.

Wir hatten uns vorgenommen, uns die 108 Dollar gut einzuteilen.

Am Rastplatz hatten wir noch tanken müssen. Das war eine merkwürdige Aktion.

Der Tankwart hatte eine kostenfreie Nummer gewählt und mir befohlen, der mies gelaunten Frau am anderen Ende der Leitung meine Sozialversicherungsnummer durchzugeben – und die Frau hatte den Tankwart dann darüber informiert, dass meine wöchentlichen Benzin-Credits bereits aufgebraucht waren.

Der Typ hatte mich angesehen wie einen Schwerverbrecher.

Nur weil irgendwer mein Konto gehackt und meine Credits ausgegeben hatte, behandelte er mich wie den letzten Abschaum.

Aber wir hatten ja Jake dabei, unseren geborenen Glückspilz. Jakes Credits waren natürlich alle noch da.

Für Jakes gesammelte Credits hatten wir etwa einen halben Tank bekommen. Damit würden wir zurück nach Vinita und danach noch ein ganzes Stück weiter kommen.

»Hey«, sagte Jake neben mir. »Weißt du noch, als wir uns im Greenway mit den Pillen abgeschossen haben?«

»Ja«, meinte ich. »Das war ganz witzig.«

»Wär das nicht geil, wenn wir jetzt ein paar von diesen Schmerzhämmern hätten?«

»Ja, sicher.«

»Natürlich nur, wenn wir schon irgendwo untergekommen wären. Wenn wir in Sicherheit wären.«

»Schon klar.«

Ich wusste, dass er nach einem Schluck aus der Whiskyflasche lechzte, aber die hatte Astrid in den Kofferraum gepackt. Ich hatte sie dabei beobachtet. Und ich hatte beobachtet, wie Jake sie dabei beobachtet hatte.

Aber ich regte mich nicht mehr darüber auf, dass Jake ein halber Alkoholiker war. Ich ließ ihn in Frieden. So war er halt.

Die Sonne ging unter. Die Straße versank in Dunkelheit.

Etwas später schlief Jake ein.

Nach einer Stunde stummem Fahren fiel mir etwas auf.

Ich weckte Astrid.

»Hey«, sagte ich. »Wenn wir jetzt zurück zu Rinée fahren, wird es dort stockdunkel sein. Wir werden überhaupt nichts sehen. Und wir haben keine Ahnung, was da los ist. Der Nuller könnte immer noch da sein.«

»Und was willst du machen?«, fragte Astrid.

»Ich denke, wir sollten uns einen Platz für die Nacht suchen und im Auto schlafen.«

Sie gähnte. »Schlafen klingt gut.«

Die nächste Abfahrt führte uns auf eine Landstraße durch Maisfelder, die auf Kniehöhe abgesäbelt worden waren.

Flaches Land. Wirklich verdammt flach.

Ich war auf der Suche nach einem einigermaßen versteckten Plätzchen. Rund um eine kleine Farm an der Straße standen hohe Bäume, die den Wind abhalten sollten, aber ich wollte nicht zu nah an irgendwelche Häuser heranfahren. Die Bewohner würden nur denken, dass wir irgendetwas von ihnen wollten.

Wohin?

Die anderen schliefen alle.

Also fuhr ich weiter. Irgendwann tauchte eine weitere Farm auf – und ein Stück dahinter zweigte ein Schotterweg ab, eine Zufahrtsstraße, die zwischen ein paar Bäumen hindurchführte.

Ich bog auf den Weg ein und ließ den Wagen auf dem Gras zwischen zwei Kiefern ausrollen.

Niemand wachte auf.

Die drei waren k.o. – einer, weil er besoffen war, die andere, weil sie schwanger war, und die Dritte, weil sie vier Stunden lang in den Kofferraum gesperrt gewesen war. Ich war heilfroh, dass Astrid die Kleine gehört hatte.

Ich stieg aus.

Draußen war es vollkommen still.

Zur Sicherheit nahm ich Schutzanzug und Kopfbedeckung mit. Sollte es brenzlig werden, würde mich der Pfeifton rechtzeitig warnen. Ich müsste nur schnell in den Anzug schlüpfen.

Ein Käuzchen krähte irgendetwas durch die Nacht. In der kühlen Luft roch es penetrant nach Kiefer.

Manchmal gab es kurze Augenblicke, in denen einem die eigenen fünf Sinne ein schönes Lügenmärchen erzählten. Dann konnte man die Katastrophe für ein paar Sekunden vergessen und nur noch die frische Landluft einatmen.

Ich setzte mich an einen der großen Bäume.

Einige Minuten später kam Astrid dazu.

»Glaubst du, die Luft ist okay?«, fragte sie.

Ich hielt meine Atemmaske hoch. »Nur für alle Fälle.«

Sie holte ihren Schutzanzug von der Rückbank, kam wieder zurück und hockte sich neben mich.

»Ist mit Rinée alles in Or…«

Astrid brachte mich mit einem Kuss zum Schweigen.

Der Mond leuchtete, ihre Hände strichen über mein Gesicht, und sie küsste mich ganz sanft. Dieser Kuss war ihre Art, sich zu entschuldigen.

Mein Blick versank in ihren großen Augen, ihren rosaroten Lippen, in der flachen Mulde zwischen ihrem Hals und ihrem Brustkorb.

»Wirklich toll, wie du dich heute um die Kleine gekümmert hast«, sagte Astrid.

»Wie geht es dir? Hattest du noch Krämpfe?«

Sie schüttelte den Kopf. »Bin bloß ein bisschen müde.«

Dann lehnte sie sich an mich, und wir blickten zu zweit in den dunklen Himmel.

»Erinnerst du dich an den Ultraschall?«, meinte sie. »Als du gesagt hast ›Da ist ein richtiges Baby drin‹?«

»Ja.«

»Das spüre ich die ganze Zeit. Aber ich kann es trotzdem nicht glauben – dass in mir drin, unter meiner Haut, ein echtes Baby wächst. Ein richtiger kleiner Mensch. Und irgendwann kommt es raus, und ich bin eine richtige Mom. Das ist immer noch so unwirklich.«

»Du wirst eine tolle Mom sein.« Ich klang wie ein wandelndes Klischee.

»Abwarten!« Astrid lachte. »Aber du wirst ein toller Dad sein, das steht jetzt schon fest.«

Ich schloss die Augen.

Astrid sah uns drei als Familie. Als richtige Familie.

Das musste ich mir merken. Daran musste ich mich festhalten, wenn Jakes Verhalten mich das nächste Mal zum Berserker werden ließ.

»Hast du dir noch Namen ausgedacht?«, fragte ich.

Astrid verriet niemandem, weder Jake noch mir noch sonst wem, welche Namen sie für das Kind auf der Liste hatte.

»Wenn's ein Junge wird … Ferdinand.« Sie verzog keine Miene. »Oder vielleicht Algernon.«

»Das klingt doch nett. Dann können wir ihn Alge nennen.«

Wir lachten beide, über uns ein Dach aus Kiefernzweigen und noch weiter oben die Sterne.

VIERUNDZWANZIGSTES KAPITEL
JOSIE

Ich will die Kids überreden, im Zimmer der dürren Mutter zu übernachten, aber sie weigern sich strikt.

»Wir können kämpfen!«, ruft Freddy und wippt auf den Zehenspitzen auf und ab. »Wir sind auch Nuller, genau wie du!«

»Nein, nicht wie ich«, erwidere ich. »Und das werdet ihr hoffentlich auch nie sein.«

»Aber du gehörst zu uns und deshalb müssen wir dich verteidigen«, sagt er. »Wir halten doch immer zusammen!«

»Stimmt schon.« Ich verstrubbele ihm das Haar.

Mit vereinten Kräften türmen wir Möbel vor die Tür.

Zuerst schieben wir das große Einzelbett dagegen – das ist aus massivem Holz und daher schwerer als die Stockbetten, die nur aus irgendeinem Blech sind.

Danach hieven wir die beiden Kommoden oben drauf.

In jedem Doppelzimmer stehen zwei identische Kommoden, Pressspan mit Birkenfurnier. Unsere sind so gut wie leer. Keiner von uns besitzt Klamotten zum Wechseln.

Nur in der untersten Schublade der einen Kommode klappert ein altes Paar Herrenschuhe. Mario hat es aufgehoben, damit er etwas zum Tauschen hat, falls es mal richtig schlimm wird. Vor allem in Sachen Ernährung.

Ich weiß, dass in der Schublade außerdem ein Dutzend Zuckertütchen und ein Salzstreuer liegen, den Mario an unserem ersten Tag im Lager aus der Plaza 900 stibitzt hat. Alles potenzielle Tauschware.

Zum Schluss hocke ich mich selber auf die schmale freie Kante des Betts, um unsere lächerliche Barrikade zusätzlich durch mein Körpergewicht zu verstärken.

Als der Lautsprecher auf dem Gang läutet und das Licht ausgeht, wissen wir, dass es neun Uhr ist.

Lori versucht, die Kleinen in das andere Zimmer zu bugsieren und dort in die Stockbetten zu stecken.

»Kommt schon, Leute«, schimpft sie. »Ihr wisst doch, was Mario sagen würde, wenn er hier wäre – dass ihr ins Bett gehen sollt!«

»Aber ich bin gar nicht müde«, sagt Heather.

»Du glaubst doch selber nicht, dass wir jetzt ins Bett gehen!«, ruft Freddy.

Als Lori versucht, ihn an der Schulter zu packen, weicht er ihr aus.

Ich komme ihr zur Hilfe. »Es ist Schlafenszeit, Leute!«

»Nein«, erwidert Freddy. »Ich bleibe auf und kämpfe!«

Aidan nickt. »Ich auch. Das bin ich dir schuldig. Wegen mir hast du doch Ärger mit Venger gekriegt.«

»Du bist mir gar nichts schuldig, Aidan. Venger hatte es von Anfang an auf mich abgesehen. Der hat nur auf eine passende Gelegenheit gewartet.«

»Aber ich gehe trotzdem nicht ins Bett und das ist mein letztes Wort!«

»Genau! Wir gehen alle nicht ins Bett!«

»Na gut«, sagt Lori. »Dann bleibt ihr eben auf. Ist mir doch egal.« Sie stapft zum Fenster und blickt in den neonlichtgetränkten Nachthimmel über dem Internierungslager.

Ich kratze mich am Kopf. »Hab ich euch eigentlich schon von Mrs. Wooly erzählt?«

Aidan mustert mich kritisch, als wollte ich ihn irgendwie verschaukeln. »Mrs. Wooly? Wer soll das sein?«

»Mrs. Wooly ist ein voll doofer Name!«, ruft Freddy, der immer noch auf den Fußspitzen wippt.

»Ich mache euch ein Angebot«, sage ich. »Wenn ihr ins Bett geht …«

Ein lautes Geplärr bricht über mich herein: »Nein! Niemals!«

»Wenn ihr ins Bett geht, erzähle ich euch von ihr.«

Alle drei verschränken die Arme. Alle drei starren mich unwillig an.

»Jetzt seid doch vernünftig«, fahre ich fort. »Ihr werdet den Kampf sowieso nicht verschlafen. Wenn die Gewerkschafter kommen, kriegen wir das schon alle mit. Aber es ist doch so kalt hier. Heather zittert schon richtig!«

Das ist nicht übertrieben.

Seit der Winter näher kommt, rauschen die Temperaturen in den Keller, sobald die Sonne weg ist. Sollten wir die Nacht überleben, werde ich morgen versuchen, die Männerschuhe gegen weitere Decken einzutauschen.

Viele Gefangene tragen ihre Decken neuerdings tagsüber um die Schultern wie Umhänge. Bisher wehren sich die Jungs dagegen, aber ich schätze, bald wird die Kälte gegen ihren Stolz siegen.

»Geht ins Bett«, sage ich. »Da habt ihr es schön warm.«

Und sie gehen ins Bett.

Aidan und Freddy klettern auf das obere Bett, Heather legt sich in das untere. Obwohl Lori anzumerken ist, dass sie kein Auge zutun wird, kuschelt sie sich zu Heather, um die Kleine zu wärmen.

»Mrs. Wooly!«, ruft Freddy. »Was ist das denn für ein Doofname!«

»Du nimmst mir die ganze Decke weg«, beschwert Aidan sich.

Ich stehe auf und wickle die beiden ordentlich ein.

Vier große, ängstliche Augenpaare blinzeln mich aus dem Stockbett an.

Ich setze mich auf den Boden.

»Am Tag vor dem Erdbeben und dem Giftgas bin ich wie immer mit dem Highschoolbus zur Schule gefahren. Ich saß neben meiner Freundin Trish, wir haben uns unterhalten … ich glaube, wir wollten einen Kuchenbasar veranstalten, um Geld für die Einwanderungsreform zu sammeln. Dann fing es an zu hageln – aber es war kein normaler Hagel. Es waren Riesenhagelkörner, Monsterhagelkörner. Manche waren größer als ein Baseball! Es hörte sich an, als würde eine Kanone auf unseren Bus feuern. Und Mr. Reed, unser Busfahrer, gab Gas und verlor die Kontrolle. Wir hatten einen schlimmen Unfall.«

Ich erinnerte mich an den Eisgestank in der Luft und an das viele Blut.

»Am Schluss lag der Bus auf der Seite, mitten auf dem Parkplatz eines Greenway.«

»Bei uns in Castle Rock gibt es auch einen Greenway!«, sagt Aidan.

Ich nicke. »Genau, und jetzt taucht Mrs. Wooly auf. Mrs. Wooly hat nämlich einen anderen Bus gefahren, der gleich hinter uns kam, den mit den Kids, die in die Grundschule und in die Mittelschule gingen. Also auch ganz Kleine, Fünfjährige und so. Und Mrs. Wooly hatte die Kinder alle sehr lieb. Das hat man ihr nicht gleich angemerkt, weil sie sehr ruppig sein konnte, aber sie hätte alles getan, um ihre Kids zu beschützen.«

Heather nimmt den Daumen aus dem Mund. »So ähnlich wie Onkel Mario?«

Hat sie immer schon Daumen gelutscht? Ich bin mir nicht sicher.

»Ja, so ähnlich wie Mario, nur viel jünger. Okay … der Hagel hat also die Busfenster zerschlagen, und Mrs. Wooly hatte

Angst, dass er ihre Kids verletzen könnte. Und da hat sie etwas ganz Verrücktes gemacht.«

Kein Pieps aus dem Stockbett. Ich habe mein Publikum im Griff.

»Sie ist mit dem Bus durch die Glastür des Greenway gefahren! Aber ich, ich war ja noch in dem anderen Bus, der draußen auf dem Parkplatz auf der Seite lag, sodass der Hagel durch die Fenster auf uns drauf geprasselt ist. Ein Hagelkorn hat mich am Kopf getroffen, davon habe ich die Narbe hier.« Meine Fingerspitze fährt über die dunkle Scharte. Die Delle ist immer noch deutlich zu spüren. »Mrs. Wooly scheuchte ihre Kids aus dem Bus und befahl ihnen, im Laden zu warten, denn da war es sicher. Doch inzwischen hatte der Motor von unserem Bus Feuer gefangen! Er konnte jeden Moment in die Luft gehen, und dann wären wir alle tot.«

Ein vierstimmiges Schnaufen aus dem Stockbett. Das aufgeregte Rascheln unruhiger Arme und Beine.

»Aber Mrs. Wooly hat schnell den Rückwärtsgang eingelegt und ist wieder raus auf den Parkplatz gefahren. Sie hat sich eine Axt genommen und damit unseren Notausgang kaputtgehackt. Und dann hat sie uns da rausgeholt.«

Ich mache eine Pause. Nicht um die Dramatik zu steigern, sondern weil ich mich erinnere, wie Niko mich durch den Gang geschleift und getragen hat.

Und wie Astrid mich im Bus in den Armen gehalten hat. Als wäre ich ein Baby.

Ich glaube, ich habe mich nie bei ihr bedankt, dass sie sich damals um mich gekümmert hat. Jetzt ist es natürlich zu spät. Viel zu spät.

»Und was ist dann passiert?«, fragt Heather.

»Ist euer Bus explodiert?«

»Ja.« Ich schüttele den Kopf, um die wirren Erinnerungen

zu vertreiben. »Mrs. Wooly hat uns zurück zum Laden gefahren, und noch bevor wir drin waren, ist unser Bus in die Luft gegangen. Sie hat uns allen das Leben gerettet. Das ist mal sicher.«

»Wow«, haucht Heather.

»Im Greenway hatten wir es dann sehr gemütlich. Es gab alles Mögliche zu essen, und das Licht und die Heizung gingen auch noch. Und stellt euch vor – wir konnten uns so viele Klamotten aussuchen, wie wir wollten!«

»Unglaublich«, sagt Lori. »Im Moment würde mir schon frische Unterwäsche reichen …«

»Und Spielsachen?«, fragt Aidan. »Gab es da auch Spielsachen?«

»Es gab eine ganze Spielzeugabteilung! Und lauter Süßigkeitenregale!«

Da haben die vier keine weiteren Fragen mehr. Ich schaue ihnen zu, wie sie sich in schönen Träumen über einen sicheren Ort voller Spielzeug und Süßigkeiten verlieren.

Im Greenway habe ich absurde Geschichten über Mrs. Woolys Rückkehr in einem gepimpten Schulbus erzählt, und die Kleinen haben darüber fantasiert, ihre Eltern wiederzusehen und ihr altes Leben weiterzuleben.

Hier in den *Tugenden* habe ich ihnen die wahre Geschichte von Mrs. Woolys Heldentat erzählt, und nun fantasieren die Kids über unsere Zeit im Greenway.

Schon erstaunlich.

Mein Märchen aus dem echten Leben fasziniert die Kleinen so sehr, dass sie einer nach dem anderen einnicken.

Ich gehe ins vordere Zimmer und hocke mich wieder auf die Bettkante vor der Tür.

Etwa eine halbe Stunde später kommt Lori rüber und setzt sich zu mir.

»Glaubst du, Mario wird wieder gesund?«, fragt sie.

Ich zucke mit den Schultern. »Er ist zäh. Aber alt.«

»Und was wird aus uns? Was denkst du?«

»Bitte«, sage ich. »Lass das.«

»Was? Was soll ich lassen? Soll ich nicht mit dir reden? Soll ich nicht versuchen, mich mit dir anzufreunden? Gott, was hast du denn immer!?«

Ich lege den Zeigefinger auf die Lippen. Wenn sie so weitermacht, weckt sie noch die Kleinen.

»Du denkst, für dich ist das alles viel schlimmer als für uns«, meint Lori. »Du hältst dich für was Besseres.«

Ich lache.

Wie kann man nur so weit danebenliegen?

»Willst du gar nichts dazu sagen?«, bohrt sie nach.

»Geh schlafen, Lori.«

»Hättest du mich gestern mit den Jungs machen lassen, würden wir jetzt nicht hier sitzen. Ich hätte getan, was ich tun muss.«

»Hattest du Lust, mit den Jungs zu schlafen?«

Sie weicht meinem Blick aus, steht auf und stellt sich mit verschränkten Armen vor das Fenster. Im unwirklichen Schimmern der Flutlichter tritt ihre Gänsehaut bläulich hervor. Ihr muss kalt sein.

»Nein«, sagt sie. »Aber ich würde es hinkriegen. Damit uns nichts passiert. Wäre doch kein Weltuntergang.«

»Hmmm. Das kannst du nicht wissen. Für dich wäre es vielleicht ein Weltuntergang. Man darf nicht zu viele Opfer bringen.«

»Manchmal muss man eben Sachen machen, die man nicht will. Wenn es was nützt, ist es schon okay.«

»Nicht immer. Man kann auch zu viel opfern. Glaub mir.«

Lori will mich immer noch nicht ansehen. »Ich würde töten, um unsere Kids zu beschützen.«

»Ich habe getötet, um meine Kids zu beschützen.«

Und wie ein Film, der auf die kahle Rigipswand des schäbigen Doppelzimmers projiziert wird, taucht Robbie vor mir auf, die Pistole auf das Ende eines halbdunklen Supermarktgangs gerichtet – auf Niko.

Oder der wahnsinnige Nuller-Soldat, wie er auf Max zurast.

Was für ein himmlisches Gefühl es war, mir die Gasmaske vom Gesicht zu reißen und tief einzuatmen, bis ich voller Zorn und Gier war. Mit was für einer Leichtigkeit ich seinen Schädel zerschlagen habe.

Oder der Vater des Jungen.

Der Vater, der eine hinterhältige Falle gestellt hatte. Und meine Freunde waren hineingetappt.

Meine kleinen Engel. Mein treuer Freund Niko. Meine neue, alte Familie. Alle saßen sie in der Grube fest, und dieser Daddy leuchtete mit seiner Taschenlampe in die Tiefe und grübelte, ob er sie am Leben lassen sollte oder nicht.

Ich habe ihm die Zähne in den Hals gerammt wie ein Vampir und ein Stück Fleisch herausgebissen. Ich habe ihn langsam verbluten lassen, unter einem schmutzigen Himmel ohne Sterne.

Und es hat mir Spaß gemacht.

Lori kommt zu mir, stellt sich neben mich und legt mir den Arm um die Schultern.

Habe ich mir meine Gefühle anmerken lassen?

Haben sich die Bilder meiner Erinnerungen in meinen Augen gespiegelt?

Um Mitternacht kommen sie.

Zuerst rüttelt eine Hand an der Klinke.

Sehr witzig. Als wären wir so blöd, die Tür versehentlich nicht abzuschließen.

Dann hören wir, wie ein Finger auf dem Nummernfeld herumtippt.

Lori und ich sehen uns an.

Wenn sie den Code wissen, war's das.

Rüttel, rüttel, rüttel.

Nein. Sie wissen den Code nicht.

»Hallo?«, trällert eine Stimme. »Wer zu Hause?«

Irgendwer kichert. Dann ein Ächzen, als hätte ihm ein anderer den Ellenbogen in den Bauch gerammt.

Klopf, klopf.

»Wir wollen Josie besuchen«, sagt dieselbe Stimme. Das dürfte Carlo sein.

Und auf einmal: *WUMM!* Sie versuchen, die Tür einzutreten.

»Lasst uns in Ruhe!«, kreischt Lori.

Mittlerweile sind die Kleinen aufgewacht. Sie stehen in der Tür zum anderen Zimmer und beobachten uns.

WUMM, WUMM! Wieder treten sie gegen die Tür.

Das Bett bebt, die Kommoden klappern.

»Mann, Jojo«, sagt Carlo in seinem einschmeichelnden Singsang. »Wir wollen doch nur reden. Das war gar nicht nett, was du gestern mit Brett und Juani gemacht hast.«

»Haut ab!«, rufe ich. »Ich komm nicht raus.«

»Du hast die beiden ziemlich übel fertiggemacht!«, sagt ein anderer.

»Lasst die Kids in Ruhe!«, schreit eine schrille Frauenstimme – die dürre Mutter? »Wir wissen alle, wer ihr seid! Ihr habt hier nichts zu suchen. Wir sagen's den Wachen!«

»Wir sagen's den Wachen!« Einer der Typen äfft sie nach.

»Wem denn? Venger? Was denkt ihr, wer uns hier raufgelassen hat?«

»Und alle, die der Kleinen helfen, kriegen auch noch ihr Fett weg!«, brüllt ein anderer. »Habt ihr das noch nicht kapiert?«

Wir hören, wie die Typen mit der flachen Hand auf andere Türen im Gang hämmern.

»Lasst das Mädchen in Frieden!«, ruft eine weitere Stimme.

»Zimmer drei-null-vier. Schreib's auf, Ray«, befiehlt Carlo so laut, dass es der ganze Flur hören muss.

BUMM. BUMM. BUMM. Jetzt bearbeiten sie unsere Tür mit irgendwas anderem, vielleicht mit einer Kette. Beim Schloss gibt das Metall bereits leicht nach.

Ich stemme mich mit all meiner Kraft gegen das Bett.

Bei jedem Schlag mit der Kette zittert die Barrikade. Aber noch hält das Schloss.

Lori hilft mir. Die Kids rennen zu uns und machen mit.

Und die Gewerkschafter kommen nicht rein.

Irgendwann geben sie es auf.

In der plötzlichen Stille klingeln mir die Ohren.

Ein höfliches Klopfen an der Tür.

»Josie?«

Carlos Stimme.

»Was?«, frage ich.

»Die Tür scheint fest verriegelt zu sein. Aber wir sehen uns ja morgen.«

FÜNFUNDZWANZIGSTES KAPITEL
DEAN

Die Nacht verbrachten wir im Wagen.

Rinée lag in Astrids Armen auf der Rückbank. Ich kippte meinen Fahrersitz möglichst weit nach hinten.

Jake hing schief auf dem Beifahrersitz und schnarchte wie ein Walross. Sein Schädel war seitlich gegen das Fenster gesunken.

Wäre ich nicht todmüde gewesen, hätte er mich die komplette Nacht wachgehalten.

Rinées Heulen weckte uns alle auf.

»Schhhhh«, machte Astrid. »Das wird schon wieder.« Doch das Mädchen war untröstlich.

»Safttüten sind alle«, sagte ich, während ich den Wagen nach einer Süßigkeit für die Kleine durchforstete. Nach irgendwas, was sie schnellstens beruhigen könnte. Ich fühlte mich, als wären meine Nerven die ganze Nacht lang mit einem Sägemesser angeritzt worden, und wenn ich Rinée noch ein paar Sekunden beim Heulen – oder mittlerweile eher Kreischen – zuhören müsste, würden sie endgültig zerreißen.

»Wie wär's mit einem Protein-Shake?«, fragte Jake.

Wir probierten es, aber darauf hatte Rinée keine Lust.

»Komm, Schätzchen, wir machen einen Spaziergang.« Als Astrid die Tür aufstieß, plärrte Rinée noch lauter und versuchte, sich aus ihren Armen zu winden. Aus Verzweiflung stellte Astrid sie auf den Boden.

Die Kleine stürmte davon.

»Soll ich gehen?«, fragte ich.

Astrid nickte.

Ihre Augenringe machten mir langsam ernsthaft Sorgen. Sie hatte ganz offensichtlich nicht die erholsamste Nacht ihres Lebens hinter sich, aber das war nur logisch. Sie musste sich mit einem zweiundzwanzig Monate jungen Mädchen auf die Rückbank eines Mazda quetschen.

Ich folgte Rinée auf ihren planlosen Wanderungen durch die Bäume. Es war kühl. Nein, es war arschkalt.

»Rinée!«, rief ich. »Komm, wir holen dir eine Decke! Komm schon! Du frierst doch bestimmt!«

Ich versuchte, sie hochzuheben.

Sie lachte und rannte weg.

Na gut, dann spielten wir eben Fangen. Mir war alles recht. Alles, nur kein Geschrei mehr.

Ausnahmsweise hätte ich gerne eine Tasse Kaffee getrunken, auch wenn ich den Geschmack nicht abkonnte. Ich brauchte irgendetwas, um mein Gehirn anzuschmeißen.

Irgendwann ließ Rinée sich absichtlich erwischen, und als ich ihr in den Nacken prustete, kicherte sie laut.

Da stellte ich fest, dass sie nass war. Sehr, sehr nass.

Ich ging zurück zum Wagen und sah, dass der Kofferraum offen stand.

Jakes Augen spähten über den oberen Rand hinweg – und verschwanden wieder, als er mich entdeckte.

Als ich näher kam, schlug er die Klappe zu. »Hier, das war hinten drin!« Er hielt eine Tüte Tierkekse hoch. »Ich dachte, ich schau mal, ob ich irgendwas für die Kleine finde …«

Doch die andere Hand verbarg er ungeschickt hinter dem Rücken, und in dieser Hand hielt er einen Protein-Shake.

Offenbar registrierte er, wie meine Augen zu der Plastikflasche zuckten. »Mein Frühstück. Schmeckt irgendwie genau wie das Abendessen von gestern.« Er grinste.

Ich lächelte und nickte. Jakes Hobbys gingen mich nichts an. Wegen mir konnte er den ganzen Tag heimlich Whisky saufen. Ich musste ihn nicht verpetzen. Ich musste ihm nicht mal böse sein.

»Wo ist Astrid?«, fragte ich.

»Die musste mal.«

Als Astrid zurückkehrte, wechselte sie zuallererst Rinées Windel. (Das würde ich mir bald von ihr beibringen lassen müssen. Würg.) Dann ging es zurück auf die Straße.

Ich fuhr, während Astrid versuchte, Rinée bei Laune zu halten, und Jake an seinem Whiskey-Shake nuckelte.

Es war eine merkwürdige Situation: Jake tat superheimlich rum, doch außer Rinée wusste jeder, was er machte. Zwischen uns dreien hing eine riesige Lüge in der Luft, aber alle hielten den Mund.

Es hing wirklich was in der Luft – ich roch den Alkohol, und Astrid roch ihn zweifellos auch.

Währenddessen erzählte Jake uns von seinem Leben in Texas, bevor er nach Monument gezogen war, von Football-Finalspielen und Hamburger-Grillabenden, die die Sponsoren für die Mannschaft geschmissen hatten.

Zum Frühstück gab es kalte Sandwiches von einer Tankstelle – für 42 Dollar. Unser Geld ging schnell weg.

Eine Zeit lang machte ich mir Hoffnungen, dass Rinées Dad uns irgendeine Belohnung geben würde, wenn wir seine Tochter bei ihm ablieferten. Auf der anderen Seite könnte er leicht auf die Idee kommen, wir hätten sie entführt. Keine Ahnung, ob er uns die Geschichte mit dem Kofferraum abnehmen würde.

Jake laberte und laberte. Astrid lachte über seine selbstherrlichen Storys.

Nur ich war nicht in der Stimmung.

Ich dachte schon an Vinita. Ich erinnerte mich an alles, was wir dort erlebt hatten, und fragte mich, was uns diesmal erwartete.

In Vinita fuhr ich erst mal zur Tankstelle, um mich von dort aus zu Rinées Zuhause durchzuhangeln.

Obwohl die Explosion schon vierundzwanzig Stunden zurücklag, rauchten die verkohlten Zapfsäulen noch. Hätte ich angehalten, hätten wir sicher Rocco Caputos blutiges, lang ausgestrecktes Skelett bewundern können, aber irgendwie war mir nicht danach.

Der größte Unterschied zu gestern war, dass die Gaswehe spurlos verschwunden war. Keine schwarzen Partikel in der Luft, keine huschenden Schatten am Boden.

Ich dachte immer wieder an einen Augenzeugenbericht über eine Gaswehe, den ich in Quilchena in einer zerfledderten Ausgabe des *National Enquirer* gelesen hatte.

Auch wenn der *National Enquirer* das letzte Quatschblättchen war, passte die Schilderung des Zeugen haargenau zu unseren eigenen Erlebnissen. Doch damals konnte ich den Artikel nicht ernst nehmen.

Direkt daneben wurde verkündet, der Megatsunami wäre von Außerirdischen in einem erdkrustenschmelzenden U-Boot verursacht worden.

In dem Gaswehen-Artikel wurde gemutmaßt, dass sich die magnetische Blackout-Wolke mit dem Blutgruppen-Giftgas verbunden hätte. Die Aerosolbomben, die die Chemikalien und die Wolke zerstören sollten, hätten beides miteinander verschweißt, und so wären die Wehen entstanden.

Die »Körnchen« an unseren Scheiben waren exakt quadratisch gewesen. Alex hatte mir erklärt, dass die Blackout-Wolke aus winzigen, fliegenden Magneten bestand – und irgendeine Kraft musste die Partikel der Wehen doch zusammenhalten, sonst würde es sie auseinandertreiben. Jetzt ergab das alles einen Sinn.

Ich wünschte, ich könnte mit Alex darüber reden.

Als ich in Rinées Straße einbog, verdüsterte sich die Stimmung im Auto. Nur die Kleine bekam nichts davon mit – in einer Tasche an der Rückenlehne hatte Astrid einen Schnuller aufgetrieben, und obwohl mir das Ding ziemlich klein vorkam (gibt es eigentlich unterschiedliche Schnullergrößen?), war Rinée hocherfreut und nuckelte sich augenblicklich ins Reich der Träume.

Einige Häuser in der Straße sahen aus, als wäre nichts gewesen. Andere sahen aus, als hätte in der Stadt ein Tornado gewütet: eingeschlagene Fenster, haufenweise Klamotten und Müll im Vorgarten. Halb auf dem Gehsteig, halb auf der Fahrbahn stand ein Auto mit eingedrücktem Kofferraum.

»Das geht doch nicht«, lallte Jake, der inzwischen hackedicht war. »Dass die Regierung die Leute nicht warnt. Das können die doch nicht machen!«

»Ja, ja. Wir haben's mitgekriegt, Jake«, sagte Astrid.

Sie wusste von dem Whisky. Sie musste es doch wissen.

In gemächlichem Tempo rollten wir durch die Straße.

»Wenn er zu Hause ist, setzen wir die Kleine einfach ab und fahren wieder«, meinte Astrid.

»Und wenn er nicht zu Hause ist?«, fragte ich.

»Wenn er nicht zu Hause ist … keine Ahnung.«

Da war es. Rinées Zuhause. Ich bremste und stellte den Motor ab.

Keine Leiche auf der Straße.

Dafür Blutflecken auf dem Gehsteig und auf dem trockenen Rasen des Vorgartens.

Aber eben keine Leiche.

Stattdessen eine Blutspur.

In meiner Kehle stieg ein Geräusch auf – eine Art Ächzen. Ein instinktiver Laut, der nach Angst und Leid klang.

Astrid fasste mich an der Schulter. »Du musst da nicht allein rausgehen.«

»Natürlich nicht!«, rief Jake und versuchte, die Tür zu öffnen, doch seine Hand verfehlte den Griff. »Wir sind doch ein Team. Ich und der Booker!«

Booker! Mein alter Spitzname. Booker bedeutete so viel wie »Nerd« und gleichzeitig »politisch links«, so wie Präsident Booker.

Aber Jake war dermaßen breit, dass er nicht mal die Tür aufbekam.

»Lass mal«, sagte ich und tätschelte ihm die Schulter. »Ich mach das schon.«

Ich zog meinen Schutzanzug hoch, kramte meine Kopfbedeckung hervor und setzte sie auf.

Astrid beugte sich rüber und half mir mit dem Reißverschluss, bevor sie sich das Mundstück ihres eigenen Luftfilters zwischen die Lippen schob. Nur zur Sicherheit.

Die Luft machte einen klaren, frischen Eindruck, aber man konnte ja nie wissen.

Jake legte das Gesicht in die Hände. »Sorry, Leute«, murmelte er. »Mein Magen spinnt grad irgendwie rum …«

»Kein Ding, Jake«, sagte ich. »Ist schon in Ordnung.«

Und ich fand es wirklich in Ordnung. Ich hatte es mir abgewöhnt, über ihn zu urteilen.

Die Pistole des Truckers hatte ich unter dem Sitz verstaut. Mit zitternden Fingern holte ich sie hervor.

Rinée fing an zu heulen. Vielleicht machten ihr die Kopfbedeckungen Angst, oder sie ließ sich einfach von der allgemeinen Stimmung runterziehen.

Ich öffnete die Tür.

Kein warnender Pfeifton. Kein rotes Licht am Kragen.

»So weit, so gut«, sagte ich.

Ich nahm die Kopfbedeckung ab und warf sie ins Auto.

Dann ging ich zum Gehsteig. Ich achtete darauf, nicht auf das Blut von Rinées Mutter zu treten.

Die trockene, rotbraune Spur führte zum Nachbarhaus. Dorthin hatte der Mörder sie also geschleift.

Ich lief zu Rinées Zuhause und klopfte an. Keine Reaktion. Aber die Tür war nicht abgesperrt.

»Hallo?«, rief ich. »Ich bin Dean! Wir … wir haben auf Ihre Tochter aufgepasst. Wir wollen sie zurückbringen!«

Immer noch keine Reaktion.

Eine Weile stand ich bloß da und starrte vor mich hin. Dann musste ich das Haus wohl durchsuchen, was? Ich musste es nach Rinées Dad durchsuchen, der entweder tot war oder in irgendeinem Versteck hockte.

Ich checkte jedes einzelne Zimmer. Den Keller und alle Schränke. Niemand zu Hause.

Hinter der Haustür herrschte dasselbe Chaos wie im Kopf der Mutter, kurz bevor sie abgeschlachtet worden war. Überall lag irgendwelches Zeug herum, zum Beispiel … Moment mal. War das eine Plastiktüte voller Geld?

Ich hob sie auf. Es war eine pralle Tüte mit Ein- und Fünfdollarnoten und Münzen. Ohne zu zögern, steckte ich sie ein. Wir brauchten die Kohle.

Zurück am Wagen, schüttelte ich einfach den Kopf.

»Scheiße«, sagte Astrid.

»Dann fahren wir halt nach Texas«, meinte Jake. »Wir lassen

dem Typen einen Zettel mit der Adresse meiner Mom da und fahren.«

»Nein«, erwiderte ich. »Wir sollten hierbleiben. Die Luft ist wieder sicher, und Rinées Dad könnte jeden Moment zurückkommen. Da drinnen ist er auf jeden Fall nicht. Wir sollten hierbleiben und warten.«

Astrid schloss die Augen und nickte. Ihre Hände ruhten auf ihrem Bauch, als hätte sie kaum noch Kraft, sich zu bewegen. Sie brauchte dringend ein, zwei Tage Ruhe.

»Aber vorher muss ich noch was erledigen. Nur damit wir keine unangenehmen Überraschungen erleben«, sagte ich. »Ich muss der Spur folgen.«

SECHSUNDZWANZIGSTES KAPITEL
JOSIE

Nach einiger Zeit sind wir uns sicher, dass die Männer weg sind. Lori geht wieder ins andere Zimmer und legt sich zu Heather.

Ich hieve eine der Kommoden vom Bett, rolle mich am Fußende zusammen und versuche zu schlafen. Aber ich schlafe weder besonders lang noch besonders tief. Sie könnten jederzeit zurückkommen.

Als ich aufwache, nimmt der Himmel seine übliche schlammgraue Farbe an. Die Sonne müht sich ab, unserer trostlosen Welt ein bisschen goldenes, warmes Licht zu schicken.

Wenn ich die zweite Kommode vom Bett wuchte, wecke ich nur die anderen. Stattdessen hebe ich das untere Ende des Betts an und schiebe es behutsam zur Seite.

Ich wünschte, ich hätte einen Stift, mit dem ich eine Botschaft an die Wand kritzeln könnte, oder ein Geschenk, das ich Lori hinterlassen könnte. Irgendeine Kleinigkeit, damit sie weiß, dass es mir leidtut. Damit sie begreift, dass sie mir wichtig ist, sie und die Kleinen, und dass ich gerade deswegen gehen muss.

Ohne mich haben sie noch eine Chance.

Mario wird sich erholen. Bald kann er wieder auf sie aufpassen. Dafür bete ich.

Und sollte er nicht zurückkehren – die dürre Mutter von nebenan hat ein gutes Herz. Oder die anderen Leute, die uns in der Plaza 900 zur Hilfe gekommen sind. Sie würden nicht zulassen, dass den Kleinen etwas passiert.

Auch Lori hat genug Kraft, sie zu beschützen.

Vielleicht muss sie dafür ihren Körper verkaufen, aber die Kinder werden durchkommen.

Das größte Risiko bin ich. Solange ich in ihrer Nähe bin, sind sie in Gefahr. Das weiß ich.

Deswegen werde ich fliehen. Oder beim Fluchtversuch getötet werden, eins von beidem.

Und jetzt mal ehrlich, lieber Gott – wäre das nicht eine große Erleichterung für uns alle?

Für mich auf jeden Fall.

Aber ich erlaube mir noch einen letzten Wunsch: Ich will mich von Mario verabschieden.

Die Tür zum Treppenhaus ist nicht abgeschlossen. Natürlich nicht – die Gewerkschafter haben Venger dafür bezahlt, die Tür offen zu lassen.

Ich schleiche die Treppe hinunter. Bis auf das Scharren des abgenutzten Profils meiner orthopädischen Pantoffeln ist es vollkommen still.

Gott segne dich, Marios Frau. Du hattest dieselbe Schuhgröße wie ich.

Der einzige Weg ins Freie führt wie immer durch den Männerflur. Auf dem Gang ist es feucht und stickig. Die meisten Türen sind geschlossen, doch hinter den paar offenen sind schwere Gestalten zu erkennen, die auf dem Boden oder im Bett schnarchen.

In einem Zimmer ist noch einer wach.

Ein Weißer, der allein auf dem Boden sitzt und eine Patience legt.

Als ich vorbeigehe, schreckt er hoch.

Dann scheint er mich zu erkennen.

»Viel Glück, Mädchen«, krächzt er und scheucht mich Richtung Tür.

Auf dem Weg über den Hof halte ich mich im Schatten der Wohnheime. Offiziell dürfen wir das Zimmer erst um sechs Uhr früh verlassen, zum Frühstück.

Um zu Rollins und zur Krankenstation zu gelangen, muss ich an *Gillett* und der Plaza 900 vorbei.

An einer Mauer lehnt ein Wachmann, der etwas Heißes, Dampfendes aus einem Thermobecher trinkt. Er bemerkt mich nicht.

Ich erreiche Rollins und gehe den langen Flur vor der Station hinunter, wo tagsüber die Kranken und Verletzten warten. Nun ist der Gang leer – ein seltsames Gefühl. Auf dem Boden sind hier und da Flecken zu sehen.

Ich denke lieber nicht darüber nach, wovon sie stammen könnten.

Die Tür zur Krankenstation ist natürlich sorgfältig verriegelt. Aber irgendwer muss sich um die Patienten kümmern. Irgendwer muss da sein.

Ich klopfe an das Sichtfenster in der Tür.

Nach ein paar Sekunden taucht Dr. Neman auf, die Ärztin aus dem Hof. »Wir machen um neun auf!«

Dann kneift sie die Augen zusammen und mustert mich durch die Scheibe.

Und öffnet die Tür.

»Du bist doch die, die für Venger den Boden schrubben musste?«

Ich nicke.

Sie fährt sich durch das Haar. Bestimmt denkt sie, ich wäre wegen meiner blöden Fingerknöchel hier.

»Komm rein.«

Auf der Station ist es wärmer als auf dem Flur.

»Geben die euch überhaupt was zu essen? Du bist ja nur

noch Haut und Knochen«, meint Dr. Neman. »Setz dich, dann schauen wir uns deine Hände an. Übrigens ganz schön mutig von dir, vor dem Morgenläuten rauszugehen. Wenn Venger dich erwischt, hat er einen tollen Grund, dich noch mal zu bestrafen.«

»Meinen Knöcheln geht's gut. Ich war gestern schon bei Dr. Quarropas.«

»Ach so. Aber dann … was machst du dann hier?« Sie klingt müde und genervt.

»Ich muss mit einem Ihrer Patienten reden. Mr. Scietto. Das ist ein Freund von mir.«

Dr. Nemans Kiefer verkrampfen sich, als wäre sie langsam richtig angepisst. »Du willst bloß jemanden besuchen?«

»Bitte«, sage ich. »Ich habe Stress mit den Gewerkschaftern. Deshalb musste ich jetzt sofort kommen, bevor sie mich finden …«

Sie wirft die Hände hoch, als wollte sie kein Wort mehr darüber hören.

Als sie ihr Tablet in die Hand nimmt, leuchtet der Bildschirm auf. Sie geht eine Liste durch. »Dein Mr. Scietto ist nicht mehr hier.«

»Wie bitte?«

»Du meinst doch Mario Scietto? Der wurde gestern Abend entlassen.«

»Aber …«

Ich dränge mich an ihr vorbei. Das muss eine Verwechslung sein.

»Der Mann ist nicht mehr hier!«, ruft sie mir hinterher.

Ich werfe einen Blick in das Zimmer an der Seite – auf das Bett, in das ich Mario eigenhändig gelegt habe.

Sie sagt die Wahrheit.

Mario ist nicht mehr da.

In seinem Bett liegt der Gewerkschafter mit dem Mopsgesicht. Der Typ, den ich zusammengeschlagen habe.

Sein Gesicht ist verbeult und geschwollen, das eine Auge völlig zugekrustet.

Auf dem Riss an seiner Nase klebt ein vierfach gefaltetes Papierhandtuch, mit Kreppband festgepappt.

Ich starre auf den Boden und weiche zurück.

»Warum haben Sie ihn entlassen?«, frage ich die Ärztin. »Er hat wahrscheinlich gebrochene Rippen. Und *wann* haben Sie ihn entlassen?«

»Tut mir wirklich leid, dass dein Freund nicht mehr da ist«, erwidert sie schroff. »Aber ich habe hier zu tun.«

»Können Sie nicht mal in seiner Akte nachsehen?«

Mit einem ungeduldigen Seufzen ruft Dr. Neman noch einmal Marios Patientenakte auf. »Dr. Quarropas hat ihn entlassen. Hier ist ein Vermerk …« Sie wischt über den Bildschirm, um die Notiz zu öffnen. »Mr. Venger hat den jungen Kerl da drin vorbeigebracht und meinem Kollegen dringend geraten, Mr. Scietto sofort zu entlassen.«

Ich kehre ihr ruckartig den Rücken zu.

»Gern geschehen«, keift Dr. Neman.

Da drehe ich mich noch einmal um. »Um welche Uhrzeit wurde er entlassen?«

»Was denn noch alles!«

»Mario ist nicht zurück aufs Zimmer gekommen, und das heißt, dass er irgendwo auf dem Campus übernachtet hat!«, rufe ich. »Sie hätten ihn nicht einfach rauswerfen dürfen. Sie haben ihn umgebracht. Sie haben ihn umgebracht!«

»Er wurde um 20.10 Uhr entlassen.«

Also als die dritte Gruppe beim Abendessen war.

Dr. Neman verzieht den Mund zu einem verbitterten Lächeln und blickt mir in die Augen. »Und wir bringen hier niemanden um«, sagt sie mit harter, zorniger Stimme. »Wir versuchen, Menschenleben zu retten, aber ihr macht es uns VERDAMMT SCHWER!«

Ich lasse sie in Ruhe.

Ich weiß, wie recht sie hat.

SIEBENUNDZWANZIGSTES KAPITEL
DEAN

Jetzt musste ich also einer Blutspur folgen. Es war keine komplizierte Aufgabe, aber es war der absolute Horror.

Der verschmierte bräunliche Streifen führte mich über die Schottereinfahrt des Nachbarhauses und die Vortreppe hinauf. An Türknauf und Türrahmen klebte ebenfalls Blut.

Ohne etwas zu sagen, stieß ich die Tür auf. Irgendwie kam ich gar nicht auf die Idee, auf mich aufmerksam zu machen.

Ich schob mich ins Haus, die Pistole beidhändig ausgestreckt, wie ein Cop im Kinofilm. Mein Herz klopfte wie wild. Die Waffe zitterte in meinen Fingern.

Ein auffällig modern eingerichtetes Haus – mit einer Blutspur, die quer durch den Flur in die Küche führte.

Auch dort lag keine Leiche. Aber alles war voller Blut. Rote Spritzer auf sämtlichen Arbeitsplatten und natürlich am Boden.

In meinem Magen rumorte es. Als mir die Galle hochkam, rannte ich aus der Hintertür und kotzte von der Veranda auf die Mülltonnen.

Es lag am Geruch. Ein fleischiger, metallischer, irgendwie faulig-süßlicher Nebel.

Und die gottverdammte Blutspur ging draußen immer noch weiter. Sie wirkte sogar breiter als zuvor. Was zur Hölle war hier passiert?

Den Blick fest auf den Boden gerichtet, marschierte ich weiter.

Ich fing sogar an zu rennen. Ich wollte es hinter mich bringen.

Die Spur endete vor einer Kellerluke – vor einer Doppeltür, die schräg in die Mauer des Hauses links von Rinées Zuhause eingelassen war. Ich hatte das Haus auf der rechten Seite betreten und durchquert, war an Rinées Zuhause vorbeigelaufen und stand nun vor dem anderen Nachbarhaus.

Ich packte die Türgriffe und riss die Luke auf.

»Hallo?«, rief eine Stimme. »Hallo?«

»Wer ist da?«, schrie ich. »Was haben Sie getan!?«

»Hier bin ich«, sagte die Stimme. »Bitte, du musst mir helfen.«

Und was ich dann sah, wird mich für den Rest meines Lebens verfolgen.

Von der Decke baumelt eine einzige nackte Glühbirne. Durch die offene Luke fällt verwaschenes Sonnenlicht.

Eine Treppe aus schmutzigen Holzplanken führt in einen Keller mit kahlen Betonwänden. An einem Werkzeugbrett hängen Zangen und Hämmer. Auf Regalbrettern an der anderen Seite stehen große Tupperboxen mit Etiketten: »Weihnachten«, »Bastelkram«. In der Mitte des Raums liegen zwei Frauenleichen. Dahinter kniet der glatzköpfige Mann und weint.

»Ich bin so froh, dass du da bist«, sagte er. »Ich glaube, ich habe die beiden Frauen hier umgebracht. Ich hatte einen ... einen Anfall oder so, und da habe ich sie umgebracht.«

Ich wollte etwas erwidern, aber mein Mund war wie ausgetrocknet.

»Ich glaube, ich habe die beiden umgebracht!«, brüllte er.

»Es ist nicht Ihre Schuld.« Endlich bekam ich ein paar Worte heraus. »Das waren die Chemikalien. Das Gas.«

»Ich habe ehrenamtlich gearbeitet. Jeden Samstag. Ich habe Kindern vorgelesen und bei den Hausaufgaben geholfen. Ich habe Suppe verteilt und hinterher die Küche geputzt. Ich wollte immer nur helfen.«

Ich musste hier weg. Weg von diesem Mann und seinem

dunklen Kellerloch. Weg von den Leichen. Jede Zelle, jede Sehne meines Körpers zerrte mich zur Tür. Weg, weg, weg.

»Ich fahre ein Hybridauto«, sagte er. »Ich habe Solarzellen auf dem Dach installiert.«

»Ich muss jetzt gehen«, sagte ich.

»Nein.« Er stemmte sich hoch, auf die Knie. »Du musst mir helfen. Bitte.«

Der Mann sprach mit leiser, eindringlicher Stimme. Keine Spur von Wahnsinn.

»Ich brauche deine Hilfe«, beteuerte er. »Ich krieg das nicht hin. Ich hab's versucht, aber ich kann es nicht.«

»Was können Sie nicht?«

»Mich umbringen.«

Ich stieß einen Fluch aus und wich zurück.

Der Mann verfolgte mich. Er schob sich auf den Knien vorwärts und schüttelte die gefalteten Hände wie ein Bettler.

Die Pistole lag schwer in meiner Hand.

»Aber ich kann so nicht weiterleben. Bitte. Du würdest mir doch einen Gefallen tun. Bitte!«

Er flehte mich heulend an.

Ich konnte es auch nicht.

Ich hatte fast keine Kraft mehr, zum Auto zurückzukehren. Als müsste ich meine Füße durch nassen Zement schleifen. Oder als wäre mein Körper bis zum Hals mit Zement gefüllt worden. Mein Herz war bleischwer, und ich war mir nicht sicher, ob dieses Gewicht jemals wieder verschwinden würde.

»Was war da hinten?«, fragte Astrid und betrachtete mich mit klaren, blauen, sorgenvollen Augen.

Da knallte es im Nachbarhaus. Ein Schuss.

»Ich habe unseren Nuller gefunden«, sagte ich.

ACHTUNDZWANZIGSTES KAPITEL
JOSIE

Denk nach, Josie. Wo könnte Mario sein? Er ist nicht nach Hause gekommen.

War er auf dem Weg zum Zimmer, und irgendwer hat ihn abgefangen?

Oder hat er angeklopft, und wir haben ihn nicht gehört?

Als Erstes renne ich zurück zu unserem Wohnheim. Mario wollte bestimmt zurück aufs Zimmer.

Er hat Schmerzen wegen seinem Arm und seinen Rippen, falls ein paar davon gebrochen sind.

Er hat schreckliches Kopfweh und einen wahnsinnigen Durst von dem Betäubungsmittel.

Ich sprinte durch den Hof. Die Sonne quält sich über den Horizont und wirft pfirsichfarbenes Licht auf das Lager.

Diesmal ist es mir egal, ob mich jemand sieht. Ich muss zu Mario.

Ich breche durch die Tür des Wohnheims.

Der Eingangsbereich ist immer noch menschenleer.

Ich renne weiter in den Männerflur. Mittlerweile sind sie aufgewacht. Ein paar kommen schon aus ihren Zimmern.

»Hey! Das ist ja 'ne Überraschung«, sagt eins der Ekelpakete, die mir neulich erfolglos aufgelauert haben.

Ich schlängele mich durch den Gang und spähe in die verschiedenen Zimmer.

Eine Hand an meinem Arm.

»Die Gewerkschaft sucht nach dir«, flüstert Patko mir ins Ohr. »Hau lieber ab.«

Ich schüttele ihn ab und schreie: »Hat irgendwer Mario gesehen? Den alten Herrn, der sich um uns kümmert?«

»Leider nein«, antwortet das Ekelpaket. »Aber wenn du willst, kümmere ich mich um dich, Hase …«

Ich haste an ihm vorbei und renne zurück in den Eingangsbereich.

Niemand zu sehen.

Wo bist du, Mario? Wo bist du hingegangen?

Zur Plaza 900? Ja, vielleicht wollte er irgendwohin, wo viele Menschen sind. Wo ihm irgendwer helfen würde. Vielleicht wollte er zu Cheryl. Oder einfach nur was trinken.

Ich laufe zur Plaza 900.

»Hey!«, schreit ein Wachmann. »Was machst du hier?«

»Sorry! Ich bin bloß auf der Suche nach einem Freund!« Ich spiele das naive, verschüchterte Mädchen. Aber ich bleibe nicht stehen.

Schwerfällig rappelt sich der Soldat auf und folgt mir – zunächst langsam, dann immer schneller, als sein massiger Körper auf Touren kommt.

Ich pralle gegen die Doppeltür der Plaza 900. Abgesperrt.

Ich hämmere dagegen.

Ein Schluchzen zerreißt mir fast die Kehle.

Mario ist schwer verletzt und ganz allein irgendwo auf dem Campus, und es ist alles meine Schuld.

Am Rand meines Blickfelds taucht der Wachmann auf. »Du hast hier draußen nichts zu suchen, Miss. Das gibt Ärger.«

»Bitte!«, flehe ich ihn an. »Er ist ein alter Mann, und sie haben ihn einfach aus der Krankenstation geschmissen, und vielleicht ist er in der Plaza.«

»Das werden wir wissen, wenn sie aufmachen, was?« Er fasst mich am Arm und schiebt mich in die Richtung der Wohnheime. »In welches gehörst du?«

»Bitte. Er ist alt und allein und schwer verletzt.«

In den Augen des Wachmanns flackert ein bisschen Menschlichkeit auf.

»Er ist ein sehr netter Herr. Bitte. Ich will doch nur nach ihm suchen.«

»*Aarrchhh.* Okay, geh schon. Ich hab dich nicht gesehen.« Der Wachmann kehrt mir den Rücken zu.

Ich lasse ihn stehen und sprinte um das Gebäude herum.

Es muss doch mehr als einen Eingang geben!?

Auf der Rückseite entdecke ich tatsächlich zwei graue Stahltüren. Eine davon steht offen.

Davor parkt ein weißer Lieferwagen.

Ein Mann in weißer Uniform holt gerade vier Packungen mit zusammengebackenen Brötchen von der Ladefläche.

Ich nicke ihm zu, als hätte ich hier irgendetwas Offizielles zu erledigen, und quetsche mich in das Gebäude.

»Hey, Miss!«, ruft der Typ.

Plötzlich stehe ich in einer riesigen Küche. Es riecht nach alter Hackfleischsoße. Auf den Theken und Fliesen glänzen ausufernde Fettflecken. Die Edelstahlarbeitsplatten sind nur zum Teil geputzt. Am Boden liegen Müll und Essensreste. Als würde das Küchenpersonal sein Bestes geben und nicht besonders weit kommen. Wie wir alle.

In der Küche ist Mario schon mal nicht, im Speisesaal auch nicht. Ich suche unter den Tischen und in allen Ecken.

Die fragenden Blicke und »Heys!« der Angestellten ignoriere ich.

Cheryl ist nirgends zu sehen, aber ich entdecke eine andere Dame, die Mario ins Herz geschlossen hat. Wie heißt sie noch mal? Josefina? Nein, irgendwie anders …

»Hast du Mario gesehen?«, frage ich sie. »Der ältere Herr, mit dem wir immer hier …«

»Nein, *m'ija*. Er verschwunden?«

Ich nicke.

Sie umarmt mich und murmelt ein paar spanische Worte, die mich wahrscheinlich trösten sollen.

Ich reiße mich los.

Ich muss ihn finden.

Mariana. So heißt die Frau.

Ich renne in den Vorraum der Plaza 900.

Dort ist er auch nicht. Er ist weder auf der Herren- noch auf der Damentoilette. Ich werfe einen Blick ins Treppenhaus. Nichts.

Irgendwer muss ihn bei sich aufgenommen haben. Er hat sich im Zimmer irgendeines netten Menschen verkrochen, und vielleicht schicken sie genau jetzt eine Nachricht an die Kids.

Ich renne über den Hof, zurück zum Wohnheim. Ja, das muss die Lösung sein.

Womöglich sitzt Mario schon wieder in unserem Zimmer, während ich kreuz und quer über den Campus hetze und vollkommen überreagiere.

Im Eingangsbereich des Wohnheims packt mich ein kahler, fetter Mann am Handgelenk. Ich erkenne ihn wieder. Das ist einer der Kerle, die mich auf dem Gang angegriffen haben.

»Dein Grandpa ist aufgetaucht, Girly.«

»Wo ist er?« Ich drehe mich einmal um die eigene Achse, bevor ich seine verschwitzte Pranke mit beiden Händen schüttele. »Bitte, sag's mir!«

»Im Damenklo.« Sein Kopf zuckt zu den Toiletten an der Seite.

»Danke!«, schreie ich und rempele ihn aus dem Weg.

Mario liegt auf dem Boden, gleich hinter der Tür unter dem Waschbecken. Mein armer Mario.

Sein Körper wirkt so klein. So verschrumpelt. Wie ein schwaches, bedrohtes Tier.

Sein Kopf liegt auf den Fliesen. Unter seinem Mund glänzt ein feuchter Fleck. Speichel und Blut.

»Mario!«, rufe ich viel zu laut. Ich zwinge mich, leise zu sprechen. »Mario, Mario …«

Es geht ihm nicht gut. Gar nicht gut.

Er braucht jetzt Ruhe, und als ich endlich still bin, höre ich seinen Atem. Das Einatmen strengt ihn an. Das Ausatmen ist noch schlimmer. Ein Pfeifen und Keuchen.

Wie konnten die ihn nur gehen lassen? Wie konnten die das machen?

Ich knie mich neben ihn.

»Mario«, murmele ich. »Mario.« Tränen fließen über meine Wangen. Ich wische sie weg und lege ihm die Hand auf die Schulter.

Mir fällt auf, dass sein Arm eingegipst ist. Ein leichter Gipsverband.

Er öffnet die Augen.

»Ha!«, ächzt er. »Josie.«

Seine Augen schließen sich wieder.

Ich taste seine Stirn, seine Wangen ab. Er ist ganz kalt. Seine Haut fühlt sich an wie gewelltes Papier.

»Ich bringe dich zurück zur Krankenstation«, flüstere ich.

Er keucht. »Durst.«

Ich springe auf. Aber natürlich habe ich keinen Becher dabei.

Ich spüle mir die Hände ab. Seife gibt es schon lange keine mehr.

Dann lasse ich etwas kaltes Wasser in meine gewölbten Hände laufen.

Ich gehe wieder in die Hocke. Die kühlen Fliesen brennen auf meinen lädierten Knien. Irgendwie versuche ich, das Wasser in Marios Mund zu bugsieren.

Seine trockenen, brüchigen Lippen an meinen Fingern.

Sein Atem riecht nach altem Blut. Ich heule und heule.

»Ich kann dich tragen«, sage ich. »Ich bin auch ganz vorsichtig.«

»Nein«, erwidert er und sieht mich an, und sein Blick macht mir klar, dass er es ernst meint. Er japst. »Josie!«

»Ja?«

»Der Arzt hat gesagt …«

Ein schnaufendes Einatmen. Ein keuchendes Ausatmen.

»Die Experimente«, flüstert er.

Die Experimente? Was meint er?

Er atmet ein. »Wo sie die Leute … hinschicken.«

»Die Leute, an denen sie irgendwelche medizinischen Tests durchführen?« Ich muss für ihn sprechen.

Er schließt die Augen – ein stummes Ja. »Die Army … nimmt sie mit.«

Er will mich warnen. Ich soll mich nicht von Venger fortschicken lassen. »Ich weiß, Mario. Ich lasse nicht zu, dass Venger mich dorthin schickt. Versprochen.«

Mario spitzt die Lippen. »Ju. Sam. Ried.«

Was?

»Ju. Sam. Ried«, ächzt er noch einmal.

»Ich weiß nicht, was das heißen soll!« Ich schluchze nur noch. Ich will ihm sagen, dass ich ihn lieb habe, dass er weiterleben muss. »Komm, ich bring dich zur Krankenstation. Komm schon.«

»Nein. Pass auf.« Seine blauen Augen schnappen auf und zu, während er es mir buchstabiert: »U.S.A.M.R.I.I.D.«

»Okay«, schniefe ich.

»Das ist … in Maryland. Die Experimente.«

Da bekomme ich Schüttelfrost. An meinen Armen und Beinen stellen sich die Härchen auf. Ein Eisschauer kriecht über mein Rückgrat, bis die Kälte mein Herz umschließt.

Ich habe begriffen, was Mario mir sagen will: Ich soll mich von Venger fortschicken lassen. Ich weiß nicht, wofür die vielen Buchstaben stehen – aber es liegt in Maryland, und Maryland ist nicht weit von Nikos Farm.

Marios letzte Gedanken kreisen um meine Rettung.

»Lass dich … hinschicken.«

»Okay«, sage ich. »Okay.«

Ich lege mich neben ihn, damit ich ihm besser in die Augen blicken kann.

Er lächelt mich an.

Ich sehe nur noch Marios Gesicht, und ich weiß, dass Mario nur noch mein Gesicht sieht.

Der Boden ist kalt, und Mario stirbt. Ich rücke näher an ihn heran, so nah wie möglich, um ihm ein bisschen Körperwärme abzugeben.

»Bist ein gutes Mädchen«, flüstert er. »Immer so gut.«

Meine Augen laufen aus. Tränenpfützen auf den Fliesen.

»Mario«, sage ich. »Ich bin dir so dankbar. Du hast mich gerettet. Du hast es hingekriegt. Ich lasse mich zu diesem USAMRIID bringen. Du hast es geschafft. Okay? Du hast mich gerettet.«

Er atmet immer langsamer. Jedes Schnaufen dehnt sich schmerzhaft. Ein lang gezogenes, schwaches Röcheln.

»Verstehst du das? Dass du mich gerettet hast?«

Mario sieht mich nicht mehr. Seine Augen richten sich auf einen Punkt irgendwo hinter mir.

In seinem Mund wirft das Blut Blasen. Sie quellen aus seinen Lippen und rinnen sein Kinn hinab.

Ich tupfe sie mit dem Ärmel auf.

»Nein«, wimmere ich. »Bleib bei mir, Mario.«

»Gutes Mädchen«, murmelt er. Seine Lippen formen weitere Worte: »Immer … so gut …« Aber seine Stimme ist nicht mehr zu hören.

Dann zischt sein Atem noch einmal und vergeht.

Mario hat mich verlassen.

NEUNUNDZWANZIGSTES KAPITEL
DEAN

Ich war die Pistole los.

Und darüber war ich unheimlich froh.

Vielleicht findet ihr es bescheuert, dass ich die Waffe hergeschenkt habe, obwohl wir immer noch in großer Gefahr waren. Die Gefahr lauerte überall.

Aber wisst ihr was? An die Gefahr gewöhnt man sich. Ans Töten nicht.

Ich war mir einfach inzwischen sicher, dass ich lieber draufgehen würde, als noch einen Menschen umzubringen.

Und wenn ihr das genauso bescheuert findet, hätte ich mal eine Frage: Wärt ihr die Pistole holen gegangen?

Wärt ihr in das dunkle, feuchte, blutige Kellerloch hinabgestiegen und hättet die Waffe aus der starren Hand der Leiche gezerrt?

Ich glaube kaum.

Wir zogen in Rinées Zuhause um. Seit der konfusen, verzweifelten Packaktion ihrer Mom war es ziemlich verwüstet, aber dafür gab es genug zu essen. Rinées Familie erledigte ihre Einkäufe offensichtlich im Großhandel, denn in der Speisekammer standen lauter Riesenpackungen.

»Lust auf Bohnen?«, fragte Jake und hielt eine Dose hoch, in die mindestens acht Liter passten.

Seine Stimmung hatte sich schlagartig gebessert.

Mir ging es ähnlich – es war ein glorreiches Gefühl, wieder in einem richtigen Haus zu sein. Und Rinée war sowieso happy, in ihr altes Zuhause zurückzukehren.

Sie schlängelte sich aus Astrids Armen und tapste begeistert durch die Zimmer.

»Da! Da!«, rief sie, während sie Astrid einen Schatz nach dem anderen brachte: eine Socke, eine Schnabeltasse, einen Stoff-Chihuahua.

Und Astrid sagte: »Oh, eine Socke« und »Eine tolle Schnabeltasse« und »So was. Ein Hund.«

Sie war am Ende. Seit sie sich auch noch um die Kleine kümmern musste, machten ihre Energiereserven endgültig schlapp. Sie hockte sich aufs Sofa und ließ den Kopf in den Nacken sinken, bis sie senkrecht in die Luft starrte.

Rinée kam wieder ins Wohnzimmer, wo ich angefangen hatte, das Zeug vom Boden aufzusammeln und wegzuräumen. Sie hielt die Hände hoch und blickte sich um. »Mama?«

»Oh«, sagte Astrid. »Weißt du, Liebling ... deine Mommy ist eine Weile verreist. Deine Mommy kommt jetzt nicht nach Hause.«

»Ist das geil!« Jake kam von der Küche herein und hielt eine Schachtel hoch – Vanilleeis zwischen Schokowaffeln. »Will hier irgendwer einen Fat Boy?«

»Mama?«, fragte Rinée noch einmal.

»Deine Mommy kommt jetzt nicht nach Hause. Tut mir leid«, sagte Astrid.

Und auf einmal brach Astrid in Tränen aus.

Ich ging zu ihr. »Hey du.«

»Sorry«, meinte sie. »Ich *hasse* Mädchen, die ständig rumheulen – und jetzt klappe ich selber alle paar Stunden zusammen ...«

»Du musst dich ausruhen.«

»Ich hab wieder Krämpfe.«

»Schlimm?«

»So wie früher.« Sie wischte sich die Tränen ab und versuchte, ein bisschen zu lächeln. Doch sie sah immer noch todunglücklich aus. »Oder ein bisschen schlimmer.«

»Dann leg dich doch hin«, sagte Jake. »Ich und Dean passen schon auf die Kleine auf.«

»Genau. Wir räumen auf und machen was zu essen.«

»Ässn?«, fragte Rinée. »Ässn?« Sie marschierte in die Küche. Jake lief ihr hinterher und fragte sie, ob sie einen Fat Boy wollte.

»Das war alles zu viel auf einmal.« Ich massierte Astrids Schultern. »Du musst dich ausruhen. Hier kann uns nichts passieren. Und wenn Rinées Dad zurückkommt, fragen wir ihn am besten, ob wir noch ein paar Tage bleiben dürfen. Damit du noch ein bisschen Kraft sammeln kannst.«

»Und wenn er nicht zurückkommt?«

Astrid sprach aus, was wir beide dachten.

»Dann bleiben wir einfach, solange wir wollen«, antwortete ich. »Wir müssen dir auf jeden Fall einen Arzt suchen, damit wir uns sicher sind, dass da drin alles in Ordnung ist. Und wir besorgen dir Vitamine.«

Astrid ging hoch und duschte sich, zog sich ausgeleierte Klamotten aus dem Schrank der toten Mom über und legte sich in deren Bett – das volle Programm. Ich hatte ihr gesagt, das sei schon in Ordnung. Rinées Dad hätte sicher nichts dagegen.

Jake, der vorhin noch groß angekündigt hatte, sich um Rinée zu kümmern, war dann leider keine echte Hilfe.

Als ich in die Küche kam, blickte er mich an und sagte: »Ich glaube, die hat sich in die Hose geschissen.«

Die Windel verströmte einen sagenhaften Gestank.

Und während ich die Kleine wickelte (im unteren Bad hatten wir einen Wickeltisch entdeckt), stand Jake in der Tür und gab Kommentare ab: »Mann, ich kotz gleich!«, »Boah, ist das eklig!«

Yep, es war ziemlich widerlich, aber ich wollte nicht, dass Rinée unseretwegen Komplexe entwickelte. Irgendwo war das doch alles ganz natürlich, oder? Ich hielt also die Luft an, wischte sie unten rum ab und legte ihr eine frische Windel an. Kann sein, dass das Teil am Ende verkehrt herum war, aber Hauptsache, es rutschte nicht runter.

Nachdem ich mir die Hände (zweimal) mit antibakterieller Seife abgeschrubbt hatte, schleifte Rinée mich ins Spielzimmer, einen kleinen Raum neben der Küche. An der Wand stand eine Miniaturküche mit Bechern und Tellern aus Blech und Lebensmitteln aus lackiertem Holz.

Ich musste mich auf einen winzigen Stuhl vor einem winzigen Tisch setzen und mir verschiedene Sachen zu »essen« servieren lassen.

Jake kam netterweise auf die Idee, uns einen Stapel Thunfisch-Sandwiches zu machen.

Während wir uns jeder zwei Sandwiches reinstopften, setzten wir uns vor den Fernseher.

Kein. Wort. Über. Gaswehen.

Das war doch Wahnsinn. Sie brachten nur Berichte von der Ostküste – über die sinkenden Temperaturen, das notdürftig wiederaufgebaute Verkehrsnetz und die Prügeleien, die immer wieder bei den Warteschlangen an den Tankstellen ausbrachen. Alles Nachrichten von vorgestern.

Rinée aß ein Viertel von einem Sandwich und ein paar Apfelschnitze.

Aber sie wollte mehr Apfel. »Mäh Ihn?«, sagte sie pausenlos. »Mäh Ihn?« *Ihn* bedeutete offensichtlich *Apfel* oder *essen*. Warum auch immer.

Da Astrid oben in einer Art Koma versunken war, teilten Jake und ich uns ihr Sandwich und den Rest von Rinées. In der Speisekammer standen noch vier große Thunfischdosen, wir aßen Astrid also nichts weg. Ich hatte sowieso vor, ihr etwas Warmes zu kochen, sobald sie aufwachte. Im Tiefkühlfach fand ich ein Hühnchen, das ich schon mal zum Auftauen herausnahm. Blöd, dass Batiste nicht hier war – der hätte uns ein wahres Festmahl zaubern können. Aber ich würde auch ohne ihn zurechtkommen. Zum Beispiel Hühnchen mit Reis und dazu eine Champignoncremesuppe? Die Zutaten gab es alle in der Speisekammer, und es wäre eine schöne, warme Mahlzeit, die man kaum vermasseln konnte.

Das Mittagessen spülten wir mit einer XXL-Flasche Tropicana-Orangensaft herunter.

Es war toll, einfach nur in der warmen Sonne vor dem Küchenfenster am Tisch zu sitzen. Wenn ich Hunger hatte, musste ich bloß den Kühlschrank aufmachen und etwas herausnehmen. Unglaublich.

Nach einiger Zeit begann Rinée zu gähnen und sich die Augen zu reiben. Ich war überrascht. Ich hatte immer gedacht, solche übertriebenen Gesten würden nur schlechte Kinderschauspieler aufführen.

Ich trug die Kleine in ihr Schlafzimmer.

Der Raum war ganz in Lavendelblau gehalten. Neben dem Kinderbett stand ein Schaukelstuhl, und an eine Wand hatte irgendwer ein ziemlich misslungenes Einhorn gemalt – es sah aus wie ein pastellfarbener Esel, der eine Eistüte auf der Schnauze balancierte.

Rinée streckte die Hände nach ihrem Bettchen aus. Die Kleine musste wirklich verdammt müde sein.

Ich legte sie ins Bett und deckte sie mit einer flauschigen Schäfchendecke zu.

Dann wollte ich gehen.

»Hia.« Rinée richtete sich auf. »Hia. Hia, Ihn.«

»Schlaf gut, Rinée.« Langsam schloss ich die Tür.

»Hia!« Jetzt fing sie sogar an zu heulen. »Hia, Ihn!«

Endlich kapierte ich es – sie meinte mich.

Sie sagte nicht *Ihn*, sondern *Dean*.

Sie wollte, dass ich bei ihr blieb.

Ich setzte mich in den Schaukelstuhl und schaukelte ein bisschen, während Rinée sich wieder hinlegte.

Wer zuerst eingeschlafen ist? Fragt mich was Leichteres.

DREISSIGSTES KAPITEL

JOSIE

Ich muss es den Kindern sagen.

Das ist jetzt das Wichtigste.

Und dann? Weiß nicht, was ich dann mache. Ich schätze, ich lasse mich fortschicken. Als Versuchskaninchen.

Während ich in der Damentoilette war und Mario gestorben ist, hat es zum Frühstück geläutet.

Jetzt wimmelt es im Eingangsbereich des Wohnheims von Menschen. Die erste Gruppe geht zur Plaza 900.

»Lori!«, schreie ich. »Lori, wo bist du?«

Ich versuche, mich zum Treppenhaus durchzudrängeln, bis ich es mir wieder anders überlege und mich von der Menge mittreiben lasse. Eventuell sind die anderen schon auf dem Hof.

»Lori!« Wo sind sie? Wo?

Da sehe ich Carlo.

Und er sieht mich. Er und der Gewerkschafter neben ihm. Beide lächeln.

Ich versteinere. Die Menge strömt an mir vorbei.

Dann werfe ich einen Blick über die Schulter: In meinem Rücken nähern sich zwei weitere Gewerkschafter. Der eine schwingt eine Kette.

Mein Überlebensinstinkt ergreift die Kontrolle – ich sprinte direkt auf Carlo zu. Er reißt erstaunt die Augen auf, während ich mich durch die Frühstücksgänger winde und dabei immer mehr Tempo aufnehme. Kurz vor Carlo ziehe ich den Kopf ein und ramme irgendeinem fetten Typen mit voller Wucht die Schulter gegen das Brustbein.

Der fette Typ donnert gegen die beiden Gewerkschafter.

Und ich schlage einen Haken in die andere Richtung.

Richtung Rollins, Richtung Krankenstation.

Ich schüttele die Menge ab. Endlich frei. Ich renne, so schnell ich kann.

Eilige Schritte hinter mir. Die Gewerkschafter haben die Verfolgung aufgenommen.

Doch was ich dann höre, ist Musik in meinen Ohren.

»Hey!«, schreit ein Wachmann den Gewerkschaftern hinterher. »Frühstück gibt's da hinten!«

Es ist nicht irgendein Wachmann. Es ist mein Wachmann, mein Verbündeter von heute Nacht.

»Die Kleine rennt weg!«, erwidert Carlo.

»Lasst das mal meine Sorge sein. Ab in die Mensa mit euch!«

Also gibt es doch noch einen Wachmann, der nicht nach der Pfeife der Gewerkschaft tanzt.

Ich rausche durch den Eingang von Rollins und prügele auf die Tür der Krankenstation ein, obwohl ich weiß, dass Dr. Neman außer sich sein wird.

»Bist du jetzt völlig wahnsinnig geworden?«, kreischt sie. Aber sie macht auf.

Ich drücke mich an ihr vorbei in die Station.

Aus einem Hinterzimmer tritt Dr. Quarropas.

»Hey«, sagt er. »Du bist's.« Er hat mich erkannt. »Wir, äh, wir mussten deinen Freund entlassen. Venger hat darauf …«

»Sie müssen mich wegschicken! Zu diesen Experimenten!« Nach dem fünfminütigen Sprint brennt meine Lunge wie Feuer, und mein Herz hämmert in der Brust. »Ich hab das Gas lange eingeatmet. Ich bin ein gutes Versuchsobjekt!« Ich schnappe nach Luft. »Ich mache alles, was die Wissenschaftler wollen. Aber, bitte, schicken Sie mich weg!«

»Das ist jetzt schon das zweite Mal, dass das Mädchen hier unbefugt reinplatzt.« Dr. Neman greift zum Telefon. »Ich rufe die Wachen …«

»Ich soll eine Minderjährige zum USAMRIID schicken? Nie im Leben.« Quarropas sieht mir ins Gesicht. »Was ist hier eigentlich los?«

»Die Gewerkschaft wird mich umbringen. Ich hab den Jungen da drin zusammengeschlagen.« Ich deute auf die Tür an der Seite. »Ich war das.«

»Hier wird niemand umgebracht«, sagt Quarropas milde. »Wir können dir Medikamente geben, die dir guttun. Wir können dir helfen. Du musst uns nur lassen.«

»Wenn Sie mir helfen wollen, schicken Sie mich weg!«

»Eine Teenagerin belästigt uns«, spricht Dr. Neman ins Telefon. »Wir brauchen Ihre Hilfe.«

»Sie wollen mir also nicht helfen?«, frage ich.

»Ich werde dich nicht zum USAMRIID schicken«, erwidert Quarropas.

Ich weiche zurück.

Dann eben nicht.

Vielleicht schickt Venger mich ja hin. Er hat es mir schon mal angedroht.

»Ach ja, übrigens«, zische ich die Ärzte an, als meine Wut die Oberhand gewinnt. »Mario ist gestorben. Er ist auf dem Boden vom Damenklo verreckt. Vielen Dank für Ihre Hilfe.«

»Venger!«, brülle ich, sobald ich wieder auf dem Hof stehe. »Wo bist du, Venger? Komm raus, und hol mich, du armseliger Schulhofschläger! Komm raus, du Hurensohn! Na komm schon!«

Ich gehe zum Zaun.

Keine Reporter weit und breit. Schätzungsweise haben die Soldaten sie ein für alle Mal vertrieben. Damit hätte sich Loris Plan erledigt.

»Wo steckst du, Venger?«

Im Moment sind *Vortrefflichkeit* und *Verantwortung* beim Frühstück. Der Hof ist leer.

Ich kralle mich in den Maschendraht und rüttele am Zaun.

Einen Meter hinter dem zweiten Tor parkt ein Auto. Ein Minivan. Wie unpassend.

Als ich mich umblicke, sehe ich, wie Carlo und zwei seiner Handlanger aus der Plaza 900 huschen und in meine Richtung laufen. Sein einer Begleiter ist groß, der andere eher mickrig.

»VENGER!«, brülle ich.

Wo ist er? Wo sind die verdammten Wachen, wenn man sie braucht?

»Josie?«

Eine Stimme von der anderen Seite der Zäune.

Ich schaue rüber.

»Josie Miller? Bist du das?«

Und ich entdecke ihn.

Ein dürrer Mann in einem merkwürdigen dunkelbraunen Overall.

Ein Ganzkörperanzug mit Gürtel drum herum. Ein leichter Schutzanzug oder so.

Da streicht sich der Mann das Haar aus den Augen.

Der leicht schief gelegte Kopf. Die aufrechte Haltung.

Das braune Haar. Das braun gebrannte Gesicht.

Ich kenne ihn.

Ich erkenne ihn, selbst auf mehrere Meter Entfernung und durch zwei Maschendrahtzäune hindurch.

Es ist Niko.

»Niko?«, rufe ich.

»Josie? Josie! Ich … ich kann es nicht glauben.«

Niko. Mein Niko. Er presst sich an den äußeren Zaun und streckt die Finger durch die Maschen.

Er ist es. Er ist es wirklich.

»NIKO! Wie hast du mich gefunden?«

»Die Zeitung! Da war ein Foto von dir in der Zeitung!«

»Ich habe deine Nachricht bekommen.« Ich spüre die Tränen auf meinen Wangen. »Ich wollte zu dir. Mario hat mich gerettet und …«

Ein scharfes Stechen jagt mir durch den Nacken. Irgendwer reißt meinen Kopf nach hinten.

Carlo. Er hat mich an den Haaren.

»Wer ist das, Josie?«, fragt Carlo. »Ein Freund von dir?« Als wäre das hier eine Party, und ich hätte vergessen, die beiden vorzustellen.

Carlo zerrt mich zurück und drückt mich nach unten, auf meine frisch verschorften Knie. Ein brüllender Schmerz, als die Wunden wieder aufplatzen.

»Lass sie in Ruhe!«, schreit Niko.

»Und wenn nicht?«, fragt ein anderer Gewerkschafter. »Was willst du machen, Astronaut?«

»Astronaut«, schnaubt sein Kumpel.

»Lass sie!«, brüllt Niko.

Er versucht, den Zaun hinaufzuklettern.

»Nicht!«, schreie ich. »Die erschießen dich!«

Die Wachen haben schon öfter Menschen erschossen, die Gefangene befreien wollten. Aber ich komme nicht dazu, es Niko zu erklären – Carlo schlägt mir ins Gesicht.

Es ist schwer zu erklären, wie sich Schmerz und Wut gegenseitig aufwiegen. Ich spüre den Faustschlag, und ich weiß, dass er wehtut – aber ich fühle keinen Schmerz, denn auf einmal brodelt mein Blut, das Adrenalin zischt durch meine Adern, und ich will nur noch eines: Carlo töten.

Er beugt sich zu meinem Gesicht. »Du kommst jetzt mit auf unser Zimmer. Also sag deinem Freund bye-bye, ja?«

»Hilfe!« Niko stakst vor dem Zaun auf und ab. »Jetzt hilf ihr doch irgendwer!«

Er begreift nicht, dass mir niemand helfen wird.

Carlos Finger graben sich in mein Haar. Als wollte er mir klarmachen, wer hier die Kontrolle hat.

Denk nach, Josie. Denk nach.

Kann ich drei Männer töten und irgendwie über die beiden Zäune klettern?

Da höre ich die Stimmen der Kids.

Die flehenden Stimmen der Kids.

Sie flehen Venger an, der mit großen Schritten auf uns zustampft, während sie ihm hinterherhetzen.

»Bitte«, sagt Lori. »Sie wollte mich nur beschützen. Und jetzt wollen sie sie umbringen!«

Venger bleibt vor uns stehen. Die Kids holen ihn ein und betteln und jammern weiter, ein schrilles Geschrei.

»Ruhe!«, brüllt Venger, ehe er sich mit einem ärgerlichen Kopfschütteln an Carlo wendet – nach dem Motto: *Scheiße, was machst du da?* »Was soll das werden, Carlo? Hast du unsere Abmachung vergessen?«

»Tut mir leid, Mr. Venger. Wir wollten gerade gehen.«

»Die Typen da haben das Mädchen geschlagen!«, schreit Niko. »Sie müssen ihr helfen!«

Venger ignoriert ihn. »Ich weiß, sie hat zwei von deinen Jungs krankenhausreif geprügelt. Mir hat sie auch von Anfang an Ärger gemacht. Aber wenn ihr sie mitnehmen wollt, dann NEHMT SIE MIT. Und steht nicht hier rum, wo euch jeder gottverdammte Pressefutzi sieht!« Er deutet auf Niko.

»Ja, Mr. Venger. Es tut mir wirklich leid«, sagt Carlo.

Hinten öffnen sich die Türen der Plaza 900. Die erste Frühstücksschicht ist fertig, der Hof füllt sich.

Einige Leute bemerken den Aufruhr am Zaun.

Aidan hängt sich an Carlos Arm. »Bitte, tu Josie nichts! Es ist alles meine Schuld! Bitte! Ihr könnt mein ganzes Essen haben! Jeden Tag! Und alle meine Zuckertütchen!«

Der mickrige Gewerkschafter zerrt Aidan zurück und stößt ihn weg. Aidan landet auf dem Rücken.

Und als ich Aidan auf dem Boden liegen sehe, zuckt ein unerwartetes Gefühl durch meinen Körper: Ich habe das kleine Schmuddelkind sehr lieb.

»Lasst das Mädchen in Frieden!«, ruft eine Männerstimme hinter uns.

Immer mehr Leute aus der Mensa nähern sich.

»Es reicht, Venger!«, sagt ein anderer. »Lass das Mädchen in Ruhe!«

»Ja!« Zahlreiche Stimmen erheben sich. »Ja!«

»Josie!«, brüllt Niko.

Ich drehe mich um und sehe, dass Niko panikartig im Rucksack kramt.

Ein eigenartiges blechernes Pfeifen ertönt.

»Josie!« Niko zieht eine Art Maske hervor, eine Kopfbedeckung mit durchsichtigem Visier, und befestigt sie an seinem Schutzanzug.

»Kapierst du jetzt, was du angerichtet hast, Carlo?«, faucht Venger mit zusammengebissenen Zähnen und deutet mit dem Kinn auf die Menschenmenge.

»Keine Sorge.« Carlo schleift mich Richtung Wohnheim. »Wir sind schon weg …«

Auf einmal schreit Heather.

Ich folge ihrem Blick.

Niko deutet in dieselbe Richtung.

Eine Staubwolke treibt über das leere Grundstück auf der anderen Straßenseite und nähert sich dem Lager. Sie bewegt sich nicht, wie man es von einer Staubwolke erwartet – sie schwebt nicht, sondern schlängelt sich über den Boden und hebt und senkt sich, als hätte sie einen festen Körper. Wie ein Lebewesen, das nicht zur Ruhe kommt.

Im nächsten Moment rieche ich es.

Als das Gas in meine Nase strömt, fühle ich mich, als wäre ich von einer langen Reise heimgekehrt.

Schwarzer Dreck in meinen Augen und in meinem Mund.

Wie ein Schlüssel, der perfekt ins Schloss passt.

Bis vor einer Sekunde war die Welt trüb und grau. Nun steht alles in Flammen. Alles leuchtet in den buntesten Farben.

Das ist kein Dreck. Das sind die Chemikalien, und die Chemikalien spülen meine Schwäche weg.

Das Gas fährt durch die Menschen im Lager wie eine Flutwelle.

Stimmen brüllen los, ein Chor des Zorns und der Panik.

Die Mordlust zuckt durchs Lager wie ein Blitz und erfüllt mich mit unbändiger Energie.

Venger.

Die Farbe ist aus seinem Gesicht gewichen. Ängstlich tastet er nach seiner Waffe.

Seine Hand zittert.

Den töte ich als Erstes.

Doch Carlo und die beiden anderen Gewerkschafter haben sich schon auf ihn gestürzt und pressen ihn zu Boden.

»Josie!«

Eine Stimme ruft nach mir, fast übertönt von dem herrlichen

Hintergrundrauschen – splitternde Scheiben, knackende Knochen. Türen, die aus den Angeln gerissen werden.

Es ist Niko, Niko in seinem Schutzanzug. Aber er ist weit weg. Meilenweit.

Nein. Nein. Ich muss töten, töten, und Venger hat es tausendmal verdient.

Die Waffe ist ihm aus der Hand gerutscht. Venger robbt über den Boden und versucht, sie aufzuheben.

Carlo und der mickrige Typ prügeln gemeinsam auf ihn ein, und ich werfe mich mitten ins Getümmel. Ein paar Schläge zum Kopf. Endlich wieder kämpfen. Das ist wahre Freiheit. Das ist der Himmel. Ich packe Vengers Schädel. Er fleht um Gnade, doch mein Blut lechzt nach seinem Tod, und ich mache nur leise »Schhhhhh …«, während ich die Füße gegen seine Schultern stemme und seinen Kopf vom Hals reiße – doch kurz zuvor sehe ich, dass das Licht in seinen Augen bereits erloschen ist. Er ist tot.

Die Leute aus der Mensa fallen übereinander her. Körper verkanten sich ineinander, und alles kratzt und blutet und schreit.

Ich atme tief ein.

Was für wundervolle Farben.

Ein strahlend blauer Himmel. Das Grauschwarz der Chemikalien, dazu Blut und Hirn.

Ich bin wieder am Leben.

Carlo, Carlo.

Carlo ist als Nächster dran.

Er drischt immer noch auf Venger ein. Ich schnappe mir Vengers Waffe und ziehe ihm das Ding über den Schädel.

Carlo kippt um. Ich haue ihm die Pistole auf den Kopf, einmal, zweimal, drei, vier, fünf. Seine Schädeldecke gibt unter meinen Hammerschlägen nach. Ach, ist das schön.

Ich wirbele herum. Jetzt die anderen Gewerkschafter. Die beiden Typen ringen miteinander.

Doch mein Gehirn schreit: WARTE.

Ich sehe einen Wachmann, der am inneren Tor steht und verzweifelt mit seinem Schlüsselbund hantiert.

Dann kriegt er das Tor auf und rennt zum zweiten Tor.

Am zweiten Tor steht Niko.

Mein Gehirn will mir klarmachen, dass Niko wichtig ist.

Meine Hände wollen irgendeine Kehle zusammendrücken.

Der mickrige Gewerkschafter beißt irgendeinem anderen Kerl ins Bein. Ich greife ihn am Hals und verdrehe seinen Kopf zur Seite.

DENK NACH.

Wieder redet mein Gehirn auf mich ein. Ich reiße die blutigen Hände hoch und presse sie gegen meine Schläfen.

Meine Gedanken tun mir weh.

Ich will mit den anderen wüten und toben. Es ist eine großartige Party.

SCHAU HIN.

Mein Gehirn zwingt mich hinzusehen.

Eine Frau erwischt mich an der Hüfte. Ich schubse sie weg.

Mein Gehirn gewinnt die Schlacht.

SCHAU HIN und ich schaue hin und ich sehe meine Kids.

Meine Kids kämpfen.

Lori hockt auf Freddys Bauch, Aidan und Heather attackieren irgendeinen Mann. Als die Faust des Mannes durch die Luft wischt, geht Heather zu Boden, schlägt sich den Kopf an und rührt sich nicht mehr. Und Aidan, der mit seinem blutverschmierten Mund aussieht wie ein neugeborener Vampir, stürzt sich auf sie, auf seine eigene Fast-Schwester.

NEIN. Das darf nicht sein.

Ich werfe einen Blick zum Zaun.

Niko steht am zweiten Tor. Er streckt die Hände durch die Maschen und versucht, dem Wachmann zu helfen, das Schloss zu entriegeln.

Ein Schritt. Zwei Schritte. Zu meinen Kids.

Mein Hirn zwingt meinen Körper zu GEHORCHEN.

Und mein Körper gehorcht: Ich fasse Aidan an der Schulter und reiße ihn von Heather herunter.

Er stößt mir die Zähne in die Hand.

Aber ich empfinde keinen Schmerz.

Ich zerre die beiden zu den anderen.

»LORI!«, brülle ich.

Sie sitzt immer noch auf Freddy und zerkratzt ihm das Gesicht.

»HÖR AUF!«, schreie ich. »HÖR AUF DAMIT!«

Einen Moment lang sieht sie mich an.

Dann wird sie von einer Frau angegriffen, von einer älteren Frau.

Freddy liegt schnaufend auf dem Boden. Ich hieve Heather auf meine Schulter.

»KOMM, FREDDY!«

Er liegt da und japst nach Luft und sieht mich an, als würde ich Russisch sprechen.

Mit Heather auf der Schulter ziehe ich Aidan Richtung Tor.

Ich bringe die beiden hier raus.

Das ist der erste Schritt.

Dann gehe ich zurück und hole Lori und Freddy, und dann ist es geschafft.

Ich habe mich unter Kontrolle. Ich reite meine Wut wie ein Surfer die Wellen. Die Kraft meines Zorns treibt mich Richtung Freiheit.

Irgendwo im Inneren höre ich, wie Nikos Herz mich anfleht, mich zu beeilen.

»Ich komme«, flüstert mein eigenes Herz. »Ich komme zu dir.«

Ich steige über die Körper der Toten und Sterbenden und Kämpfenden und rutsche fast auf ihrem Blut aus.

Dr. Quarropas, Dr. Neman und einige Wachen sprinten von Rollins aus auf den Hof und stürmen das Schlachtfeld. Betäubungspfeile zischen aus ihren Gewehren.

Die Ärzte arbeiten sich zum Tor vor. Sie schießen auf jeden, der ihnen in die Quere kommt.

Doch die Nuller sind schon am Tor. Zwei Teenager attackieren den Wachmann mit dem Schlüssel. Andere attackieren die Teenager.

Niko versucht, an den Schlüsselbund heranzukommen, der knapp außer Reichweite hinter dem Zaun liegt.

»Bin gleich da!«, ruft mein Herz seinem Herz zu.

Aber Dr. Quarropas entdeckt mich.

Ich habe Heather über der Schulter und Aidan fest an der Hand. Ich muss zum Tor. Ich werde es schaffen.

Dr. Quarropas sieht mir in die Augen. Ich weiß nicht, was er mir mit diesem Blick sagen will – doch er visiert mich mit dem Gewehr an und mäht mich nieder.

EINUNDDREISSIGSTES KAPITEL
DEAN

»Nein! Nein! O Gott, nein!«

Astrids Schreie kreischten durch meine Träume und katapultierten mich aus dem Schaukelstuhl.

Mein Herz schlug, als wollte es meinen Brustkorb sprengen. Ich rauschte die Treppe in drei Sprüngen hinunter und stolperte ins Wohnzimmer, wo Astrid stand, einen Zettel in den verkrampften Fingern.

»Was ist?«, fragte ich. »Was ist?«

»Jake! Er ist weg!«

»Was?«

»Jake ist weg! Er ist abgehauen!« Sie schob mir den Zettel hin und kauerte sich auf den Boden, die Hände am Bauch.

»Das ist alles!?«, rief ich. Ich weiß, ich hätte sie nicht anschreien dürfen, aber sie hatte mir einen Wahnsinnsschrecken eingejagt.

»Tut mir leid, tut mir leid«, flüsterte sie. »Ich wollte dir keine Angst machen, aber … aber vielleicht können wir ihn noch einholen! Wir müssen uns beeilen!«

Ich hörte die Panik in ihrer Stimme.

Sie riss bereits die Tür auf.

»Schon gut!«, sagte ich. »Beruhig dich erst mal. Es geht nicht um Leben und Tod, okay?«

»Aber wir müssen ihn zurückholen!«

»Ist alles okay mit dir?«

»Ich hab immer noch Krämpfe, aber es geht schon.«

Im oberen Stockwerk fing Rinée an zu heulen.

»Ich geh sie holen«, sagte Astrid. »Schaust du draußen nach? Ob du ihn noch siehst?«

»Mach ich. Und du beruhigst dich erst mal, ja?«

Sie verdrehte die Augen. »Ja, ja. Aber ich will ihn nicht verlieren!«

Astrid sah schlimm aus. Ihre Augenringe hatten sich weiter vertieft, ihr Gesicht wirkte abgemagert und viel zu blass. Noch dazu war mir aufgefallen, dass sie sich ständig den Bauch hielt. Eigentlich immer, außer sie hatte Rinée auf dem Arm.

Jetzt schlich sie langsam die Treppe hinauf, um das plärrende Kind aus dem Bettchen zu nehmen.

Ich ging vor die Tür.

Draußen dämmerte es schon. Am Ende der Straße, einer kleinen, geschwungenen Sackgasse, war ein einziges Haus erleuchtet. Insgesamt waren es sechs Häuser, von denen offenbar nur zwei bewohnt waren.

Keine Spur von Jake.

Ich überflog seine Nachricht – eigentlich war sie an mich adressiert. So gesehen war es nicht ganz korrekt von Astrid, sie einfach zu lesen, aber egal.

Seine krakelige Handschrift zog sich in schiefen Linien über das Papier:

Hey Deano,

als ich euch beide vorhin mit der kleinen Rinée gesehen habe, habe ich es kapiert. Du hast das drauf. Du bist der geborene Dad. Und das soll jetzt keine Beleidigung sein, sondern ein Kompliment.

Es geht doch darum, was das Beste für Astrid und das Baby ist, und das bist du.

Bitte sag Astrid, dass ich sie immer in meinem Herz behalten werde, aber dass ich halt nicht der Richtige für den Job bin.

Deswegen gehe ich jetzt. Das ist das beste Geschenk, was ich euch dreien machen kann, und ich will es so.

Und ich dachte mir sowieso, dass ich mal nach meiner Mom schauen sollte.

Wünsch mir Glück,

Jake

Ich ging hoch.

Astrid saß mit Rinée auf dem Schoß im Schaukelstuhl.

»Hast du überhaupt nach ihm gesucht?«, fragte sie gereizt.

»Ich glaube, er will nicht, dass wir ihn aufhalten. Ganz ehrlich.«

Sie blickte mich an und versuchte, die Tränen zu unterdrücken.

Warum reagierte sie so stark?

Für einen Moment brach meine alte Unsicherheit durch – liebte sie ihn immer noch? Liebte sie ihn irgendwie mehr als mich?

»Dean«, sagte sie – als wüsste sie, in was für eine Abwärtsspirale ich schon wieder geraten war. »Ich weiß doch, dass er ein total kaputter Typ ist. Aber er ist halt ein Freund.«

Ich blinzelte.

»Und ich will nicht noch jemanden verlieren.«

»Ja«, antwortete ich. »Das verstehe ich.«

Astrid schloss die Augen und schaukelte Rinée vor und zurück, während die Kleine Daumen lutschte und die Finger ihrer freien Hand in Astrids kurzem Haar verzwirbelte.

Das Abendessen war okay, denke ich. Ich hielt mich an das Rezept auf dem Etikett der Champignoncremesuppe.

Astrid aß sehr lustlos, aber Rinée schien es super zu schmecken.

Während Astrid offensichtlich nicht in der Stimmung für größere Unterhaltungen war, bekam ich den Mund kaum noch zu.

»Morgen gehe ich mit dem Gartenschlauch ums Haus und mache ein bisschen sauber. Und dann hänge ich vielleicht ein paar Zettel in der Gegend auf, bloß dass Rinée hier ist und dass wir uns um sie kümmern.«

Das zweite Kinderzimmer im oberen Stock erwähnte ich nicht. Dabei hatte Astrid es sicher auch schon entdeckt.

Das zweite Kinderzimmer war ganz in blauem Karomuster gehalten. Außerdem gab es dort Lego, eine unfassbare Menge an Lego.

Auf den Regalen standen echte Sammlerstücke – alte Star-Wars-Modelle und eine Art ägyptische Weltraumpyramide, ein riesiges, äußerst futuristisches Teil.

Das Zimmer eines Jungen. Eines Jungen, der es bisher nicht zurück nach Hause geschafft hatte.

Hoffentlich würde er es noch schaffen.

»Und wenn wir noch eine Weile bleiben, können wir vielleicht irgendwie einen Brief an Alex schreiben«, sagte ich. »Damit er weiß, wo wir sind.«

Astrid schob nur noch ihr Essen auf dem Teller herum. Immerhin trank sie einen kleinen Schluck Orangensaft.

»Wir könnten irgendwelche Fantasienamen verwenden. Alex würde meine Schrift schon erkennen, und dann müsste er sich keine Sorgen mehr machen.«

Rinée hämmerte mit dem Löffel auf die kleine Tischplatte ihres Kinderstuhls.

Astrid stützte die Stirn in die Hand.

»Hey«, sagte ich. »Wenn du dich lieber wieder hinlegen willst …«

»Gute Idee«, meinte sie. »Jetzt hab ich auch noch Rückenschmerzen. Und Kopfschmerzen sowieso. Wahrscheinlich ist es bloß der Stress, aber … aber vielleicht sollten wir uns morgen doch mal nach einem Arzt umschauen.«

»Ja, natürlich. Das machen wir als Allererstes.«

Mann, Dean. Da hättest du echt auch selber drauf kommen können.

»Mach dir keine Sorgen«, sagte Astrid. »Es geht schon. Denkst du, du kannst Rinée baden? Das wäre mal nötig …«

Ich versicherte ihr, dass das gar kein Problem sei. Selbstverständlich hatte ich null Ahnung, wie man eine Zweijährige badete, aber irgendwie würden wir es schon hinkriegen.

Die Badeaktion ging ohne größere Katastrophen ab. Mal abgesehen davon, dass ich hinterher ebenfalls klitschnass war.

Nachdem ich Rinée schlafen gelegt hatte, wollte ich auch endlich duschen. Aber danach konnte ich auf keinen Fall wieder in meine schmutzigen Sachen schlüpfen. Also steckte ich vorher noch schnell meine Klamotten in die Waschmaschine, und Astrids gleich mit.

Die Schutzanzüge kamen nicht in die Wäsche. Erstens hatte ich keinen blassen Dunst, aus was für einem Material sie bestanden, und zweitens wollte ich das Pfeifending nicht kaputtmachen.

Den einen Anzug hängte ich an einem Bügel hinter die Haustür, der andere kam an den Haken an der Schlafzimmertür der Eltern. Sollte eine weitere Gaswehe durch die Stadt ziehen, würde uns der Pfeifton hoffentlich rechtzeitig warnen.

Die Waschmaschine war fertig. Ich stopfte die nassen Klamotten in den Trockner. Ab unter die Dusche.

Junge, war das ein göttliches Gefühl. Ich stank nach Schweiß und Todesangst, und jetzt verschwand das alles mitsamt einer halben Tonne Dreck im Abfluss.

Es klopfte an der Tür.

Noch bevor ich »Herein!« rufen konnte, stürzte Astrid ins Bad, rannte zur Toilette und übergab sich.

Ich stellte das Wasser ab, trat aus der Dusche und wickelte mir ein Handtuch um die Hüfte. »Alles okay?«

Astrid blickte auf, nickte und wollte etwas sagen, doch ihre Antwort wurde von der nächsten Magensaftwelle weggeschwemmt.

Ich zog mir einen Schlafanzug des verschwundenen Daddys über. Er hatte die unpassendste Größe überhaupt, zu weit und zu kurz, aber das war mir auch schon egal.

»Was soll ich machen?«, fragte ich Astrid. »Sag mir, was ich machen kann.«

»Bring mir ein bisschen Wasser«, antwortete sie.

Ich brachte ihr ein Glas Wasser.

Danach wusste ich wieder nicht, was ich machen sollte.

Astrid kauerte vornübergebeugt auf den Knien, den Bauch zwischen die Oberschenkel gebettet, die Stirn auf den kalten Fliesen.

»Was soll ich machen?«, fragte ich.

»Nichts.«

Ich versuchte, ihr noch etwas Wasser einzuflößen. Astrid trank ein paar Schlucke und kotzte es wieder aus.

»Lass mich einfach allein«, sagte sie.

Ich probierte es mit Gatorade. In der Speisekammer hatte ich Gatorade-Pulver gefunden.

Ich mixte ihr ein Glas. Astrid trank ein paar Schlucke. Und kotzte es wieder aus.

»Lass mich einfach allein!«, stöhnte sie.

Ich ging unsere Klamotten aus dem Trockner holen und zog mich an.

»Vielleicht sollten wir dich ins Krankenhaus bringen?«, sagte ich von der Tür aus.

Astrid streckte eine Hand aus und schlug die Tür zu.

Ich saß die ganze Nacht im Bett und hatte unglaubliche Angst.

Astrid verbrachte die ganze Nacht im Bad und schlief auf dem Boden, wenn sie sich nicht gerade übergab.

ZWEIUNDDREISSIGSTES KAPITEL
JOSIE

Hier stimmt irgendwas nicht.

Ich kann meine Arme nicht bewegen. Meine Beine auch nicht.

Und es ist so hell.

Es ist unglaublich hell, und ich weiß nicht, wo ich bin, und ich kann weder Arme noch Beine bewegen.

Panik flutet mein Herz. Meine Sinne schalten mehrere Gänge hoch.

Eine weiße, von LED-Leuchten gepunktete Decke. Blassgrüne Wände ohne Fenster.

Meine Arme und Beine sind mit Ledermanschetten ans Bett gefesselt. Ein Infusionsschlauch führt in meinen rechten Arm. Die Nadel ist sauber befestigt – ein weißes, quadratisches, halbtransparentes Stück Klebeband auf meiner kakaobraunen Haut. Meine Fingerknöchel sind verbunden.

Und auf meiner linken Hand klebt ein Pflaster. Wieso? Ich erinnere mich nicht.

Draußen vor der Tür streiten zwei Männerstimmen miteinander. Der Lärm muss mich geweckt haben.

»Ich sag's dir, Savic, das Mädchen ist der Schlüssel!«

Ich bin so sauber.

Ganz plötzlich fällt es mir auf.

Irgendwer hat mich gewaschen.

Ich könnte heulen vor Freude und vor Scham.

»Aber du kannst keine Tests an einer Minderjährigen durchführen. Nicht ohne Zustimmung der Eltern!« Ein Mann mit starkem Akzent. Ein Russe, schätze ich.

Mein Kopf fühlt sich ungewohnt leicht an. Ich kann es nicht mit den Händen überprüfen, aber ich glaube, sie haben mir die Haare abgeschnitten.

Mein Mund ist furchtbar trocken.

»Hey!«, krächze ich.

»Und wo zum Teufel willst du jetzt ihre Eltern hernehmen, Savic? Kapierst du das nicht? Das Mädchen hat, was wir brauchen! Okay, meinetwegen bringe ich sie dazu, eine Einverständniserklärung zu unterschreiben. Das sollte doch reichen. Das gibt schon keinen Ärger.«

»Du sollst am IMPFSTOFF arbeiten, Cutlass! Also, was soll der dümmliche Supersoldatenstuss hier?«

»Frag doch das Pentagon. Ich handle auf direkten Befehl …«

»Hey!«, stoße ich hervor.

Der Türknauf dreht sich herum.

Eine kurzgewachsene, asiatische Krankenschwester mit schütterem Haar eilt herein. Sie trägt einen Kittel mit bunten Comic-Hunden – den Traindawgs.

»Hey, Sonnenschein!« Sie lächelt. »Du bist ja wach!«

Hinter ihr treten zwei Ärzte in weißen Kitteln ein.

Der eine hat braunes Haar und dürfte Ende vierzig sein. Ein kantiger, gut aussehender Typ – wie ein Filmstar. Oder erinnert er mich bloß an einen Filmstar? Wenn ja, weiß ich nicht, an welchen.

Der andere ist älter. Das muss der Russe sein. Ein großer Kerl mit silbernem Haar, dicker Wampe und düster-würdevoller Ausstrahlung. Er stützt sich auf einen Stock.

»Wo bin ich hier?«, ächze ich.

Der attraktive Arzt kommt näher, beugt sich über mich und späht mir aufmerksam in die Augen.

»Du bist im United States Army Medical Research Institute of Infectious Diseases«, sagt der ältere Arzt. »Einem medizinischen Forschungsinstitut der Regierung. Ich bin Dr. Savic, das ist Dr. Cutlass. Du hattest Kontakt mit den chemischen Kampfstoffen. Erinnerst du dich daran?«

Ich nicke.

Und mit einem Mal fällt mir alles wieder ein – Marios Tod, die Gaswehe, NIKO.

Ich will etwas sagen, doch meine Kehle ist zu trocken.

Deshalb bringe ich nur ein ersticktes Stöhnen heraus.

Die Schwester hält mir einen Plastikbecher mit Wasser und Strohhalm unter das Gesicht.

»Hier, Schätzchen. Schön austrinken.«

Seltsamerweise hat sie einen heftigen Südstaatenakzent. Sieht aus wie eine Chinesin und redet wie ein rotwangiges Mädchen aus dem tiefsten Georgia.

Das Wasser strömt in meinen Mund. Himmlisch sauberes Wasser.

»Niko ist da«, stammele ich. »Sie müssen mich zurück zum Lager bringen.«

Eine Sekunde lang sehen mich die Ärzte an. Dann wenden sie sich ab und reden weiter, als hätte ich kein Wort gesagt.

»Der Grad der Integration in ihr Blut ist einmalig«, meint der gut aussehende Dr. Cutlass, zieht ein Minitab aus der Brusttasche und ruft irgendeine Grafik auf, die er seinem Kollegen präsentiert.

»Du weißt doch, wie ich über deine Ideen denke«, erwidert der Russe. »Moralisch gesehen ist das sehr gefährliches Terrain, James.«

Na so was. Die haben mich komplett abgeschrieben. Die halten mich für eine arme Irre.

»Du bräuchtest so oder so eine umfassende Einverständniserklärung«, fährt der Russe fort. »Draußen sind Gerüchte im Umlauf, wir würden Menschen gegen ihren Willen testen, und die Gerüchte sind schon dem Präsidenten zu Ohren gekommen.«

Aus seinem Mund klingt das Wort *Gerüchte* wie ein bitterer Vorwurf.

»Hey!«, rufe ich. Die beiden ignorieren mich weiter. »Hören Sie mir zu! Mein Freund Niko wollte mich abholen. Ich habe hier nichts zu suchen. Ich muss zu ihm. Sie müssen mich zurückbringen. Er ist extra zur Mizzou gekommen!«

Dr. Cutlass nickt der Schwester zu.

Sie schenkt mir ein mildes Lächeln und werkelt mit einer Spritze an meinem Infusionsschlauch herum.

»Schon gut, Schätzchen«, sagt sie. »Du bist hier in Sicherheit.«

Eine schwere Wärme steigt aus der Matratze auf, umschlingt meinen Körper und zieht mich hinab in einen tiefen, traumhaften Schlaf.

»Und wenn du wieder aufwachst, warte ich auf dich, Darling«, flüstert die Schwester – und einen kurzen Augenblick lang halte ich sie für einen Engel mit einem Heiligenschein aus LED-Licht.

DREIUNDDREISSIGSTES KAPITEL
DEAN

Am nächsten Morgen klopfte es an der Haustür.

»Jamie! Lizzie! Seid ihr da?«

Am Schluss war ich anscheinend doch eingeschlafen, denn das laute Klopfen weckte mich.

Ich stolperte die Treppe hinunter und spähte durch die drei Scheiben, die oben in die Haustür eingelassen waren.

Durch das gemusterte Glas konnte ich nur erkennen, dass draußen eine Schwarze stand.

»Ich bin's, Jamie!«, rief sie. »Wenn du zu Hause bist, mach bitte auf!«

Ich öffnete die Tür.

Als die Frau mich sah, schreckte sie zurück.

»Keine Angst«, sagte ich. »Wir haben Rinée gefunden. Wir haben sie nach Hause gebracht. Deshalb sind wir hier.«

»O Gott. Wo sind Jamie und Lizzie? Weißt du, wo sie sind?«

»Warum kommen Sie nicht erst mal rein? Dann erzähle ich Ihnen alles.«

»Erzähl's mir gleich. Dann komme ich rein.«

Die Frau drehte sich zum Wagen und hob warnend die Hand – *drinbleiben!* Da entdeckte ich das Gesicht, das sich von innen gegen das Autofenster presste. Ein Junge.

»Ist das …«, fing ich an.

»Das ist Rinées Bruder J.J. Also eigentlich Jamie junior. Ich habe ihm gesagt, er soll im Auto warten. Ich wusste ja nicht, wie es hier aussieht. Gestern hat seine Schule bei mir angerufen, ein Haufen Kids war nicht abgeholt worden. Ich habe ihn geholt, aber dann mussten wir den ganzen Nachmittag bei meinem Mann im Krankenhaus bleiben. Jemand hatte ihn angegriffen und … ach, tut mir leid. Ich bin so wirr im Kopf. Ich bin Lea, Rinées und Juniors Tante. Was weißt du über meinen Bruder und seine Frau? Bitte, sag's mir.«

»Also Lizzie … über Jamie wissen wir nichts, aber Lizzie, Rinées Mom … sie wurde getötet. Es tut mir sehr leid.«

Leas Augen wurden feucht. Nach einigen Sekunden Schweigen nickte sie. »Ist Lizzie … ist sie hier im Haus?«

»Nein. Die Leiche ist nicht hier.«

Ich sagte ihr nicht, wo sie war oder wie ihre Schwägerin ums Leben gekommen war. Ich wollte es ihr irgendwann sagen, ehrlich, aber nicht jetzt gleich.

»Okay«, meinte Lea, »okay. Ich krieg das hin.«

Sie drehte sich um und winkte den Jungen heran.

Lea erklärte J.J., dass seine Eltern nicht zu Hause waren, aber Rinée sicher im Bett lag. Daraufhin schoss J.J. die Treppe hoch wie ein geölter Blitz und verschwand in Rinées Zimmer.

Ich hörte, wie er sanft auf die Kleine einredete, bis sie schließlich aufwachte. Als sie ein bisschen heulte, machte er leise »Pssst«.

»Ihr geht's gut!«, rief J.J. nach unten.

Lea behielt mich im Auge, während ich im Wohnzimmer auf und ab lief. Ich weiß, ich hätte ihr einen Kaffee anbieten sollen oder irgend so was, aber ich machte mir Sorgen um Astrid.

»Wissen Sie …«, sagte ich. »Meine Freundin ist krank, und ich weiß einfach nicht mehr, was ich tun soll. Sie trinkt und isst nichts mehr, und sie ist schwanger, und sie hat sich die ganze Nacht lang übergeben. Könnten Sie vielleicht mal nach ihr …«

»Warum hast du das nicht gleich gesagt? Wo ist sie?«

Astrid lag noch immer auf dem Badezimmerboden, genau wie gestern Abend. Nur dass sie jetzt auf der Seite lag.

»Hmmm …« Lea runzelte die Stirn.

»Ich glaube, es ist eine Magensache, ein Virus oder so«, sagte ich. »Oder das Hühnchen war verdorben …«

»Geh einen Teelöffel holen und einen frischen Becher … was auch immer das ist.« Lea drückte mir den Gatorade-Becher in die Hand. »Das Mädchen braucht Flüssigkeit.«

Als ich zurückkehrte, hockte Lea im Schneidersitz auf dem Boden, Astrids Kopf und Schultern auf dem Schoß. »Ich brauche eine Uhr«, meinte sie. »Wir geben dir alle drei Minuten einen Teelöffel Gatorade, Kleines. Wir richten uns streng nach der Uhr. Dann geht's bald wieder. Wirst schon sehen.«

Astrid wimmerte.

»In der wievielten Woche ist sie?«, fragte Lea.

»In der achtundzwanzigsten. Glauben wir.«

»Verstehe. Okay. Das haben wir gleich, Liebes.« Leas Stimme beruhigte mich. Sie hörte sich an, als wüsste sie wirklich Bescheid. Ich bezweifelte keine Sekunde, dass es am klügsten war, einfach ihre Anweisungen zu befolgen. »Hey.« Sie sah mich an. »Tust du mir einen Gefallen? Mach den Kids Frühstück, okay?«

»Klar«, antwortete ich.

Unter anderen Umständen, in einer ganz anderen Welt, hätte ich ihr in diesem Moment vielleicht erzählt, dass ich schon Erfahrung damit hatte, eine Bande Kids zu füttern. Dass ich das mal jeden Tag gemacht hatte.

Ich tischte den Kids Rührei und Marmeladentoast auf. Die beiden Geschwister gingen so goldig miteinander um, dass einem fast die Tränen kamen.

J.J. schätzte ich auf zehn Jahre. Er war sehr still. Ich hatte damit gerechnet, dass er mir tausend Fragen stellen würde, wo seine Eltern waren und so weiter, doch er fragte gar nichts. Sein Verhalten erinnerte mich an die Kleinen im Greenway, kurz nachdem wir dort eingeschlossen worden waren. Also *verdrängten* alle Kinder die Realität? Nein, das war das falsche Wort. Ich glaube nicht, dass sie vom Verstand her kapierten, dass es eine Reihe tödlicher Katastrophen gegeben hatte, und es dann einfach nicht wahrhaben wollten. Es war eher, als hätte sich ein Schleier auf ihr Bewusstsein gelegt, damit sich die ganzen Grausamkeiten gar nicht erst in ihre Gedanken einschleichen konnten. Wie Schichten aus dünner Seide, die ihre Seelen vor Dingen bewahrten, mit denen sie nicht umgehen konnten.

Davon kam der verschwommene Blick, mit dem J.J. am Frühstückstisch saß. Er sah nur seine kleine Schwester.

Ich war mir nicht sicher, ob er mich überhaupt wahrnahm.

Nach einer Stunde kam Lea runter.

»Ich hab die Kleine ins Bett gesteckt. Ach, ich weiß auch nicht. Wenn das Krankenhaus nur nicht so überlaufen wäre … dann würde ich sie schnell hinfahren, um sie durchchecken zu lassen.« Als sie mein besorgtes Gesicht sah, fügte sie rasch hinzu: »Aber ich glaube, es wird schon werden. Wir müssen ihr nur genug Flüssigkeit geben, dann klappt das schon. Und natürlich braucht sie Ruhe.«

»Ist es okay, wenn wir beide hierbleiben?«, fragte ich. »Wir wissen nicht so richtig, wohin.«

»Aber klar bleibt ihr hier. Wo denn sonst?« Lea schaute auf die Uhr. »Aber die Sache ist die – ich habe meinen Mann zu Hause gelassen, und bald muss sein Verband gewechselt werden.«

Die Kinder spielten »Küche«, offensichtlich Rinées Lieblingsbeschäftigung. J.J. hatte eine ganz spezielle Art, von den winzigen Tellern zu essen und aus den winzigen Bechern zu trinken, mit der er Rinée regelmäßig dazu brachte, in lautes Glucksen auszubrechen.

Es war schön, mal wieder jemanden lachen zu hören.

Auch Lea lauschte und lächelte, aber in ihren Augenwinkeln nisteten sich Trauer und Angst ein. »Ich bete die ganze Zeit, dass Jamie wiederauftaucht. Ich hoffe so sehr, dass es ihm gut geht. Ich liebe meinen Bruder sehr.«

»Das Gefühl kenne ich«, meinte ich. »Das kenne ich sehr gut.« Ich berührte sie an der Schulter. »Ich sollte Ihnen sagen, was mit Lizzie passiert ist.«

»Ich muss jetzt zu meinem Mann«, erwiderte Lea schnell – und ich begriff, dass sie es gar nicht wissen wollte. Lieber nicht. »Ich glaube, ich bringe ihn hierher, und wir wohnen hier einfach alle zusammen. Ihr zwei könnt im Schlafzimmer bleiben. Oben im Arbeitszimmer ist eine Ausziehcouch, die reicht uns beiden locker. Dann können wir uns gegenseitig helfen, und die Kids fühlen sich bei sich zu Hause auch ein bisschen wohler.«

»Gute Idee«, sagte ich.

»Schaust du ab und zu nach den Kindern, solange ich unterwegs bin?«

»Natürlich.«

»Und später, nach dem Abendessen, kannst du mir ja vielleicht erzählen, was passiert ist.«

In den Falten rund um Leas braune Augen schimmerte eine Trauer durch, die mir in der Seele wehtat.

Soweit ich es beurteilen konnte, sah Astrid praktisch genauso aus wie vorher. Genauso schlecht. Aber sie schlief tief und fest, und das war sicherlich gut.

Auf dem Nachttisch stand der Gatorade-Becher, daneben lag der Teelöffel.

Lea hatte mir exakte Anweisungen gegeben: Zunächst sollte

ich Astrid eine Stunde lang schlafen lassen. Danach sollte ich mich zu ihr setzen und erneut die Drei-Minuten-Sache durchziehen.

Ich beschloss, in der Zwischenzeit den Gehsteig und den Rasen vor dem Haus sauber zu machen.

Die Kinder wollten unbedingt mit nach draußen. Ich war mir nicht sicher – was, wenn J.J. mich fragte, was ich da tat? Würde er begreifen, woher der faulige braune Fleck auf dem Pflaster stammte?

Aber ich ließ die beiden trotzdem raus. Sie hatten so viel Spaß miteinander, da konnte ich nicht Nein sagen.

Vorher streifte ich mir noch den Schutzanzug über. Ich wollte die Warnpfeife bei mir haben, denn der Wind konnte jederzeit umschlagen.

Der Gartenschlauch war mit einem ziemlich kraftvollen Sprühkopf ausgestattet, der den Großteil des Bluts auf Anhieb wegbrauste. Das Gras war ebenfalls im Nu sauber, aber am Ende musste ich dann doch noch reingehen und mir einen Eimer und eine Flasche Putzmittel holen.

Der große Fleck auf dem Gehweg wollte nicht verschwinden.

Zwischendurch sah ich kurz nach Astrid. Diesmal war sie wach.

»Wie geht's dir?«, fragte ich.

Astrid antwortete mit einer vagen Handbewegung: *Geht so.* »Mir platzt gleich der Schädel«, flüsterte sie. »Hast du hier irgendwo Aspirin gesehen?«

Im Bad fand ich eine Packung.

»Kannst du die mit Gatorade schlucken?«, sagte ich.

Astrid nickte.

»Lea hat gesagt, ich soll dir alle drei Minuten einen Teelöffel geben. Aber die Kids sind draußen und …«

»Ich krieg das schon alleine hin.«

»Sicher?«

»Ja, ja. Ich war nur ein bisschen dehydriert. Mir geht's gut, Dean.«

Ihre Wangen waren eingefallen, ihr schweißnasses Haar klebte an der Kopfhaut, ihre Haut ähnelte grünlichem Wachs. Sie sah alles andere als gut aus.

Aber das sagte ich ihr nicht. Kein Mensch sagt seiner Freundin, dass sie schrecklich aussieht.

Kurz nach dem Abendessen (Tiefkühlpizza mit extraviel Salami und Süßkartoffelpommes für mich und die Kids; für Astrid zwei trockene Toasts und Tee mit Honig, auf einem Tablett serviert) kehrte Lea mit ihrem Mann David zurück. David war ein großer Schwarzer mit imposantem Brustkorb und Armschlinge. Das Ende des Arms steckte in einem dicken Verband – die Hand war ab.

Außerdem war David ziemlich neben der Spur. Er grinste uns seltsam an und tapste zögerlich auf das Haus zu, als müsste er andauernd über eine niedrige Schwelle steigen.

»Er hat eine Menge Oxycodon genommen«, sagte Lea, ehe sie sich mit lauter Stimme an ihren Mann wandte. »Komm, Davy! Du musst es nur noch ins Haus schaffen, dann kannst du wieder schlafen!«

»Oh-kay, Baby«, antwortete er und versuchte, sie zu küssen.

»Lass das!« Sie lachte. »Na los, rein mit dir!«

Nachdem Lea ihren Mann ins Bett manövriert hatte, ging sie offenbar gleich zu Astrid – denn ein paar Minuten später schallte ihre besorgte Stimme herunter: »Dean! Komm mal hoch!«

Als ich das Zimmer betrat, roch ich das Erbrochene.

»Deine Freundin muss ins Krankenhaus, Kleiner.«

Astrid hing über der Bettkante. Sie hatte auf den Boden gekotzt.

»Nein!«, wimmerte sie.

»Sie braucht eine Infusion. Die Gatorade bringt's nicht mehr.« Lea half ihr, sich aufzurichten.

»Nein!«, rief Astrid noch einmal.

»Das ist doch eine Kleinigkeit, Baby. Dean fährt dich ins Krankenhaus, und die machen das dann. Und wenn du wieder genug Flüssigkeit im Körper hast, bringt Dean dich wieder zurück. Alles kein Problem.«

Lea nahm mich am Arm und zog mich auf den Flur.

»Eins kann ich dir gleich sagen – die Krankenhäuser in Vinita sind voll. David und mich haben sie gestern acht Stunden warten lassen, und der hatte eine Hand, die nur noch halb am Arm hing! Die nehmen deine Freundin nicht dran, nur weil sie dehydriert ist. Ich denke, ihr solltet rauf nach Joplin fahren.«

»Okay«, sagte ich, halb hysterisch vor Angst. »Okay.«

»Ich fürchte, sie könnte Präeklampsie haben. Das wäre eine ernste Sache, verstehst du? Lizzie hatte dasselbe bei J.J. Also setzt euch in Mr. Waggoners Auto, und fahrt los.«

»Wer ist Mr. Waggoner?«

»Ihr seid in seinem Auto hergefahren. Jamies Nachbar.«

»Oh. Ach so.«

Und mein dummer Verstand, der einfach stur weiterratterte, als befände ich mich nicht mitten in einer schweren Krise, zog die logischen Schlüsse: Wir hatten gar nicht Lizzies Auto geklaut. Deshalb war in dem Wagen auch kein Kindersitz für Rinée.

Lizzie wollte das Auto ihres Nachbarn stehlen. Des Mannes, der sie umgebracht hatte.

Bevor er sich selbst umgebracht hatte.

VIERUNDDREISSIGSTES KAPITEL
JOSIE

Das Klebeband wird von meiner linken Hand gerissen. Dadurch wache ich auf.

Als ich die Augen öffne, steht die Krankenschwester von vorhin an meinem Bett.

»Hallo du!«, ruft sie. »Du hast dich aber schön ausgeruht! Du hast mindestens zwölf Stunden geschlafen, wenn nicht mehr.«

Nach einem kurzen Moment der Verwirrung fällt mir wieder ein, wo ich bin und wieso ich meine Arme und Beine nicht bewegen kann.

Die Schwester hält mir einen Wasserbecher mit Strohhalm unter den Mund.

Dafür bin ich ihr dankbar. Ich trinke.

»Ich glaube, da hat dir jemand in die Hand gebissen«, plaudert sie weiter, während sie meinen Verband wechselt. »Sieht mir jedenfalls ganz danach aus. Ja, das sieht mir ganz nach einer fiesen kleinen Bisswunde aus.«

Und ich erinnere mich – sie hat recht.

Aidan hat mich gebissen. Der liebe kleine Aidan.

O Gott. Was ist mit meinen Kids?

»Ich heiße Sandy«, sagt sie. »Und du bist Josie Miller. Das steht jedenfalls in diesem schlechten Witz von einer Patientenakte. Du warst im Internierungslager an der Mizzou, was?«

Ich nicke.

»Und wie geht's dir jetzt?«

Niko wollte mich retten und musste stattdessen mit ansehen,

wie ich angegriffen und betäubt und verschleppt wurde. Ich habe meine Kids mitten in einer blutigen Schlacht auf Leben und Tod allein gelassen. Und jetzt werde ich in einem Forschungsinstitut der US-Regierung festgehalten.

Die Ledermanschetten scheuern an meinen Handgelenken und Fußknöcheln. Darüber hinaus spüre ich inzwischen, dass sie mir einen Katheter gelegt haben – kein angenehmes Gefühl. Ich habe bohrende Kopfschmerzen und eine trockene Kehle. Meine Hand juckt. Mein Herz ist gebrochen.

Meine Hoffnung ist zerstört. Atomisiert.

Wie es mir geht? Ich finde keine Worte.

»Dann frag ich dich was anderes«, sagt Sandy. »Hast du Hunger?«

Und was für einen Hunger ich habe! Ich merke es erst jetzt – aber mein Magen fühlt sich an wie ausgehöhlt.

Ich nicke: Ja, ja, ja!

»Gut!« Sandy lacht, geht quer durchs Zimmer und ruft in den Gang: »Kelly, bestellst du mir bitte ein Frühstück für Miss Miller?« Dann kehrt sie zurück und lässt mich noch einen Schluck Wasser trinken. »Übrigens muss ich mich bei dir entschuldigen. Ich habe entschieden, dass wir dir die Haare abschneiden. Ich dachte, es wäre besser so, aber jetzt tut es mir doch wieder leid. Aber weißt du, deine Frisur, diese beiden Knoten da oben, die waren einfach steinhart. Und Linnea, also Linnea ist schwarz, und sie hat gesagt, wenn die Haare erst mal so richtig verfilzt sind, kann man sie nur noch abschneiden. Aber ich versteh's total, wenn du mir jetzt böse bist.«

Sandy plappert so nett vor sich hin – der kann man unmöglich böse sein.

»Ich bin nicht böse«, krächze ich.

»Da bin ich froh! Aber du siehst mir auch nicht aus, als wärst du nachtragend.«

Ich wende das Gesicht ab.

Es ist alles zu traurig.

»Na, na, na, Schätzchen!« Sandy streichelt meine Schulter. »Jetzt mach doch nicht so ein Gesicht.«

Sie bleibt neben dem Bett stehen und tänzelt nervös auf der Stelle. Als ich anfange zu weinen, zieht sie meine Decke höher und rückt mein Kissen zurecht.

Ich weiß nicht, was ich sagen soll.

Ich kann nichts sagen.

»Weißt du was?«, meint Sandy. »Wenn du mich fragst, sind die schweren Ledermanschetten bei dir gar nicht nötig. Das ist doch Unsinn! Diese Lederdinger sind was für große, kräftige Männer – und von denen hatten wir hier weiß Gott genug! Aber du bist doch ein zartes Mädchen. Du kannst doch keiner Fliege was zuleide tun.«

Was für ein Irrtum.

»Ich lege dir die Plastikgurte an. Dann kannst du dich besser bewegen – und du kannst dich auf die Seite drehen! Das ist viel bequemer! Ich muss mir halt bloß sicher sein, dass du nicht auf die Idee kommst, mir was zu tun.« Sandy schiebt ihre Finger zwischen meine und drückt meine Hand. Sie hat weiche, feuchte Haut. »Aber du tust mir schon nichts, was? Nicht wahr, Darling?«

»Nein«, sage ich – und ich meine es auch so. »Ich tu dir nichts.«

»Braves Mädchen!«, zwitschert Sandy. »Dann bin ich in einer Sekunde zurück …«

Sie wieselt aus dem Zimmer.

Während sie unterwegs ist, bringt ein männlicher Angestellter ein Essenstablett und stellt es auf einen Rollwagen an der Seite.

Es duftet nach Eiern, Bacon, French Toast und Tee.

Augenblicklich läuft mir das Wasser im Mund zusammen. Ich fühle mich, als wäre meine Nase besoffen.

Als mein Magen knurrt, lacht der Mann in sich hinein. »Aber schön langsam essen. Jeden Bissen zehnmal kauen, ja? Sonst wird dir schlecht.«

Kurz darauf taucht Sandy wieder auf, in der Hand zwei kleine Plastiktüten mit meinen neuen Fesseln.

Mit einem Knopfdruck fährt sie das Kopfende des Betts hoch.

Zuerst löst sie die unteren Ledermanschetten.

Ich strecke die Beine aus, jedes einzeln.

»Schon besser, was?«, fragt Sandy.

»Ja«, stoße ich hervor. »Danke.«

Ich will jetzt essen. Wann ist sie endlich fertig?

Ich werde unruhig. In meinem Inneren regt sich die aufgestaute Energie. Ich will essen!

»Wir haben's gleich!« Mit den leichten Riemen an den Fußgelenken ist Sandy fertig. Sie macht mit den Armen weiter.

Die Plastikdinger sind wirklich viel angenehmer.

Die Handmanschetten der oberen Fesseln hängen an langen Gurten, die sich am Bettgeländer anbringen lassen.

»Nicht schlecht, was?«, sagt Sandy. »Das ist eine Mischung aus Kevlar und Seide. Was es nicht alles gibt!«

Endlich rollt sie den Wagen zu meinem Bett und schwenkt das Essenstablett über meinen Schoß. Ich sehe einen kleinen versiegelten Becher Orangensaft, ein Brötchen mit zwei Plastiktöpfchen Butter, eine mit Plastikfolie abgedeckte Kanne Ahornsirup und eine Silberglocke über einem großen Teller.

Sandy hebt die Silberglocke.

Eier, Bacon, French Toast. Richtig gerochen.

Mit bebenden Fingern nehme ich die Plastikgabel in die Hand und schiebe mir den ersten Bissen Eier in den Mund.

So cremig. So buttrig. Mein Mund steht unter Schock.

Ich zwinge mich zu kauen, bevor ich runterschlucke.

Sandy beobachtet mich. »Weißt du, was ich glaube, Darling? Ich glaube, wärst du noch einen Tag länger an der Mizzou geblieben, wärst du verhungert. Wusstest du das?«

Ich sehe sie an.

Ja, irgendwo wusste ich es wohl.

Aber jetzt muss ich essen.

»Wie geht's unserer Patientin?«

Die Stimme des Filmstar-Arzts reißt mich aus dem Nickerchen, das ich nach meinem Fressanfall eingelegt habe.

»Gut«, antworte ich.

»Sehr gut! Das hört man gern!«

Ich durchschaue seine falsche Fröhlichkeit sofort. Der Typ will was von mir.

»Wie ich sehe, hat Sandy dir die leichten Fixiergurte angelegt. Soll mir recht sein. Ist ihre Entscheidung.«

Ich sehe ihm an, dass er sich am liebsten auf die Bettkante setzen würde.

Aber er zögert noch.

»Also, Josie. Es wäre nett, wenn du mir ein bisschen von dir erzählen könntest. Natürlich nur, wenn du nichts dagegen hast ... zum Beispiel, wie es dir ergangen ist, bevor du in Parker aufgegriffen wurdest?«

Ich nicke. Meinetwegen.

»Warst du während der ursprünglichen Freisetzung im Freien?« Ich schaue den Mann wohl ziemlich ratlos an – denn er erklärt es mir: »Als die Tanks bei NORAD leck geschlagen sind, warst du da im Freien? Warst du dem Gas schon damals ausgesetzt?«

»Nein. Das war erst knapp zwei Wochen später. Damals war ich noch in Sicherheit, in einem großen Gebäude. Es ist erst passiert, als wir versucht haben, uns nach Denver durchzuschlagen.«

Der Arzt schreibt auf dem Minitab mit, so schnell er den Stylus schwingen kann.

Da kommt Sandy herein. Sie tut, als müsste sie meine Infusion überprüfen, aber ich glaube, sie interessiert sich vor allen Dingen für meine Geschichte.

»Max, einer unserer kleinen Jungs, wurde angegriffen«, sage ich. »Ich wusste damals schon, was ich bin, und der Soldat, der auf ihn los ist, war ziemlich von der Rolle. Mir war klar, dass ich mit ihm fertig werde, wenn ich zur Nullerin mutiere. Deshalb habe ich die Gasmaske abgenommen.«

Sandy betrachtet mich voller Mitleid.

Dr. Cutlass schreibt mit und nickt hin und wieder. »Wie lange warst du dem Gas daraufhin ausgesetzt?«

»Vielleicht drei Tage? Es ist schwer zu sagen. Da draußen war es stockdunkel.«

»Und während dieser Phase … weißt du noch, ob du ganz und gar die Kontrolle verloren hast? Oder konntest du noch gewisse Entscheidungen treffen?« Er sieht mich an, als wäre ihm die Antwort auf diese Frage sehr wichtig.

»Ich konnte noch Entscheidungen treffen.«

»Ich wusste es!«

»Ich hatte mich noch so weit im Griff, dass ich meinen Freunden nichts getan habe. Aber das war's dann auch – ich konnte mich entscheiden, sie nicht zu töten. Mehr nicht. Aber neulich, als die Gaswehe durch die Mizzou gezogen ist, konnte ich mich plötzlich besser kontrollieren.«

Dr. Cutlass fängt an, in dem engen Zimmer auf und ab zu marschieren. »Das ist hochinteressant.« Er tippt auf sein Tablet. »Hier, das haben die Kollegen von der Mizzou über dich geschrieben: ›Trotz der Kontamination versuchte Miller, zwei kleine Kinder zu retten. Während alle anderen Insassen nur noch Gewalt und Mord im Sinn hatten, riss Miller vor unseren Augen zwei miteinander ringende Kinder auseinander, um sie in Sicherheit zu bringen.‹«

Als ich mich aufsetze, ziehen sich die Fesseln um meine Handgelenke zusammen. »Wer hat das geschrieben?«

»Ein Arzt an der Mizzou.«

»Dr. Quarropas?«

Er sieht nach. »Ja, ein J. Quarropas.«

»Sie haben Kontakt zu Dr. Quarropas?«

»Kaum. Wieso?«

»Ich wüsste gerne, wie … wie es meinen Kids geht.«

Völlig aus dem Nichts wird mein Herz von neuer Hoffnung überschwemmt.

Sandy tätschelt mir das Sprunggelenk, während sie die Decke über meinen Füßen glättet.

Dr. Cutlass betrachtet mich nachdenklich. »Na gut, Josie. Ich lasse es mir durch den Kopf gehen – vielleicht kann ich Dr. Quarropas für dich kontaktieren. Aber ich will, dass du dir auch etwas durch den Kopf gehen lässt.«

»In Ordnung.«

»Ich glaube, du bist etwas ganz Besonderes, Josie. Weil du in der Lage bist, deinen Willen selbst unter dem Einfluss von MORS bewusst zu kontrollieren.«

»MORS?«

»Das ist der Name des chemischen Kampfstoffs, der im Four-Corners-Gebiet freigesetzt wurde«, erläutert Dr. Cutlass schnell. »Aber damit ich weitermachen kann, bräuchte ich eine Probe deiner Zerebrospinalflüssigkeit.«

Danach erzählt er mir, das wäre ein ganz simpler Eingriff, praktisch ohne Risiken, und bei mir würden sie sogar besonders behutsam vorgehen, weil ich eine einzigartige Versuchsperson sei, und sollte ich zustimmen, könnte ich schon bald entlassen werden ... und was ihm noch so an Versprechungen einfällt, um mich zu bewegen, in die Untersuchung einzuwilligen.

Und vielleicht würde ich sogar einwilligen, wäre da nicht ein kleines Detail: Als Dr. Cutlass »Zerebrospinalflüssigkeit« sagt, schnellt Sandys Kopf nach oben. Sie bleibt stocksteif am Fuß des Betts stehen, im Rücken des Arzts, und starrt mich mit großen, ängstlichen Augen an. Ihr Mund gefriert zu einer schmalen Linie.

Sie schüttelt ruckartig den Kopf. Tu's nicht.

»Also sind wir uns einig?«, fragt Dr. Cutlass. »Am besten gibst du mir die Namen dieser Kids – dann kann ich schauen, was sich machen lässt. Und du müsstest noch die Einverständniserklärung unterschreiben.«

»Moment. Wie kommen Sie an diese Flüssigkeit?«

»Oh, hatte ich das noch gar nicht erwähnt?«

Ich schüttele den Kopf.

»Durch eine Lumbalpunktion. Das ist reine Routine.«

Unwillkürlich zucken meine Augen zu Sandy.

Und Cutlass bemerkt es. Er schaut über die Schulter und fixiert die Schwester mit einem kalten Blick. Einem eisig kalten Blick.

»So, Darling«, sagt Sandy. »Dann kümmere ich mich mal um dein Mittagessen!«

»Die Untersuchung machen wir jeden Tag, Josie.« Dr. Cutlass dreht sich wieder zu mir und setzt ein onkelhaftes Lächeln auf. »Gut, dann sag mir mal, wie deine kleinen Freunde heißen. Möglicherweise kann ich sie in eine besser gesicherte Einrichtung verlegen lassen.«

Das ist ein glasklarer Bestechungsversuch.

Aber ich gebe ihm die Namen.

Ich sage ihm, ich würde darüber nachdenken.

An Cutlass' Gesicht ist abzulesen, wie er zu dem Schluss kommt, dass sich im Moment nicht mehr rausholen lässt.

»Ruh dich schön aus, Josie Miller«, sagt er zum Abschied. »Vor uns beiden liegt noch viel Arbeit. Wir haben Großes vor.«

Ich wache auf. Sandy fummelt an meinem Infusionsschlauch herum.

»Sandy?«, sage ich. »Ist alles in Ordnung?«

Sie nickt. »Alles gut, Spatz.«

Aber ich weiß, dass nicht alles gut ist. Ich weiß, dass sie eine eigene Meinung zu Cutlass' Plänen hat.

»Ich dachte mir …«, meint Sandy. »Wenn's dir schon besser geht, willst du vielleicht ein bisschen rumlaufen? Eine Runde spazieren gehen?«

»Ja! Unbedingt!«

Sie lacht. Und wird wieder ruhig. »Siehst du? Es lohnt sich, brav mitzuarbeiten. Dr. Cutlass hat gesagt, dass du einen vernünftigen, folgsamen Eindruck machst. Und das ist gut für dich! Sonst dürfte ich dich nämlich gar nicht rumlaufen lassen.«

Ihre Stimme klingt seltsam. So … ausdruckslos.

Als ich versuche, ihr in die Augen zu sehen, wandert ihr Blick in die Ecke, als wollte sie mich auf etwas aufmerksam machen.

»Jetzt nehmen wir dir erst mal die Gurte ab!« Sandy fasst mich an den Beinen und dreht mich auf die Seite, sodass ich in die Ecke schaue, in die sie gedeutet hat.

Ich sehe es.

Eine kleine, silberne Halbkugel oben an der Decke.

Eine Überwachungskamera.

Wir werden beobachtet und abgehört.

Deswegen darf Sandy nichts Falsches sagen.

»Keine Sorge, Süße. Wir lassen es ganz ruhig angehen. Aber

ich dachte mir, du hast vielleicht Lust auf eine kleine Privatführung durch das Forschungs- und Premiumrehabilitationszentrum des USAMRIID, Zone vier.«

Nachdem die Gurte abgeschnallt sind, muss Sandy noch den Katheter ziehen. Dann darf ich aufstehen.

Meine Beine brechen unter mir weg. Sandy muss mich stützen. Sie ist so klein, dass ihre Schulter optimal unter meine Achselhöhle passt.

»Schön langsam! Schau erst mal, wie sich das Stehen so anfühlt. Oder wär's besser, ich hol dir einen Rollstuhl?«

»Nein«, sage ich. »Ich kann laufen. Wirklich. Ich schaffe das.«

Ich lege ihr den Arm um die Schultern. Sandy ist klein und drahtig. Kräftig.

Wir müssen meinen Infusionsständer mitrollen, aber das stört mich nicht. Ich kann mich sogar ein wenig daran abstützen.

Ich mache zwei, drei langsame Schritte. Das Bett entfernt sich.

»Sandy? Bevor wir hier rausgehen …«

»Ja?«

»Ich will wissen, wie ich aussehe.«

Das enge Bad ist mit einer Dusche, einem Waschbecken und einer Toilette ausgestattet, alles klein und kompakt.

Ich stehe im goldenen Licht der Deckenbeleuchtung und bin positiv überrascht.

Mein Haar ist weg. Abrasiert. Ich habe nur noch ein bisschen Flaum auf der Kopfhaut. Aber der Look gefällt mir.

Ich wirke erwachsen. Und abgehärtet.

Und wenn ich so darüber nachdenke, bin ich das wahrscheinlich auch. Beides.

Nach den ersten unsicheren Schritten klappt das Laufen ganz ordentlich.

Mein Körper schmerzt etwas, meine Arme und Beine sind zentnerschwer. Aber es war schon schlimmer, viel schlimmer.

Auf dem Flur sieht es aus wie in jedem anderen Krankenhaus auch. Doch als ich in ein, zwei andere Zimmer spähe, sehe ich, dass es auch dort keine Fenster gibt.

»In Fort Bragg und Fort Benning und anderswo sind noch ähnliche Einrichtungen, aber die vielversprechendsten Fälle werden herausgepickt und hierher verlegt«, erklärt Sandy mir, während wir nebeneinander hergehen.

Die meisten Türen sind geschlossen. Doch hinter einer entdecke ich einen riesigen, massigen Kerl, der fest ans Bett gegurtet ist. Hinter einer anderen sitzt ein Mann – ein Besucher – bei einer weinenden Frau, die in einem Krankenhaushemd im Bett hockt. So ein Hemd trage ich auch.

»Also sind Besuche erlaubt?«, frage ich.

»Manchmal.« Seufzend deutet Sandy auf eine Metalltür mit einem großen, mit Stahldraht verstärkten Fenster. Auf der anderen Seite ist ein bewaffneter Wachmann postiert.

Als Sandy ihm zuwinkt, nickt er unmerklich.

»Die Zugänge zum Treppenhaus werden überwacht, auf allen Etagen, rund um die Uhr und sieben Tage die Woche. Hier kommt keiner rein, der nicht reindarf. Musst dir also keine Sorgen machen!« Sandy tätschelt mir den Arm.

Oberflächlich betrachtet, will sie mich nur beruhigen. Aber ich höre die eigentlichen Worte hinter ihren Worten: *Versuch bloß nicht abzuhauen.*

»Sogar wir Mitarbeiter müssen strenge Sicherheitskontrollen mitmachen«, erzählt Sandy weiter. »Retinascanner auf jedem Stockwerk. Da kann wirklich gar nichts passieren.«

Sie will mir sagen, dass die Identität an jeder Tür überprüft wird. Wenn ich hier rauswill, müsste ich erst mal irgendwem die Augäpfel klauen.

Wir gehen weiter, bis ich urplötzlich müde werde.

Die Kraft fließt einfach aus mir heraus.

»Wir sind hier übrigens unter der Erde«, meint Sandy gerade, während sie einer anderen Krankenschwester zuwinkt. »Deshalb gibt's auch keine Fenster.«

Weiter vorne ertönt ein Brummen, das immer lauter wird. Wir nähern uns einem Zimmer, in dem ein Mann eine professionelle Bodenreinigungsmaschine auf und ab schiebt.

»Ich bin müde«, sage ich.

»Ein bisschen noch«, erwidert Sandy.

Ich will aber nicht mehr. Ich will schlafen.

Doch Sandy geht weiter, bis wir direkt neben dem Typen mit der Reinigungsmaschine stehen. Mann, ist das Ding laut.

Sandy lehnt sich zu meinem Ohr: »Du darfst die Einverständniserklärung nicht unterschreiben. Diese Lumbalpunktion, die der Doktor bei dir machen will – für Leute wie dich ist das zu gefährlich.«

Ich schaue zu, wie der Mann die Maschine im Kreis dreht. Er blickt auf und sieht Sandy in die Augen.

»Dr. Cutlass ist ein guter Kerl, aber er ... er hat sich verrannt. Bei dir wäre die Untersuchung zu riskant. Bei anderen Leuten ist es vielleicht was anderes, aber nicht bei kontaminierten Nullern oder superdünnen Barbies wie dir. Verstanden?«

Ein Schauer klettert meine Wirbelsäule hinauf. Ich nicke.

Sandy nimmt mich am Arm und dreht mich herum. Wir gehen zurück zum Zimmer.

»Aber das weißt du nicht von mir, okay?«

FÜNFUNDDREISSIGSTES KAPITEL
DEAN

Ich trug Astrid zum Auto. Als das Sonnenlicht in ihre Augen fiel, zuckte sie zusammen.

»Bye-bye!«, rief Rinée.

»Wir kommen doch wieder«, antwortete ich, während Lea mir half, Astrid auf den Beifahrersitz zu setzen. J.J. stand auf der Vortreppe und sah mit offenem Mund zu.

»Bye, Ihn!«, brüllte Rinée. Der Abschied schien ihr nicht besonders schwer zu fallen. Im Gegenteil.

Ich fuhr. Astrid wimmerte. Das Schaukeln des Wagens quälte sie. Bei jedem Schlagloch schrie sie auf.

»Hier«, sagte ich und hielt ihr die Fahrradflasche mit Wasser hin, die Lea in den Cupholder gestellt hatte. »Trink einen Schluck. Bitte.«

Astrid trank einen Schluck.

Ihre Hand zitterte brutal, als sie die Flasche zum Mund führte.

Ich fand den Weg zum Highway. Auf nach Norden.

»Geht's dir ein bisschen besser?«, fragte ich.

Astrids Kopf hing nach vorne, zwischen ihren Ellenbogen auf dem Armaturenbrett.

Sie übergab sich noch einmal. Danach blickte sie mich ängstlich an, eine grünliche Kotzspur am Kinn.

»Schon gut«, sagte ich. »Wir schaffen das schon.«

Als sie sich ans Seitenfenster lehnte, beschleunigte ich auf 130 Stundenkilometer. Sollte mir nur recht sein, wenn mich die

Cops wegen Geschwindigkeitsübertretung rauswinkten. Die könnten uns dann gleich zum Krankenhaus eskortieren.

»Ist nicht mehr weit«, meinte ich. »Wir sind schon fast da.« Dabei hatte ich keine Ahnung, wie weit es bis Joplin war oder wie lange wir dorthin brauchen würden.

»Das ist nur eine Grippe«, plapperte ich weiter. »Das bringen die im Krankenhaus ruck, zuck in Ordnung.«

»Mein Kopf«, ächzte Astrid. »Mein Kopf tut so weh.«

Im nächsten Augenblick fing sie an zu zittern.

Sie warf den Kopf in den Nacken. Ihre Arme schlotterten. Ihr ganzer Körper schüttelte sich.

Ich fluchte und verriss beinahe das Lenkrad.

»Astrid!«, schrie ich. »Astrid!«

Ich lenkte irgendwie an den Straßenrand und bremste. Links rauschten Autos mit jaulenden Hupen vorbei.

Zuerst versuchte ich, Astrid in meine Arme zu zerren. Oder sollte ich ihr die Finger in den Mund stecken, damit sie nicht ihre Zunge verschluckte? Ich konnte mich nicht erinnern. Und plötzlich wurde sie ganz schlaff.

»Astrid? Astrid!?«

Sie hatte das Bewusstsein verloren.

Ein Schluchzen brach aus meiner Kehle.

Was jetzt? Was jetzt?

Ich stieg aus. Ich musste ein Auto anhalten.

»Hilfe!« Ich winkte. »Hilf mir doch irgendwer!«

Aber keiner hielt an.

Kein Mensch hielt an!

Hinten tauchte ein Army-Truck auf.

Gefolgt von weiteren Army-Trucks. Ein Konvoi.

Ich stieg wieder ein, schnallte mich an und trat aufs Gas.

Der erste Truck war gerade an uns vorbei, als der Wagen einigermaßen beschleunigt hatte.

Der Konvoi bestand aus acht bis zehn großen Trucks mit olivfarbenen Planen über der Ladefläche.

Auf der Ladefläche eines weiteren Trucks standen zwei eigenartige Jeeps, wie wir sie in Texas in Roufas Frachtflieger gesehen hatten.

Ich hupte und winkte den Fahrern zu, doch die Trucks überholten mich einfach.

Und schon waren sie alle an mir vorbeigeschossen. Sie ließen uns im wahrsten Sinne des Wortes Staub fressen.

Auf der Ladefläche des letzten Trucks saßen Soldaten. Wieder hupte ich, streckte die Hand aus dem Fenster und winkte. Ich bettelte sie an, stehen zu bleiben.

Ein Soldat mit einer Zigarette im Mundwinkel steckte den Kopf aus der Baumwollplane und musterte mich.

»Bitte!«, schrie ich, obwohl er mich nie im Leben verstehen konnte. »Bitte, Sie müssen uns helfen! Hilfe!«

Der Soldat nahm die Zigarette aus dem Mund und schnippte sie in meine Richtung, lachte fröhlich und zog sich wieder hinter die Plane zurück.

Automatisch trat mein Fuß das Gaspedal durch. Als wäre es nicht mein Fuß, sondern der eines anderen. Ich trieb den kleinen Mazda an seine Grenzen: 130 Stundenkilometer, 140, 150, bis ich den letzten Truck eingeholt hatte.

Als ich neben ihm auftauchte, blickte der Soldat im Beifahrersitz entgeistert auf mich hinab.

Ich steuerte den Mazda näher an den Truck. Immer näher.

Wenn es sein musste, würde ich ihn von der Fahrbahn auf den Mittelstreifen drängen. Wenn die Typen mir sonst nicht helfen wollten.

Die linken Reifen des Trucks fuhren schon auf den Mittelstreifen auf. Ein schweres, metallisches Kreischen – der Fahrer war auf die Bremse gestiegen.

Ich fuhr einen schnellen Schlenker nach rechts und rammte den Truck trotzdem fast von der Seite.

Shit. Was hatte ich getan?

Meine Tür wurde aufgerissen. Ein muskelbepackter Soldat zerrte mich am Shirt heraus und knallte mich gegen den Mazda. »Was soll die verdammte Scheiße, Junge? Willst du, dass wir dich erschießen!?«

»Meine Freundin und ich werden von einem medizinischen Forschungsinstitut der US Army gesucht.« Ich holte Luft. »Vom USAMRIID. Wir wollen uns stellen.«

SECHSUNDDREISSIGSTES KAPITEL
JOSIE

Am späten Nachmittag kommt Dr. Cutlass herein.

Jedes Mal, wenn ich ihn sehe, staune ich über seine Frisur. Sein Haar sitzt perfekt. Braunes, leicht gewelltes Haar, an den Schläfen grau, mit Gel zu eleganten Locken drapiert oder einfach nur hervorragend gekämmt.

Außer seinem Minitab hat er noch eine dicke Akte dabei.

»Josie Miller!« Er strahlt mich an. »Ich habe gehört, du hast einen kleinen Spaziergang gemacht?«

Dr. Cutlass wartet nicht auf meine Antwort, sondern fährt den Tisch mit dem Tablett zu meinem Bett und nimmt einige zusammengeheftete Blätter aus der Akte.

»Ich habe Dr. Quarropas kontaktiert – der Kollege hört sich gerade nach den Kindern um, die dir so wichtig sind. Aber eines der Mädchen hat er bei sich, eine ... Hannah?«

Er zieht einen silbernen Kugelschreiber aus der Brusttasche, legt ihn auf das Tablett und blättert die Seiten durch, bis er an einer gepunkteten Linie mit einem Kreuz angekommen ist – *Hier unterschreiben*.

»Nein, Heather«, meint er. »Das Mädchen heißt Heather, oder? Sie liegt auf der Krankenstation, es geht ihr gut. Sie hatte eine Gehirnerschütterung und einige Risswunden, aber sie ist schon wieder auf dem Weg der Besserung. Ich habe Dr. Quarropas gefragt, ob man die Kinder in eine bessere Einrichtung verlegen könnte, möglichst hier in der Nähe. Er schaut, was sich machen lässt.«

Dr. Cutlass lächelt mich an, nickt vorsichtig und deutet auf die Linie.

»Hier musst du unterschreiben.«

Ich sehe ihm in die Augen.

Er kann meinem Blick nicht standhalten. Seine Augenbrauen zucken, dann wendet er sich ab.

»Ich werde nicht unterschreiben«, sage ich.

»Was?«, erwidert er. »Im Ernst? Wieso nicht?«

»Weil ich glaube, dass es zu gefährlich ist.«

»Du meinst die Lumbalpunktion? Das ist doch eine ganz gewöhnliche Routineuntersuchung. Hier, ich zeig's dir.«

Er tippt auf seinem Minitab herum und präsentiert mir den Wikipedia-Eintrag zum Thema Lumbalpunktion.

Ich lese ihn gehorsam durch. In dem Artikel steht etwas von »geringem Risiko«.

Aber Sandy hatte einen guten Grund, mich zu warnen. Sie hat mich nicht aus Spaß durch die Gänge geschleift.

Ich gebe ihm das Minitab zurück und zucke mit den Schultern.

»Was mir vorhin noch eingefallen ist«, meint Cutlass. »Wir müssen uns noch über deine Entlassung unterhalten.«

Er wechselt die Taktik, aber ich beiße nicht an.

»Und ach ja – die beste Nachricht habe ich mir bis zum Schluss aufgehoben: Ich habe die Erlaubnis erhalten, dir für deine Teilnahme an unserem Forschungsprojekt eine Vergütung von 20.000 Dollar auszahlen zu lassen.«

Wow. So viel ist meine Unterschrift also wert. Und ich wette, ich könnte ihn ohne Weiteres auf 50.000 hochhandeln.

»Ich werde nicht unterschreiben«, sage ich.

»Du musst aber unterschreiben, Josie. Du bist der Schlüssel! In dir, in deinem Körper, stecken die Daten, die wir brauchen. Mein Gott, das wird dich berühmt machen. Denk doch mal darüber nach! Josie Miller wird in allen Geschichtsbüchern auftauchen!«

»Ich will nicht in Geschichtsbüchern stehen.«

»Was willst du dann?«

Ich blicke zur Seite.

Was ich will?

Ich will in der Zeit zurückreisen.

Ich will zu Mom. Oder zu Dad. Zu irgendwem, der mich schon davor kannte. Der mich daran erinnern kann, wie das Leben funktioniert.

Ich will meinen Körper mit einer magischen Butter, einem magischen Fett oder Öl füllen, das meine Zellen glättet und schmiert.

Mein Inneres fühlt sich so scharfkantig an. Als würden die einzelnen Atome übereinander scheuern.

Ich will wieder ein Mädchen sein.

Ich will mein Wissen in Unwissenheit verwandeln.

Ich will, dass mich jemand festhält. Irgendjemand, der nichts von mir erwartet.

»Sag mir, was du willst, Josie.«

»Was ich für mein Leben will?«, zische ich.

»Doch nicht für dein Leben! Für zehn Milliliter Rückenmarksflüssigkeit!«

»Aber die Operation würde mich umbringen!«

»Wer hat das gesagt? Sandy?«

»Nein!«, schreie ich. »Sie hat nichts gesagt. Es ist … es ist einfach …«

»Was?« Sein Tonfall wird streng. Er ärgert sich über das dumme, kleine Mädchen.

»Es ist mehr so ein Gefühl.«

Dr. Cutlass atmet ächzend aus. Ich gehe ihm auf die Nerven. »Hör mir zu«, sagt er. »Ich verstehe doch, dass du wütend bist.

Ich an deiner Stelle würde der Regierung wahrscheinlich auch nicht helfen wollen.«

Er versucht, auf mich einzugehen, eine gemeinsame Ebene zu finden. Ein Mensch zu sein. Ich weiß, dass das bloß sein nächster Schachzug ist, doch in seinen Augen sehe ich echtes Bedauern und echten Schmerz. Ehrliche Gefühle?

»Der Vorfall an der Mizzou … das muss die Hölle gewesen sein«, fährt er fort. »Ich habe die Berichte gelesen. Du hast einen Jungen erwähnt, einen Nicko?«

»Niko«, korrigiere ich ihn. »Er ist extra zur Mizzou gefahren, um mich da rauszuholen. Dann kam die Gaswehe, und Dr. Quarropas hat mich betäubt. Wir konnten nicht mal miteinander reden. Er hatte einen weiten Weg hinter sich. Alles umsonst.«

Ich will jetzt nicht weinen. Ich schreie mich an: Nicht weinen! Trotzdem sammeln sich Tränen in meinen Augen.

»Ich werde mich ein bisschen schlau machen«, meint Dr. Cutlass. »Vielleicht kann ich rausfinden, wo der Junge ist.« Er klopft mir auf den Arm, steht auf – und hält noch einmal inne. »Wenn ich ihn finde, würdest du dann unterschreiben?«

Ich wende mich ab. Also interessiert er sich doch nur für seine Einverständniserklärung. Aber ich habe mich für ein paar Sekunden ablenken lassen – und jetzt kennt er meine Schwachstelle.

Ich beantworte seine Frage mit einem Nicken und grabe das Gesicht ins Kissen, so tief es geht. Der Kissenbezug riecht nach Bleichmittel und Rauch, leicht angekokelt. Ich heule eine Zeit lang in den Stoff.

Als ich mich wieder zusammengerissen habe, drücke ich die Ruftaste an meinem Bett.

Eine Krankenschwester tritt ein – eine große, kantige Latina mit herabgezogenen Mundwinkeln.

»Ja? Was ist?«, fragt sie.

»Wo ist Sandy?«

»Sandy arbeitet jetzt auf einem anderen Stockwerk. Was ist?«

Ich wende mich ab. »Nichts, nichts.«

»Warum bist du nicht fixiert?«

»Sandy hat gesagt, ich brauche die Gurte nicht.«

»Hat sie das? Tja, bei mir gibt es keine Sonderbehandlung.« Sie geht zur Tür und bellt: »Hector! Fixiergurte!«

»Aber ich brauche sie wirklich nicht. Ich tue keinem was. Versprochen.«

»In deiner Akte steht, dass du dich nicht kooperativ verhältst. Und wer nicht kooperiert, wird fixiert.«

»Und was sagt Dr. Cutlass dazu?«, rufe ich. »Wo ist Sandy?«

Ich rolle mich zusammen, so eng es geht. Es ist lächerlich. Als müsste ich meine Hände und Füße nur ganz fest an mich pressen, damit die Schwester nicht herankommt.

Sie tritt an die Bettkante. Zunächst denke ich, sie will mir etwas sagen – doch sie zieht die Kappe von einer kleinen Spritze und klopft eine Luftblase aus der Nadel.

Ein breiter Mann im Kittel kommt mit einem Paar Ledermanschetten in den Händen herein.

»Nein!«, schreie ich. »Bitte nicht! Ich bin auch wirklich brav!«

Aber die Schwester spritzt mir irgendetwas in den Infusionsschlauch, und ich rausche in den Abgrund.

SIEBENUNDDREISSIGSTES KAPITEL
DEAN

Die Soldaten waren nicht sehr erfreut, mich kennenzulernen. Sie hielten mich für ein Arschloch, und das ließen sie mich auch spüren.

Jeder Einzelne von ihnen trug einen Schutzanzug – aus einem stabileren Material als unsere Overalls, aber ähnlich schlabberig geschnitten. Und die Kopfbedeckungen, die sie an der Hüfte trugen, erinnerten eher an Helme mit eingebauter Gasmaske als an Imkerhüte. Die Jungs mussten den Luftfilter nicht mit den Zähnen festhalten.

Sie sahen wie ein Reinigungstrupp aus.

»Hey!«, bellte mich der Hüne an, der mich aus dem Wagen geholt hatte. »Hast du eine Ahnung, was darauf steht, einen Einsatz der US Army zu behindern?«

»Sarge im Anmarsch!«, rief ein anderer.

Erst jetzt bemerkte ich, dass der gesamte Konvoi am Straßenrand gehalten hatte – und dass ein Offizier, der von drei Soldaten flankiert wurde, auf mich zumarschierte.

Da ging es los.

SCHRIIIIEEEEHHHH! Dutzende winzige Pfeifen gellten plötzlich durch die Luft.

»Anzüge! Masken!«, brüllten die Soldaten im Chor, und sie verloren keine Zeit. Die Sonne blitzte auf Helmvisieren, Dutzende sirrende Reißverschlüsse wurden geschlossen.

Gleichzeitig grub sich eine eisige Übelkeit in meinen Magen.

Astrids Schutzanzug.

Er hing immer noch an der Schlafzimmertür von Rinées und J.J.'s Eltern.

Als der Soldat, der mich bisher fest im Griff gehabt hatte, seine Kopfbedeckung versiegeln musste, riss ich mich los, hastete auf die andere Seite des Wagens und wand mich dabei aus dem Schutzanzug.

Astrid brauchte den Anzug. Astrid durfte nichts passieren.

Ich öffnete die Tür. Astrid kippte halb auf den Asphalt. Am Himmel, noch etwa eineinhalb Kilometer entfernt, flog die Gaswehe wilde Kurven und Kreise.

Ich zerrte den Anzug von meinen Beinen. Astrids Beine lagen noch im Wagen. Ich zog sie heraus und drückte ihren ersten Fuß in den Anzug.

Um mich herum ebbten die Pfeiftöne ab, als immer mehr Soldaten den letzten Reißverschluss schlossen.

Die ersten Männer rannten zurück zum Konvoi, um die Jeeps mit den Absaugvorrichtungen von der Ladefläche zu fahren. Befehle gellten hin und her. Ein Motor heulte auf.

Astrids Füße steckten in den Fußteilen. Ich stemmte sie nach oben und schob mich unter ihre Schultern, unter ihren Rücken, um den Overall an ihrem schlaffen Körper hochzuziehen.

Jetzt schrillte nur noch eine Pfeife – die Pfeife an dem Anzug, den Astrid noch lange nicht richtig anhatte.

Ihr Kopf schlenkerte gegen meine Schulter.

Hier und da streckte die Gaswehe schwarze Finger zum Boden. Kleine Wirbel, die nach irgendetwas zu greifen schienen, aber wonach?

Ich zog den Reißverschluss an der Vorderseite des Overalls zu.

»Und Action!«, rief irgendwer.

»Sauger in Bereitschaft!«, befahl ein Offizier.

Meine Finger rutschten von der Kopfbedeckung ab, die noch immer in dem Halfter an Astrids Hüfte steckte.

Endlich bekam ich das Ding heraus.

»Ganz ruhig!«, schrie jemand. »Abwarten!«

Ein Klimpern und Klirren setzte ein, wie feine Hagelkörner. Das Geräusch kam näher.

Hagel.

Ich stülpte die Kopfbedeckung über Astrids Kopf.

Hagel? Da war doch was.

Hagel und Blut. Damit hatte alles angefangen.

Ich schloss den Reißverschluss an Astrids Visier.

Und in meinem Gehirn entfaltete sich die Wut wie eine Blüte.

Astrid. Ein Mädchen. Ein Mädchen in einem Overall? Mit einem grünen Licht am Hals?

Ich drückte sie in den Wagen, ich presste sie rücksichtslos ins Innere und knallte die Tür zu, knallte die Tür mit aller Gewalt zu.

Dann sah ich die Männer.

Männer an riesigen Maschinen mit trichterförmigen Saugvorrichtungen, die hoch in den Himmel zielten. Ich würde einen von ihnen packen und in den Trichter stecken, und dort würde es ihn zerhacken.

Ein Häcksler! Eine geniale Idee!

Ich musste lachen.

Sie sahen mich nicht kommen – und schon hatte ich den Ersten. Ich krallte mich in den Kragen seines Schutzanzugs.

Ein Schutzanzug aus Stoff? Witzig. Wie sollte mich das bisschen Stoff aufhalten?

Ich glaubte schon, sein Blut zu schmecken. Gleich war es so weit. Gleich.

Zur Maschine! Ich schubste ihn. Zur Maschine!

Aber er war zu kräftig. Er stieß mich weg.

Und auf einmal lag ich am Boden, und ein Stoffmann presste mir einen Stiefel auf die Brust.

Eine Maschinenpistole. Der Typ hatte eine Maschinenpistole! Die wollte ich haben. Damit könnte ich …

»Sorry, Kleiner«, sagte der Stoffmann.

Dann rammte er mir die Waffe gegen den Kopf.

ACHTUNDDREISSIGSTES KAPITEL
JOSIE

Dunkelheit. Irgendwer schüttelt mich, bis ich aufwache.

Es ist Dr. Cutlass.

Mein Herz hämmert los, und jeder Schlag drängt mich weiter an die Oberfläche.

Ich kämpfe mich durch die trüben Schlammschichten meiner Müdigkeit, durchbreche den Kopfschmerz und bin wieder da.

Ich bin bereit zu kämpfen – würden mich die verdammten Ledermanschetten nicht ANS BETT FESSELN!

Wie ich sehe, hat Dr. Cutlass einen Pfleger mitgebracht. Und zwar nicht den Typen von vorhin.

Der Pfleger klebt ein Stück schwarzes Tape über die Überwachungskamera.

O Gott.

Sie wollen mich mitnehmen. Sie wollen die Untersuchung gegen meinen Willen durchführen.

Aber wenn, wenn, wenn sie mir die Fesseln abnehmen, und wenn es nur für eine halbe Sekunde ist – dann drehe ich Dr. Cutlass den Hals um.

Dann zerkratze ich ihm das schöne Lügnergesicht.

»Fassen Sie mich nicht an!«, schreie ich.

»Schhhh«, macht Cutlass.

»Ich willige nicht in den Test ein. ICH WILLIGE NICHT EIN!«

»Sei ruhig!«, zischt er. »Es geht nicht um den Test. Sei einfach ruhig und hör zu.«

Ich zittere. Zorn und Panik lassen meine Muskelfasern vibrieren.

»Ich würde die Untersuchung nie ohne deine Zustimmung durchführen«, meint er mit auffällig leiser Stimme. »Also beruhig dich, ja?«

Ich bemühe mich, langsamer zu atmen.

BUMM. BUMM. Bumm. Bumm. Mit jedem Schlag verlangsamt sich mein Herz.

»Wofür hältst du mich eigentlich?«, fragt Dr. Cutlass.

Für ein Monster? Für einen gewissenlosen Egoisten?

Ich werde mich nicht entschuldigen.

»Ich bin hier, weil es gute Nachrichten gibt«, flüstert er.

»Was für gute Nachrichten?«

»Heute Abend, um genau 22.29 Uhr, ist ein junger Mann zur Pforte gekommen und hat darum gebeten, eine Patientin besuchen zu dürfen.«

»O Gott. Niko?«

Dr. Cutlass nickt, ein breites Lächeln auf den Lippen.

»Im Ernst?«

Ich kann es nicht glauben. Und … und ich darf es nicht glauben. Das ist doch wieder nur ein Trick.

»Du musst nur die Einverständniserklärung unterschreiben, dann lasse ich ihn sofort hierherbringen.«

Kann das sein? Dass Niko mir hierher gefolgt ist?

Es wäre ihm zuzutrauen. Niko hätte irgendwie rauskriegen können, wo ich bin. Und Niko hätte einen Weg gefunden, mir zu folgen. Er wäre getrampt oder hätte ein Auto geklaut.

»Deswegen habe ich Jimmy gebeten, die Kamera abzukleben«, meint Dr. Cutlass. »Ein Besuch mitten in der Nacht verstößt gegen alle Vorschriften. Das ist ein großes Risiko für mich.«

»Und woher soll ich wissen, dass Niko wirklich irgendwo hier wartet?«

»Hmmm …« Mit einem Lächeln wendet Cutlass sich an Jimmy, den Pfleger, der hinten an der Wand lehnt. »Was habe ich gesagt? Das Mädchen hat was auf dem Kasten. Die lässt sich nicht austricksen.«

Er zieht sein Minitab aus der Tasche und wählt eine Nummer.

»Hier ist Dr. Cutlass. Niko Mills sitzt doch noch bei Ihnen im Büro? Könnten Sie ihn mir kurz geben?«

Er hält das Telefon an mein Ohr.

»Hallo?«, sage ich.

»Josie?«

Das ist seine Stimme.

Er ist es. Niko.

»Niko? Wo bist du?«

»Beim Sicherheitsdienst. Sie haben gesagt, ich darf vielleicht gleich zu dir. Ich weiß nicht. Aber ich bin hier. Ich bin hier, Josie.«

Jetzt heule und rede ich gleichzeitig, und Niko redet auch. Ich: »Niko. Ich kann nicht glauben, dass du mir bis hierher gefolgt bist.« Er: »Ich kann nicht glauben, dass ich dich gefunden habe.«

Tränen fließen über mein Gesicht, und wegen der Fesseln kann ich sie nicht abwischen.

Dr. Cutlass nimmt das Telefon weg, legt auf und hält die Papiere hoch. »Ich sag dir, wie's weitergeht. Jimmy nimmt dir die Fixiergurte ab, und du unterschreibst die Einverständniserklärung. Dann lasse ich Niko auf dein Zimmer bringen. Er darf sogar über Nacht bleiben.«

Ich nicke bereits.

Ich frage ihn nicht, was morgen früh mit mir passieren wird.

»Und natürlich stelle ich euch einen Wachmann vor die Tür.«

Ich nicke und nicke.

Ich will Niko sehen und sonst nichts.

Ich gehe ins Bad und wasche mir mit kaltem Wasser das Gesicht. Der Pfleger hat mir ein kleines Zahnputz-Set gegeben. Ich putze mir die Zähne.

Ein bisschen Lotion ist auch da. Ich verreibe sie auf meinem Gesicht und meinen Armen und meinen nackten Beinen, die aus dem blauen, viel zu weiten Krankenhaushemd ragen wie Lollistiele.

Die Lotion duftet nach Vanille. Das ist gut.

Ich wünschte, ich hätte einen Gürtel. Ich wünschte, ich hätte Lipgloss.

Ich betrachte mich im Spiegel.

Ein Lächeln schimmert über das Glas. Ein echtes Lächeln.

Wahre Freude. Ein helles Aufleuchten des Glücks.

Zum ersten Mal seit langer Zeit fühle ich eine Art Leichtigkeit. Ich habe etwas, worauf ich mich freuen kann.

Ich werde meinen Freund wiedersehen.

Ich streiche mir über das Haar, als ließe sich damit irgendetwas anstellen.

Dann klopft es an der Tür.

Ich öffne die Tür, und vor mir steht Niko Mills.

Irgendwie will ich nicht, dass er mich genauer ansieht. Also stürze ich mich sofort in seine Arme.

Er drückt mich an seinen dürren Körper.

Er riecht sauer und verschwitzt und verdreckt und wundervoll. Sein Haar ist verkrustet von vertrocknetem Schweiß.

Hinter ihm, auf dem Flur, stehen Dr. Cutlass und Jimmy. Cutlass grinst wie ein Großwildjäger, der soeben einen Löwen erlegt hat. Neben den beiden entdecke ich einen Wachmann mit Automatikgewehr.

Als Niko mich loslässt, weiche ich einen Schritt zurück.

Ein kurzer Augenblick, in dem keiner von uns weiß, wie es weitergehen soll.

»Wir sehen uns morgen früh, Josie«, sagt Cutlass. »Niko kann so lange bleiben. Ich habe meinen Männern gesagt, sie sollen euch zwei in Ruhe lassen.«

»Komm rein«, sage ich. Es ist ein seltsames Gefühl, das zu sagen, aber im Moment ist alles seltsam.

Niko kommt rein und schließt die Tür.

Er hat einen grauen Rucksack dabei. Und er sieht aus … wie früher. Derselbe ernste Gesichtsausdruck. Nur dass er vielleicht ein bisschen jünger wirkt als in meinen Erinnerungen.

Jetzt steht er in meinem Zimmer, und ich habe keine Ahnung, was ich tun soll.

Ich nestele am Bett herum, stecke das Laken am Fußende fest und streiche es glatt.

»Ich habe mir solche Sorgen gemacht«, sagt Niko.

Ich kann ihn nicht direkt ansehen. Keine Ahnung, warum. Ich bin so nervös, so angespannt.

»Diese Männer haben dich einfach zusammengeschlagen, und … und keiner hat was getan! Und dann die Gaswehe, das war … das war grauenvoll, Josie. So was habe ich noch nie gesehen. Das Blut ist über den Boden geschwappt.«

Niko redet und redet, und trotzdem gibt die rastlose Energie in meinem Inneren keine Ruhe. Seine Blicke machen mich nervös. Ich weiß, wie sehr ich gealtert bin. In seinen Augen sehe ich wahrscheinlich aus wie eine vertrocknete Hexe. Oder wie eine Fremde.

»Josie«, sagt Niko. »Josie?«

Ich blicke ihn an.

»Ist alles in Ordnung mit dir?«

Ich lege mir die Hände aufs Gesicht. Ein Teil von mir brüllt mich an, dass ich mich endlich zusammenreißen soll. Dass das doch lächerlich ist. Du hast ihn seit Wochen nicht gesehen, und jetzt benimmst du dich wie ein Baby? Mach nur so weiter. Dann haut er gleich wieder ab.

Aber ein anderer Teil von mir gibt endlich nach. Ein anderer Teil von mir lässt sich endlich fallen.

Niko ist bei mir.

Er kommt auf meine Seite des Betts.

Er nimmt mich in die Arme und hält mich fest.

Eine ganze Weile weine ich nur.

Ich liege in seinen Armen, und das ist der Himmel.

Ich liege in seinen Armen, und wenn es das Letzte ist, was ich erleben soll, bin ich glücklich und zufrieden.

»Josie«, sagt Niko, als ich irgendwann aufhöre zu heulen. »Du weißt doch, dass du mir alles sagen kannst?«

Wir liegen im Bett, Niko mit seinen verschlammten Stiefeln an den Füßen. Aber ist das nicht egal? Das ist die letzte Nacht, die ich in diesem Zimmer verbringen werde. So oder so.

»Jetzt ist dein T-Shirt ganz nass«, sage ich. »Tut mir leid.«

»Was? Nee, das finde ich super. Ich habe seit fast einer Woche nicht mehr geduscht.«

»Im Bad ist eine Dusche. Willst du duschen?«

Niko zuckt mit den Schultern. »Vielleicht später.«

Ich weiß, was er will – dass ich mit ihm rede, dass ich ihm erzähle, was geschehen ist, seit wir uns verloren haben. Aber ich will jetzt nicht reden.

Wenn ich ihm meine Geschichte erzähle, wird er herausfinden, dass ich in die Untersuchung eingewilligt habe, und das würde ihn wütend machen.

»Erzähl mir erst mal von den anderen«, sage ich. »Wie geht's ihnen? Wie ist es in Kanada so?«

Niko erzählt mir alles. Wie sie zum DIA gewandert sind – und Mrs. Wooly getroffen haben! Wie er Sahalia und die Kleinen in den Flieger nach Kanada gesetzt hat, während er und Alex jemanden gesucht haben, der sie zurück zum Greenway fliegt, um Dean, Astrid, Chloe und die Zwillinge zu retten. Er spricht über Quilchena. Es klingt nach dem Paradies.

Von Chloe soll er mir etwas ausrichten: »Quak, quak.«

Ein dummer alter Insiderwitz. Ich muss lachen. Chloe ist so ein Frechdachs.

Dann erzählt Niko, wie Captain McKinley ihn, Jake, Dean und Astrid zur Lewis-McChord-Basis geflogen hat. Carolines und Henrys Dad ist in der Air Force? Was für ein Wahnsinnsglück. Niko erzählt mir von ihrem zweiten Flug nach Texas, von dem Trucker, von der ersten Gaswehe in Vinita und von dem Kleinkind im Kofferraum.

Ich wünschte, ich hätte eine Uhr oder ein Handy. Ich weiß nicht, wie viel Zeit schon vergangen ist.

Danach ließ Niko sich von einer Gruppe Protestanten aus Oklahoma City mitnehmen, die zur Ostküste wollten, um ehrenamtlich beim Wiederaufbau zu helfen. Für das letzte Stück bis zur Mizzou musste er sich dann einen Minivan klauen.

Und nachdem er mich am Zaun gesehen hatte, setzte er sich wieder in seinen Minivan und fuhr weiter, bis ihm kurz vor Indianapolis das Benzin ausging.

Er musste sich erneut von einem Trucker mitnehmen lassen, und als Bezahlung gab er dem Mann seinen Schutzanzug.

Aber das war ihm egal, meint er, denn er geht sowieso nie

wieder zurück in den Mittleren Westen. Er braucht den Schutzanzug nicht mehr.

Wir liegen zusammen auf dem Bett, und Niko streichelt die Stoppeln auf meinem Kopf.

Angeblich gefällt ihm meine neue Frisur wunderbar. Er meint, ich habe einen schönen Schädel – ein Kompliment, das nur von Niko kommen kann, und dafür liebe ich ihn.

»Wenn wir hier raus sind«, meint er, »fahren wir direkt zur Farm. Schau her.« Er zieht eine Landkarte aus dem Rucksack, ein billiges Ding von der Tankstelle. »Das ist keine drei Stunden von hier. Morgen sind wir da. Das schaffen wir mit Leichtigkeit.«

Er sitzt neben mir und fährt die dünnen roten Linien mit dem Zeigefinger nach. Von der Interstate 83 zur 222 und weiter zur 322.

Ich beobachte seinen Finger. Der Nagel ist sehr kurz. Abgenagt. Ich wusste gar nicht, dass er Nägel kaut. Hat er früher vielleicht auch nicht.

Ich schließe die Augen und lasse mich auf die Matratze sinken.

»Was ist?«, fragt Niko. »Willst du nicht zur Farm? Wir müssen auch nicht. Wir können überall hin, wohin du willst. Ich dachte bloß …«

»Das ist es nicht«, erwidere ich. Ich richte mich auf, lege die Karte zur Seite und nehme seine Hände. »Ich muss dir etwas sagen. Eigentlich zwei Sachen. Okay?«

»Du kannst mir alles sagen, Josie. Das weißt du doch.«

Ich muss schlucken. »Ich wollte dir sagen, dass es mir unglaublich viel bedeutet, dass du hierhergekommen bist.«

Er nickt. Seine Augen glänzen im schwachen Licht, und ich liebe ihn so sehr.

»Das ist das Schönste, was jemals irgendwer für mich getan

hat. Weißt du, vorher, bevor du reingekommen bist, dachte ich, ich bin für immer kaputt. Ich habe nicht mehr daran geglaubt, dass es mir irgendwann wieder gut gehen wird. Aber als ich dich gesehen habe, war ich so glücklich. Du darfst nie vergessen, wie wichtig du mir …«

»Was ist, Josie? Was ist los?«

»Aber damit ich dich wiedersehen darf«, sage ich, »damit wir ein bisschen Zeit miteinander verbringen dürfen, musste ich etwas unterschreiben.«

Niko betrachtet mich verwirrt. Ich hasse mich dafür, dass ich ihm das jetzt sagen muss.

»Morgen machen sie eine Untersuchung bei mir. Sie wollen eine Probe meiner Rückenmarksflüssigkeit. Und es könnte sein … also ich habe gehört, dass meine Chancen, die Operation zu überstehen …«

Niko ist blass wie ein Geist.

»Nein«, sagt er. »Das werde ich verhindern.«

Seine Kiefer verkrampfen sich. Seine Zähne knirschen.

»Das lasse ich nicht zu.«

NEUNUNDDREISSIGSTES KAPITEL
DEAN

»Ja, Sir. Ich kenne die Ziele der Mission. Aber eine geringe Dosis Magnesiumsulfat hätte doch überhaupt keine Auswirkungen auf den Fötus …«

Eine Frau spricht in ein Telefon.

Ich bin in einem Auto. Nein, es ist größer als ein normales Auto. Es ist ein … das Wort fällt mir nicht ein.

Wir fahren sehr schnell.

»Das ist einer der schwersten Fälle von Präeklampsie, die mir je untergekommen …«

Ihr Gesprächspartner fällt ihr ins Wort.

»Die Proteinwerte … das Mädchen ist in akuter Ge…«

Wieder wird sie unterbrochen.

»Nein, Sir, das wäre kein Problem. Der Herzschlag des Babys ist sehr kräftig.«

Wir rasen die Straße entlang. Eine Sirene heult.

Mein Kopf tut weh. Und wie.

»Ja, Sir«, sagt die Frau und legt auf.

Als ich wieder die Augen öffne, schaue ich an die Decke des Wagens. Mein Blickfeld umfasst die Unterseite eines Metallschranks und ein schwarzes Quadrat an der Decke, das in wechselnden Farben aufleuchtet: rot, weiß, rot, gelb. Rot, weiß, rot, gelb.

»Diese verdammten Scheißkerle!«, ruft die Frau.

»Ich weiß«, sagt eine Männerstimme. »Ich weiß.«

»Wir sollen der Armen unter gar keinen Umständen Medikamente geben! Nicht mal ein bisschen Magnesiumsulfat gegen die Krämpfe! Das ist doch ein schlechter Scherz!«

Ich bin rundum entspannt. Es ist so schön warm. Als würde ich in einer Suppe schwimmen.

Ganz langsam begreife ich, dass das schwarze Quadrat an der Decke ein Dachfenster ist. Und dass es schwarz ist, weil draußen Nacht ist. Und die Farben, das Rot, Weiß, Rot und Gelb, sind Lichter, die sich im Glas spiegeln. Sieht hübsch aus.

»Und wenn sie stirbt?«

»Dann retten wir das Baby.«

Der Mann, den ich nicht sehen kann, stößt einen Fluch aus.

Astrid. Astrid. Wo ist Astrid?

Als ich den Kopf zur Seite drehe, stöhne ich auf.

Schmerz zerschneidet die wohlige Wärme, schlitzt sie mittendurch. Scheiße, was ist mit meinem Kopf?

Da entdecke ich Astrid – sie liegt gegenüber. Sie hängt an einem Tropf. Über ihren nackten Bauch spannt sich ein Gurt mit Elektroden, die hierhin und dorthin verlaufen. Überwachungsmaschinen piepen.

Astrid. An Astrid erinnere ich mich.

»Astrid«, flüstere ich.

Eine Bewegung neben mir ... über mir taucht ein Gesicht auf, eine Inderin mit zerfurchter Stirn und grauer Kurzhaarfrisur.

»Hey«, sagt sie. »Hörst du mich? Weißt du, welches Jahr wir haben?«

»Zweitausend ...« Meine Stimme ist so rau. »Zweitausend ...«

Warum weiß ich das nicht?

»Weißt du, wo du bist?«

»In einem Auto ... in einem großen Arztauto.« Mann, wie nennt man das noch mal?

»In welcher Woche ist sie?«, fragt die Frau. »Du musst mir

vom Verlauf der Schwangerschaft erzählen. Alles, was du weißt. Alles könnte wichtig sein.«

Ihr Gesicht schwankt und dehnt sich in die Länge.

»Er verliert wieder das Bewusstsein!«, ruft die Inderin nach vorne.

Ich würde ihr gerne sagen, dass das nicht stimmt. Dass ich nur ein bisschen schwimme.

Ich höre, wie sie in dem Schrank über meinem Kopf kramt.

»Lass es«, sagt die Stimme weiter vorne.

»Ich brauche Informationen. Es schadet ihm schon nichts. Der Junge war lange weg vom Fenster. Wird ihm guttun, mal ein bisschen aufzuwachen.«

Sie gibt mir einen Klaps auf die Wange.

»Hey«, sagt sie. »Mund auf!«

Ich öffne die Lippen ein wenig. Sie schiebt mir eine Tablette auf die Zunge. Ich schließe die Lippen wieder.

»Das putscht dich ein bisschen auf.«

Und mein Herz macht *BUMMBUMMBUMM* wie eine fette Basstrommel, und ich will mich sofort aufrichten und merke plötzlich, dass ich an die Liege gefesselt bin!

»Wow!«, rufe ich. »Krass!«

»Ganz ruhig«, sagt die Frau.

»Das Zeug ist nichts für Teenies, Binwa«, meint der Mann, der irgendwo weiter vorne sitzen muss. »Wenn die Wirkung nachlässt, wird's ihm noch dreckiger gehen.«

Die schöne, wohltuende Wärme verfliegt. Auf einmal sehe ich alles kristallklar.

Als die Inderin sich über mich beugt, blicke ich tief in ihre Hautporen. Ich sehe jede einzelne ihrer Wimpern.

Krankenwagen. Das Wort fällt mir wieder ein. Ich bin in einem Krankenwagen. Und vorhin war da eine Gaswehe. Und ich wäre fast in einen Army-Truck gerast.

»Erzähl mir von deiner Freundin«, sagt die Inderin.

Ich lege los.

Binwa entfernt die Gurte, die mich an die gepolsterte Liege fesseln.

Sie haben mir den Kopf verbunden. Als ich mich aufrichte, muss ich beide Hände an die Schläfen pressen, damit mein Gehirn nicht explodiert. Dieser Druck. Doch jetzt ist alles außer Astrid unwichtig.

»Dean«, sagt Astrid, als ich mich neben sie knie. »Es tut mir leid, Dean.«

»Es muss dir nicht leidtun«, erwidere ich und küsse ihre Hand. Es ist eine schräge Aktion, aber ich bin so froh, dass sie wach ist. »Was soll dir denn leidtun?«

»Das ist ein gutes Zeichen«, meint Binwa. Sie kommt nach hinten. »Noch eine knappe Stunde, Astrid, dann sind wir im USAMRIID. Die Ärzte warten schon auf dich.«

Astrid schließt die Augen. Erst denke ich, sie würde wieder abdriften, doch dann flüstert sie noch einmal: »Es tut mir leid.«

»Was?«, sage ich. »Was tut dir leid?«

»Ich schaff's nicht.« Aus ihren geschlossenen Augen quellen Tränen. Ich sehe die trockene, verkrustete Haut an ihren Lippen und die pulsierende Ader an ihrer Schläfe.

»Schhhhh.« Ich küsse sie auf die Stirn. »Wir sind doch gleich da.«

»Ich muss dir was sagen.«

»Was musst du mir sagen?«

»Ich liebe dich.« Sie blinzelt. Noch mehr Tränen. »Ich will, dass du das weißt.«

»Ich weiß es doch, Astrid. Ich weiß es.«

Sie öffnet die Augen, um mich noch einmal anzusehen. Dann

verdrehen sich ihre Augäpfel nach innen, und sie beginnt zu zittern. Ein gnadenloser Krampfanfall.

»Nein!«, ruft Binwa. »Die Sirene, Gus! Wir müssen *sofort* zum USAMRIID!«

Die Sirene heult los, Gus steigt aufs Gas. Hinter uns rast der dunkle Highway dahin, und meine Freundin stirbt.

»Geben Sie ihr das Zeug!«, brülle ich Binwa an. Ich blicke mich nach einer Waffe um. Ich muss sie zwingen, Astrid zu retten. Sie soll tun, was nötig ist.

»Beruhig dich!«, schreit Binwa. »Schau doch hin! Schau! Es geht vorbei!«

Ich drehe mich um. Der Anfall geht wirklich vorbei. Astrid richtet sich auf, drückt den Rücken durch – und kreischt.

Ihre Beine sind ganz nass.

»Gus!«, ruft Binwa. »Die Fruchtblase ist geplatzt!«

VIERZIGSTES KAPITEL
JOSIE

Niko springt auf und tobt durchs Zimmer, bis ich ihm sehr deutlich sage, dass ich unsere gemeinsame Nacht nicht mit sinnlosen Fluchtplänen verplempern will.

Er hört nicht auf mich.

Er meint, dass es doch einen Ausweg geben muss.

Ich nehme ihn an der Hand.

Und ich sage:

»Niko. Ich habe dem Arzt mein Wort gegeben. Ich habe eine Einverständniserklärung unterschrieben. Obwohl ich das Risiko kannte. Genau wie du das Risiko gekannt hast, als du mir gefolgt bist. Vielleicht sterbe ich morgen, vielleicht stirbst du morgen. Das Risiko müssen wir eingehen. Das Risiko gehen wir jeden Tag ein – schon immer, seit wir auf der Welt sind. Wir wussten es nur früher nicht.«

Ich setze mich aufs Bett und zwinge ihn, sich zu mir zu setzen.

Er weint, aber das macht nichts.

»Ich liebe dich, Josie«, flüstert er.

»Ich liebe dich auch, Niko.« Und das sage ich nicht nur so.

Ich betrachte ihn von der Seite – sein perfektes Profil. Die Farbe seiner Haut, seiner Haare.

»Niko«, sage ich. »Halt mich fest. Sei einfach bei mir. Dann geht dieser Moment vielleicht nie vorbei. Meinst du, wir kriegen das hin? Uns so sehr zu lieben, dass die Welt uns nichts mehr anhaben kann? Kannst du mich so sehr lieben?«

»Das tue ich doch längst«, antwortet er und küsst mich.

Es ist ein heftiger Kuss. Wir lassen uns auf die Matratze fallen und küssen uns und heulen, und ich begreife, dass Körper Dinge ausdrücken können, die man mit Worten nicht sagen kann. Ich sehe, wie seine Hände beben, als er sich das Shirt über den Kopf zieht. Meine beben auch, als ich die Knöpfe meines dünnen blauen Hemds öffne. In der kalten Luft bekomme ich sofort Gänsehaut. Bis Niko sich auf mich legt. Wir wärmen uns gegenseitig. Wir schmelzen ineinander.

Zu Beginn tasten seine Hände nur zögerlich. Aber zusammen finden wir den Weg.

Es klopft an der Tür.

Ist es nicht noch viel zu früh?

»Seid ihr abmarschbereit?«, fragt eine Frauenstimme.

»Nicht so richtig!«, rufe ich, und das ist noch untertrieben. Wir sind beide splitternackt. Niko richtet sich auf, strafft seinen dünnen, langen Rücken, schwingt die Beine über die Bettkante und steigt in seine dreckige Hose. Wir haben geduscht, aber wie hätten wir den Schmutz aus seinen Klamotten kriegen sollen?

Mein Niko wird immer derselbe bleiben. Das macht mich glücklich. Ich weiß, dass er noch mit neunzig Jahren in der gleichen würdevollen Haltung auf der Bettkante sitzen und seine Hose überstreifen wird. Er wird immer derselbe aufrechte, groß gewachsene Kerl bleiben. Niko wird sich nie verändern, das gehört zu seinem Charakter, und in diesem Augenblick wird mir klar, dass ich ihn auch dafür liebe.

Außerdem merke ich, dass ich zittere.

Niko hat gerade erst sein Shirt angezogen, als Sandy hereinkommt.

»Sandy«, sage ich. »Du bist wieder da.«

»Ja. Ich wollte doch deinen Freund kennenlernen … und

natürlich für dich da sein. Ist besser, wenn du vor dem Eingriff schön ruhig bist.« Sie weicht meinem Blick aus.

»Alles in Ordnung«, entgegne ich. »Es wird schon klappen.«

Mein Verstand sagt mir, dass ich die richtige Entscheidung getroffen habe. Mein Herz ist anderer Meinung. Es klopft verzweifelt.

»Aber es muss doch einen Ausweg geben«, sagt Niko mit leiser, aber entschlossener Stimme. »Können Sie den Ärzten nicht sagen, dass Josie zu schwach ist? Oder dass sie krank ist? Was weiß ich, irgendeine Ausrede halt!«

Zwei Pfleger treten ein.

»Wir bringen dich zurück in den Wartebereich«, sagt der eine zu Niko.

»Nein!«, ruft Niko. »Ich bleibe bei ihr.«

»Geh nur, Niko«, meine ich noch, doch da bricht schon ein Handgemenge aus – als Niko versucht, sich an mich zu klammern, fährt einer der Pfleger den Arm aus. Seine kräftige Hand legt sich auf Nikos Schulter.

»Was soll das?«, sagt der Pfleger. »Du regst das Mädchen nur auf. Und je ruhiger sie ist, desto runder läuft es gleich im OP.«

»Tony hat recht, Junge«, meint Sandy. »Mach's der armen Jojo nicht noch schwerer. Das ist bloß eine Routinesache, und wenn Jojo fertig ist, könnt ihr hier beide abdüsen. Das ist doch was!«

»Nein!«, ruft Niko. »Sag was, Josie! Ich will bei dir bleiben! Sag ihnen, dass du nur mitmachst, wenn ich bei dir bin!«

Er packt mich am Arm und zieht mich an sich. Ich spüre, wie sein Körper von Angst und Wut geschüttelt wird. Aber es ist merkwürdig – ich habe mich schon mit allem abgefunden. Bis vor ein paar Minuten waren wir uns so nah. Jetzt ist Niko weit weg.

Ich schließe ihn in die Arme und schmiege mich an ihn. Wie

soll ich mich von ihm verabschieden? Was kann ich sagen, damit er mich loslässt?

Da hetzt Dr. Cutlass ins Zimmer, die Augen auf einer Tabelle in seinen Händen.

»Was dauert das hier so lange? Na los, Bewegung!« Dann versucht er durchzuatmen. Aber es kostet ihn viel Kraft, seine Ungeduld zu zügeln. »Guten Morgen, Josie. Auch dir einen guten Morgen, Niko. Im OP wäre alles so weit. Ich würde jetzt gerne anfangen.«

»Ich komme mit«, erwidert Niko.

Dr. Cutlass studiert sein Gesicht, als müsste er abschätzen, wie weit Niko gehen würde. »Na schön«, sagt er. »Du kannst sie zum OP begleiten. Zufrieden?«

»Natürlich nicht. Ich bin erst zufrieden, wenn Josie hier raus ist.«

»Das ist eine ganz alltägliche Prozedur«, entgegnet Dr. Cutlass kühl. »Eure Reaktion ist maßlos übertrieben.«

Sie bringen uns raus. Die ganze Truppe kommt mit.

Ich könnte schwören, dass uns die Leute aus dem Weg gehen, als ich von Dr. Cutlass, Niko, Sandy und den beiden Pflegern zum OP eskortiert werde.

Und Schritt für Schritt wird meine ruhige Resignation von den Alarmsignalen meines Körpers überwältigt.

Ich blicke nach unten – Niko hält meine eine Hand, Sandy meine andere.

In der anderen Hand hat Sandy ein Taschentuch, mit dem sie sich immer wieder die Augenwinkel abtupft.

Sie ist überzeugt, dass sie mich zu meiner Hinrichtung führt.

Da packt mich die Panik.

EINUNDVIERZIGSTES KAPITEL
DEAN

Während Binwa versucht, Astrid durch die Wehen zu begleiten, verliere ich zunehmend den Verstand. Bei jedem Schub schreit Astrid auf – und ich weiß, dass das nicht normal ist. Die Geburt läuft nicht nach Plan. Das sehe ich schon an Binwas verzweifeltem, gequältem Gesicht.

»Jetzt machen Sie schon!«, schreie ich sie an. »Geben Sie ihr, was sie braucht. Geben Sie ihr das Zeug, verdammt noch mal!«

Binwa sagt, ich soll den Mund halten, sie tue schon, was sie könne, und ich mache ihr das Leben nicht gerade leichter.

Der Krankenwagen jault durch die Straßen und rumpelt immer wieder über Schlaglöcher, und ich glaube, ich kippe gleich um oder kotze, so sehr tut mein Schädel weh. Doch Astrids Schreie holen mich jedes Mal zurück in die entsetzliche Realität, ob ich will oder nicht.

Draußen dämmert es. Wir brettern durch irgendeine Kleinstadt in Maryland.

»Du machst das ganz toll, Astrid«, sagt Binwa. »Das sind nur die Wehen. Das ist ganz normal.«

Sie lügt. Das weiß ich. Ich weiß, wie es aussieht, wenn ein Mensch stirbt. Und Binwa tut eben *nicht* alles, was sie kann, um Astrid zu retten.

»Dein Körper weiß schon, wie das geht. Du musst dich bloß entspannen.«

Als die nächste Wehe kommt, presst Binwa die Fäuste in Astrids Kreuz.

Der Krankenwagen rast bergab in einen Tunnel.

Und kommt mit einem Ruck zum Stillstand.

Irgendwelche Leute reißen die Türen auf.

Vier Sanitäter drängeln sich herein und schieben Astrid auf der Liege hinaus.

Auch Binwa steigt aus. Eine der Türen schwingt wieder zu. Ich stoße sie auf und folge ihnen. Niemand hält mich auf. Sie bemerken mich nicht mal.

Ich laufe ihnen hinterher, in das grelle Licht eines Krankenhausflurs. Wir haben eine unterirdische Einfahrt benutzt.

Die Liege rattert über Fliesen. Ich muss rennen, um hinterherzukommen.

ZWEIUNDVIERZIGSTES KAPITEL
JOSIE

»Bitte nicht!«, rufe ich. »Ich will nicht. Ich will nicht. Bitte nicht!«

»Sie können sie nicht zwingen«, schreit Niko. »Um Himmels willen, warum hilft uns denn keiner?«

»James!«, dröhnt auf einmal eine tiefe Stimme durch den Gang. »Was zum Teufel geht hier vor?«

Es ist der ältere Arzt – Dr. Savic, Cutlass' Vorgesetzter. Er wird von einem Soldaten begleitet, einem Typen mit Maschinenpistole.

»Bitte, Doktor«, sage ich. »Ich … ich hab's mir anders überlegt.«

»Sie hat unterschrieben, Savic«, schnauzt Cutlass seinen Boss an. »Sie hat Ihre ach so wichtige Einverständniserklärung unterschrieben. Alles im grünen Bereich.«

»Das kann nicht sein.« Savic sieht mich an. »Du hast doch nicht unterschrieben? Sandy hat dich doch gewarnt …«

Mein Blick sagt ihm alles, was er wissen muss.

Zugleich fasst Cutlass ihn am Arm. »Sie haben Sandy gesagt, sie soll sie davon abbringen? Wie können Sie es wagen, meine Versuchsperson zu manipulieren!«

Für einen Sekundenbruchteil ist es vollkommen still.

Dann fliegt die Doppeltür am Ende des Flurs auf, und eine Liege rauscht herein, umringt von einer Schar Menschen.

DREIUNDVIERZIGSTES KAPITEL

DEAN

»Sie braucht einen Kaiserschnitt!«, ruft Binwa. »Sofort!«

»Adamson will dabei sein«, sagt ein Sanitäter.

»Und wo ist er dann, verdammt noch mal?«

Ich muss mich an der Liege festhalten. Der Druck sprengt meinen Kopf in tausend Stücke, und wenn ich mich nicht festhalte, falle ich hin.

»Was ist denn das für ein Zombie?«, fragt ein anderer Sanitäter. »Pfleger! Schaff den Jungen hier weg!«

»In den OP mit ihr!«, schreit Binwa, während ich stolpere und stürze. Ich hocke auf den Knien und strecke noch die Hand aus, doch die Liege gleitet immer weiter.

Jemand fasst mich am Arm. Ich versuche aufzustehen. Ich muss wieder auf die Beine.

»Astrid!«, brülle ich. »Ich bin bei dir!«

VIERUNDVIERZIGSTES KAPITEL
JOSIE

Alle drehen sich zum Ende des Gangs.

Die Liege schießt auf uns zu; und plötzlich höre ich Dr. Cutlass sagen: »Astrid? Astrid Heyman?«

Abgrundtief schockiert starrt er auf die Liege.

Er starrt auf Astrid.

Unsere Astrid.

»Das ist die mehrfach kontaminierte minderjährige Nuller-Schwangerschaft«, sagt der Sanitäter am Kopfende der Liege. »Das Mädchen, das uns oben in Quilchena entwischt ist.«

Die Gruppe läuft bereits an uns vorbei. Doch ich schreie. Ich werfe mich auf die Liege und klammere mich an Astrids Beine.

»Astrid!«, rufe ich. »Ich bin's, Josie. Ich bin's!«

Aber sie heult und stöhnt so sehr, dass sie mich nicht erkennt.

FÜNFUNDVIERZIGSTES KAPITEL
DEAN

Hastig stemme ich mich hoch und schubse den Pfleger weg.

Ein Schritt, zwei, drei gestolperte Schritte, dann bin ich wieder bei Binwa – sie sind alle stehen geblieben.

Ich schaue mich um.

Da sind Niko und Josie.

»Josie«, sage ich. »Du hast dir die Haare abgeschnitten.«

Niko und Josie sind hier. Im Krankenhaus. Ich kapiere es nicht.

»Dean!«, ruft Niko. »Was machst du hier?«

Das wollte ich ihn auch gerade fragen – doch plötzlich schluchze ich los, und alles bricht aus mir heraus: »Jake ist abgehauen, und Astrid ist krank geworden, und niemand wollte uns helfen und ...«

Josie nimmt mich in die Arme.

Neben ihnen steht ein Arzt und blickt Astrid und mich fassungslos an.

»Ich hab solche Angst«, sage ich. »Ich glaube, sie stirbt gleich.«

SECHSUNDVIERZIGSTES KAPITEL
JOSIE

Ich habe Blut an den Händen, Deans Blut. Der Verband an seinem Kopf ist undicht. Das Blut läuft ihm in den Nacken.

Dr. Cutlass sieht mich an.

»Können wir mit ihnen mitgehen?«, frage ich ihn. »Unsere Freunde brauchen uns.«

»Du kennst Astrid?«

In Dr. Cutlass' Augen verändert sich etwas. Sie klaren sich auf, als würde er aus dem Schlaf erwachen. Ich habe das Gefühl, er ist zum ersten Mal ganz da.

»Aus dem Weg!«, ruft eine grauhaarige Sanitäterin. »Das Mädchen muss schleunigst in den OP.«

Dean stützt sich auf Niko.

»Keine Angst«, sagt Niko. »Astrid macht das schon.« Aber Dean kann sich kaum noch auf den Beinen halten.

»Dr. Cutlass!« Ich brülle ihn fast an. »Wir haben zwei Wochen lang alle zusammen in einem Superstore in Monument, Colorado festgesessen. Wir sind praktisch eine Familie.«

Als die Sanitäter die Liege weiterrollen, torkelt Dean hinterher und dreht sich dabei noch einmal zu Niko. »Komm mit! Bitte! Ich hab solche Angst! Ich hab solche Angst, und mein Kopf funktioniert irgendwie nicht mehr richtig!«

»Bitte!« Ich flehe Dr. Cutlass an. »Die beiden gehören zu unserer Familie!«

»Das war Astrid Heyman«, sagt Dr. Cutlass. »Die Freundin des besten Kumpels meines Sohns. Ihr kommt aus Monument?«

»Brayden Cutlass.« Niko erinnert sich. »Braydens Nachname war Cutlass.«

Dr. Cutlass krallt sich in seine Schultern. »Ihr kanntet meinen Sohn!?«

SIEBENUNDVIERZIGSTES KAPITEL
DEAN

Ungefähr fünf Minuten später tauchen Josie und Niko auf. Sie werden von einer kleinen asiatischen Krankenschwester begleitet, die so glücklich lächelt, dass ihr Gesicht nur noch aus Zähnen zu bestehen scheint.

Sie haben Astrid in den OP gebracht.

»Ich soll hier warten«, sage ich den beiden, als sie rechts und links von mir Platz nehmen. »Sie haben gesagt, ich kann nicht mit rein. Astrid kriegt jetzt das Baby.«

»Ich weiß«, meint Josie. »Das hast du uns vorhin schon gesagt, Dean.«

Wirklich? Ich kann mich nicht erinnern, was vor einer Minute war.

Meine Gedanken gehen wild durcheinander, noch chaotischer als zuvor. Aber wenigstens bemerke ich das Durcheinander noch.

»Mein Kopf funktioniert nicht mehr richtig«, sage ich.

Die Krankenschwester schaut in meine Augen. »Das sieht mir nach einer Gehirnerschütterung aus.«

Josie nimmt meine Hand und drückt sie. »Ich hätte nie gedacht, dass ich dich noch mal wiedersehe.«

»Astrid kriegt jetzt das Baby.«

»Das wissen wir, lieber Dean«, antwortet Josie. »Alles wird gut.«

»Ja«, sagt Niko und nimmt meine andere Hand. »Alles wird gut. Wir sind wieder zusammen.«

»Dein Verband ist überfällig.« Die Schwester blickt mir noch einmal tief in die Augen. Dann steht sie auf, wahrscheinlich um Verbandszeug zu holen.

»Ich kann immer noch nicht glauben, dass Dr. Cutlass die Untersuchung abgesagt hat«, sagt Josie über mich hinweg zu Niko.

»Er hat die Lumbalpunktion abgesagt. Dein Blut und deinen Speichel und was weiß ich noch will er trotzdem.«

»Ja, aber das bringt mich alles nicht um.«

»Wer will deinen Speichel?«, frage ich.

»Braydens Dad.«

»Braydens Dad arbeitet doch bei NORAD«, murmele ich.

»Er wollte einen gefährlichen Eingriff bei mir vornehmen, aber wir haben ihm von Brayden erzählt. Dass wir alle zusammen waren und dass wir versucht haben, seinen Sohn zu retten.«

»Josie?«

»Ja, Dean?«

»Astrid kriegt jetzt das Baby. Und ich habe solche Angst, dass sie stirbt. Ich wollte sie doch in Sicherheit bringen. Ich habe alles getan, was ich konnte.«

»Das wissen wir.« Josie legt mir die Hand auf die Schulter. Es ist gut, dass sie da ist. Bei Josie fühle ich mich immer wie zu Hause.

»Astrid kriegt jetzt das Baby«, sage ich.

Die Krankenschwester kommt mit einer Mullbinde und anderem Verbandskram zurück. Ich beuge mich vor, bis mein Kopf auf Josies Schoß ruht.

Die Schwester reibt mir irgendetwas auf die Wunde. Es brennt ziemlich. Dann wickelt sie meinen Kopf wieder ein.

Außerdem gibt sie mir einen winzigen Pappbecher mit zwei Tabletten und einen großen Plastikbecher Eiswasser.

Wir warten.

Josie und Niko grinsen sich ständig heimlich an und sagen Sachen wie: »Er hat uns einfach gehen lassen. Unglaublich.«

Normalerweise würde ich sie jetzt fragen, was sie hier im Militärkrankenhaus machen, aber ich habe keine Lust dazu. Ich will nur ruhig dasitzen und an Astrid denken.

Und so sitzen wir noch lange da und warten.

Irgendwann kommt Binwa aus dem OP.

Im ersten Augenblick erkenne ich sie nicht, da sie nun orangefarbene Kleidung trägt, aber dann erinnere ich mich an unsere Fahrt im Krankenwagen. Vorhin war ich so wütend auf sie. Jetzt bin ich froh, sie zu sehen.

»Dean«, sagt sie. »Dean. Du bist gerade Vater geworden.«

Josie lacht laut. Niko klopft mir auf die Schulter.

»Astrid ist noch nicht so weit, sie wird gerade noch zurechtgemacht. Aber dem Baby geht's gut. Natürlich ist es ein Frühchen, aber es hat eine kräftige Lunge. Die beiden haben's überstanden.«

»Astrid geht's gut?«, frage ich. »Astrid ist nichts passiert?«

»Astrid hat sich ganz toll geschlagen, Dean. Sie haben die Krampfanfälle unter Kontrolle gebracht und einen Kaiserschnitt gemacht – ging nicht anders. Aber jetzt ist alles in bester Ordnung.«

»Astrid geht's gut?«

»Astrid geht's wunderbar«, sagt Binwa und streicht mir eine Strähne aus den Augen.

Sie dreht sich zur Doppeltür.

»Moment!« Ich muss sie noch etwas fragen.

Binwa bleibt stehen. »Astrid geht's wunderbar, Dean. Und dir wird's auch bald wieder besser gehen.«

»Nein, nein, das meine ich nicht. Das Baby – was ist es? Ein Junge oder ein Mädchen?«

»Ein kleiner Junge«, antwortet Binwa. »Zweitausendeinundvierzig Gramm schwer.«

EPILOG

Wir haben das Zimmer über der Küche bekommen, weil es über der Küche am wärmsten ist.

Die ganzen Sorgen, die wir uns wegen Nikos Onkel gemacht hatten, ob er uns überhaupt in sein Haus lassen und uns dann auch noch alle bei sich aufnehmen würde, lösten sich mit einem Schlag in Luft auf, als wir in Sandys Ford Focus auf das Farmhaus zurollten.

Während der Fahrt hatte sich unsere Anspannung immer weiter gesteigert. Sandy, die sich den Tag freigenommen hatte, um uns hinzufahren, vertrieb die Stille mit ihrer gut gelaunten Plauderei. Astrid saß hinten neben dem Babysitz, den Sandy irgendwo aufgetrieben hatte. Ich saß vorne und machte mir Sorgen.

Meine Sorgen wuchsen noch, als ich das Schild sah: »Pfeiffers Familienfarm – Obst zum Selbstpflücken!« Es stand auf einer Wiese mit alten Apfelbäumen, die allesamt kahl waren, und dazwischen lag Müll herum, massenweise Müll. Ich entdeckte verkohlte Kreise auf dem Boden, wo Lagerfeuer entzündet worden waren, und flache Gruben mit Toilettenpapierfetzen. Als hätten dort Flüchtlinge gecampt.

Nicht sehr vielversprechend.

Als ich mich zu Astrid umdrehte, ruhten ihre Augen auf dem Babysitz mit dem kleinen Charlie.

Charles Everett Grieder Heyman. Charles wegen Astrids Vater. Everett wegen Jakes Vater. Grieder wegen mir.

Das machte mich immer noch total fertig. Ich hatte mir tausendmal den Kopf zerbrochen, ob Astrid mich auch wirklich wollte – und dann hatte sie meinen Nachnamen in den Namen ihres Sohns eingebaut. Sie hatte mich für immer in sein Leben eingeschrieben.

Sie liebte mich auch.

»Alles okay mit dir?«, fragte ich.

Astrid nickte.

Von Charlie war nur sein winziges, weises Runzelgesicht zu sehen. Auf seinem kleinen Glatzkopf saß die Strickmütze, die ihm die Leute vom USAMRIID geschenkt hatten.

Wir fuhren eine lange, von tiefen Schlaglöchern zerfressene Schotterstraße entlang. An den Bäumen hingen immer wieder Schilder: »Kein Platz mehr!«, »Alles voll!«, »Vorräte sind alle!«, »Kehrt um!«

Wie viele Flüchtlinge hatten es hier schon versucht?

Doch nach einer Weile – es war eine lange, lange Schotterstraße – verschwanden die Schilder, und die Umgebung veränderte sich: Obstwiesen schwangen sich über sanft gewellte Hügel. Eine Holzbrücke führte über einen plätschernden Bach. Die Farm war weitläufiger als gedacht. Das war ein Riesengebiet.

Die Ärzte am USAMRIID hatten Josie, Astrid, Charlie und auch mich unbedingt genauer unter die Lupe nehmen wollen: Blutuntersuchungen, Kernspin, Computertomographie und danach noch mehr Blutuntersuchungen. Wir erklärten ihnen, was sie mit uns machen konnten und was nicht, vor allem mit Charlie, und Dr. Cutlass achtete darauf, dass unsere Wünsche respektiert wurden.

Erstaunlicherweise war Dr. Cutlass bei jedem Test persönlich anwesend, selbst wenn bloß unser Blutdruck gemessen wurde. Aber ich glaube, es ging ihm gar nicht so sehr um die korrekte

Durchführung der Untersuchungen. Er wollte einfach in unserer Nähe sein, um möglichst viele Details über Braydens letzte Tage zu erfahren, und das konnte ich nachvollziehen. Ich erzählte ihm alles. Okay, nicht ganz alles. Warum hätte ich ihm sagen sollen, dass Brayden mich dauernd runtergemacht hatte? Aber ich erinnerte mich auch an andere Sachen, etwa dass Brayden den Zug gebaut hatte oder dass er sich hinter seinen Freund gestellt hatte, als Jake sich zum Anführer der Truppe wählen lassen wollte.

Dr. Cutlass schien vor unseren Augen zu einem neuen Menschen zu mutieren – einem netten Kerl.

Josie wurde früher entlassen als wir. Astrids Kaiserschnitt war noch nicht vollständig verheilt, und ich war noch leicht gaga von der Gehirnerschütterung. Deshalb blieben wir noch eine Woche.

Die Schwestern brachten uns bei, wie man sich um ein Baby kümmert. Und sie erklärten uns, dass Charlie ein außergewöhnliches Kind war – da Astrid das Giftgas eingeatmet hatte, wuchs er schneller als andere Babys. Frühgeburten, die in der achtundzwanzigsten Woche zur Welt kamen, waren im Durchschnitt ein Kilo schwer, und Charlie brachte das Doppelte auf die Waage! Seine Lunge war bereits voll entwickelt, seine Ohren waren in Ordnung, seine Augen auch. Die Ärzte studierten sein beschleunigtes Wachstum gespannt.

Sie wollten Charlie weiterhin beobachten.

Wir meinten, wir würden darüber nachdenken.

Endlich hielten wir vor dem Farmhaus. Nikos Onkel eilte auf seinen langen Beinen aus der Tür, die Arme weit ausgebreitet, und gleich dahinter tauchten Niko und Josie auf. Josie freute sich so sehr, dass sie praktisch im Hopserlauf aus dem Haus rannte.

Vielleicht lag es nur an der Umgebung – ein Farmhaus mit verwitterten Dachschindeln, eine alte Eiche mit Reifenschaukel und eine Schar Hühner, die vor den Füßen der Bewohner flohen. Auf jeden Fall sahen Niko und Josie schon aus wie gestandene Farmer. Niko trug ein kariertes Hemd und Jeans, Josie einen Rock, einen Pulli und flache Chucks.

»Ich bin Tim«, sagte unser Gastgeber, als er die Fahrertür aufriss. »Willkommen auf Pfeiffers Familienfarm! Habt ihr gut hergefunden?«

»Ja, die Wegbeschreibung war super. War kinderleicht zu finden«, meinte Sandy, während sie sich von Tim aus dem Wagen helfen ließ.

Tim nickte mir zu. »Du musst Dean sein. Hab schon viel von dir gehört.«

Er kam auf die andere Seite des Wagens, packte meine Hand mit seiner Arbeiterpranke und schüttelte sie durch.

»Wir sind sehr dankbar, dass wir hierherkommen dürfen«, sagte ich.

Tim winkte ab. »Ich freue mich riesig. Ganz ehrlich. Ich meine, das versteht sich doch von selbst. Ihr gehört doch jetzt zur Familie! Und das meine ich auch so.«

Ich öffnete Astrids Tür und half ihr heraus.

»Ich bin Astrid«, sagte sie.

Tim zog sie in seine Arme und drückte sie kräftig.

»Mach mal langsam, Onkel Tim«, meinte Niko. »Astrid ist frisch operiert.«

Aber Astrid hatte den Überfall gut überstanden. Sie lächelte und umarmte Niko und Josie noch kräftiger.

Ich beugte mich ins Auto und klinkte den Babysitz aus.

Unser Sohn war profimäßig eingemummelt – das bekam nur eine Krankenschwester wie Sandy hin. Und er pennte.

»Das ist Charlie«, sagte ich.

»Schau dir das an«, flüsterte Tim. »Ein echtes Baby.«

»Charlie ist ein absoluter Herzensbrecher, das kann ich dir sagen«, meinte Sandy, die inzwischen Josie um den Hals gefallen war. »Meine Kolleginnen und ich sind gar nicht mehr aus dem Schwärmen rausgekommen. Überhaupt, das ganze Jahr lang – so viele Babys! Wo wir doch sonst nur kranke Leute kriegen! So viele wunderschöne Babys!«

Da trat ein Mann aus dem Haus. Er war klein und pummelig und grinste bis über beide Ohren, während er zu unserem Auto lief.

»Wer ist das?«, fragte ich.

»Das glaubst du mir nie«, erwiderte Niko.

Der Mann blieb vor uns stehen und streckte die Hand aus. »Patrick Wenner. Freut mich sehr, euch kennenzulernen. Es ist mir eine Ehre, wirklich. Ach, ich weiß gar nicht, was ich sagen soll.«

Sahalias Dad!

Auf dem Weg zum Haus berichtete Niko mir, wie es gelaufen war: Niko hatte seinem Onkel den Leserbrief gezeigt, den Alex geschrieben hatte, und ihm unsere Geschichte erzählt. Daraufhin hatte Tim gesagt, dass seine Farm uns allen offenstand. Wer kommen wollte, sollte ruhig kommen. Die beiden Flüchtlingsfamilien, die er bisher beherbergt hatte, forderte er auf, sich einen anderen Platz zu suchen, damit wir alle einziehen könnten. Tim war sogar ganz froh, die Leute loszuwerden – statt auf der Farm mitzuhelfen, hatten sie vor allem viel gegessen und sich dauernd beschwert.

Danach hatte Tim die kanadische Regierung kontaktiert und offiziell darum gebeten, Alex und Sahalia in seine Obhut zu übergeben.

Die beiden sollten in ein paar Tagen eintreffen.

Und kurze Zeit später hatte Mr. Wenner offenbar einen Brief an Alex' Adresse in Quilchena geschickt – woraufhin Alex ihm geraten hatte, direkt zur Farm zu fahren. Alex hatte Sahalia nichts davon gesagt. Mein Bruder liebte Überraschungen.

Aber ich fragte mich, ob er es diesmal nicht übertrieben hatte. Hätte Sahalia nicht lieber sofort gewusst, dass ihr Dad am Leben war und schon auf sie wartete?

Auch den McKinleys hatte Tim angeboten, auf seiner Farm zu wohnen, aber die Familie wollte fürs Erste in Kanada bleiben. Das Sorgerecht für Chloe behielten sie. Familie Dominguez würde wahrscheinlich nach New Mexico ziehen, in die Nähe von Mrs. Dominguez' Schwester. Max wollten sie bald offiziell adoptieren.

So sah es aus. Wir würden doch nicht alle zusammen als große Wohngemeinschaft auf dem Land leben. Aber die anderen würden uns besuchen, da war ich mir sicher. Vor allem die Kleinen würden hier ihren Spaß haben. Vor meinem inneren Auge sah ich schon, wie sich Chloe und Max um die Reifenschaukel balgten.

Noch im Krankenhaus hatte Astrid einen Brief an Jake geschrieben und an seine Mom in Texas geschickt. Sie hatte ihm von Charlies Geburt erzählt und ihm gesagt, dass er zur Farm kommen sollte. Und ich hatte selbst noch einen Brief hinterhergeschickt, in dem dasselbe stand. Ich glaube, wenn Jake Charlie sieht, findet er vielleicht endgültig in die Spur. Das könnte genau das sein, was er jetzt braucht.

Josie hatte Unmengen von Briefen geschrieben. Sie bombardierte die Behörden mit Anfragen, Tim das Sorgerecht für ihre Waisenkinderfreunde aus der Mizzou zu übertragen.

Nach dem »Massaker an der Mizzou« – den reißerischen Namen hatten sich die Zeitungen ausgedacht – musste die Regierung zugeben, dass die Gaswehen doch kein Gerücht waren.

Sie hatte keine Wahl mehr. An der University of Missouri hatte es Hunderte Tote gegeben.

Jetzt waren die Zeitungen voller Artikel über die Wehen und die Vertuschungskampagne der Regierung. Präsident Booker hatte eine eingehende Untersuchung der Vorgänge angeordnet, doch manche glaubten, dass die Sache auf seinen eigenen Befehl hin verheimlicht worden war.

Immerhin wurden in den Gebieten, in denen noch Gaswehen auftreten konnten, nun aufwendige Sicherheitsvorkehrungen eingerichtet – und die Nuller-Internierungslager wurden Gott sei Dank geschlossen. Ich konnte immer noch nicht glauben, was Josie uns von ihrer Zeit an der Mizzou erzählt hatte.

Auf Pfeiffers Familienfarm waren plötzlich viele Menschen zu Hause: Alex und ich, Astrid und Sahalia, Josie und Niko, der kleine Charlie und sogar Mr. Wenner. Und es sollten noch mehr werden. Auf der Farm war Platz für alle. Hier war viel Platz für Zukunft.

»Die Farm ist der Hammer«, erzählte Niko mir. »Wir haben zwölf Hektar Apfelbäume, sechs Hektar Pflaumen und sechs Hektar Pfirsiche! Und früher hatten sie hier eine Schafherde mit hundert Tieren! Das ist schon eine Weile her, aber mein Onkel will wieder damit anfangen. Jetzt hat er ja genug Hilfe.«

»In der Stadt gibt es eine Tauschbörse«, erklärte Josie währenddessen Astrid. »Wir haben eine Kinderwiege und ein paar Klamotten für den Kleinen besorgt. Aber ich fürchte, sie sind ihm noch zu groß. Weiß nicht.«

»Das wird schon.« Astrid hakte sich bei Josie unter. »Danke, Josie.«

Niko und Mr. Wenner unterhielten sich über Landmaschinen, Sandy plauderte mit Onkel Tim. Flirtete sie etwa mit ihm? Ich war mir nicht sicher, aber Tims Wangen röteten sich, als freute er sich über die Aufmerksamkeit.

Voller Stolz führte der Hausherr mich, Astrid und Sandy durch sein Reich. In jedem Zimmer lagen Wollteppiche – Tim erklärte uns, sie seien von Hand gewebt worden, als es auf der Farm noch von Schafen gewimmelt hatte. Auf den Betten lagen amische Quilts, besonders schöne Exemplare hingen an den Wänden. »Der hier ist schon seit über hundert Jahren in der Familie«, meinte Tim und deutete auf einen Quilt mit Dutzenden ineinander verschlungenen Ovalen. »Und den hat meine Frau zur Hochzeit bekommen. Gott hab sie selig.«

An den Wänden des Flurs waren wunderschöne Gaslampen mit spiegelnden Rückplatten angebracht. Dazwischen hingen gerahmte Schwarz-Weiß-Fotografien von Leuten, die mit prächtigem Vieh oder teuren Landmaschinen posierten.

»Unsere Familie ist in jeder Generation ein Stück geschrumpft. Es gab Zeiten, da haben in dem großen, alten Schuppen hier zwanzig Pfeiffers aus drei Generationen gewohnt«, sagte Tim. »Aber ich schätze, wir hatten einfach Pech. Als meine Schwester – Nikos Mom – gestorben ist, musste ich mich allein um die Farm kümmern. Keiner meiner Cousins hat sich dafür interessiert. Die letzten Jahre war es hier deshalb ziemlich traurig. Ich wollte die Farm schon verkaufen und nach Florida ziehen. Und da wäre ich dann vor Langeweile wahnsinnig geworden.« Er zeigte uns unser Zimmer: Am Fußende des alten, mit Schnitzereien verzierten Betts lag der schönste Quilt überhaupt, die Kinderwiege stand schon bereit, und auf einer ehrwürdigen Holztruhe stand eine Packung Windeln. Der Schaukelstuhl in der Ecke dürfte mindestens hundert Jahre alt sein.

Astrid nahm meine Hand. Ihre Augen leuchteten.

»Ich freue mich, dass hier wieder Leben reinkommt«, meinte Tim unterdessen. »Wurde auch Zeit, dass das alte Haus wieder ein richtiges Zuhause wird.«

Charlie plärrt mich schon wieder aus dem Bett. Das macht er alle paar Stunden – oder noch öfter. Aber es stört mich nicht.

Zuerst lege ich ihn zu Astrid, damit sie ihn stillen kann. Danach wechsle ich seine Windel und wickle ihn wieder schön ein.

Als ich mich mit Charlie in den Schaukelstuhl setze, öffnet er seine nachthimmelblauen Augen und klammert sich mit seinen Winzfingern an meinen Zeigefinger. Er gähnt. Ich bewundere seinen kleinen Mund und lausche seinem leisen Maunzen. Als würde er nach jemandem rufen. Spricht er mit mir? Oder mit seiner Decke? Mit Gott?

Erst als ich meinen Sohn zum ersten Mal im Arm hatte, habe ich begriffen, wie viel Freude ein Neugeborenes umgibt. Es wundert mich nicht, dass die anderen ganz wild darauf sind, das Baby zu halten. Sie haben viel nachzuholen.

Heute kommen Alex und Sahalia.

Alle sind furchtbar aufgekratzt.

Alex und Sahalia kriegen jeder ein eigenes Zimmer im Obergeschoss. Alex kommt ans eine Ende des Flurs, Sahalia ans andere, und dazwischen wohnt Mr. Wenner. Ein bisschen Abstand ist vielleicht nicht schlecht, damit die beiden es … langsam angehen lassen können.

Die Zimmerputzaktion hat extrem viel Spaß gemacht. Niko und ich haben die alten Matratzen ins Freie geschafft und mit einem Besen ausgeklopft, die Böden mit Murphy's Holzbodenreiniger geschrubbt und die Spinnweben aus den Ecken und Kommodenschubladen gewischt.

Alex und Sahalia werden Augen machen.

Alex und Niko werden bestimmt tausend Ideen haben, wie man die Farm optimieren und die Produktivität erhöhen könnte, und keine einzige davon wird schlecht sein.

Und Sahalia wird ihren Vater wiedersehen.

Alex hat uns genaue Anweisungen für ihre Ankunft gegeben. Jede Sekunde ist exakt durchgeplant.

Zum Beispiel soll Tim sie auf jeden Fall alleine vom Flughafen abholen. Am Telefon – Alex durfte eine Festnetzleitung auf der Air-Force-Basis benutzen – habe ich meinem Bruder zwar gesagt, dass ich unbedingt mitwill, aber Alex hat Angst, ich könnte mich verplappern und ihm die Überraschung vermasseln.

Er hat es mir strikt verboten.

Irgendwann habe ich nachgegeben. Im Pick-up wird es sowieso ziemlich eng, wenn mehr als drei Leute mitfahren.

Doch jetzt dauert es ewig. Bis zum Flughafen sind es eine Stunde und zwanzig Minuten, und das Flugzeug sollte eigentlich um elf Uhr vormittags landen. Ich vermisse mein Minitab weniger als gedacht, aber gerade jetzt würde ich liebend gern eine SMS schreiben.

Wo bleiben sie? Warum dauert das so lange?

Wir sind draußen auf der Veranda. Astrid hat Charlie gestillt und schaukelt ihn nun auf dem Schoß.

Ich tigere vor ihnen herum. »Die müssten doch längst hier sein, oder? Was machen die denn so lange?«

»Die kommen schon noch«, sagt Astrid.

»Aber sie hätten doch schon vor einer Stunde da sein müssen!«

»Wollen wir mal reingehen, Charlie? Komm, wir gehen rein. Wir machen es genau, wie Alex es uns gesagt hat.«

Ja, laut Alex' Plan dürfte ich gar nicht mehr hier draußen sein. Astrid und ich sollen mit dem Baby drinnen warten, damit Mr. Wenner allein zum Pick-up gehen und seine Tochter überraschen kann.

Mr. Wenner umrundet gerade zum zwanzigsten Mal den Küchentisch. Der kommt auch nicht mehr runter.

Und endlich, endlich höre ich ein Knirschen hinten auf der Schotterstraße.

»Sie kommen! Sie sind da!«, sage ich. (Okay, ich schreie es.)

»Rein hier, Dean!«, ruft Astrid.

»O Gott«, stammelt Mr. Wenner, stößt die Fliegengittertür auf und tritt ins Freie. »Es ist so weit, oder?«

Nachdem ich ihn umarmt und beglückwünscht habe, gehe ich in die Küche und blicke aus dem Fenster über der Spüle. Viele Jahre Wind und Wetter haben die Scheibe getrübt.

Ich lege den Arm um Astrid und Charlie.

Der Kleine schläft in ihren Armen und lächelt selig, besoffen von der Muttermilch.

»Gleich lernt Charlie meinen Bruder kennen«, sage ich. »Ich freu mich so.«

Astrid schmiegt die Augen in Charlies Decke. Sie weint jetzt schon. Wie süß.

»Da!«, rufe ich.

Am Ende der Einfahrt ist der Pick-up aufgetaucht. Aber Gott, was schleicht der denn so? Er rumpelt vorsichtig über jedes einzelne Schlagloch. Kein Wunder, dass sie so lange gebraucht haben.

Da sehe ich, dass hinten auf der Ladefläche zwei Leute hocken. Merkwürdig. Hatten die beiden Lust auf eine Open-Air-Fahrt, oder wie?

Noch bevor der Motor verstummt, höre ich Sahalia schreien: »Daddy! Daddy!«

Sie springt von der Ladefläche, Mr. Wenner reißt sie in seine Arme, und dann kreiseln sie umeinander und lachen und weinen und umarmen sich, als wäre es zu schön, um wahr zu sein.

Aber es ist zugleich schön und wahr, und als ich das Wiedersehen beobachte, platzt mir fast das Herz vor Freude, vor ganz altmodischer Freude.

Sahalia hat sich sehr verändert – Mr. Wenner wird kaum glauben können, was für eine Verwandlung seine Tochter hingelegt hat. Oder war Sahalia schon immer ein liebes, nachdenkliches Mädchen, das sich bloß hinter ihrer angepissten Art versteckt hat?

Ich küsse Astrids Haar.

»Dean«, sagt sie. »Schau doch mal! Es gibt noch eine Überraschung.« Ihr Kinn zuckt zum Fenster.

Ich schaue raus. Alex ist von der Ladefläche gehüpft. Er öffnet die Beifahrertür.

Ich beuge mich näher zur Scheibe.

Ein Mann steigt aus.

Ich glaube … ich glaube … das ist mein Dad?

Und im nächsten Moment marschiere ich zur Tür und reiße sie auf und – und es *ist* mein Dad. Ich laufe, ich renne die Schottereinfahrt hinunter.

Ein gehetztes Knirschen unter meinen Füßen.

Hinter meinem Dad, noch im Führerhäuschen des Pick-ups, sitzt eine zarte, zerbrechliche Frau.

Dad muss ihr aus dem Wagen helfen.

Es ist meine Mom.

»Mom!«, schreie ich. »Mom! Dad!«

Ich schlittere durch den Kies, und schon bin ich bei ihnen.

Vorsichtig, ganz vorsichtig nehme ich meine Mom in die Arme. Sie ist so dünn – und ich sehe, nein, ich *spüre* an der Wange, dass sie eine schlimme Verbrennung hat, von der Schläfe bis hinunter zum Hals. An manchen Stellen ist ihre Haut bandagiert, an anderen glänzt sie empfindlich, aber jetzt habe ich sie im Arm. Sie ist dünn und schwach, aber sie ist bei mir.

Meine Mutter.

Dad schließt uns beide in die Arme, Alex quetscht sich irgendwie in die Mitte, und wir alle lachen und weinen. Wir sind ein einziges Knäuel, ein Grieder-Knäuel, ein Bündel. Eine Einheit. Eine Familie.

Dad küsst mich auf den Hinterkopf, während Alex grinst wie ein Honigkuchenpferd. Ich habe meinen Bruder noch nie so glücklich gesehen – und ich weiß, dass ich ihn nie glücklicher sehen werde. Alex hat's geschafft. Er hat uns wieder vereint.

In ein paar Sekunden wird Astrid die Einfahrt hinunterlaufen. Dann kann ich Mom und Dad meinen Sohn und meine (noch nicht ganz, aber bald) Frau vorstellen.

Aber ich glaube, Mom muss mich noch ein bisschen festhalten.

»Mein lieber Junge«, flüstert sie. »Ich dachte, ich hätte dich verloren.«

Und während ich darauf achte, Mom nicht zu fest zu drücken, sage ich ihr, dass ich sie liebe.

DANKSAGUNG

An erster Stelle möchte ich Holly West danken, meiner Lektorin bei Feiwel and Friends. Während ich vier Jahre mit der Arbeit an *Monument 14* verbracht habe, hat Holly einen steilen Aufstieg bei Feiwel and Friends hingelegt, sodass sie sich heute Associate Editor nennen darf. Holly war es, die sich in *Monument 14* verliebte, als die Reihe nur als Entwurf existierte; sie bestand darauf, dass Jean Feiwel einen ausführlichen Blick darauf warf. Nachdem Holly und ich schon beim ersten Band und bei *Die Flucht* zusammengearbeitet hatten, hat sie schließlich das Lektorat von *Die Rettung* übernommen. Ich habe großes Glück, dass ich mit dir zusammenarbeiten darf, Holly, und ich freue mich auf viele weitere Jahre.

Jean Feiwel, es ist großartig, mich zu deinen Freunden zu zählen. Danke, dass du dich für *Monument 14* eingesetzt hast. Du hast der Reihe den Weg geebnet.

Ein herzliches Dankeschön an meine hervorragende Agentin Susanna Einstein für ihr vorausschauendes Denken (und dafür, dass sie mir stets den Rücken freihält) und an Sandy Hodgman, die *Monument 14* in die weite Welt trägt.

Monument 14 wäre kein so großer Erfolg geworden ohne die großartige Unterstützung der PR-Abteilung, des Art Departments, des Vertriebs oder der Marketingabteilung von Macmillan Children's Books.

Um ein Buch zum Bestseller zu machen, müssen etliche Abteilungen mithelfen – Dutzende und Aberdutzende von Menschen! Mein Dank geht an die Helden von Macmillan: Molly Brouillette, den Superstar unter den Pressefrauen! KB für das unvergleichliche Coverdesign! Lauren »Brings It« Burniac! Den entzückenden Angus Killick! Elizabeth Fithian, der ich bis ans Ende der Welt folgen würde! Allison »Vroooooom« Verost! Die visionäre Kathryn Little! Den brillanten Rich Deas! Das Gonz-BargRuCron-TaylWards-Killerkommando! Den engelsgeduldigen Dave Barrett! Ksenia »Kickass Blog Tour« Winnicki! Courtney »Go Go!« Griffin!

Anne Heausler – es ist mir eine Ehre, dich, die beste Redakteurin der Ostküste, mit zahllosen Superstar-Autoren der Young-Adult-Szene zu teilen. Wir können uns alle glücklich schätzen, dass du dich um uns kümmerst.

Für *Die Rettung* habe ich einen großen Trupp Testleser angeheuert. Mein aufrichtiger Dank gilt: Kristin Bair, Jonathan Blake, Shyam Dewan, Greg Harrison, Lukas Lopez-Jensen, Zack Martin, Donna Miele, Ken Herndon, Tiffany Zehnal sowie meinem Dad Kit Laybourne und meinem Onkel Colonel Tim Ryley.

Ich finde es wahnsinnig aufregend, dass die Filmgesellschaft Strange Weather momentan eine Verfilmung von *Monument 14* entwickelt. Ich danke dir, Jeff Fierson, dass du mein Buch so sehr liebst. Danke, dass du an meine Reihe glaubst – und damit auch an mich. Ich freue mich auf die Zusammenarbeit mit Andrew Adamson und Aron Werner. Und ich danke meinem Filmagenten Stephen Moore, der uns alle zusammengeführt hat, und Kim Stenton, die sich darum gekümmert hat, dass auch wirklich alles zusammenpasst.

Adam Cushman und Red 14 haben einen umwerfenden Trailer zu *Die Rettung* produziert. Ich danke den Deka Brothers Ben und Julien für ihre tolle Vision und ihre wundervolle Regie. Wer will, kann den Trailer unter emmylabourne.com oder bei Red 14 selbst unter red14films.com bewundern.

(Ist es nicht ein seltsamer und ziemlich genialer Zufall, dass die Filmgesellschaft, die sich meiner Reihe angenommen hat, Strange Weather heißt – und das Buchtrailer-Studio, das wir für den Trailer von *Die Rettung* ausgewählt haben, Red 14 Films?)

Ich widme dieses Buch meinen Schwestern Herran und Renee, weil sie dieses Jahr beide immensen Mut bewiesen haben. Ihr beide habt mir im Jahr 2013 ein großes Geschenk gemacht, und dafür möchte ich euch danken.

Meine Kids stehen darauf, ihre Namen in meinen Büchern zu lesen. Deshalb: Hallo, Ellie und Rex! Ich habe so ein Glück, dass ich eure Mom bin. Und der Letzte, dem ich danken will, ist der, der in meinem Herzen an erster Stelle steht: mein Mann Gregory Robert Podunovich. Dein Glaube an mich war mir während der Arbeit an *Monument 14* ein treuer Begleiter. Ich danke dir.

EMMY LAYBOURNE

MONUMENT 14 –

JAKES GEHEIMNIS

Nachdem ein Tsunami die Ostküste der USA verwüstet hat, muss sich eine Gruppe von Jugendlichen in der Kleinstadt Monument allein durchschlagen. Jake Simonsen, der Captain des Football-Teams, ist einer von ihnen. Dies ist seine Geschichte.

Sobald sich der Sturm beruhigt hat, macht sich Jake auf den Weg zu Lindsay, seiner heimlichen Liebe. Niemand hat sie gesehen, und Jake ist fast außer sich vor Sorge. Doch die verwüstete Stadt birgt Gefahren, mit denen er nicht gerechnet hat …

Kleinkind vermisst. Bitte, helfen Sie uns!

Ich bin in Denver, Grandma. Gott schütze uns.

Doreen – es tut mir leid. Ich konnte nicht mehr warten.

Und die Fotos. Fotos von Vermissten, Wiedergefundenen und Toten.

Das Lewis Palmer Hospital in Monument, Colorado, war tapeziert mit selbstgebastelten Flugblättern.

Die Flugblätter machten Jake ziemlich fertig, aber das war ja auch kein Wunder. Monument war keine große Stadt. Er entdeckte viele bekannte Gesichter.

Ein Junge aus dem Nachwuchsteam der Footballmannschaft. Seine Biolehrerin mit ihren kleinen Kindern. Die Kellnerin aus dem Village Inn, die immer so auffällig gut gelaunt war. Dean und Alex mit ihrer Familie: *WIR SIND NICHT TOT. BLEIBT IN SICHERHEIT ODER FAHRT NACH DENVER.*

Und Lindsay Morrow.

Es war ein Familienschnappschuss: die Morrows am Strand. Ein 13er-Foto, das aus einem Bilderrahmen gezerrt und auf ein Blatt aus einem karierten Block geklebt worden war. Darunter hatte Lindsay etwas geschrieben – es war ihre Handschrift: *Falls Sie diese Frau sehen, rufen Sie mich bitte an.* Ein Pfeil führte zu der Frau in der Mitte der Aufnahme. Sie war wohl so um die vierzig. Und unter der Telefonnummer stand noch: *Komm nach Hause, Mommy!*

Aber Jake sollte nicht zu lange vor dem Foto stehen bleiben.

Alex hatte ihm ein Video-Walkie-Talkie vor die Brust geschnallt. Die anderen sahen und hörten alles, was er sah und hörte und sagte.

Vielleicht schaute Astrid zu.

Die Kleinen guckten ganz bestimmt Jake-TV, während sie darauf warteten, dass er in den Greenway zurückkehrte. Dort hatten sie sich seit dem Leck in der Chemiewaffenanlage verkrochen.

Jake befand sich auf einer Mission: Er sollte herausfinden, ob das Krankenhaus geöffnet hatte. Es hatte geschlossen.

Alles hatte geschlossen.

Die Stadt lag am Boden. Sie streckte die Waffen. Immerhin wusste die Regierung jetzt, dass die chemischen Kampfstoffe, die sie bei NORAD zusammengebraut hatten, wunderbar funktionierten. Allein an der Krankenhauswand hingen genügend Beweise.

Die Chemikalien wirkten nicht immer gleich. Es kam auf die Blutgruppe an: Menschen mit Blutgruppe A bekamen einen tödlichen Ausschlag; Menschen mit Blutgruppe null verwandelten sich in mordwütige Bestien; Menschen mit Blutgruppe AB litten unter paranoiden Wahnvorstellungen. Aber Jake hatte Blutgruppe B. Ihm ging's gut. Alles wie früher. Außer dass er plötzlich unfruchtbar und impotent war.

Danke auch, NORAD.

Jake hatte Lindsay jedes Mal Schokolade mitgebracht. Das hatte sich so eingespielt. Natürlich nicht als Bezahlung – das wäre ja krank gewesen. Es war bloß eine kleine Geste.

Sobald der Gong die Mittagspause einläutete, verschwand er aus der Schule, manchmal sogar etwas früher. Er legte einen Zwischenstopp beim Walgreens ein und besorgte eine extragroße Packung Hershey's. Oder nein, lieber irgendwas, das zur Jahreszeit passte: ein Creme-Ei von Cadbury, einen Marshmallow-Weihnachtsmann oder Valentinspralinen mit Timmy Traindawg drauf. So was in der Art. Jake brachte Lindsay die Schokolade, Lindsay bedankte sich dafür, und dann machten sie es miteinander.

Lindsay ging zwar erst in die Zehnte, aber Jake nutzte sie nicht aus oder so. Lindsay sagte, wo's langging. Sie hatte eindeutig die Kontrolle, wenn sie die Mittagspause zusammen verbrachten.

Manchmal rauchte sie danach eine, was Jake direkt schockierte.

»Schon mal von Lungenkrebs gehört?«, scherzte er einmal.

»Schon mal von Verbaldurchfall gehört?«, antwortete sie wie aus der Pistole geschossen und hob dabei auch noch eine Augenbraue, sodass Jake sich noch blöder vorkam. Wie ein Kleinkind.

Lindsay war schon mit fünfzehn deutlich abgebrühter als er mit achtzehn. Na und? Dann war sie halt die Coolere. Solange sie mit ihm Sex hatte, war ihm alles recht. Solange ihn ein Mädchen ranließ, ertrug er jeden Spott und alle erdenklichen Launen.

Jake wusste noch, wie er das letzte Mal auf Lindsays Bett gelegen hatte, auf der weißen Tagesdecke mit der unebenen Struktur – ein feines gewebtes Muster mit kleinen Erhebungen. Sehr hübsch.

Lindsay selbst war auch sehr hübsch, wie sie da neben ihm lag. Ihr langes, dunkelbraunes Haar verteilte sich über das Kopfkissen, über ihre Schultern und über die weiche Haut ihres Halses und ihrer nackten Brüste.

Jetzt sollte Jake eigentlich kehrtmachen und zum Greenway zurückgehen.

Doch als er sich vorstellte, den ganzen Weg zurück zu wandern, wieder den stockdunklen Parkplatz mit den verrosteten, zugeschimmelten Autowracks zu überqueren, die klapprige Billig-Rettungsleiter hinaufzuklettern, durch den halben Greenway zu latschen und schließlich in lauter kleine, gespannte, dreckige Gesichter zu blicken, während er ihnen die schlechte Nachricht überbringen musste ... da hätte er sich lieber die Pulsadern aufgeschlitzt.

Die ewig enttäuschten Gesichter der Kleinen.

Nein.

Jake riss sich das Video-Walkie-Talkie herunter.

»Es tut mir leid. Es tut mir so leid, Leute.«

Er zerrte sich die Kabel von der Jacke.

»Ich ... ich komm nicht zurück. Ich kann das nicht mehr.«

Das war die reine Wahrheit.

Er hielt es dort nicht mehr aus. Keinen einzigen Tag mehr. Im Greenway fühlte er sich wie im Käfig, wie in der Falle – während die anderen alle wahnsinnig verantwortungsvoll drauf waren und Astrid ihn pausenlos beobachtete. Mit einem Blick, der ihn wissen ließ, dass er ein Versager war.

»Sagt Astrid, dass es mir leidtut.«

Er stellte das Walkie-Talkie auf die Straße, und damit war die Sache erledigt.

Jake war ein freier Mann.

Es war nur ein kurzer Spaziergang. Lindsay wohnte ganz in der Nähe der Highschool. Deshalb konnte Jake ja problemlos über die Mittagspause bei ihr vorbeischauen. Und wenn ihn irgendwer in Fahrt bringen konnte, dann Lindsay Morrow. Schon als er sie auf dem Foto gesehen hatte, im Badeanzug, hätte er fast einen hochgekriegt.

Jake ging davon aus, dass Astrid schon immer von ihm und Lindsay gewusst hatte. Astrid hatte das mit der »offenen Beziehung« vorgeschlagen. Sie hatte darauf bestanden.

Dass er Brayden im Stich ließ, machte ihm natürlich ein schlechtes Gewissen. Brayden war schwer verletzt. Aber Niko würde sich um ihn kümmern. Niko kannte sich mit Erster Hilfe aus. Brayden würde das schon verstehen. Wäre Brayden jetzt bei ihm gewesen, wäre er auf keinen Fall in den Laden zurückgekehrt. Er hasste die bescheuerten Regeln und die deprimierende Stimmung fast noch mehr als Jake. Der ganze Greenway war so scheißdeprimierend.

Jake tastete seine Klamotten ab, um zu überprüfen, ob sie noch da waren. Unter den vier zusätzlichen Kleidungsschichten, die er auf Nikos *Befehl* angezogen hatte, beulte sich seine Gesäßtasche aus. Obezine-Retard-Tabletten. Jake dankte dem Gott der Pharmaindustrie.

Er schluckte die Dinger ab und zu, um sich einen kleinen Kick zu verpassen. War doch nichts dabei, solange es Spaß machte. Und in diesen dunklen Zeiten war es erst recht verständlich, wenn man etwas besser drauf kommen wollte.

Aber jetzt schaltete er erst mal die Stirnlampe ab. Bloß keine unnötige Aufmerksamkeit erregen. Hinter jeder Ecke könnte ein Typ mit Blutgruppe null lauern – ein Nuller-Monster. Er ging den Highway 105 entlang, immer schön in der Mitte, wo keine Autos im Weg rumstanden. Aber dann kam er zur Überführung, und dort hatten sich haufenweise Wagen verkeilt. Da musste er irgendwie durch.

Als er sich an den ersten Autos vorbeizwängte, berührte er den seltsamen weißen Schimmel auf den Reifen. Was war das nur für ein Zeug?

Es wucherte auf allen Reifen, und der Wind trieb es oft bis über die Karosserie. Wie Schneeverwehungen.

Vielleicht war es eine Nebenwirkung der Chemikalien. Oder die Wirkung einer anderen Chemikalie, die im selben Moment wie das Blutgruppengift und die Blackout-Wolke freigesetzt worden war. Ein Kampfstoff, der Autoreifen auffraß, damit die Leute nicht mehr fliehen konnten.

Jake bohrte den Zeigefinger in die zerfledderte Watteschicht auf der Motorhaube eines silbernen Toyota Venza, Baujahr … vielleicht 2019?

Als er den Schimmel zwischen den Fingern verrieb, zerlief er zu einem öligen Fleck auf seinen Handschuhen. Dabei streiften Jakes Augen die Windschutzscheibe hinter den Schaumfetzen. Er wollte den Blick noch abwenden, aber er war zu langsam. Die Scheibe war übersät von braunen, verkrusteten Blutspritzern, das Fenster auf der Fahrerseite auch. Und hinter dem Steuer saß eine Leiche. Vertrocknetes Fleisch. Knochen. Blutgruppe A, keine Frage. Jake schob sich weiter. Das hintere Fenster war heruntergelassen – und wenn er sich nicht irrte, war auf der Rückbank ein Babysitz mit einem verdorrten Baby drin. Aber er war sich nicht sicher, und er wollte es auch gar nicht wissen. Er wollte weg. Und zwar schnell.

Jake zwängte und kämpfte sich durch die liegen gebliebenen Autos mit ihren toten Fahrern und Beifahrern, bis er es endlich über die Brücke geschafft hatte. Dann rannte er.

Es war ein gutes Gefühl, sich richtig auszupowern. Und je schneller er unterwegs war, desto besser, oder?

Die Fleece-Skimaske, die Niko ihm aufgezwungen hatte, brauchte er eigentlich nicht. Das war doch Quatsch. Die mit anderen Blutgruppen mussten noch aufpassen, aber bei Blutgruppe B brachte Schutzkleidung rein gar nichts mehr.

Also riss er sich das idiotische Fleeceteil herunter. Jetzt sah er zumindest ein bisschen mehr, aber dunkel war es immer noch.

Außerdem trug er fünf Klamottenschichten, genau wie in den Nachrichten empfohlen. Niko hatte darauf bestanden, und Jake wusste, dass es Astrid und den Kleinen dadurch etwas leichter gefallen war, ihn gehen zu lassen. Aber im Grunde waren die Schichten auch sinnlos.

Jake zog sich die Jogginghosen und Sweatshirts aus und warf sie auf die abgestorbene Hecke irgendeines Gartens. Er grinste. Endlich frei.

Er hatte keine Lust auf sinnlose Vorsichtsmaßnahmen. Nikos gut gemeinte Schwachsinnsvorschriften hätten ihn fast erstickt. Jetzt trug er nur noch Jeans und ein Sweatshirt. Er setzte sich den Rucksack wieder auf und rannte weiter.

Meistens rannte er mitten auf der Straße. Wenn die Straße dicht war, lief er durch die Gärten. Dort, wo weißer Schimmel lag, war der Asphalt glitschig, aber wenn es ihn hinlegte, brüllte er einen Kampfschrei. Er war auf dem Weg zum Touchdown. Nichts und niemand konnte ihn aufhalten.

Gott, war das ein geniales Gefühl.

Er war frei. Er war in Bewegung.

Dazu war er auf der Welt: um sich zu bewegen.

Ein paar Straßen weiter fing sein Hals an zu kratzen. Er atmete den schwarzen Dreck in der Luft ein, die Blackout-Wolke. Gut möglich, dass er das irgendwann bereuen würde. Aber das war ihm auch schon egal.

Alex hatte ihnen erklärt, dass die Wolke über NORAD hängen blieb, weil sie magnetisch aufgeladen war. Am Ende saugte Jake gerade winzige Magnete in die Lunge? Es fühlte sich an wie Passivrauchen. Seine Nase juckte.

Er rannte einfach weiter.

Als er die Bowstring Road erreichte, tat ihm schon der ganze Brustkorb weh. Vielleicht hätte er die blöde Skimütze doch aufbehalten sollen.

Manche Häuser am Straßenrand waren komplett demoliert. Manche waren abgebrannt. In manchen Gärten lagen Leichen. Andere Leichen hingen aus Autos oder Fenstern – sie hatten es nicht mal ins Freie geschafft. Aber darüber wollte Jake nicht weiter nachdenken. Keine Sekunde lang.

Inzwischen musste er immer wieder stehen bleiben und durchschnaufen. Er keuchte. Die Schatten bewegten sich im Rhythmus seiner Atemzüge. Ein, aus, ein, aus.

Langsam bekam er es mit der Angst zu tun. Weiter, dachte er, immer in Bewegung bleiben.

An der nächsten Ecke war es zu einer Dreifachkarambolage gekommen. Drei Wagen hatten sich ineinander verhakt, einen Pick-up hatte es aufs Dach gedreht. Ein feines Spinnennetz aus Rissen zog sich durch alle Scheiben. Alles war überwuchert von weißem Schimmel.

Wer war wem reingefahren? Schwer zu sagen. Unmöglich zu sagen. In diesem Moment spürte Jake Hände auf den Schultern, und direkt in seinem Nacken ertönte ein beängstigendes Geräusch – ein röchelndes Fauchen.

Jake wirbelte herum. Vor ihm stand ein Mann. Scheiße, war das ein übler Gestank! Jake stieß den Typen zurück. Der Typ stolperte nach hinten.

Es war ein großer Kerl, größer als Jake. Aber Jake war schneller.

»Hau ab!«, brüllte Jake.

Das war ein Nuller – der irre Blick war eindeutig. Der Typ wollte Jake nicht ausrauben. Er wollte ihn töten.

Es war ein hagerer, komplett zutätowierter Glatzkopf. Er riss die Augen auf und zeigte Jake die Zähne. Klarer Fall: Der Typ hatte die Chemikalien zu lange eingeatmet. Eine Überdosis. Das Leck bei NORAD war jetzt fast zwei Wochen her.

»Lass mich in Ruhe«, sagte Jake.

Der Typ antwortete mit einem Fauchen.

Da erinnerte Jake sich an die Waffe. Er hatte doch eine Pistole dabei. Er riss sich den Rucksack von den Schultern. Die Pistole lag ganz oben.

Aber wonach stank der Typ eigentlich? Seine Klamotten waren voller dunkler Flecken – höchstwahrscheinlich Blut.

Oder hatte er irgendwas hochgewürgt? Es roch nach Kläranlage. Jake fragte sich, was der Typ in letzter Zeit so gegessen hatte.

Der Mund des Typen hing offen. Auf seinem Kinn glitzerte ein nasser Fleck.

Er sabberte. Igitt.

Jake wich zurück – und rutschte auf der Schimmeldecke der Autowracks aus.

Sofort stürzte sich der Typ auf ihn. Er kippte einfach nach vorne, die Hände zu Klauen verkrampft, und kratzte nach Jakes Gesicht.

Jake trat mit den Füßen aus.

Volltreffer. Er erwischte ihn genau in der Mitte des Brustkorbs.

Mit einem übelriechenden *UFFFFF* entwich die Luft aus der Lunge des Typen. Jake bekam einen Speicheltropfen ab.

Schnell rappelte Jake sich auf. Er zitterte am ganzen Leib. Der Typ versuchte, sich hochzustemmen, und fasste schon wieder nach ihm.

Jake rannte los.

Er hätte den Typen totschlagen können. Er hätte auf seinen Kopf einstampfen können, bis nichts mehr übrig war. Oder er hätte die Pistole rausholen und dem Typen ins Herz schießen können. Gar kein Problem.

Es war schon seltsam. Er hätte einen Menschen töten können und dafür nie Ärger bekommen.

Es wäre sogar eine gute Tat gewesen. Er hätte den armen Kerl von seinem Leid erlöst.

Die Leute hätten sich bei ihm bedankt.

Aber Weglaufen war leichter.

Als er einen Blick über die Schulter warf, sah er, wie der Typ den Kopf in den Nacken legte und heulte.

Reiß dich zusammen, sagte sich Jake. Konzentrier dich auf dein Ziel.

Er rannte die Bowstring Road hinunter und bog in den Leggins Way ein.

Der Typ war nicht mehr zu sehen. Vielleicht verdummten Nuller, die zu lange im Freien rumhingen, einfach verdammt schnell. Vielleicht hatte der Typ ihn schon vergessen. Oder ihm war klar, dass er Jake nicht einholen konnte.

Ein Nuller, der seit dem Leck draußen herumlief, war also bloß eine mittelgroße Gefahr – das war doch mal eine gute Nachricht. Jake lächelte fast.

Damit stiegen seine Chancen, heil in Denver anzukommen. Falls er nach Denver wollte. Es war seine Entscheidung. Er war frei.

17285. 17325. 17355 – das war die richtige Hausnummer.

Ein Fenster war eingeschlagen, aber hinter dem Loch flatterte eine Plastikplane. Und auf dem Flugblatt hatte doch gestanden: *Komm nach Hause, Mommy!* Die Chancen, dass Lindsay da war, standen also nicht schlecht.

Während Jake hinter das Haus in den Garten ging, knipste er die Stirnlampe an. Sollte sich da hinten ein Nuller verstecken, wäre es ganz nett, ihn wenigstens zu sehen, bevor er über Jake herfiel.

»Lindsay?«, rief Jake leise. »Linds?«

Das romantische Gartenschaukel-Dings war umgekippt. Versehentlich trat Jake auf irgendein Teil, vielleicht auf einen kaputten Rechen. Auf jeden Fall schwang das Teil herum und knallte gegen das Haus.

Barksly, Lindsays riesiger und leicht bekloppter Labrador-Pudel-Mischling, bellte los. Jake lächelte. Den hatte er schon ganz vergessen.

Barksly vergötterte Jake und Lindsay vergötterte Barksly, und seit Jake wusste, dass Lindsay sich mit einem dermaßen tollpatschigen und übermütigen Tier abgab, verunsicherte sie ihn etwas weniger.

Das Bellen kam aus dem Haus.

Jake trat auf die Veranda. Hier sah es aus wie immer. Sogar die abgenutzten Fußballschuhe und die ramponierten Schienbeinschützer lagen noch neben der Tür herum.

»Barksly?«, rief Jake. »Wo bist du, Großer?«

Drinnen rastete der Hund zunehmend aus.

Jake klopfte an. Keine Reaktion. Hm. Er legte die Hand auf den Türknauf – er ließ sich problemlos herumdrehen. Das war kein gutes Zeichen. Jake machte sich darauf gefasst, Lindsay und ihre Familie tot in der Küche aufzufinden.

Sollte es so kommen, würde er den Hund mitnehmen, und dann ab nach Denver. Warum sollte er noch zu Hause vorbeischauen? Sein Dad wäre eh nicht da. Der arbeitete in Denver. Der war schon am richtigen Ort, als es losging.

Aber ein Hund wäre ganz praktisch. Barksly würde bellen, wenn sich das nächste Nuller-Monster von hinten anschleichen wollte.

»Lindsay?«, fragte Jake, als er sich vorsichtig durch die Tür schob. »Barksly?«

Barksly war offensichtlich im Keller. Jake hörte, wie er an der Tür kratzte, hinter der die Kellertreppe lag, wie er sich dagegen warf und zwischendurch immer wieder die Stufen runterkullerte.

»Nur die Ruhe, Barksly!«, rief Jake.

Die Tür zur Kellertreppe war abgeschlossen.

Jake blickte sich um. Zuerst lasse ich den Hund raus, dachte er, dann schaue ich weiter. Falls hier irgendwo Leichen rumlagen, würde Barksly ihn sicher vorwarnen.

Er kramte in den Küchenschubladen, bis er einen Fleischklopfer fand – einen fetten Hammer. Auf der einen Seite war er flach, auf der anderen saßen kleine Stahlpyramiden.

Nach drei kräftigen Schlägen war der Türknauf Geschichte.

Barksly drehte völlig am Rad.

Da, wo der Türknauf hingehörte, war nur noch ein Loch. Die Tür ließ sich bequem öffnen.

Jake begriff sofort, dass er einen Fehler gemacht hatte. Denn als Barksly sich gegen die Tür stemmte, um zu ihm vorzudringen, sah er die Plastikfolie am Türrahmen. Die Tür war von innen abgedichtet.

»Zurück!«, befahl er Barksly, und statt den Hund in die Küche zu lassen, quetschte er sich selbst durch den Spalt. Das Klebeband, das die Plastikfolie fixierte, riss noch weiter ab.

Jake trat auf die Treppe, packte Barksly am Halsband und zog die Tür so schnell wie möglich hinter sich zu.

Aber die Luft im Keller war bereits kontaminiert.

Falls sich da unten noch Menschen versteckten, hatte Jake sie womöglich gerade zum Tode verurteilt. Sofern sie nicht schon lange tot waren.

Doch Barksly war außer sich vor Freude. »Schon gut, Großer«, sagte Jake. »Schon gut. Ja, ja, ich bin's. Aber jetzt runter mit dir!«

Wenn er noch länger auf der Treppe herumstand, würde er sich wegen des vertrottelten Riesenköters noch den Hals brechen.

Jake ging runter und warf einen ersten Blick in den Keller. Kein Zweifel – der Keller war bewohnt.

Er kannte den Keller von früher: ein großzügiger Raum mit einer Spiegelwand, ein paar Fitnessgeräten und zwei bequemen, dick gepolsterten Ledersofas vor dem großen Bigtab an der gegenüberliegenden Wand.

Und keine Fenster. Ein gutes, sicheres Versteck.

Vor der Spiegelwand reihten sich erloschene Kerzen auf. Die Flammen hatten dunkle Rußschlieren auf dem Glas hinterlassen. Irgendwer hatte die Fitnessgeräte an den Rand geschoben, und auf den Geräten – und darunter auf dem Boden – standen Lebensmittel, viel Konservenzeug, und etwas Geschirr. Ein bisschen Müll lag auch herum.

»Lindsay?«, fragte Jake.

Seitlich gab es noch eine Wäschekammer. Als Jake einmal über Mittag hier war, wollte Lindsay unbedingt sein Sweatshirt waschen. »Du stinkst nach Ziege«, hatte sie gesagt. Und dann hatten sie es auf dem Boden der Wäschekammer gemacht. Da war praktischerweise Teppich. Beim Schleudergang hatte er sie dann auf die Maschine gesetzt, zur zweiten Runde.

Barksly benahm sich immer seltsamer. Er trottete auf Jake zu, der immer noch am Fuß der Treppe stand, kehrte wieder um und lief zu einem Deckenhaufen, der sich in der Lücke zwischen dem großen Sofa und dem kleinen Zweiersofa auftürmte.

Jakes Herz hämmerte. Was, wenn seine Mittagspausenbeziehung da hinten in der Ecke vergammelte?

Was, wenn Barksly die Leiche schon angenagt hatte? Jake wusste nicht, ob er damit fertigwerden würde.

Dann bemerkte er die Musik.

Und im Licht seiner LED-Stirnlampe sah er, wie sich der Deckenhaufen bewegte. Eine Hand wühlte sich hervor. Gleichzeitig wurde die Musik lauter. Da kapierte er es: Die Ohrhörer waren aus den Ohren geploppt. Der Song schrillte doppelt so durchdringend heraus.

»Linds?«, fragte er. »Ich bin's. Jake.«

Lindsays Kopf schob sich aus den Decken. Sie schüttelte sich das schwarze Haar aus dem Gesicht. »Jake!?«

»Ja. Ich dachte, ich schau mal vorbei.«

»Wie bist du hier reingekommen?« Eine Pause. »Die Luft!«

Lindsay krabbelte aus ihrem Deckennest, tastete hastig nach einem Gasanzünder auf dem Boden und fing an, die Kerzen anzustecken.

Und *BUMM!*

Ein hohler Knall zu seiner Linken.

BUMM!

»*WRRUAARRGH!*« Das kam aus der Wäschekammer.

BUMM! BUMM! BUMM!

Mit einem Jaulen rettete Barksly sich hinter das Zweiersofa.

»Hilf mir mal!« Lindsay warf Jake den Gasanzünder zu.

Er schmiss den Rucksack auf den Boden und steckte alle Kerzen an, die noch nicht komplett heruntergebrannt waren.

»Das ist mein Dad«, meinte Lindsay, während sie etwas vom Boden aufhob – ein Bündel Zweige? Sie entzündete es an einer Kerze. »Räucherstäbchen. Säubern die Luft.«

Aus der Wäschekammer drang ein zorniges Grunzen und Heulen.

Lindsay rannte rüber, die brennenden Zweige in der Hand, und hielt sie vor die Tür.

Dahinter tobte ihr Dad weiter. *BUMM! BUMM! BUMM! BUMM!*

»Ich glaube, er hat sich ein altes Rohr vom Boiler geschnappt«, erklärte Lindsay nebenbei. »Und damit prügelt er jetzt auf die Tür ein. Aber die Tür ist aus Stahl.«

Sie bückte sich und wedelte mit den Räucherstäbchen vor dem Türspalt herum.

»Ich check noch mal die Plane«, sagte Jake, hetzte die Treppe hoch und drückte das Klebeband am Türrahmen fest. Es haftete nur noch mittelprächtig, auch wenn er die Finger mit aller Kraft auf die Nahtstelle presste. »Hast du noch Klebeband?«

»Nein!«, antwortete Lindsay.

Er versuchte es noch mal. »Tut mir echt leid.«

»Schon gut. Ich muss sowieso ab und zu aufmachen, sonst ersticken Barksly und ich hier unten an unserem eigenen Gestank. Und ich muss den Müll rausbringen. Dann rastet mein Dad jedes Mal aus, aber er beruhigt sich auch wieder.«

Anscheinend ging es sogar ziemlich schnell. Das wütende Fluchen aus der Wäschekammer war einem jämmerlichen Wimmern gewichen.

»Schon gut, Dad!«, rief Lindsay. »Das wird schon wieder.« Dann blickte sie Jake an und legte sich den Zeigefinger auf die Lippen. *Pssst.*

Jake nickte. Obwohl ihm nicht ganz klar war, wieso er still sein sollte.

Er ließ sich auf das Zweiersofa fallen, und als Barksly auf seinen Schoß hopste, kraulte er ihn im Nacken. Barksly war im siebten Himmel.

Lindsay kam rüber und griff in den Deckenhaufen hinter dem Sofa.

Ein altmodischer Ghettoblaster kam zum Vorschein – das Ding hatte noch einen CD-Player eingebaut. Als Lindsay den Stecker der Ohrhörer zog, schallte Bruno Mars' Stimme durch den Keller. »Ich will nicht, dass mein Dad hört, dass du hier bist«, meinte Lindsay und stellte den Ghettoblaster vor die Tür zur Wäschekammer.

»Aber er hat mich doch sicher schon gehört?«, flüsterte Jake.

»Wenn er aggro ist, kapiert er gar nichts. Aber bald ist er wieder der Alte, und dann soll er nichts mitkriegen.« Lindsay blickte Jake von unten herauf an, als wäre es ihr aus irgendeinem Grund extrem wichtig.

»Alles klar«, sagte Jake. »Ich bin leise. Kein Ding.«

Sie trug ein Sweatshirt, das er von früher kannte. Das Teil saß ziemlich locker – es ließ viel Schulter und Hals frei, bis runter zu der herrlich weichen Stelle gleich über den Brüsten, zwischen Achselhöhle und Brust. Fast die beste Stelle bei jedem Mädchen.

Wow.

Es war genau, wie Jake gedacht hatte: Lindsay war mit ziemlicher Sicherheit das einzige Mädchen in ganz Colorado, das ihn noch auf Touren bringen konnte.

»Hab dir was mitgebracht.« Er zerrte seinen Rucksack rüber und kramte darin herum. Das Ding war viel zu vollgestopft, alles Mögliche war im Weg.

Zum Beispiel die Pistole. Jake legte sie beiseite.

Lindsay schnappte nach Luft.

»Keine Angst«, sagte er. »Die ist nicht für dich gedacht. Natürlich nicht.«

Er redete einigermaßen sinnloses Zeug, aber mein Gott, Lindsay machte ihn eben nervös. Bei ihr stellte er sich immer blöd an. Vielleicht lag es an ihren großen, dunklen, skeptischen Augen. Er fühlte sich ständig beobachtet.

Auch jetzt.

»Hier!« Jake hielt sein Geschenk hoch. Es war ein Snickers. Ein Doppel-Snickers, ideal zum Teilen. Welch glücklicher Zufall, dass er den Riegel noch schnell in den Rucksack geschmissen hatte, bevor er losgegangen war.

Er war ein verdammtes Genie.

»Ach du Gott«, sagte Lindsay und fing an zu lachen. Sie lachte, bis Jake rot wurde. Und sie lachte weiter. Sie lachte so laut, dass sie rüberging und den Ghettoblaster sicherheitshalber voll aufdrehte.

Dann wischte sie sich die Tränen aus den Augen, kicherte noch ein paar Mal unkontrolliert, wurde wieder ernst – und kicherte weiter, als sie sich auf das große Sofa fallen ließ. »Du hast's echt drauf, Jake Simonsen. Du schlägst dich durch die Hölle auf Erden, nur weil du notgeil bist.« Sie lächelte ihn an. Sie grinste richtig.

Jetzt konnte Jake mitlachen. Dabei war er sicher immer noch knallrot, wahrscheinlich vom Kinn bis zum Haaransatz.

»Aber dir ist schon klar, dass mein Dad nebenan rumsitzt?«, meinte sie.

»Ja, klar. Das heißt, jetzt schon. Vorhin, als ich gekommen bin, hatte ich natürlich keine Ahnung. Da ... da wusste ich nicht mal, ob du am Leben bist oder tot oder sonst was.«

Lindsay zog die Knie an und stellte die Füße vor sich auf das Sofa. Dabei rutschte ihr Sweatshirt noch weiter von der Schulter.

Das hatte sie nur für ihn gemacht. Ganz bestimmt.

Es war ja kein Geheimnis, dass Jake für Sex lebte. Das gehörte einfach zu ihm. Er sah gut aus, er war beliebt, und er redete pausenlos darüber, dass Sex sein persönlicher Sinn des Lebens war. Und das gefiel den Leuten. Warum er sich da so sicher war? Weil die Leute lachten, wenn er über Sex redete, und es war kein peinlich berührtes Lachen, sondern ein lockeres, freundliches. Ein entspanntes Lachen.

Hätte er doch nur Blutgruppe null gehabt, die Monster-Blutgruppe. Oder Blutgruppe A, bei der man Ausschlag bekam, sobald man rausging. Oder am besten Blutgruppe AB.

Aber nein. Die chemischen Kampfstoffe, die in den Himmel entwichen waren, als das Erdbeben den Mount NORAD angeknackst hatte, mussten Jake unbedingt seine Lieblingsbeschäftigung wegnehmen. Er kriegte keinen mehr hoch.

Doch jetzt besuchte er das einzige Mädchen, das ihn noch heißmachen konnte. Wenn das kein Grund zum Feiern war …

Jake warf Lindsay das Snickers zu. Sie fing es auf.

»Iss den Schokoriegel«, befahl er ihr mit Grabesstimme und setzte dabei sein schiefes Lächeln auf. Als Lindsay lachte, fläzte Jake sich auf das Zweiersofa. Da legte Barksly die Vorderpfoten auf die Sitzfläche und vergrub seine Schnauze zwischen Jakes Beinen.

»Runter, Barksly! Runter!«, sagte Jake. »Hey, der freut sich aber, mich zu sehen.«

»Ich freu mich auch«, antwortete Lindsay. »Ich bin so froh, dass du da bist, Jake. Du hast ja keine Ahnung, wie froh ich bin.«

Lindsay stand auf und ging zur Ecke, wo drei Milchkanister voll Wasser standen. Sie schenkte ihm einen Becher ein und brachte ihn rüber.

»Wir haben einen eigenen Brunnen«, erklärte sie. »In der Wäschekammer ist ein Waschbecken. Wenn Dad schläft, gehe ich Wasser holen. Schmeckt ganz gut.«

Das Wasser schmeckte hervorragend. Kalt und sauber. Jake kippte den Becher in drei Schlucken runter.

Es war ein wunderbares Gefühl, als hätte sich eine goldene Wärme um sein Herz gelegt. Gut, dass er hierhergekommen war.

Gut, dass er die anderen verlassen hatte. Sie brauchten ihn nicht. Lindsay brauchte ihn.

Aus der Wäschekammer kam ein Schluchzen. Und ein Knall, der anders klang als vorhin.

Lindsay stand auf, ging zur Tür und stellte die Musik leiser.

»Alles okay mit dir, Dad?«, rief sie in den Spalt zwischen Tür und Türrahmen.

»Es tut mir so leid«, wimmerte ihr Dad drinnen. »Du musst mich zurücklassen, Lindsay. Du musst gehen.«

Lindsays Augen zuckten zu Jake. Was hatte das zu bedeuten – wollte sie überprüfen, was er über diesen Wortwechsel dachte? Er dachte gar nichts darüber. Dazu hatte er kein Recht.

»Ich lass dich nicht allein, Daddy«, sagte sie.

»Aber du musst gehen!«, brüllte er.

Lindsay zuckte zusammen. Ihre Augen wurden feucht.

»Bitte«, bettelte er, »bitte, lass mich einfach hier.«

»*Schhhhhh*. Du musst jetzt schlafen, Dad. Komm, leg dich hin.«

»Aber ich hab noch Hunger.«

»Ich bring dir was rein, wenn du schläfst«, antwortete Lindsay mit einem weiteren prüfenden Blick auf Jakes Gesicht.

»Was war eben eigentlich los?«, fragte ihr Vater.

»Ich musste den Müll rausbringen. Tut mir leid, dass ich dir nicht Bescheid gesagt habe.«

»Du musst mich vorwarnen. Sonst kann ich mich nicht fesseln, solange ich mich noch im Griff habe.«

»Tut mir leid, Daddy. Die Plane an der Tür ist abgegangen. Aber ich hab sie wieder angeklebt.«

»Wenn du das nächste Mal hoch gehst, such dir eine Kette mit Vorhängeschloss. Ich bin mir nicht so sicher, ob das Seil hier auf Dauer hält.«

Lindsay starrte auf den Boden.

»Wenn ich mich losreiße, Lindsay …« Der Satz endete in einem Schluchzen.

»Keine Angst, Daddy. Selbst wenn das passiert – ich kann mich wehren.« Wieder sah sie zu Jake, und diesmal wich sie seinem Blick nicht gleich wieder aus. »Ich hab jetzt eine Pistole.«

Lindsay legte eine andere CD auf. Oldschool-Rockmusik.

Jake kam nicht auf den Namen der Band.

»Danke, Schatz. Nett von dir«, sagte ihr Vater.

Lindsay drehte die Lautstärke ziemlich weit hoch.

Dann kam sie rüber und setzte sich neben Jake auf das Zweiersofa.

Er lehnte sich zu ihrem Ohr. »Wie hieß die Band gleich noch mal?«

»U2. Mein Dad ist ein Riesenfan.«

»Aber woher nimmt das Ding eigentlich seinen Saft?« Jake deutete auf den Ghettoblaster.

»Batterien. Ganz altmodische Monozellen. Meine Mom hat Batterien und Kerzen gesammelt. Sie hatte panische Angst vor Stromausfällen. Zum Glück.«

Jake wusste nicht, was er dazu sagen sollte. Seit die Blackout-Wolke die ganze Gegend verdunkelte, waren Stromausfälle vorprogrammiert. Pech gehabt, Mrs. Morrow.

Lindsay zuckte mit den Schultern. »Sie ist nicht mehr nach Hause gekommen. Nach dem Hagelsturm, meine ich. Wahrscheinlich liegt sie irgendwo rum.«

Der Leadsänger von U2 trällerte irgendwas über einen schönen Tag. *It's a beautiful day …*

»Und mein Dad hat unsere Nachbarn umgebracht.« Lindsay starrte auf ihre Fingernägel. »Du weißt schon, die Cruzes. Mich hätte er auch umgebracht, aber ich hab ihm ein Seil um den Hals gewickelt. Ich hab ihn gewürgt, bis er umgekippt ist.«

»O Gott«, sagte Jake.

»Jetzt will er, dass ich abhaue, aber das kann er vergessen. Wenn er schläft oder gefesselt ist, gehe ich rein und stelle ihm was zu essen hin. Aber manchmal greift er mich trotzdem an, sogar wenn die Luft okay sein müsste. Ich glaube, er ist nicht mehr ganz richtig im Kopf.«

Jake sagte überhaupt nichts mehr.

Wenn er ehrlich war, wartete er nur noch auf Lindsays Tränen. Er wollte sie trösten. Er wollte endlich die Hand unter ihr Sweatshirt schieben.

Aber sie weinte nicht.

»Mein Dad und ich … wir waren halt schon immer richtig gute Freunde. Früher haben wir uns jeden Morgen zusammen rasiert. Da war ich fünf oder so. Ich hatte eine alte Zahnbürste als Rasierer, Daddy hat mir Schaum ins Gesicht getupft, und dann haben wir uns beide mit einem Handtuch um die Hüfte vor den Spiegel gestellt und losgelegt.«

Der Song war zu Ende. Ein anderer fing an.

Lindsay ließ sich vom Sofa rutschen und kauerte sich vor Jakes Rucksack. »Schauen wir doch mal, was du mir noch so mitgebracht hast.«

Dann musste sie ihrem Dad noch was zu essen bringen. (»Hast du dich gefesselt, Daddy? Okay, ich mach jetzt die Tür auf …«) Dann sollte Jake noch seine Geschichte erzählen. (»Deshalb meinten sie, ich soll rausgehen und schauen, was ich so finde. Und da hab ich natürlich an dich gedacht. Ich hatte sowieso die ganze Zeit an dich gedacht, und deswegen bin ich hierher und hab dich gesucht.«) Dann wollte Lindsay ihn noch über ihren Plan aufklären. (»Die Vorräte reichen noch für mindestens zehn Tage, und irgendwo haben sie gesagt, dass sich die Chemikalien nach zwei Wochen verziehen. Also praktisch sofort, heute oder morgen oder so.«) Und als das auch noch erledigt war, war Lindsay sich endlich sicher, dass ihr Dad die restliche Nacht durchschlafen würde, und krabbelte auf Jakes Schoß.

Es klappte nicht.

Selbst als sie ihr Oberteil auszog, sich breitbeinig auf ihn hockte und ihn ins Ohr biss – ziemlich fest, so war sie eben drauf –, bekam er es nicht hin.

»Hast du Kippen dabei?«, fragte Lindsay, nachdem sie sich von ihm heruntergerollt und wieder angezogen hatte.

Jake schüttelte den Kopf.

Er hantierte mit seiner Hose. In der Gesäßtasche hatte er doch die Obezine-Tabletten gebunkert. Aber er fand sie nicht.

»Scheiße«, sagte er dann. »Scheiße!«

»Pssst!« Lindsay legte ihm eine Hand auf den Arm. »Sonst wacht mein Dad auf.«

Jake wischte ihre Hand weg und schüttelte die Hose aus, obwohl er wusste, dass es keinen Sinn hatte. Das Zeug war futsch.

Vor seinem inneren Auge sah er, wie er sich irgendwo da oben voller Begeisterung die Klamottenschichten vom Leib gerissen hatte. Wie blöd kann man sein.

Irgendwo lagen drei Blisterpackungen Obezine auf der Straße herum, jede einzelne genug für zehn Tage.

Jake trat gegen das Zweiersofa. Lindsay zuckte zusammen.

»Ich muss noch mal los«, sagte er.

»Was?« Sie riss die Augen auf. Damit hatte sie offenbar nicht gerechnet. »Du willst schon wieder weg!?«

»Hab was Wichtiges verloren. Draußen.«

»Bitte nicht. Bitte, bleib hier.«

Jetzt heulte sie auch noch. Na toll.

»Bleib wenigstens noch über Nacht.« Lindsay deutete auf die Wanduhr. »Bis es hell wird. Bitte, Jake. Ich hab dich gern. Richtig, richtig gern. Und ich will einfach nicht mehr allein sein. Okay?«

Da dämmerte Jake, dass Lindsay sich cooler gestellt hatte, als sie war.

Und das brach ihm fast das Herz. Vielleicht würde er doch noch mal zurückkommen.

Er könnte sich die Tabletten holen, auf dem Rückweg irgendwo ein paar Lebensmittel klauen und dann hierbleiben, bis es vorbei war.

Barksly blickte von seinem Hundekorb auf und schlug einmal mit dem Schwanz auf den Boden. Als hätte er Jakes Gedanken gelesen und wäre voll dafür.

Nett von ihm.

Mann, Jake war müde.

Er hätte locker drei Wochen durchschlafen können.

Die Tabletten dürften morgen früh auch noch auf der Straße herumliegen.

Und wenn nicht, konnte er immer noch zurück zum Greenway.

Lindsay und er schliefen zusammen auf dem Sofa.

Sie kuschelte sich an ihn, und nach ein paar Minuten atmete sie tief und ruhig.

Jake lag mit einem verdammt gut aussehenden Mädchen auf dem Sofa und hatte keinen Sex mit ihr. Er konnte nicht fassen, dass das jetzt ein Dauerzustand sein sollte.

Lindsay stand früher auf, um ihm Frühstück zu machen: ein Teller Thunfisch mit Crackern als Beilage.

»Ach du Scheiße«, sagte Jake und beäugte die trockenen Thunfischbrocken. »Davon ernährst du dich also?«

Lindsay ließ den Kopf hängen.

Mann, wie dumm war er eigentlich? Offensichtlich konnte sie ihm nichts Besseres bieten. Warum riss er immer das Maul auf, ohne vorher mal eine Sekunde nachzudenken?

»Aber sieht doch lecker aus«, fügte Jake hinzu. »Danke.«

Drüben in der Ecke leckte Barksly die leere Thunfischtüte sauber.

»Hör mal«, sagte Jake leise. »Ich hab da draußen was verloren. Was wirklich Wichtiges. Deshalb muss ich noch mal los. Ich muss es holen.«

»Aber dann kommst du nicht mehr zurück.« Lindsay blickte nicht auf. Das Haar fiel ihr in die Stirn und verdeckte ihre Augen.

»Warum sagst du das?«

»Nein, schon gut. Wir kommen klar. Wir brauchen dich nicht.«

Lindsay kehrte ihm den Rücken zu. Aber das brachte ihr auch nichts – Jake sah ihr Gesicht in der Spiegelwand. Sie weinte.

»Du bist echt ne Nummer, Jake«, sagte sie.

Sie kapierte das nicht. Das mit den Tabletten. Dabei war es ganz einfach: Jake brauchte die Tabletten, um durchzuhalten. Ohne Tabletten würde sich die Verzweiflung wieder in seinem Kopf verbeißen, und das wäre sein Ende.

Aber wie hätte sie es denn kapieren sollen? Er hatte ihr nie davon erzählt.

Und jetzt wollte er es ihr auch nicht erzählen.

Er wollte nur noch raus. Nichts wie weg hier.

Jake sammelte seinen Kram ein. Er konnte Lindsay nicht alles dalassen. Wer weiß? Wenn er die Tabletten wiederhatte, würde er vielleicht doch versuchen, sich nach Denver durchzuschlagen. Am Schluss nahm er ein paar Streifen Kaugummi, zwei Energieriegel und die Schokolade aus dem Rucksack. Den Rest brauchte er.

»Ich will deine Schokolade nicht!«, schrie Lindsay. »Hau einfach ab. HAU AB, VERDAMMT!«

»Wer ist da? Alles okay, Lindsay?«, kam die Stimme ihres Vaters aus der Wäschekammer.

»Alles okay, Dad!«, rief sie.

»Ich bin's nur, Sir. Jake Simonsen. Ich wollte nach Ihrer Tochter schauen.«

»*Wer* ist da?«

»Jake Simonsen. Von der Footballmannschaft.«

Genauer gesagt, der Kapitän der Footballmannschaft. Aber das verstand sich von selbst.

»Ich erinnere mich an dich!«, erwiderte Lindsays Vater. Er wirkte richtig aufgeregt. »Ich erinnere mich!«

»Aber Jake geht jetzt«, sagte Lindsay. »Ist schon so gut wie weg.«

Jake wusste, was auf ihn zukam. Gleich würde Lindsays Dad ausrasten. Gleich würde er wüste Drohungen ausstoßen und mit dem Eisenrohr auf der Tür rumhämmern.

Aber nein.

Mr. Morrow wurde sehr ernst. »Du musst Lindsay mitnehmen«, sagte er leise.

Er presste sein Gesicht von innen gegen die Tür. Das hörte man.

»Sie will mich nicht zurücklassen«, fuhr Mr. Morrow fort. »Aber sie muss.«

»Ich weiß nicht mal, wohin ich will«, antwortete Jake.

»Ist doch egal. Hauptsache, sie ist nicht mehr in meiner Nähe. Bitte, Jake. Bitte.«

»Ich lass dich nicht allein, Dad!«, rief Lindsay. »Also hör endlich auf, so einen Scheiß zu reden! Morgen oder übermorgen sind die Chemikalien weg, und wer soll sich denn dann um dich kümmern?«

Der Rucksack war fertig gepackt. Jake suchte nur noch die Stirnlampe. Wo war das Teil?

»BITTE!«, brüllte Lindsays Dad. »DU MUSST SIE VOR MIR RETTEN! ICH FLEHE DICH AN!«

Jake hielt sich am Treppengeländer fest.

Normalerweise fand er es nicht besonders angenehm, die Dads seiner Mädchen kennenzulernen. War halt eine seltsame

Situation. Aber er erinnerte sich an Lindsays Dad – er war groß und dünn, wie seine Tochter, und wenn man ihn irgendwo rumstehen sah, dachte man sich gleich: Das ist ein netter Kerl.

Beruflich machte er irgendwas mit Versicherungen. Oder mit Hypotheken. Irgend so was.

Außerdem unterstützte Mr. Morrow eine Kinder-Footballmannschaft, und einmal hatte Jake ihn auf dem Platz gesehen, als die Kids trainiert hatten. Mr. Morrow hatte Lindsay zugewinkt, während sie sich mit Jake unterhalten hatte, der gerade beim Aufwärmen war. Und hinten auf dem Spielfeld hatten die Bengel ihre Helme gegeneinander gerammt.

»Lindsay«, sagte Jake. »Wenn du willst, nehme ich dich mit zum Greenway. Das ist kein Problem, und da wärst du in Sicherheit. Astrid ist auch da, von daher wäre es ein bisschen kompliziert, aber ...«

Aber den Stress würde er mitmachen, wenn er dadurch einem Mädchen das Leben retten könnte. War doch klar.

»Und mein Dad?« Lindsays Stimme zitterte. »Findest du auch, ich sollte ihn einfach hierlassen?« In dem dämmrigen Keller wirkten ihre braunen Augen riesengroß. Verängstigt.

Jake zuckte mit den Schultern. »Ich kann dir nicht sagen, was du machen sollst. Aber ich kann dich wahrscheinlich an einen sicheren Ort bringen.«

BUMM. Ihr Dad prügelte die Fäuste gegen die Tür. »Du musst hier weg, Schatz!«, kreischte er. Allmählich wurde er wütend. »Du musst hier WEG! Ich bin dein Vater, und ich verlange von dir, dass du hier abhaust!«

Lindsay ging rüber und legte die flache Hand auf die Stahltür. »Aber Daddy. Ich kann dich doch nicht eingesperrt lassen. Und wenn ich dich rauslasse, drehst du durch, wenn wir weg sind.«

»Doch. Du lässt mich eingesperrt. Was denn sonst?«

»Neeeiiin!«, heulte Lindsay. »Weißt du, was du da von mir verlangst? Dass ich dich sterben lasse!«

Sie ließ sich auf den Boden gleiten und blieb an die Tür gelehnt sitzen.

»Tut mir leid, Daddy«, wimmerte sie. »Aber ich krieg das nicht hin. Ich kann dich nicht alleinlassen.«

Ein Schluchzen von der anderen Seite der Tür.

»Wir schaffen das schon«, sagte Lindsay. »Wir müssen nur noch ein paar Tage durchhalten, dann ist alles gut.«

»Na gut«, schniefte ihr Dad. »Na gut, mein Schatz. Du und ich, wir stehen das durch.«

Jake war die Situation unangenehm. Wie Lindsay ihren Dad liebte und wie ihr Dad sie liebte … er fand das nicht abartig oder so. Vielleicht hatte er einfach keine Ahnung gehabt, wie tief solche Gefühle gehen können.

In diesem Augenblick beschloss Jake, noch einen kleinen Abstecher zu machen, wenn er die Tabletten hatte. Er wollte bei sich zu Hause vorbeigehen.

Man wusste ja nie. Womöglich hatte sich sein Dad doch dort verkrochen. Womöglich wartete er auf ihn.

»Ich muss los«, sagte Jake. »Und du … du bleibst hier? Sicher?«

Lindsay schwieg.

Jake schwang sich den Rucksack auf die Schultern.

»Alles klar«, meinte er. »Bist du bereit? Ich muss die Tür aufmachen.«

»Warte!«, rief Lindsay. »Wenn du noch was für mich tun willst …«

Jake sah sie an.

Und Lindsay sagte: »Lass mir die Pistole da.«